A ESPERANÇA

SUZANNE COLLINS

A ESPERANÇA

Tradução de Alexandre D'Elia

Título original
THE HUNGER GAMES
MOCKINGJAY

Copyright © 2010 *by* Suzanne Collins

Todos os direitos reservados.
Nenhuma parte desta obra pode ser reproduzida
ou transmitida por qualquer forma ou meio eletrônico ou mecânico,
inclusive fotocópia, gravação ou sistema de armazenagem e
recuperação de informação, sem a permissão escrita do editor.

Direitos para a língua portuguesa reservados
com exclusividade para o Brasil à
EDITORA ROCCO LTDA.
Rua Evaristo da Veiga, 65 – 11º andar
Passeio Corporate – Torre 1
20031-040 – Rio de Janeiro – RJ
Tel.: (21) 3525-2000 – Fax: (21) 3525-2001
rocco@rocco.com.br|www.rocco.com.br

Printed in Brazil/Impresso no Brasil

Preparação de originais
MARIA ALICE PAES

CIP-Brasil. Catalogação na publicação.
Sindicato Nacional dos Editores de Livros, RJ.

C674e   Collins, Suzanne, 1962-
A esperança / Suzanne Collins; tradução de Alexandre D'Elia.
– 1ª ed. – Rio de Janeiro: Rocco, 2021.
(Jogos vorazes; 3)
Tradução de: Mockingjay
ISBN 978-65-5532-146-3

1. Sobreviventes - Literatura juvenil. 2. Programas de televisão
– Literatura juvenil. 3. Literatura juvenil americana. I. D'Elia,
Alexandre. II. Título. III. Série.

21-72594   CDD-808.899283   CDU-82-93(81)

Camila Donis Hartmann – Bibliotecária – CRB-7/6472

O texto deste livro obedece às normas do
Acordo Ortográfico da Língua Portuguesa.

**Para Cap,
Charlie e Isabel**

Para Cip,
Charlie e Isabel

PARTE I

"AS CINZAS"

1

Olho para os meus sapatos, observando a fina camada de cinzas impregnar o couro gasto. Era aqui que ficava a cama que eu dividia com a minha irmã, Prim. Ali ficava a mesa da cozinha. Os tijolos da chaminé, que desabou numa pilha de entulho chamuscado pelo fogo, fornecem um ponto de referência para o resto da casa. Não fosse isso, como conseguiria me orientar nesse mar de cinzas?

Quase nada restou do Distrito 12. Um mês atrás, os bombardeios da Capital obliteraram as casas dos pobres mineiros na Costura, as lojas na cidade, até mesmo o Edifício da Justiça. A única área que escapou à incineração foi a Aldeia dos Vitoriosos. Não sei exatamente por quê. Talvez para que as pessoas obrigadas a vir da Capital em função de algum negócio tivessem um local agradável para ficar. Um ou outro repórter. Algum comitê avaliando a condição das minas de carvão. Um esquadrão de Pacificadores em busca de refugiados que tivessem voltado ao distrito.

Mas ninguém voltou, exceto eu. E apenas para uma breve visita. As autoridades no Distrito 13 foram contra o meu retorno. Elas entenderam que seria um empreitada onerosa e sem sentido, tendo em vista que pelo menos uma dúzia de aerodeslizadores invisíveis estão voando acima da minha cabeça para garantir minha proteção e que não existe nenhuma informação relevante que possa conseguir aqui. Entretanto, eu precisava ver o meu distrito. Precisava tanto que transformei o desejo em condição para cooperar com quaisquer dos planos deles.

Finalmente, Plutarch Heavensbee, o Chefe dos Idealizadores dos Jogos que havia organizado os rebeldes na Capital, levantou as mãos e disse:

– Deixe-a ir. Melhor perder um dia do que mais um mês. Talvez um giro rápido pelo 12 seja exatamente o que ela precisa para se convencer de que estamos do mesmo lado.

Do mesmo lado. Sinto uma pontada na têmpora esquerda e pressiono a mão no local. Exatamente onde Johanna Mason me atingiu com o carretel cilíndrico. As lembranças rodopiam na minha cabeça enquanto tento separar o que é verdade do que é falso. Que série de eventos me levou a ficar de pé sobre as ruínas da minha cidade? É difícil porque os efeitos da concussão que ela me proporcionou não diminuíram completamente e meus pensamentos ainda tendem a se misturar. Além disso, os remédios que eles usam para controlar minha dor e o meu estado de espírito às vezes me fazem ver coisas. Eu acho. Ainda não estou inteiramente convencida de que estava tendo uma alucinação na noite em que o chão do meu quarto de hospital se transformou num tapete de cobras se contorcendo.

Uso a técnica que um dos médicos me sugeriu. Começo com as coisas mais simples que sei que são verdadeiras e sigo em direção às mais complicadas. A lista começa a ficar enrolada na minha cabeça...

Meu nome é Katniss Everdeen. Tenho dezessete anos. O meu lar é o Distrito 12. Participei dos Jogos Vorazes. Escapei. A Capital me odeia. Peeta foi levado como prisioneiro. Imaginam que ele esteja morto. Há uma grande chance de ele estar morto. Provavelmente é melhor que esteja morto...

— Katniss. Você acha que é melhor eu descer? — A voz de Gale, meu melhor amigo, me alcança pelo capacete que os rebeldes insistiram que eu usasse. Ele está lá em cima no aerodeslizador, me vigiando cuidadosamente, pronto para descer se algo der errado. Percebo que estou agachada no chão agora, os cotovelos nas coxas, minha cabeça apertada entre as mãos. Devo estar parecendo alguém à beira de um colapso nervoso. Isso não vai dar certo. Não agora que eles finalmente estão começando a retirar minha medicação.

Estico o corpo e dispenso a oferta dele.

— Não, estou legal. — Para reforçar minhas palavras, começo a me afastar de minha antiga casa e tomo o caminho da cidade. Gale pediu para ser deixado no 12 comigo, mas não insistiu no assunto quando recusei sua companhia. Ele compreende o fato de eu não querer ninguém comigo hoje. Nem mesmo ele. Certos passos você tem que dar sozinho.

O verão está tremendamente quente, além de seco como um osso. Quase não houve chuva para dispersar as pilhas de cinzas deixadas pelo ataque. Elas mudam de posição aqui e ali, em reação aos meus passos. Não há nenhuma brisa para espalhá-las. Mantenho os olhos no local que lembro ser a estrada, porque assim que adentrei a Campina não fui cuidadosa e topei com uma pedra. Só que não era uma pedra — era o crânio de alguém. Ele rolou pelo chão e parou com a face voltada para cima e, por um longo tempo, não consegui parar de encarar aqueles dentes, imaginando de quem seriam, pensando em como os meus provavelmente teriam a mesma aparência sob circunstâncias similares.

Permaneço na estrada por puro hábito, mas é uma escolha ruim, porque ela está cheia do que sobrou daqueles que tentaram fugir. Alguns foram totalmente incinerados. Outros, porém, provavelmente assolados pela fumaça, escaparam do pior das chamas e agora encontravam-se nos mais desagradáveis estágios de decomposição, exalando mau cheiro, com a carne decomposta à espera de abutres e cobertos de moscas. *Eu matei você*, penso enquanto passo por uma pilha. *E você. E você.*

Porque eu fiz mesmo isso. Foi a minha flecha, apontada para a brecha do campo de força que cercava a arena, que proporcionou esses bombardeios como retaliação. Isso fez com que Panem inteira se transformasse num verdadeiro caos.

Na minha cabeça, ouço as palavras do presidente Snow, pronunciadas na manhã em que eu deveria começar a Turnê da Vitória. "*Katniss Everdeen, a garota em chamas, você acendeu uma fagulha que, se não for contida, pode crescer e se transformar num inferno que destruirá Panem.*" Acontece que ele não estava exagerando ou simplesmente tentando me assustar. Talvez estivesse tentando genuinamente conseguir minha ajuda. Mas eu já havia colocado em funcionamento algo que não tinha como controlar.

Queimando. Ainda queimando, penso, entorpecida. As chamas nas minas de carvão soltam fumaça preta ao longe. Todavia, não sobrou ninguém para se importar com isso. Mais de noventa por cento da população do distrito está morta. Os mais ou menos oitocentos que restaram estão refugiados no Distrito 13 – o que, até onde eu sei, é a mesma coisa que não ter mais casa para o resto da vida.

Sei que não devia pensar nisso; sei que deveria estar grata pela maneira como fomos recebidos. Doentes, feridos, esfomeados e de mãos vazias. Mesmo assim, não consigo tirar da cabeça o fato de que o Distrito 13 foi decisivo na destruição do 12. Isso não me absolve de culpa – há culpa suficiente para me manter ocupada. Mas, sem eles, eu não teria feito parte de um complô mais amplo para derrubar a Capital ou tido os recursos para fazê-lo.

Os cidadãos do Distrito 12 não contavam com um movimento de resistência organizado. Não tiveram voz ativa em nada disso. Seu azar foi me ter como um dos seus. Entretanto, alguns sobreviventes acham que é boa sorte finalmente se ver livre do Distrito 12. Ter escapado da interminável escassez de alimentos e da opressão, das perigosas minas, do chicote de nosso último Chefe dos Pacificadores, Romulus Thread. O simples fato de ter um novo lar é visto como uma maravilha já que, até pouco tempo atrás, nem imaginávamos que o Distrito 13 ainda existia.

O crédito pela fuga dos sobreviventes repousa diretamente nos ombros de Gale, embora ele relute em aceitar o fato. Assim que o Massacre Quaternário terminou – assim que fui retirada da arena –, a eletricidade no Distrito 12 foi cortada, as televisões foram apagadas e a Costura ficou num silêncio tão grande que as pessoas podiam ouvir os batimentos cardíacos umas das outras. Ninguém fez nada para protestar ou para comemorar o que havia acontecido na arena. No entanto, no decorrer de quinze minutos, o céu ficou recheado de aeronaves e bombas começaram a chover sobre a cabeça de todos.

Foi Gale quem pensou na Campina, um dos poucos locais que não eram repletos de velhas casas de madeira cobertas de poeira de carvão. Ele conduziu tantos quanto conseguiu naquela direção, incluindo minha mãe e Prim. Ele formou a equipe que pôs abaixo a cerca – uma mera barreira de correntes, com a eletricidade desligada – e acompanhou as pessoas até a floresta. Ele as levou para o único local que lhe ocorreu, o lago que meu pai me mostrara quando eu era pequena. E foi de lá que eles observaram as chamas devastarem tudo o que conheciam no mundo.

Pela manhã, os bombardeiros já haviam ido embora há muito tempo, as chamas estavam se extinguindo, e os últimos grupos já haviam se reunido. Minha mãe e Prim haviam montado uma área médica para os feridos e estavam tentando tratá-los com o que quer que conseguissem obter na floresta. Gale tinha dois conjuntos de arco e flecha, uma faca de caça, uma rede de pesca e mais de oitocentas pessoas aterrorizadas para alimentar. Com a ajuda daqueles cujos corpos estavam aptos, eles conseguiram se virar por três dias. E foi então que o aerodeslizador inesperadamente chegou para evacuá-los para o Distrito 13, onde havia compartimentos brancos e limpos de sobra, prontos para serem habitados. Além de roupa em abundância e três refeições por dia. Os compartimentos tinham a desvantagem de serem no subterrâneo, as roupas eram idênticas e a comida era relativamente sem sabor, mas para os refugiados do 12, essas eram considerações de menor importância. Eles estavam a salvo. Eles estavam recebendo cuidados. Estavam vivos e foram ansiosamente bem recebidos.

Esse entusiasmo foi interpretado como gentileza. Mas um homem chamado Dalton, um refugiado do Distrito 10 que conseguira chegar ao 13 a pé alguns anos antes, vazou para mim o verdadeiro motivo.

– Eles precisam de você. De mim. Eles precisam de todos nós. Pouco tempo atrás ocorreu uma espécie de epidemia de varíola que matou um montão deles e deixou outros tantos inférteis. Uma nova leva de reprodutores. É assim que eles nos enxergam. – No 10, ele havia trabalhado em um dos ranchos de carne, mantendo a diversidade genética do gado com a implantação de embriões de vaca congelados muito tempo atrás. Ele provavelmente está certo em relação ao 13, porque não parece haver crianças suficientes por lá. Mas e daí? Nós não estamos sendo mantidos em currais, estamos sendo treinados para trabalhar, as crianças estão sendo educadas. Aqueles que têm mais de catorze anos obtiveram o direito de ingressar no exército e são chamados respeitosamente de "soldados". Cada refugiado teve direito automático a cidadania concedido pelas autoridades do 13.

Mesmo assim, eu os odeio. Mas, é claro, agora odeio quase todo mundo. Eu mesma mais do que qualquer outra pessoa.

A superfície abaixo de meus pés fica dura e, debaixo do carpete de cinzas, sinto as pedras do calçamento da praça. Ao redor do perímetro existe uma borda rasa de refugos onde ficavam as lojas. Uma pilha de dejetos escurecidos substituiu o Edifício da Justiça. Caminho até o local aproximado da padaria que a família de Peeta possuía. Não restou muita coisa além da protuberância derretida do forno. Os pais de Peeta, seus dois irmãos mais velhos... nenhum deles conseguiu chegar ao 13. Menos de uma dúzia de pessoas do Distrito 12 tidas como abastadas escapou do fogo. De um jeito ou de outro, Peeta não teria o que rever aqui. Exceto a mim...

Afasto-me da padaria e dou uma topada em alguma coisa, perco o equilíbrio e acabo sentada em cima de um pedaço de metal aquecido pelo sol. Fico imaginando o que teria sido aquilo, e então me lembro da recente renovação empreendida por Thread na praça. Troncos, pelourinhos e isso aqui, o que restou do patíbulo. Ruim. Isso é ruim. Isso traz de volta uma enxurrada de imagens que me atormentam, acordada ou durante o sono. Peeta sendo torturado – afogado, queimado, dilacerado, mutilado, espancado e recebendo choques elétricos – pela Capital, que tenta conseguir informações sobre a rebelião de que ele não dispõe. Fecho bem os olhos e tento alcançá-lo em meio às centenas e centenas de quilômetros para fazer com que meus pensamentos penetrem na mente dele, para informá-lo de que não está sozinho. Mas ele está. E não tenho como ajudá-lo.

Correr. Correr para longe da praça e em direção ao único local que o fogo não destruiu. Passo pelos destroços da casa do prefeito, onde a minha amiga Madge morava. Nenhuma notícia dela ou de sua família. Será que foram evacuados para a Capital por causa da posição do pai dela, ou será que foram deixados nas chamas? Cinzas erguem-se do chão ao meu redor, e ponho a bainha da minha saia na frente da boca. O que ameaça fazer com que eu vomite não é imaginar o que estou aspirando, mas quem.

A grama ficou esturricada e a neve cinzenta caiu aqui também, mas as doze casas de boa qualidade da Aldeia dos Vitoriosos estão intactas. Entro como um raio na casa em que morei no último ano, bato a porta com força e me encosto nela. O lugar parece intocado. Limpo. Assustadoramente quieto. Por que será que voltei ao 12? Como essa visita pode me ajudar a responder à pergunta da qual não consigo escapar?

– O que é que vou fazer? – sussurro para as paredes. Porque realmente não sei.

As pessoas não param de falar ao meu redor. Falam, falam, falam. Plutarch Heavensbee. Sua assistente calculista, Fulvia

Cardew. Um amontoado de líderes de distritos. Oficiais militares. Mas não Alma Coin, a presidenta do 13, que apenas observa. Ela deve ter uns cinquenta anos, seus cabelos grisalhos caem como um lençol por cima dos ombros. Sou um tanto quanto fascinada pelos cabelos dela. São tão uniformes, tão perfeitos, com um caimento tão preciso. Seus olhos são cinzentos, mas não como os olhos das pessoas da Costura. Eles são bem pálidos, como se quase toda a cor tivesse sido sugada deles. Da cor da neve caída no chão que você gostaria que derretesse.

O que eles querem é que eu assuma verdadeiramente o papel que designaram para mim. O símbolo da revolução. O Tordo. Não é suficiente o que fiz no passado, desafiando a Capital nos Jogos, fornecendo um ponto de reorganização. Devo agora tornar-me a líder real, o rosto, a voz, o corpo da revolução. A pessoa com quem os distritos – a maioria dos quais estão agora abertamente em guerra com a Capital – podem contar para incendiar a trilha em direção à vitória. Não vou precisar fazer isso sozinha. Eles têm toda uma equipe para me auxiliar, para me vestir, para escrever meus discursos, orquestrar minhas aparições – como se isso não soasse horrivelmente familiar – e tudo o que tenho que fazer é desempenhar o meu papel. Às vezes os ouço e às vezes apenas observo a linha perfeita do penteado de Coin e tento decidir se aquilo não é uma peruca. Por fim, saio da sala porque minha cabeça começa a doer ou porque está na hora de comer ou porque se eu não voltar para a superfície imediatamente, é bem provável que comece a berrar. Não me preocupo em dizer coisa alguma. Eu simplesmente me levanto e saio.

Ontem à tarde, quando a porta estava se fechando atrás de mim, ouvi Coin dizer:

— Eu disse para você que devíamos ter resgatado o garoto primeiro. — Ela se referia a Peeta. Estou totalmente de acordo. Ele teria sido um excelente porta-voz.

E quem foi que eles fisgaram da arena em vez disso? Eu, que me recuso a cooperar. Beetee, um antigo inventor do 3, que raramente vejo porque foi levado para o setor de desenvolvimento de armas assim que conseguiu se sentar no leito hospitalar. Eles literalmente empurraram a cama dele até uma área supersecreta e agora ele só aparece de vez em quando para fazer as refeições. Ele é muito inteligente e está bastante disposto a ajudar, mas não é alguém capaz de inflamar os ânimos das multidões. Aí temos também Finnick Odair, o símbolo sexual do distrito de pesca, que manteve Peeta vivo na arena quando eu não tinha mais condições de cuidar disso. Eles também querem transformar Finnick num líder rebelde, mas primeiro terão de conseguir mantê-lo acordado por mais de cinco minutos. Mesmo quando está consciente, você precisa falar tudo três vezes com ele para que a coisa entre em seu cérebro. Os médicos dizem que isso é resultado do choque que ele recebeu na arena, mas sei que a situação é bem mais complicada. Sei que Finnick não consegue se concentrar em nada no 13 porque está tentando com muito afinco ver o que está acontecendo na Capital com Annie, a garota louca de seu distrito que é a única pessoa no mundo que ele ama.

Apesar das sérias reservas, fui obrigada a perdoar Finnick por seu papel na conspiração que me trouxe até aqui. Ele, pelo menos, faz alguma ideia do que estou passando. E é preciso muita energia para ficar com raiva de alguém que chora tanto.

Circulo pela casa com pés de caçadora, relutando em produzir alguma espécie de som. Pego algumas lembranças: uma foto de meus pais no dia do casamento, uma fitinha de cabelo azul para Prim, o livro da família sobre plantas medicinais e comestíveis. O livro cai aberto numa página com flores amarelas e o fecho rapidamente porque foi o pincel de Peeta que as pintou.

O que eu vou fazer?

Existe algum sentido em fazer o que quer que seja? Minha mãe, minha irmã e a família de Gale estão finalmente a salvo. Quanto ao restante do 12, as pessoas ou estão mortas, o que é irreversível, ou protegidas no 13. Sobram então os rebeldes nos distritos. É claro que odeio a Capital, mas não confio no fato de que, ao assumir o papel de Tordo, estarei beneficiando aqueles que tentam derrubá-la. Como posso ajudar os distritos se sempre que decido fazer algo o resultado é sofrimento e vidas perdidas? O velho que recebeu um tiro no Distrito 11 por assobiar. O castigo imposto ao 12 depois que intervim nas chicotadas de Gale. Meu estilista, Cinna, sendo arrastado, ensanguentado e inconsciente, da Sala de Lançamentos, antes dos Jogos. As fontes de Plutarch acreditam que ele tenha sido morto durante o interrogatório. O brilhante, enigmático e adorável Cinna está morto por minha causa. Afasto de mim o pensamento porque é exageradamente doloroso remoê-lo sem perder inteiramente os frágeis sustentáculos que mantêm minha sanidade sob controle.

O que vou fazer?

Tornar-me o Tordo... Será possível que algo de bom que eu venha a realizar supere os estragos decorridos de minhas ações? Quem pode me dar uma resposta confiável? Certamente não aquele pessoal do 13. Juro que, agora que a minha família e a de Gale estão fora de perigo, eu podia muito bem fugir. Exceto por uma única questão ainda não resolvida.

Peeta. Se pudesse me certificar de que ele está morto, poderia simplesmente desaparecer na floresta e jamais olhar para trás. Mas até ter essa certeza, estou presa aqui.

Giro o corpo ao som de um sibilo. Na porta da cozinha, as costas arqueadas, as orelhas achatadas, encontra-se o gato mais horroroso da face da terra.

– Buttercup – digo. Milhares de pessoas estão mortas, mas ele sobreviveu e até parece bem alimentado. Com o quê? Ele pode entrar e sair da casa através da janela que sempre deixamos aberta na despensa. Deve estar comendo ratos do campo. Eu me recuso a imaginar quaisquer alternativas.

Eu me agacho e lhe estendo a mão.

– Vem cá, garoto. – Pouco provável. Ele está com raiva por ter sido abandonado. Além do mais, não estou oferecendo comida, e minha habilidade para providenciar alguma coisa para ele comer sempre foi a qualidade que mais o fazia se aproximar de mim. Durante certo tempo, quando costumávamos nos encontrar na antiga casa porque os dois detestavam a nova, parecia que nossos laços estavam se estreitando um pouco. Com toda certeza essa fase acabou. Ele pisca aqueles desagradáveis olhos amarelos.

– Quer ver a Prim? – pergunto. O nome dela desperta sua atenção. Além de seu próprio nome, essa é a única palavra que significa algo para ele. Ele dá um miado enferrujado e se aproxima de mim. Eu o pego, afago seu pelo e então vou até o closet, apanho minha bolsa de caça e o enfio lá dentro sem a menor cerimônia. Não há outra maneira de levá-lo no aerodeslizador, e ele é a coisa mais importante do mundo para minha irmã. Sua cabra, Lady, um animal que realmente vale alguma coisa, infelizmente não deu as caras.

No meu capacete, ouço a voz de Gale me dizendo que devo voltar. Mas a bolsa de caça me lembrou de mais uma coisa que quero. Prendo a correia da bolsa nas costas e subo correndo a escada em direção ao meu quarto. Dentro do closet, está pendurada a jaqueta de caça de meu pai. Antes do Massacre Quaternário, eu a peguei na antiga casa e a trouxe para cá, imaginando que sua presença pudesse trazer algum conforto para minha mãe e minha irmã quando eu estivesse morta. Ainda bem que fiz isso porque, do contrário, a jaqueta teria virado cinzas.

O couro macio dá uma sensação tranquilizante e, por um momento, eu me acalmo com as lembranças das horas que passei agarrada a ela. Então, inexplicavelmente, as palmas das minhas mãos começam a suar. Uma estranha sensação me sobe pela nuca. Eu me viro rapidamente para encarar o quarto e o encontro vazio. Arrumado. Tudo em seu devido lugar. Não havia nenhum som que pudesse me assustar. O que foi, então?

Meu nariz coça. É o cheiro. Enjoativo e artificial. Uma pincelada de branco escapa de um vaso de flores secas em meu vestíbulo. Eu me aproximo dele com passos cautelosos. Lá, obscurecendo suas primas, encontra-se uma flor branca recém-colhida. Perfeita. Até o último espinho e pétala sedosa.

E sei imediatamente quem a enviou para mim.

O presidente Snow.

Quando começo a ficar engasgada devido ao fedor, me afasto e saio dali. Há quanto tempo ela está lá? Um dia? Uma hora? Os rebeldes fizeram uma varredura de segurança na Aldeia dos Vitoriosos antes de receber permissão para vir até aqui, atrás de explosivos, dispositivos de escuta, qualquer coisa fora do comum. Mas talvez a rosa não parecesse relevante para eles. Somente para mim.

No térreo, arranco a bolsa de caça da cadeira, sacudindo-a rente ao chão até me lembrar de que há algo dentro. No gramado, aceno freneticamente para o aerodeslizador enquanto Buttercup se debate. Dou uma cotovelada nele, que fica furioso. Um aerodeslizador aparece e uma escada é baixada. Piso nela e a energia me congela até eu ser erguida a bordo.

Gale me ajuda a sair da escada.

– Tudo bem?

– Ahã. – Enxugo o suor da testa com a manga da camisa.

Ele deixou uma rosa para mim! Eu quero gritar, mas esse com certeza não é o tipo de informação que posso compartilhar com alguém como Plutarch nas imediações. Em primeiro lugar, porque isso vai fazer com que eu pareça louca. Ou como se tivesse imaginado tudo, o que é bem possível, ou como se estivesse tendo uma reação exagerada, o que me obrigaria a retornar ao território dos sonhos induzido pelas drogas do qual estou tentando tanto escapar. Ninguém vai compreender totalmente – como aquilo não é apenas uma flor, nem mesmo apenas a flor do presidente Snow, mas uma promessa de vingança – porque ninguém mais estava sentado naquele escritório com ele quando me ameaçou antes da Turnê da Vitória.

Posicionada em meu vestíbulo, aquela rosa branca como a neve é uma mensagem pessoal para mim. Ela fala de um assunto não concluído. Ela sussurra: *Posso achá-la. Posso alcançá-la. Talvez a esteja vigiando agora.*

2

Será que alguma aeronave da Capital está vindo à toda para nos explodir em mil pedacinhos? Enquanto sobrevoamos o Distrito 12, observo ansiosamente a paisagem em busca de sinais de um possível ataque, mas não há nada nos perseguindo. Depois de vários minutos, quando escuto uma troca de palavras entre Plutarch e o piloto, confirmando que o espaço aéreo está liberado, começo a relaxar um pouco.

Gale balança a cabeça para os gemidos que escapam de minha bolsa de caça.

– Agora sei por que você precisava voltar.

– Se houvesse ao menos uma chance de recuperá-lo. – Jogo a bolsa no assento, onde a hedionda criatura solta um rosnado lento e gutural. – Ah, cala essa boca – digo para a bolsa enquanto desabo no assento acolchoado próximo à janela em frente a ela.

Gale senta do meu lado.

– Foi muito ruim lá embaixo?

– Pior impossível – respondo. Olho bem nos olhos dele e vejo meu próprio pesar refletido ali. Nossas mãos se encontram, apegando-se com rapidez a uma parte do 12 que Snow, de um modo ou de outro, não conseguiu destruir. Ficamos sentados em silêncio o resto da viagem até o 13, um percurso que não dura mais do que quarenta e cinco minutos. Uma mera semana de viagem a pé. Bonnie e Twill, as refugiadas do Distrito 8 que encontrei na floresta no inverno passado, não estavam tão distantes de seu destino, afinal de contas. Entretanto, ao que tudo indica, elas não conseguiram atingir seu objetivo. Quando eu perguntei por elas no 13, ninguém parecia saber de quem eu estava falando. Imagino que tenham morrido na floresta.

Do céu, o 13 parece tão alegre quanto o 12. Os destroços não estão soltando fumaça, como a Capital mostra na TV, mas praticamente não há o menor sinal de vida na superfície. Nos setenta e cinco anos que se passaram desde os Dias Escuros — quando dizem que o 13 foi obliterado na guerra entre a Capital e os distritos —, quase todas as novas construções foram feitas abaixo da superfície. Já havia uma instalação substancial aqui, desenvolvida ao longo de séculos para servir ou como esconderijo clandestino para líderes do governo em tempos de guerra ou como último recurso para a humanidade se a vida acima da superfície se tornasse inviável. O mais importante para as pessoas do 13 era o fato de o distrito ser o centro do programa de desenvolvimento de armas nucleares da Capital. Durante os Dias Escuros, os rebeldes no 13 arrancaram o controle das forças do governo, apontaram seus mísseis nucleares para a Capital e em seguida propuseram um acordo: eles se fingiriam de mortos e em troca seriam deixados em paz. A Capital possuía outro arsenal nuclear a oeste, mas não conseguiria atacar o 13 sem que houvesse retaliação. O governo central foi obrigado a aceitar a proposta. A Capital demoliu os resquícios visíveis do distrito e cortou todos os acessos do exterior. Talvez os líderes da Capital tivessem pensado que, sem ajuda, o 13 morreria. Em determinados momentos, isso quase ocorreu, mas eles sempre conseguiam se manter devido a um rígido sistema de compartilhamento de recursos, uma extrema disciplina e uma constante vigilância contra qualquer possibilidade de ataque por parte da Capital.

Agora os cidadãos vivem quase que exclusivamente no subterrâneo. Você pode sair para fazer exercícios e tomar banho de sol, mas somente em momentos bem específicos de sua programação diária. Você não pode descumprir sua programação diária. Todas as manhãs, você é obrigado a enfiar seu braço direito num dispositivo na parede. Ele faz uma tatuagem na parte interna de seu antebraço onde está descrita a programação do seu dia numa desagradável tinta roxa. *7:00 – Café da manhã. 7:30 – Tarefas de Cozinha. 8:30 – Centro Educacional, Sala 17*. E assim por diante. A tinta não pode ser removida até as *22:00 – Banho*. É nesse momento que seja lá o que faz com que a tinta seja resistente a água para de funcionar, e a programação inteira escorre pelo ralo. A luz que se apaga às 22:30 sinaliza que qualquer pessoa não designada para exercer alguma função no turno da noite deve estar na cama.

No início, quando estava doente demais no hospital, eu conseguia escapar da tatuagem. Mas assim que me mudei para o Compartimento 307 com minha mãe e irmã, fui obrigada a seguir o programa. Mas, exceto nos horários das refeições, eu simplesmente ignoro as palavras impressas em meu braço. Volto para nosso compartimento ou fico zanzando pelo 13 ou durmo um pouco em algum lugar escondido. Num duto de ar abandonado. Atrás das bombas de água na lavanderia. Existe um closet no Centro Educacional que é uma maravilha porque parece que ninguém jamais precisa de suprimentos escolares. Eles são tão frugais com as coisas aqui que o desperdício é praticamente uma atividade criminosa. Felizmente, as pessoas do 12 jamais viveram a cultura do desperdício. Mas uma vez eu vi Fulvia Cardew jogar fora uma folha de papel com apenas algumas palavras escritas, e, pela maneira como olharam para ela, seria de se pensar que ela havia matado alguém. Seu rosto ficou vermelho como um tomate, fazendo com que as rosas prateadas incrustadas em suas bochechas gorduchas se destacassem ainda mais. O próprio retrato do excesso. Um dos meus poucos prazeres no 13 é ficar observando o punhado de "rebeldes" mimados da Capital penando para se encaixar nesse rígido modelo social.

Não sei quanto tempo vou conseguir sustentar minha completa desconsideração pela pontual precisão aos compromissos solicitados por meus anfitriões. Atualmente, eles me deixam em paz porque sou classificada como mentalmente desorientada – é exatamente isso o que está escrito na minha pulseira médica de plástico –, e todo mundo precisa tolerar minhas andanças a esmo. Mas isso não pode durar para sempre. E tampouco a paciência deles com a questão do Tordo.

Da plataforma de pouso, Gale e eu descemos um lance de escadarias até o Compartimento 307. Podíamos pegar o elevador, só que ele me lembra demais do que me levava para a arena. Estou com muita dificuldade para me acostumar a passar tanto tempo no subterrâneo. Mas depois do encontro surreal com a rosa, pela primeira vez a descida faz com que eu me sinta segura.

Hesito em frente à porta com o número 307, antecipando as perguntas de meus familiares.

– O que falo para elas sobre o 12? – pergunto a Gale.

– Duvido que peçam detalhes. Elas viram tudo queimando. Elas vão estar preocupadas mesmo é em saber como você está lidando com isso. – Gale toca minha bochecha. – Assim como eu.

Pressiono o meu rosto contra a mão dele durante um momento.

– Eu vou sobreviver.

Então respiro fundo e abro a porta. Minha mãe e minha irmã estão em casa para *18:00 – Meditação*, meia hora de inatividade antes do jantar. Vejo a preocupação em seus rostos enquanto tentam avaliar o meu estado emocional. Antes que alguém possa perguntar o que quer que seja, esvazio a bolsa de caça e passamos para *18:00 – Adoração de Gato*. Prim se senta no chão chorando e embalando o horroroso Buttercup, que interrompe seu ronronar apenas para miar vez por outra na minha direção. Ele olha para mim de um jeito particularmente arrogante quando ela amarra a fitinha azul em seu pescoço.

Minha mãe abraça com força a foto de seu casamento e em seguida a coloca, junto com o livro de plantas, em cima de nosso armário fornecido pelo governo. Penduro a jaqueta de meu pai nas costas da cadeira. Por um momento, o lugar fica parecido com o nosso lar. Então acho que a viagem ao 12 não foi um completo desperdício.

Estamos nos encaminhando para a sala de jantar para *18:30 – Jantar* quando o comunipulso de Gale começa a soar. Parece um relógio grande, mas recebe mensagens impressas. Ter direito a um comunipulso é um privilégio especial reservado às pessoas que são importantes à causa, um status que Gale conseguiu ao resgatar os cidadãos do 12.

– Eles precisam de nós dois no Comando – diz ele.

Seguindo alguns passos atrás de Gale, tento me controlar antes de ser jogada no que certamente será mais uma incessante sessão Tordo. Paro um instante na entrada do Comando, a sala high-tech de reuniões do conselho de guerra equipada com paredes falantes computadorizadas, mapas eletrônicos que mostram os movimentos das tropas em vários distritos e uma gigantesca mesa triangular com painéis de controle que eu não tenho permissão para tocar. Porém, ninguém repara em minha presença porque estão todos reunidos diante de uma tela de TV na extremidade da sala que transmite notícias da Capital vinte e quatro horas por dia. Estou pensando que talvez consiga dar uma escapadela quando Plutarch, cujo amplo corpo bloqueava a TV, me avista e acena com urgência para que me junte a eles. Avanço relutantemente, tentando imaginar como aquilo poderia ser de meu interesse. É sempre a mesma coisa. Filmes de guerra. Propaganda política. Reprises das bombas caindo no Distrito 12. Uma mensagem sinistra do presidente Snow. Portanto, agora é quase divertido ver Caesar Flickerman, o eterno apresentador dos Jogos Vorazes, com seu rosto pintado e seu terno cintilante, preparando-se para uma entrevista. Até a câmera se afastar e eu perceber que seu convidado é Peeta.

Um som escapa da minha boca. A mesma combinação de arquejo e gemido que acontece quando estamos submersos na água, tão sedentos por oxigênio que chega a doer. Empurro as pessoas para o lado até ficar bem em frente a ele, minha mão pousada na tela. Procuro em seus olhos algum sinal de dor, algum reflexo de agonia ou tortura. Não há nada. Peeta parece saudável e até mesmo robusto. Sua pele está brilhando, sem marcas de maus tratos, daquele jeito arrumação-de--corpo-inteiro. Ele está controlado, com o ar sério. Não consigo reconciliar essa imagem com o garoto ferido e ensanguentado que frequenta os meus sonhos.

Caesar acomoda-se de modo mais confortável em sua cadeira em frente a Peeta e olha para ele durante um longo tempo.

– E então... Peeta... bem-vindo.

Peeta sorri ligeiramente.

– Aposto que você pensou que tivesse feito a sua última entrevista comigo, Caesar.

– Confesso que foi exatamente o que pensei – diz Caesar. – Na noite anterior ao Massacre Quaternário... bem, quem poderia imaginar que nos encontraríamos novamente?

– Isso não fez parte do meu plano, com toda certeza – diz Peeta, franzindo a testa.

Caesar aproxima-se um pouco dele.

– Acho que ficou claro para todos nós qual era o seu plano. Sacrificar-se na arena de modo que Katniss Everdeen e o filho de vocês pudessem sobreviver.

– Foi isso. Claro e simples assim. – Os dedos de Peeta percorrem o desenho do estofamento no braço da cadeira. – Mas outras pessoas também tinham seus planos.

Sim, outras pessoas tinham seus planos, penso. Será que Peeta adivinhou, então, como os rebeldes nos usaram como joguetes? Como meu resgate foi arranjado desde o início? E finalmente, como nosso mentor, Haymitch Abernathy, nos traiu por uma causa pela qual ele fingia não ter nenhum interesse?

No silêncio que se segue, reparo as linhas que se formaram entre as sobrancelhas de Peeta. Ele adivinhou ou foi informado? Mas a Capital não o matou e nem mesmo o puniu. Até esse exato momento, isso excede as minhas mais loucas esperanças. Absorvo a inteireza dele, a saúde de seu corpo e de sua mente. A sensação me percorre como o morfináceo que me administraram no hospital, anestesiando a dor das últimas semanas.

– Por que você não nos conta como foi aquela última noite na arena? – sugere Caesar. – Ajude-nos a entender melhor algumas coisas.

Peeta balança a cabeça em concordância, mas leva um bom tempo para começar a falar:

– Aquela última noite... para falar sobre aquela última noite... bom, antes de tudo, você precisa imaginar como era estar na arena. Era como ser um inseto preso dentro de uma tigela cheia de vapor. E, para todos os lados, selva... verde e viva, e o tique-taque. Aquele relógio gigantesco batendo e sua vida se extinguindo a cada badalada. Cada hora prometendo algum novo horror. Você precisa imaginar que nos dois últimos dias, dezesseis pessoas morreram, algumas delas tentando fazer com que você continuasse vivo. No ritmo que as coisas estavam seguindo, os últimos oito estariam mortos pela manhã. Exceto um. O vitorioso. E o seu plano é que você não seja ele.

Meu corpo começa a suar conforme lembro. Minha mão desliza pela tela e paira ao meu lado, mole, inerte. Peeta não precisa de um pincel para pintar imagens dos Jogos. Ele também trabalha muito bem com as palavras.

– Uma vez na arena, o resto do mundo se torna distante – continua ele. – Todas as pessoas e coisas de que você gostava ou amava praticamente deixam de existir. O céu róseo e os monstros na selva e os tributos que querem seu sangue se tornam sua realidade última, a única que jamais importou em sua vida. Por pior que se sinta com relação a isso, você vai ter que matar, porque na arena só te dão direito a um único desejo. E custa muito caro.

– Custa sua vida – diz Caesar.

– Ah, não. Custa muito mais do que sua vida. Assassinar pessoas inocentes? – diz Peeta. – Custa tudo o que você é.

— Tudo o que você é – repete Caesar em voz baixa.

Um silêncio caiu sobre o recinto, e consigo senti-lo espalhando-se por toda Panem. Uma nação debruçando-se diante das telas da TV. Porque ninguém jamais falou antes como é de fato estar na arena.

Peeta prossegue:

— Então você se agarra a seu desejo. E naquela última noite, sim, meu desejo era salvar Katniss. Mas mesmo sem saber a respeito dos rebeldes, a sensação que eu tinha não era nada boa. Tudo estava complicado demais. Acabei me arrependendo de não ter fugido com ela antes, como ela própria havia sugerido. Mas naquele estágio não era mais possível voltar atrás.

— Você estava envolvido demais no plano de Beetee, de eletrificar o lago salgado – diz Caesar.

— Ocupado demais brincando de ser aliado dos outros. Eu nunca deveria ter deixado que eles nos separassem! – explode Peeta. – Foi aí que perdi Katniss.

— Quando vocês ficaram na árvore do raio e ela e Johanna Mason levaram o carretel com o fio até a água – esclarece Caesar.

— Eu não queria fazer isso! – Peeta fica vermelho de tanta agitação. – Mas não tinha como discutir com Beetee sem indicar que estávamos a ponto de romper a aliança. Quando aquele fio foi cortado, foi uma loucura. Só consigo lembrar de alguns detalhes aqui e ali. Eu tentando encontrá-la. Assistindo a Brutus matar Chaff. Eu mesmo matando Brutus. Sei que ela estava me chamando. Então o raio atingiu a árvore e o campo de força ao redor da arena... explodiu.

— Katniss o explodiu, Peeta – diz Caesar. – Você viu o filme.

— Ela não sabia o que estava fazendo. Nenhum de nós conseguia acompanhar o plano de Beetee. Você pode vê-la tentando entender o que tinha de fazer com aquele fio – rebate Peeta.

— Tudo bem. Só que parece suspeito – diz Caesar. – É como se ela sempre tivesse feito parte do plano dos rebeldes.

Peeta se põe de pé, curvando-se em direção ao rosto de Caesar, as mãos grudadas nos braços da cadeira de seu entrevistador.

— É mesmo? E também fazia parte do plano quase ser morta por Johanna? Ficar paralisada com aquele choque? Detonar a bomba? – Agora ele está berrando. – Ela não sabia, Caesar! Nenhum de nós sabia nada, exceto que estávamos tentando manter um ao outro vivos!

Caesar coloca a mão no peito de Peeta num gesto ao mesmo tempo conciliatório e de autoproteção.

— Tudo bem, Peeta, acredito em você.

— Tudo bem. – Peeta se afasta de Caesar, retirando as mãos da cadeira e passando-as pelos cabelos, massageando seus cachos louros cuidadosamente penteados. Ele desaba na cadeira, irritado.

Caesar espera um momento, estudando Peeta.

— E quanto ao seu mentor, Haymitch Abernathy?

O rosto de Peeta endurece.

— Não sei o que Haymitch sabia.

— Será possível que ele fizesse parte da conspiração? – pergunta Caesar.

— Ele nunca mencionou nada a respeito – diz Peeta.

Caesar pressiona:

— E o que diz o seu coração?

— Que não devia ter confiado nele – diz Peeta. – Isso é tudo.

Não vejo Haymitch desde que o ataquei no aerodeslizador, deixando longas marcas de unhas em seu rosto. Sei que tem sido ruim para ele aqui. O Distrito 13 proíbe qualquer produção ou consumo de bebidas alcoólicas, e mesmo o álcool hospitalar é guardado num armário com cadeado. Finalmente, Haymitch está sendo obrigado a permanecer sóbrio, sem nenhum estoque secreto ou misturas caseiras para aliviar sua transição. Eles o detiveram até não haver nele mais nenhum resquício de álcool, já que ele não foi considerado apto para fazer aparições públicas. Deve ser uma experiência excruciante, mas perdi toda a simpatia que tinha por Haymitch quando percebi como ele havia nos enganado. Espero que ele esteja assistindo à transmissão da Capital agora, para poder ver que Peeta também o abandonou.

Caesar dá um tapinha no ombro de Peeta.

– Podemos parar agora, se você preferir.

– Tinha mais alguma coisa a ser discutida? – diz Peeta, secamente.

– Eu ia perguntar a sua opinião sobre a guerra, mas se você está tão chateado... – começa Caesar.

– Ah, não estou tão chateado a ponto de não dar essa resposta. – Peeta respira fundo e então olha diretamente para a câmera. – Quero que todos vejam isso, estando você na Capital ou com os rebeldes. Parem por um instante e pensem no que poderia significar essa guerra. Para os seres humanos. Nós quase nos extinguimos lutando uns contra os outros antes. Agora nosso número é ainda menor. Nossas condições mais precárias. É isso mesmo o que queremos fazer? Aniquilarmos uns aos outros definitivamente? Na esperança de que... o quê? Algumas espécies decentes herdem os destroços cheios de cinzas da Terra?

– Acho que eu não... não sei se estou entendendo muito bem... – diz Caesar.

– Nós não podemos ficar lutando uns contra os outros, Caesar – explica Peeta. – Não vão sobrar pessoas suficientes para seguir em frente. Se as pessoas não se livrarem de suas armas, e estou frisando: isso é para ontem, tudo vai acabar de um jeito ou de outro.

– Quer dizer então... que você está conclamando um cessar-fogo? – pergunta Caesar.

– Estou, sim. Estou conclamando um cessar-fogo – diz Peeta, com cansaço. – Agora, por que não pedimos aos guardas para me levarem de volta aos meus aposentos para que eu possa construir mais cem casas com cartas de baralho?

Caesar vira-se para a câmera.

– Tudo bem. Acho que podemos parar por aqui. Então voltemos para nossa programação normal.

Começa a tocar uma música e eles saem de cena. Então aparece uma mulher lendo uma lista de itens em falta na Capital: fruta fresca, baterias solares, sabonete. Eu a observo com uma atenção ímpar, porque sei que todos estarão esperando para ver qual será a minha reação diante da entrevista. Mas não há nenhuma possibilidade de processar tudo aquilo tão rapidamente – a alegria de ver Peeta vivo e saudável, sua defesa de minha inocência em colaborar com os rebeldes e sua inegável cumplicidade com a Capital agora que ele acabou de conclamar um cessar-fogo. Ah, ele fez a coisa soar como se estivesse condenando ambos os lados na guerra. Mas nessa altura, com apenas vitórias insignificantes para os rebeldes, um cessar-fogo só poderia resultar num retorno a nossa situação anterior. Ou pior.

Atrás de mim, ouço as acusações contra Peeta se formando. As palavras traidor, mentiroso e inimigo ecoam das paredes. Como não posso nem me juntar ao ultraje dos rebeldes e nem me opor a ele, decido que a melhor coisa a fazer é sair daqui. Assim que alcanço a porta, a voz de Coin ergue-se acima das dos outros:

– Você não foi dispensada, soldado Everdeen.

Um dos homens de Coin coloca a mão em meu braço. Não é realmente um gesto agressivo, mas, depois da arena, reajo defensivamente a qualquer toque não familiar. Eu me solto e disparo corredor afora. Atrás de mim, ouço um som de correria, mas não paro. Minha mente faz um rápido inventário de meus escassos esconderijos e acabo no closet de suprimentos, enroscada contra um engradado de giz.

– Você está vivo – sussurro, pressionando as palmas das mãos em minhas bochechas, sentindo um sorriso tão grande que deve parecer uma careta. Peeta está vivo. E é um traidor. Mas, no momento, eu não ligo. Não para o que ele diz, ou para quem ele diz, apenas para o fato de que ele ainda é capaz de falar.

Depois de algum tempo, a porta se abre e alguém entra. Gale desliza para o meu lado, sangue escorrendo por seu nariz.

– O que aconteceu? – pergunto.

– Entrei na frente de Boggs – responde ele, dando de ombros. Uso a manga da camisa para limpar seu nariz. – Cuidado!

Tento ser mais delicada. Dou umas batidinhas em vez de esfregar.

– Qual deles é Boggs?

– Ah, você sabe. O braço direito de Coin. O que tentou impedir você de sair. – Ele afasta a minha mão. – Para! Você vai me fazer sangrar até morrer!

O gotejar de sangue transformou-se num fluxo contínuo. Desisto das tentativas de primeiros socorros.

— Você lutou com Boggs?

— Não, só fiquei no caminho quando ele tentou seguir você. O cotovelo dele atingiu o meu nariz — diz Gale.

— Provavelmente você vai ser punido.

— Já fui. — Ele estende o punho. Olho sem entender. — Coin tirou o meu comunipulso.

Mordo o lábio, tentando permanecer séria. Mas a coisa parece ridícula demais.

— Sinto muito, soldado Gale Hawthorne.

— Não precisa, soldado Katniss Everdeen. — Ele dá um risinho. — De qualquer maneira, eu me sentia um idiota andando para cima e para baixo com aquela coisa. — Nós dois começamos a rir. — Acho que fui rebaixado, isso sim.

Essa é uma das poucas coisas boas em relação ao Distrito 13. Ter Gale de volta. Com a pressão do casamento arranjado pela Capital entre Peeta e eu já encerrada, conseguimos reconquistar nossa antiga amizade. Ele não faz maiores avanços, como tentar me beijar ou conversar sobre amor. Ou porque estive doente demais, ou porque ele está disposto a me dar mais espaço, ou porque sabe que seria simplesmente muito cruel com Peeta nas mãos da Capital. Seja lá qual for o caso, eu tenho novamente alguém a quem contar meus segredos.

— Quem são essas pessoas? — pergunto.

— Eles são a gente. Se nós tivéssemos bombas nucleares em vez de montes de carvão — responde ele.

— Eu gosto de pensar que o 12 não teria abandonado o resto dos rebeldes na época dos Dias Escuros.

— Talvez a gente tivesse, sim. Se tivéssemos que escolher entre a rendição ou iniciar uma guerra nuclear — diz Gale. — De certa forma, é incrível eles terem ao menos sobrevivido.

Talvez seja porque eu ainda tenha as cinzas do meu próprio distrito em meus sapatos mas, pela primeira vez, dou ao povo do 13 algo que tenho me recusado a conceder a eles: crédito. Por terem permanecido vivos contra todas as expectativas. Os primeiros anos devem ter sido terríveis, amontoados nas câmaras abaixo da superfície depois de sua cidade ter sido bombardeada até virar poeira. População dizimada, nenhum possível aliado a quem recorrer em busca de ajuda. Ao longo dos últimos setenta e cinco anos, eles aprenderam a ser autossuficientes, transformaram seus cidadãos num exército e construíram uma nova sociedade sem ajuda de ninguém. Eles seriam ainda mais poderosos se aquela epidemia de varíola não tivesse achatado a taxa de natalidade do distrito e os tornado tão desesperados por um novo núcleo genético e novos reprodutores. Talvez sejam militaristas, excessivamente inflexíveis e pouco dados ao senso de humor. Mas eles estão aqui. E dispostos a derrubar a Capital.

– Mesmo assim, eles demoraram demais para aparecer – comento.

– A coisa não era simples. Eles tinham que construir uma base rebelde na Capital, arranjar algum tipo de espaço subterrâneo nos distritos – diz ele. – E aí eles precisavam de alguém para fazer toda essa coisa entrar nos eixos e funcionar. Eles precisavam de você.

– Eles precisavam de Peeta também, mas parece que se esqueceram disso – digo.

A expressão de Gale fica sombria.

– Talvez Peeta tenha feito um estrago danado hoje. A maioria dos rebeldes vai ignorar o que ele disse imediatamente, é claro. Mas há distritos onde a resistência está mais fraca. O cessar-fogo é obviamente uma ideia de Snow. Mas parece uma coisa bem razoável saindo da boca de Peeta.

Fico com medo da resposta que Gale dará, mas pergunto assim mesmo:

— Por que você acha que ele disse isso?

— Pode ser que tenha sido torturado. Ou persuadido. A minha aposta é que ele fez alguma espécie de acordo para proteger você. Ele lançaria a ideia do cessar-fogo se Snow deixasse ele apresentar você como uma garota grávida e confusa que não fazia a menor ideia do que estava acontecendo quando foi levada como prisioneira pelos rebeldes. Desse jeito, se os distritos perderem, ainda assim existirá uma chance de você ser perdoada. Se você desempenhar o seu papel direito. — Eu ainda devo estar com a aparência perplexa porque Gale solta a frase seguinte muito lentamente: — Katniss... ele ainda está tentando manter você viva.

Me manter viva? Mas então eu compreendo. Os Jogos ainda estão em curso. Nós saímos da arena, mas como Peeta e eu não fomos mortos, seu último desejo de preservar a minha vida ainda está de pé. Sua ideia é fazer com que eu fique quieta, a salvo e aprisionada enquanto a guerra se desenrola. Então nenhuma das partes terá motivos reais para me matar. E Peeta? Se os rebeldes vencerem, será desastroso para ele. Se a Capital vencer, quem sabe? De repente, nós dois teremos permissão para permanecer vivos — se eu desempenhar o meu papel direito — para assistirmos ao prosseguimento dos Jogos...

Imagens passam como um raio na minha mente: a lança perfurando o corpo de Rue na arena, Gale pendendo inconsciente no pelourinho, a terra devastada repleta de cadáveres em que se transformou o meu distrito. E por quê? Por quê? À medida que meu sangue esquenta, começo a me lembrar de outras coisas. Meu primeiro vislumbre de um levante no Distrito 8. Os vitoriosos de mãos dadas na noite anterior ao Massacre Quaternário. E como não foi nenhum acidente eu ter acertado aquela flecha no campo de força da arena. Como eu queria que ela se alojasse bem no coração do meu inimigo.

Levanto-me às pressas, derrubando uma caixa de cem lápis e espalhando-os pelo chão.

– O que houve? – pergunta Gale.

– Não pode haver cessar-fogo. – Eu me abaixo para pegar os bastões de grafite acinzentados e recolocá-los na caixa. – A gente não pode voltar atrás.

– Eu sei. – Gale pega um punhado de lápis e dá uma pancadinha com eles no chão de modo a alinhá-los.

– Seja lá qual tenha sido o motivo para Peeta dizer o que disse, ele está errado. – As porcarias de lápis não entram na caixa e eu quebro vários deles por pura frustração.

– Eu sei. Me dá isso aí. Você está triturando tudo. – Ele puxa a caixa das minhas mãos e os recoloca com movimentos ágeis e concisos.

– Peeta não sabe o que eles fizeram com o 12. Se ele tivesse como ver o que foi destruído... – começo a dizer.

– Katniss, não estou discutindo com você. Se pudesse apertar um botão e matar cada alma viva que trabalha para a Capital, eu faria isso sem pensar duas vezes. – Ele desliza o último lápis para dentro da caixa e fecha a tampa. – A questão é: o que é que você vai fazer?

Acontece que sempre houve apenas uma resposta à pergunta que tem me consumido. Mas foi necessário o ardil de Peeta para que eu a reconhecesse.

O que eu vou fazer?

Respiro fundo. Meus braços se erguem ligeiramente – como se relembrando as asas em preto e branco que Cinna me deu –, e então os repouso novamente.

– Eu vou ser o Tordo.

3

Os olhos de Buttercup refletem a tênue luminosidade da luz de segurança em cima da porta, enquanto ele, encaixado confortavelmente no braço de Prim, está de volta à sua velha função: protegê-la à noite. Ela se aconchega contra minha mãe. Adormecidas, ambas têm a mesma aparência que tinham na manhã da colheita que me levou à minha primeira participação nos Jogos Vorazes. Tenho uma cama só para mim porque estou me recuperando e porque ninguém consegue dormir comigo de um jeito ou de outro, com tantos pesadelos que fazem com que eu me debata o tempo todo.

Depois de me mexer e de mudar de posição por horas, finalmente aceito que essa noite será de vigília. Sob os olhos atentos de Buttercup, ando nas pontinhas dos pés pelo piso frio de ladrilho até o vestíbulo.

A gaveta do meio contém minhas roupas enviadas pelo governo. Todo mundo usa as mesmas calças e camisas na cor cinza, a camisa enfiada na cintura. Debaixo das roupas, guardo os poucos itens que levava comigo quando fui tirada da arena. Meu broche com o tordo. O presente de Peeta, um medalhão dourado que abre e fecha com fotos de minha mãe, de Prim e de Gale dentro. Um paraquedas prateado que prende uma cavilha para tirar seiva de árvore e a pérola que Peeta me deu algumas horas antes de eu explodir o campo de força. O Distrito 13 confiscou meu tubo de unguento, para ser usado no hospital, e o meu arco, porque somente guardas têm permissão para portar armas. Ele foi guardado no depósito de armas, junto com as flechas.

Tateio em busca do paraquedas e deslizo os dedos no interior da gaveta até que eles tocam a pérola. Eu me recosto na cama com as pernas cruzadas e começo a esfregar a superfície lisa e iridescente da pérola de um lado para o outro em meus lábios. Por alguma razão, o contato é tranquilizador. Um beijo frio de quem me deu o presente.

– Katniss? – sussurra Prim. Ela está acordada, olhando para mim em meio à escuridão. – Algum problema?

– Nada. Só tive um sonho ruim. Vai dormir. – É automático. Fazer um escudo para não deixar que as coisas ruins cheguem aos ouvidos de minha mãe e Prim.

Com cuidado para não despertar minha mãe, Prim sai da cama, pega Buttercup e senta-se ao meu lado. Ela toca a mão que estava segurando a pérola.

– Você está gelada. – Ela pega um cobertor extra ao pé da cama, coloca-o sobre nós três e me envolve não só em seu calor como também no calor do pelo de Buttercup. – Você pode me contar, sabe. Sou boa em guardar segredos. Até mesmo da mamãe.

Ela não existe mais. A menininha com as fraldas da camisa para fora como se fosse o rabo de um pato, a menina que precisava de ajuda para alcançar os pratos e que implorava para ver os bolos confeitados na vitrine da padaria. O tempo e a tragédia forçaram-na a crescer rapidamente – pelo menos é o que penso – e se transformar numa jovem que dá pontos em ferimentos e sabe que nossa mãe tem uma ótima audição.

– Amanhã de manhã vou concordar em ser o Tordo – digo a ela.

– Porque você quer ou porque você se sente forçada a fazer isso? – pergunta ela.

Eu rio um pouco.

– As duas coisas, acho. Não, eu quero, sim. Eu preciso, se isso ajudar os rebeldes a derrotar Snow. – Aperto a pérola com mais força na mão. – Só que... Peeta. Tenho medo de que a nossa vitória possa fazer com que os rebeldes o executem como traidor.

Prim pondera.

– Katniss, acho que você não está entendendo o quanto você é importante para a causa. Pessoas importantes normalmente têm o que desejam. Se você quiser manter Peeta a salvo dos rebeldes, você vai conseguir.

Acho que sou importante. Eles passaram por muitos apuros para me resgatar. Eles me levaram para o 12.

– Você quer dizer que... eu poderia exigir que dessem imunidade a Peeta? E eles teriam de concordar com isso?

– Acho que você poderia exigir praticamente qualquer coisa e eles teriam de concordar. – Prim franze a testa. – Só que... como ter certeza de que vão cumprir a promessa?

Eu me lembro de todas as mentiras que Haymitch contou para Peeta e para mim com o objetivo de nos convencer a fazer o que ele queria. O que poderia impedir os rebeldes de renegar o acordo? Uma promessa verbal feita a portas fechadas, até mesmo um documento escrito – tudo isso poderia evaporar facilmente depois da guerra. A existência e a validade deles poderia ser negada. Nenhuma testemunha no Comando teria algum valor. Na realidade, provavelmente seriam eles próprios os responsáveis por assinar o pedido de execução de Peeta. Vou precisar de uma rede bem mais ampla de testemunhas. Vou precisar de todos que conseguir obter.

— A coisa vai ter que ser pública – digo. Buttercup balança o rabo num gesto que interpreto como aquiescência. – Vou mandar Coin anunciar a minha decisão na frente de toda a população do 13.

Prim sorri.

— Ah, isso é uma boa. Não é nenhuma garantia, mas assim vai ser bem mais difícil para eles não cumprir a promessa.

Sinto o tipo de alívio que se segue a uma solução real.

— Eu devia acordar você com mais frequência, patinho.

— Eu adoraria – diz Prim. Ela me dá um beijo. – Tenta dormir agora, certo? – E é o que faço.

De manhã, vejo que *7:00 – Café da manhã* é diretamente seguido de *7:30 – Comando*, o que é bom, já que vai ser uma oportunidade para começar a mexer os pauzinhos. Na sala de refeições, coloco a programação diária, que inclui uma espécie de número de identificação, na frente de um sensor. Assim que deslizo a bandeja ao longo da prateleira de metal diante da comida, vejo que o café da manhã é a dieta confiável de sempre – uma tigela de cereais quente, uma xícara de leite e uma pequena porção de frutas ou legumes. Hoje, purê de nabo. Tudo isso vem das fazendas subterrâneas do 13. Eu me sento à mesa designada para a família Everdeen e para a família Hawthorne e alguns outros refugiados e boto a comida para dentro com muita vontade de repetir. Mas não existe isso aqui. Nutrição para eles é quase uma ciência. Você sai com calorias suficientes para se manter até a próxima refeição, nem mais nem menos. O tamanho da porção é baseado em sua idade, altura, tipo físico, estado de saúde e quantidade de trabalho físico requerido para realizar sua programação diária. As pessoas do 12 já estão recebendo porções ligeiramente maiores do que os nativos do 13, num esforço para que o peso delas aumente. Imagino que soldados esqueléticos se cansem muito rapidamente. Mas está funcionando. Em apenas um mês, estamos começando a ficar com um aspecto mais saudável, especialmente as crianças.

Gale põe a bandeja ao meu lado e tento não ficar olhando para seu purê de nabo de maneira excessivamente patética, porque realmente quero comer mais, e ele é rápido demais para me passar sua comida. Embora volte a minha atenção para o guardanapo muito bem dobrado, uma colherada de nabo é depositada na minha tigela.

– Você precisa parar com isso – digo. Mas como já estou engolindo a papa, minhas palavras não soam muito convincentes. – Falo sério, de repente isso é até proibido ou sei lá o quê. – Eles têm regras bastante rígidas com relação à comida. Por exemplo, se você não termina de comer e resolve guardar para depois, não vai poder sair da sala de jantar com a comida. Aparentemente, nos primeiros dias, houve incidentes com pessoas tentando estocar comida. Para algumas pessoas como Gale e eu, que fomos encarregados do suprimento alimentar de nossas famílias por anos e anos, é difícil aceitar. Sabemos como é sentir fome, mas não como ouvir o que outros têm a nos dizer sobre o que devemos fazer com as provisões de que dispomos. Em alguns aspectos, o Distrito 13 é ainda mais controlador do que a Capital.

– O que eles podem fazer? Eles já tiraram o meu comunipulso – diz Gale.

Enquanto raspo a minha tigela, tenho uma inspiração.

– Ei, de repente essa podia ser uma das minhas condições para eu ser o Tordo.

– Eu poder dar mais nabo para você? – diz ele.

– Não, nós podermos caçar. – Isso atrai a atenção dele. – A gente teria que dar tudo para a cozinha. Mas, mesmo assim, a gente podia... – Eu não preciso terminar porque ele sabe. Íamos poder ficar na superfície. Na floresta. Nós íamos poder voltar a ser nós mesmos.

– Faz isso – diz Gale. – A hora é essa. Você podia pedir a Lua e eles arranjariam um jeito de consegui-la para você.

Ele não sabe que já estou pedindo a Lua ao exigir que eles poupem a vida de Peeta. Antes que eu possa decidir contar ou não para ele, uma campainha sinaliza o fim do horário de refeição. Só pensar em ter que encarar Coin sozinha já me deixa nervosa.

– Qual é a sua programação para hoje? – pergunto.

Gale olha para o braço.

– Aula de História Nuclear. Onde, pelo visto, sua ausência tem sido notada.

– Preciso aparecer no Comando. Vem comigo? – pergunto.

– Tudo bem. Mas pode ser que eles me expulsem depois do que ocorreu ontem. – Assim que nos livramos das bandejas, ele diz: – Quer saber, acho que você também devia colocar o Buttercup na sua lista de exigências. Acho que a ideia de bichinhos de estimação sem utilidade não é muito comum por aqui.

– Ah, eles vão arranjar uma função para ele. Vão tatuar as tarefas na pata dele todos os dias – digo. Mas tomo uma nota mental para incluí-lo por conta de Prim.

Quando chegamos ao Comando, Coin, Plutarch e todas as outras pessoas já estão reunidas. A visão de Gale faz sobrancelhas se erguerem, mas ninguém o expulsa. Minhas anotações mentais estão ficando confusas demais, de modo que peço de imediato um pedaço de papel e um lápis. Meu aparente interesse nos procedimentos – a primeira vez que isso acontece desde que cheguei aqui – os deixa surpresos.

Diversos olhares são trocados. Provavelmente eles tinham preparado alguma espécie de discurso extraespecial para mim. Mas, em vez disso, Coin me entrega pessoalmente o material e todo mundo espera em silêncio enquanto me sento à mesa e começo a rabiscar a minha lista. *Buttercup. Caçadas. A imunidade de Peeta. Anunciada em público.*

É isso. Provavelmente essa é a minha única chance de barganhar. *Pense. O que mais você quer?* Eu o sinto, em pé ao meu lado. *Gale*, acrescento à lista. Acho que não consigo fazer isto sem ele.

A dor de cabeça está vindo e meus pensamentos começam a ficar emaranhados. Fecho os olhos e começo a recitar silenciosamente:

Meu nome é Katniss Everdeen. Tenho dezessete anos. Meu lar é o Distrito 12. Eu participei dos Jogos Vorazes. Eu escapei. A Capital me odeia. Peeta foi levado prisioneiro. Ele está vivo. Ele é um traidor, mas está vivo. Eu preciso mantê-lo vivo...

A lista. Ainda parece pequena demais. Eu devia tentar pensar em algo maior, além de nossa situação atual, em que tenho uma importância crucial. No futuro, pode ser que eu não tenha mais nenhum valor. Será que não devia estar pedindo mais? Para a minha família? Para o restante do meu povo? Minha pele coça com as cinzas dos mortos. Sinto o impacto doentio do crânio contra o meu sapato. O cheiro de sangue e de rosas pinica o meu nariz.

O lápis se move ao longo da página por conta própria. Abro os meus olhos e vejo as letras trêmulas. *EU MATO SNOW*. Se ele for capturado, quero o privilégio.

Plutarch tosse discretamente.

– Já terminou? – Levanto os olhos e reparo no relógio. Estou sentada ali há vinte minutos. Finnick não é o único com problemas de atenção.

— Já — respondo. Minha voz soa áspera, de modo que eu limpo a garganta. — Já terminei, sim. Este aqui é o acordo. Vou ser o Tordo de vocês.

Dou a eles tempo para suspirar de alívio, congratularem-se entre si, dar tapinhas nas costas uns dos outros. Coin permanece tão impassiva como sempre, observando-me, nem um pouco impressionada.

— Mas tenho algumas condições. — Aliso a lista e começo: — Minha família fica com nosso gato. — A menor das minhas solicitações desencadeia uma discussão. Os rebeldes da Capital sequer veem isso como um problema (é claro que posso ficar com o meu bichinho de estimação), enquanto que aqueles do 13 revelam quais dificuldades extremas isso apresenta. Finalmente fica decidido que nos mudaremos para o nível superior, que possui o luxo de uma janela de vinte centímetros acima da superfície. Buttercup pode ir e vir para cuidar de suas necessidades. Ele deverá se alimentar por conta própria. Se perder o toque de recolher, vai ficar do lado de fora. Se causar algum problema de segurança, vai ser executado imediatamente.

Parece razoável. Não muito diferente de como ele tem vivido desde que saímos do 12. Exceto pela execução. Caso ele fique magro demais, posso jogar algumas entranhas para ele, se a minha solicitação seguinte for acatada.

— Eu quero caçar. Com Gale. Na floresta — digo. Isso deixa todo mundo imóvel.

— Nós não vamos muito longe. Vamos usar os nossos arcos. Vocês vão poder ter mais carne para a cozinha — acrescenta Gale.

Eu me apresso antes que eles possam dizer não:

— É que eu não... eu não consigo respirar trancada aqui como uma... Eu ficaria saudável mais rápido se... se pudesse caçar.

Plutarch começa a explicar os inconvenientes – os perigos, a segurança extra, o risco de ferimentos –, mas Coin o corta:

– Não, deixe eles irem. Dê-lhes duas horas por dia, deduzidas do tempo de treinamento. Um raio de quinhentos metros. Com unidades de comunicação e tornozeleiras de rastreamento. Qual é o próximo pedido?

Faço uma varredura em minha lista.

– Gale, vou precisar que ele fique comigo para fazer isso.

– Fique com você como? Fora do alcance das câmeras? Ao seu lado o tempo todo? Você quer que ele seja apresentado como seu novo amante? – pergunta Coin.

Ela não disse isso com nenhuma malícia particular – muito pelo contrário, suas palavras são bastante diretas. Mas minha boca se escancara de choque.

– O quê?

– Acho que devemos dar prosseguimento ao romance em curso. Um afastamento rápido de Peeta poderia fazer com que a audiência perdesse a simpatia por ela – diz Plutarch. – Principalmente tendo em vista que pensam que ela está esperando um filho dele.

– Concordo. Então, diante das câmeras, Gale pode ser simplesmente retratado como um companheiro rebelde. Tudo bem assim? – diz Coin. Eu apenas olho para ela. Ela repete a si mesma impacientemente. – Para Gale. Isso é suficiente?

– Sempre vamos ter a possibilidade de dizer que ele é seu primo – lembra Fulvia.

– Nós não somos primos – Gale e eu falamos ao mesmo tempo.

– Certo, mas seria melhor continuarmos com essa ideia só pra manter as aparências diante das câmeras – diz Plutarch. – Longe das câmeras, ele é todo seu. Mais alguma coisa?

Fico nervosa pelo rumo que essa conversa está tomando. A insinuação de que eu poderia me livrar tão facilmente de Peeta, de eu estar apaixonada por Gale, de que a coisa toda não passou de uma encenação. Minhas bochechas começam a queimar. A mera noção de que estou dedicando qualquer pensamento a quem eu quero que seja apresentado como meu amante, dadas as nossas circunstâncias atuais, é humilhante. Deixo a minha raiva me impelir em direção à exigência mais grandiosa:

— Quando a guerra terminar, se vencermos, Peeta será perdoado.

Silêncio sepulcral. Sinto o corpo de Gale tenso. Imagino que deveria ter lhe contado antes, mas não tinha certeza de como ele reagiria. Não quando a coisa envolvia Peeta.

— Nenhuma forma de punição será infligida – continuo. Um novo pensamento me ocorre. – O mesmo serve para os outros tributos capturados, Johanna e Enobaria. – Francamente, não dou a mínima para Enobaria, aquela psicopata do Distrito 2. Na realidade nem gosto dela, mas me parece errado deixá-la fora disso.

— Não – diz Coin secamente.

— Veja bem – rebato –, eles não têm culpa por terem sido abandonados por vocês na arena. Quem pode saber o que a Capital está fazendo com eles?

— Eles serão julgados com outros criminosos de guerra e tratados da maneira como o tribunal achar adequado.

— Eles vão receber imunidade! – Percebo que estou levantando da cadeira, minha voz cheia e ressonante. – Você vai prometer isso pessoalmente na frente de toda a população do Distrito 13 e do que restou do 12. Logo. Hoje. E vai ser gravado para as futuras gerações. Você e seu governo vão garantir a segurança deles, ou então pode começar a procurar outro Tordo!

Minhas palavras pairam no ar por um longo momento.

– É ela mesmo! – Eu ouço Fulvia sibilar para Plutarch. – Bem ali. Com a roupa, um tiroteio como pano de fundo e um pouquinho de fumaça.

– Sim, é isso o que queremos – diz Plutarch, entre os dentes.

Tenho vontade de lançar um olhar de fúria para eles, mas sinto que seria um erro deixar de prestar atenção em Coin. Posso vê-la calculando o custo de meu ultimato, sopesando-o contra o meu possível valor.

– O que diz, presidenta? – pergunta Plutarch. – A senhora poderia emitir um perdão oficial, dadas as circunstâncias. O garoto... ele é inclusive menor de idade.

– Tudo bem – diz Coin finalmente. – Mas é melhor você desempenhar bem a sua função.

– Eu vou desempenhar depois que a senhora fizer o pronunciamento – digo.

– Convoque uma assembleia de segurança nacional durante a Meditação hoje – ordena ela. – Vou dar o pronunciamento nesse momento. Mais alguma coisa na sua lista, Katniss?

O papel está amassado em minha mão. Eu o desamasso na mesa e leio as letras tremidas.

– Só mais uma coisinha. Eu mato Snow.

Pela primeira vez, vejo um indício de sorriso nos lábios da presidenta.

– Quando o momento chegar, você será uma das convocadas.

Talvez ela esteja certa. Eu certamente não sou a única pessoa que deseja a morte de Snow. E não acho que ela seja do tipo que deixa o trabalho pela metade.

– Justo – digo.

Os olhos de Coin fixaram-se em seu braço, no relógio. Ela também tem uma programação a seguir.

– Então vou deixá-la em suas mãos, Plutarch. – Ela sai da sala, seguida por sua equipe, deixando apenas Plutarch, Fulvia, Gale e eu mesma.

– Excelente. Excelente. – Plutarch desaba em seu assento, os cotovelos em cima da mesa, esfregando os olhos. – Sabe do que eu sinto falta? Mais do que de qualquer coisa? Café. Pergunto para você, seria assim tão impensável ter alguma coisa pra ajudar a gente a engolir aqueles nabos e aquela gororoba de cereais?

– A gente não pensou que as coisas aqui fossem assim tão rígidas – explica Fulvia enquanto massageia os ombros de Plutarch. – Não nos altos escalões.

– Ou pelo menos podia haver a opção de um esqueminha paralelo – diz Plutarch. – Enfim, até o 12 tinha um mercado clandestino, certo?

– É isso aí, o Prego – diz Gale. – É onde a gente fazia nossas vendas.

– Pois é, está vendo? E olha só como vocês dois são éticos! Virtualmente incorruptíveis. – Plutarch suspira. – Ah, bom, guerras não duram para sempre. Então, estou feliz por ter vocês na equipe. – Ele estende a mão para o lado, onde Fulvia já está colocando um caderno de desenho grande, de capa de couro. – No geral, você sabe o que estamos lhe pedindo, Katniss. Estou ciente de que você tem sentimentos contraditórios quanto a participar. Espero que isso aqui ajude.

Plutarch desliza o caderno de desenho na minha direção. Por um instante, olho para ele desconfiada. Então a curiosidade me vence. Abro a capa e encontro um desenho de mim, de queixo erguido e poderosa, num uniforme preto. Somente uma pessoa poderia ter desenhado o traje. À primeira vista, totalmente utilitário, mas examinando calmamente, uma obra de arte. A linha do capacete, a curva do peitoral, o ligeiro enchimento das mangas que permite que as dobras brancas sob os braços fiquem aparentes. Nas mãos dele, eu sou novamente um tordo.

— Cinna — sussurro.

— Exato. Ele me fez prometer que não lhe mostraria esse livro até que você decidisse por conta própria ser o Tordo. Pode acreditar, fiquei bastante tentado — diz Plutarch. — Vamos lá, folheie-o.

Viro as páginas lentamente, vendo cada detalhe do uniforme. As camadas da armadura cuidadosamente cortadas, as armas escondidas nas botas e no cinto, o reforço especial em cima do coração. Na última página, embaixo de um esboço de meu broche com o tordo, Cinna escreveu: *Ainda estou apostando em você.*

— Quando foi que ele... — Minha voz falha.

— Vamos ver. Bom, depois do anúncio do Massacre Quaternário. Algumas semanas antes dos Jogos talvez? Não são somente esboços. Nós temos seus uniformes. Ah, e Beetee deixou uma coisa realmente especial esperando por você lá no arsenal. Não vou estragar a surpresa dando dicas — diz Plutarch.

— Você vai ser a rebelde mais bem-vestida da história — diz Gale, com um sorriso. De repente, percebo que ele estava me escondendo isso. Como Cinna, ele sempre quis que eu tomasse essa decisão.

— Nosso plano é lançar um Assalto Televisivo — diz Plutarch. — Fazer uma série do que chamamos de pontoprop, a abreviação de "pontos de propaganda", com você e transmiti-los para toda a população de Panem.

– Como? A Capital tem o controle total das transmissões – diz Gale.

– Mas nós temos Beetee. Mais ou menos dez anos atrás, ele praticamente redesenhou a rede subterrânea que transmite toda a programação. Ele acha que existe uma chance razoável de conseguirmos. É claro que vamos precisar de algo para transmitir. Assim, Katniss, o estúdio precisa que você dê o ar da sua graça. – Plutarch vira-se para sua assistente. – Fulvia?

– Plutarch e eu temos conversado sobre como conseguir isso. Achamos que talvez seja melhor construir você, nossa líder rebelde, do exterior... para o *interior*. É o seguinte: vamos arranjar o visual de Tordo mais estontente do mundo e depois trabalhar a sua personalidade até que você mereça vesti-lo! – diz ela, animadamente.

– Vocês já têm o uniforme dela – diz Gale.

– Verdade, mas ela está ferida e ensanguentada? Está brilhando com a chama da rebelião? O quanto podemos deixá-la com o corpo cinza de fuligem sem que isso choque as pessoas? De qualquer modo, ela precisa ser alguma coisa. Enfim, isso aqui – Fulvia se aproxima rapidamente de mim, enquadrando o meu rosto com as mãos – obviamente não vai servir. – Jogo a cabeça para trás por puro reflexo, mas ela já está ocupada juntando suas coisas. – Então, tendo isso em mente, nós temos mais uma surpresinha para você. Vem, vem.

Fulvia acena para nós, e Gale e eu a seguimos com Plutarch até o corredor.

– Tão bem-intencionados e ao mesmo tempo tão ofensivos – sussurra Gale em meu ouvido.

– Bem-vindo à Capital – retruco. Mas as palavras de Fulvia não fazem nenhum efeito em mim. Aperto bem o caderno de desenho nos braços e me concedo uma sensação de esperança. Isso deve ser a decisão correta. Se Cinna assim desejava.

Entramos num elevador, e Plutarch verifica suas anotações.

– Vamos ver. Compartimento Três-Nove-Zero-Oito. – Ele aperta um botão onde está marcado *39*, mas nada acontece.

– Você vai precisar usar a chave – diz Fulvia.

Plutarch puxa debaixo de sua camisa uma chave presa a um fino cadeado e a insere numa fechadura em que eu não havia reparado antes. As portas se fecham.

– Ah, pronto.

O elevador desce dez, vinte, mais de trinta níveis, mais abaixo do que eu jamais teria imaginado que o Distrito 13 iria. Ele se abre para um amplo corredor branco com portas vermelhas alinhadas que parecem até decorativas em comparação às cinzentas dos andares de cima. Cada uma tem um número muito nítido. *3901, 3902, 3903...*

Assim que saltamos do elevador, observo-o se fechar e uma grade deslizar sobre suas portas. Quando me viro, um guarda se materializou de uma das salas na extremidade do corredor. A passagem se fecha silenciosamente atrás dele enquanto ele marcha na nossa direção.

Plutarch vai ao seu encontro, erguendo a mão em saudação, e nós seguimos atrás dele. Algo parece estar muito errado aqui embaixo. É mais do que o elevador com segurança reforçada ou a claustrofobia de estar tão fundo no subterrâneo ou o cheiro cáustico de antisséptico. Uma olhada para o rosto de Gale e já posso adivinhar que ele está com a mesma impressão que eu.

– Bom dia, estamos procurando... – começa Plutarch.

— Os senhores estão no andar errado — diz o guarda abruptamente.

— É mesmo? — Plutarch olha de novo para suas anotações. — Eu tenho Três-Nove-Zero-Oito escrito bem aqui. Será que não dá para você dar uma ligada lá para cima e...

— Sinto muito, mas sou obrigado a pedir que se retirem imediatamente. Discrepâncias nas tarefas devem ser encaminhadas ao Escritório Central — diz o guarda.

Está bem na nossa frente. Compartimento 3908. Apenas a alguns passos de distância. A porta — na verdade, todas as portas — parece incompleta. Sem maçanetas. Elas devem se abrir apenas com as dobradiças, como aquela por onde saiu o guarda.

— Onde fica isso mesmo? — pergunta Fulvia.

— A senhora vai achar o Escritório Central no Nível Sete — diz o guarda, estendendo os braços para nos conduzir até o elevador.

Do outro lado da porta do 3908 escapa um som. Apenas um leve ganido. Como algo que um cachorro acovardado pudesse fazer para não ser atacado, só que humano demais e bem familiar. Meus olhos encontram os de Gale por um momento, mas é um tempo suficientemente longo para duas pessoas que trabalham juntas como nós dois. Deixo o caderno de desenho de Cinna cair aos pés do guarda com um estrondo. Um segundo depois de ele se abaixar para pegá-lo, Gale também se abaixa, batendo intencionalmente a cabeça na dele.

— Ah, desculpa — diz com um sorriso leve, pegando os braços do guarda como se estivesse tentando se equilibrar e levando-o ligeiramente para longe de mim.

Essa é a minha chance. Passo como um raio ao redor do guarda distraído, abro a porta onde está escrito 3908 e os encontro. Seminus, cheios de hematomas e acorrentados à parede.

Os membros da minha equipe de preparação.

4

O fedor de corpos sujos, urina e infecção rompe a nuvem de antisséptico. As três figuras só são reconhecíveis por seus estilos peculiares e arrebatadores: as tatuagens faciais douradas de Venia. Os cachos cor de laranja em formato de saca-rolha de Flavius. A pele com uma tonalidade levemente esverdeada de Octavia, que agora parece flácida, como se o seu corpo fosse um balão desinflando lentamente.

Ao me verem, Flavius e Octavia se encolhem junto à parede de ladrilhos como se estivessem antecipando um ataque, embora eu nunca os tenha agredido. Pensamentos indelicados foram as piores ofensas que cometi, e essas jamais saíram da minha boca, então por que será que estão se encolhendo dessa maneira?

O guarda ordena que eu saia, mas pela movimentação que se segue sei que Gale conseguiu detê-lo de alguma forma. Em busca de respostas, vou até Venia, que sempre foi a mais forte. Eu me agacho e pego suas mãos gélidas, que se agarram às minhas como se fossem garras.

– O que aconteceu, Venia? – pergunto. – O que vocês estão fazendo aqui?

– Eles levaram a gente. Da Capital – diz ela, com a voz áspera.

Plutarch entra atrás de mim.

— O que está acontecendo aqui afinal de contas?

— Quem levou vocês? — eu a pressiono.

— Umas pessoas — diz ela vagamente. — Na noite em que você explodiu tudo.

— A gente imaginou que pudesse ser reconfortante você ter sua equipe regular — diz Plutarch atrás de mim. — Cinna solicitou isso.

— Cinna solicitou *isso*? — rosno para ele. Porque se existe algo que eu sei é que Cinna jamais teria aprovado o uso de violência contra essas três pessoas, que ele chefiava com gentileza e paciência. — Por que eles estão sendo tratados como criminosos?

— Honestamente, eu não sei. — Há algo na voz dele que me faz acreditar em suas palavras, e a palidez no rosto de Fulvia confirma a minha hipótese. Plutarch vira-se para o guarda, que acabou de surgir na porta com Gale logo atrás. — Fui informado de que eles estavam apenas confinados. Por que estão sendo castigados?

— Por roubarem comida. Nós tivemos de deter todos eles depois de uma altercação a respeito de alguns pães — diz o guarda.

As sobrancelhas de Venia juntam-se como se ela ainda estivesse tentando entender o sentido de tudo aquilo.

— Ninguém falava nada com a gente. A gente estava com muita fome. Ela só pegou uma fatia de pão.

Octavia começa a soluçar, abafando o som na túnica esfarrapada. Penso em como, da primeira vez que eu sobrevivi à arena, Octavia passou para mim um pãozinho por debaixo da mesa porque não conseguia suportar me ver com tanta fome. Rastejo em direção à sua forma trêmula.

— Octavia? — Eu a toco e ela estremece. — Octavia? Vai ficar tudo bem. Eu vou tirar vocês daqui, certo?

– Isto me parece uma punição extrema – diz Plutarch.

– Eles estão aqui porque pegaram uma fatia de pão? – diz Gale.

– Ocorreram infrações repetidas que levaram a isso. Eles foram alertados. Mesmo assim, pegaram mais pão. – O guarda faz uma pausa por um instante, como se estivesse confuso com nossa estupidez. – É proibido pegar pão.

Não consigo fazer com que Octavia descubra o rosto, mas ela o levanta ligeiramente. Os grilhões em seus pulsos movem-se alguns centímetros, revelando feridas em carne viva.

– Vou levar você para minha mãe. – Eu me dirijo ao guarda. – Solte-os.

O guarda balança a cabeça.

– Não está autorizado.

– Solte-os! Agora! – berro.

Isso quebra a compostura dele. Cidadãos medianos não se dirigem a ele dessa forma.

– Eu não tenho ordens de soltura. E você não possui autoridade para...

– Pode fazer isso com a minha autoridade – diz Plutarch. – Nós viemos pegar esses três mesmo. Eles são necessários para a Defesa Especial. Assumo total responsabilidade.

O guarda sai para fazer uma ligação. Ele volta com um molho de chaves. O pessoal da equipe foi forçado a ficar numa posição tão contraída, e por tanto tempo, que mesmo quando os grilhões são retirados, eles têm dificuldade para caminhar. Gale, Plutarch e eu precisamos ajudá-los. O pé de Flavius agarra numa grade de metal em cima de uma abertura circular no chão e o meu estômago se contrai quando penso nos motivos que levariam um recinto a necessitar de um ralo.

As manchas de miséria humana que devem ter sido retiradas com uma mangueira desses ladrilhos...

No hospital, encontro minha mãe, a única pessoa em quem confio para cuidar deles. Ela leva um minuto para reconhecer os três, devido à condição em que se encontram, mas já tem um olhar de consternação estampado no rosto. E eu sei que não é por ter visto corpos violentados, porque isso era o material de trabalho diário dela no Distrito 12, mas pela percepção de que esse tipo de coisa ocorre também no 13.

Minha mãe foi recebida de braços abertos no hospital, mas ela é vista mais como uma enfermeira do que como uma médica, apesar de uma vida inteira dedicada à cura. Mesmo assim, ninguém interfere quando ela guia o trio até uma sala de exames para avaliar seus ferimentos. Eu me planto num banquinho no corredor do lado de fora da entrada do hospital, esperando ouvir seu diagnóstico. Ela será capaz de ler em seus corpos a dor infligida a eles.

Gale senta-se perto de mim e coloca o braço em meu ombro.

– Ela vai curá-los. – Balanço a cabeça em concordância, imaginando se ele está pensando no brutal flagelo ao qual ele próprio foi submetido no 12.

Plutarch e Fulvia sentam-se no banquinho em frente a nós, mas não fazem nenhum comentário sobre o estado dos membros da minha equipe de preparação. Se eles não tinham conhecimento dos maus tratos que eles vinham sofrendo, então o que eles apreendem desse gesto da presidenta Coin? Decido ajudá-los.

– Acho que todos nós fomos colocados de sobreaviso – digo.

– O quê? Não. O que você quer dizer com isso? – pergunta Fulvia.

— Castigar a minha equipe de preparação é um alerta — falo para ela. — Não apenas a mim. Mas a vocês também. Sobre quem está realmente no controle e o que acontece se não for obedecido. Se vocês tinham alguma ilusão sobre ter poder, é melhor se desfazerem dela agora. Aparentemente, um pedigree da Capital não significa proteção aqui. De repente até piora a situação.

— Não há comparação entre Plutarch, que arquitetou a insurreição rebelde, e aqueles três maquiadores — diz Fulvia friamente.

Eu dou de ombros.

— Se você está dizendo, tudo bem. Mas o que aconteceria se vocês caíssem em desgraça com a Coin? A minha equipe de preparação foi sequestrada. Eles podem pelo menos ter esperanças de algum dia voltar para a Capital. Gale e eu podemos viver na floresta. Mas e vocês? Para onde vocês dois fugiriam?

— Talvez sejamos um pouco mais necessários ao esforço de guerra do que você estima — diz Plutarch, sem demonstrar preocupação.

— Claro que são. Os tributos também eram necessários para os Jogos. Até deixarem de ser — digo. — E aí nós passamos a ser bem dispensáveis, certo, Plutarch?

Isso põe um fim à conversa. Esperamos em silêncio até minha mãe vir nos encontrar.

— Eles vão ficar bem — relata ela. — Não há nenhum ferimento fatal.

— Bom. Esplêndido — diz Plutarch. — Quando vão poder voltar ao trabalho?

— Provavelmente amanhã — responde ela. — Vocês sabem que encontrarão alguma instabilidade emocional depois de tudo que passaram. Eles estavam particularmente despreparados para algo desse tipo, acostumados com a vida que levavam na Capital.

– E alguém aqui por acaso está? – diz Plutarch.

Ou porque a equipe de preparação está incapacitada ou porque estou muito nervosa, Plutarch me libera de tarefas referentes ao Tordo pelo restante do dia. Gale e eu nos encaminhamos para o almoço, onde nos servem cozido de feijão e cebola, uma fatia grossa de pão e um copo d'água. Depois da história de Venia, o pão entala na minha garganta, de modo que eu deslizo o que sobrou para a bandeja de Gale. Nenhum dos dois fala muito durante o almoço, mas quando nossas tigelas ficam vazias, Gale arregaça a manga e revela sua programação.

– Eu tenho treinamento agora.

Arregaço a minha manga e estendo o braço ao lado do dele.

– Eu também. – Então me lembro que treinamento agora significa caçar.

Minha ansiedade para escapar para a floresta, mesmo que apenas por duas horas, se sobrepõe às minhas preocupações momentâneas. Uma imersão no verde e na luz do sol certamente me ajudará a organizar meus pensamentos. Assim que saímos dos corredores principais, Gale e eu corremos como crianças até o arsenal e, quando chegamos, já estou sem fôlego e tonta. Uma lembrança de que ainda não estou totalmente recuperada. Os guardas nos fornecem nossas velhas armas, assim como facas e um saco de aniagem para desempenhar a função de bolsa de caça. Eu tolero o rastreador grudado em meu tornozelo, tento parecer estar escutando quando eles explicam como usar o comunicador de mão. A única coisa que fica na minha cabeça é que a coisa possui um relógio, e que devemos voltar para o 13 na hora designada ou nossos privilégios de caça serão revogados. Essa é uma regra que eu acho que necessitará de um esforço especial da minha parte para ser cumprida.

Saímos e nos dirigimos à área de treinamento cercada que fica ao lado da floresta. Guardas abrem os portões bem azeitados sem fazer nenhum comentário. Nós teríamos muita dificuldade para passar por essa cerca por conta própria – nove metros de altura, eletricidade sempre acionada e rolos de ferro afiados como lâminas no topo. Nos movemos pela floresta até a cerca desaparecer de nossas vistas. Numa pequena clareira, paramos e jogamos as cabeças para trás para absorver a luz do sol. Estico os braços ao lado do corpo e começo a girar lentamente para não ficar tonta.

A seca que eu vi no 12 danificou as plantas aqui também, deixando algumas com folhas quebradiças, formando um carpete crocante sob meus pés. Tiramos nossos sapatos. De qualquer maneira, os meus não são confortáveis, já que, seguindo o espírito desperdício-zero-desejo-zero que vigora no 13, recebi um par que ficou pequeno em outra pessoa. Aparentemente, um de nós pisa torto porque os sapatos estão com um formato bastante esquisito.

Caçamos, como nos velhos tempos. Em silêncio, sem precisar de palavras para nos comunicar, porque aqui na floresta nos movemos como duas partes de um mesmo ser. Antecipando os movimentos um do outro, dando cobertura um ao outro. Quanto tempo faz? Oito meses? Nove? Quanto tempo, desde que tivemos essa liberdade pela última vez? Não é exatamente a mesma coisa, devido a tudo o que aconteceu, aos rastreadores em nossos tornozelos e ao fato de que eu preciso descansar com frequência. Mas é o mais próximo da felicidade que imagino ser possível nas atuais circunstâncias.

Os animais aqui não são nem um pouco desconfiados. Aquele momento extra que levam identificando nosso odor estranho significa sua morte. Em uma hora e meia nós temos uma dúzia dos mais variados tipos – coelhos, esquilos e perus –, e decidimos parar para passar o tempo restante num laguinho que deve ser alimentado por uma fonte subterrânea, já que a água é fria e doce.

Quando Gale se oferece para limpar a caça, não me oponho. Enfio algumas folhas de menta na boca, fecho os olhos e me recosto numa pedra, absorvendo os sons, permitindo que o sol de rachar da tarde queime a minha pele, quase em paz até a voz de Gale me interromper:

– Katniss, por que você se importa tanto com a sua equipe de preparação?

Abro os olhos para ver se está brincando, mas ele mantém a testa franzida enquanto olha para o coelho que está esfolando.

– E por que eu não deveria me importar?

– Hum, vamos ver. Porque eles passaram o último ano deixando você bonitinha para a carnificina? – sugere ele.

– A coisa é mais complicada do que isso. Eu os conheço. Eles não são maldosos ou cruéis. Eles não são nem inteligentes. Fazer mal a eles é como fazer mal a uma criança. Eles não entendem... enfim, eles não sabem... – Minhas palavras ficam engasgadas.

– Eles não sabem o quê, Katniss? – diz ele. – Que os tributos, que são as verdadeiras crianças nessa história, não esse seu trio de aberrações, são forçados a lutar até a morte? Que você estava indo para uma arena para servir de diversão para o povo? Isso por acaso era um grande segredo na Capital?

– Não. Mas eles não veem isso da maneira que a gente vê – digo. – Eles são criados com isso e...

– Você está mesmo defendendo esse pessoal? – Ele retira a pele do coelho com um movimento rápido.

Isso dói, porque na verdade eu estou, sim, e é ridículo. Luto para encontrar uma posição lógica.

– Eu acho que estou defendendo qualquer pessoa que seja tratada dessa forma por pegar uma fatia de pão. Talvez seja porque isso me lembra demais do que aconteceu com você por causa daquele peru!

No entanto, ele está certo. Parece estranho o meu nível de preocupação com a equipe de preparação. Eu deveria odiá-los e querer que fossem enforcados. Mas eles são tão ignorantes, e pertenciam a Cinna, e ele estava do meu lado, certo?

– Não estou procurando briga – diz Gale. – Mas não acho que Coin estava enviando uma mensagem grandiosa para você ao punir esses caras por terem desobedecido às regras daqui. Provavelmente ela imaginou que você veria isso como um favor. – Ele enfia o coelho no saco e se levanta. – É melhor a gente ir andando se quisermos chegar na hora.

Ignoro a mão que ele oferece e me levanto desequilibradamente.

– Beleza. – Nenhum dos dois fala nada no caminho de volta, mas assim que passamos pelo portão, penso em uma outra coisa. – Durante o Massacre Quaternário, Octavia e Flavius tiveram de parar de trabalhar porque não conseguiam parar de chorar por eu estar voltando para a arena. E Venia mal conseguiu se despedir de mim.

– Vou tentar me lembrar disso enquanto eles estiverem... refazendo você – diz Gale.

– Faça isso – respondo.

Entregamos a carne para Greasy Sae na cozinha. Ela até que gosta bastante do Distrito 13, embora ache que falta um pouco de imaginação aos cozinheiros. Mas uma mulher que foi capaz de tornar carne de cão selvagem palatável e de fazer cozido de ruibarbo está fadada a se sentir de mãos atadas aqui.

Exausta devido à caçada e à falta de sono, volto ao meu compartimento e o encontro vazio. Só então me lembro de que nos mudamos por causa de Buttercup. Subo até o andar de cima e encontro o Compartimento E. É exatamente igual ao Compartimento 307, exceto pela janela – sessenta centímetros de largura por vinte de altura – centralizada no topo da parede externa. Há uma pesada placa de metal que se fecha sobre ela, mas nesse exato momento ela está aberta, e um certo gato não está à vista em lugar nenhum. Eu me estico na cama, e um feixe de luz vespertina brinca sobre meu rosto. Quando dou por mim, minha irmã está me acordando para *18:00 – Meditação.*

Prim me diz que eles estão anunciando a assembleia desde o almoço. A população inteira, exceto aqueles necessários para realizar trabalhos essenciais, são convocados a comparecer. Seguimos as orientações até o Coletivo, uma imensa sala que comporta facilmente as milhares de pessoas que vão aparecer. Dá para dizer que o local foi construído para uma reunião maior, e provavelmente recebeu uma antes da epidemia de varíola. Prim aponta silenciosamente os efeitos adversos disseminados por esse desastre – as cicatrizes de varíola nos corpos das pessoas, as crianças ligeiramente desfiguradas.

– Eles sofreram muito por aqui – diz ela.

Depois desta manhã, não estou com espírito para sentir pena do 13.

– Não mais do que a gente sofreu no 12 – digo. Vejo minha mãe conduzir um grupo de pacientes em cadeiras de rodas, ainda vestindo suas roupas de hospital. Finnick destaca-se entre eles, a aparência perplexa, porém deslumbrante. Nas mãos ele segura um pedaço de barbante, menos de trinta centímetros de comprimento, tão curto que nem ele conseguiria transformar numa forca utilizável. Seus dedos se movem com rapidez, automaticamente atando e desatando vários nós enquanto seu olhar se mantém ao longe. Provavelmente isso faz parte da terapia pela qual ele está passando. Dirijo-me até ele e digo:

— Oi, Finnick. — Parece que ele não percebe a minha presença, então eu o cutuco para conseguir sua atenção. — Finnick! Como é que você vai?

— Katniss — diz ele, apertando minha mão. Aliviado por ver um rosto familiar, imagino. — Por que estamos nos reunindo aqui?

— Eu falei para Coin que seria o Tordo dela. Mas fiz com que ela prometesse que daria imunidade aos outros tributos se os rebeldes vencerem — digo a ele. — Em público, para que possa haver muitas testemunhas.

— Ah, muito bom. Porque eu me preocupo com isso em relação a Annie. Fico com medo de ela dizer inadvertidamente alguma coisa que possa ser considerada traição — diz Finnick.

Annie. Essa não. Eu me esqueci completamente dela.

— Não se preocupe, já resolvi isso. — Aperto a mão de Finnick e me encaminho diretamente para o pódio na frente da sala. Coin, que está revisando o pronunciamento que fará, ergue as sobrancelhas para mim. — Preciso que você acrescente Annie Cresta à lista de imunidades — digo a ela.

A presidenta franze o cenho ligeiramente.

— Quem é essa?

— Ela é... — Quem mesmo? Nem sei como devo me referir a ela. — Ela é amiga de Finnick Odair. Do Distrito 4. Uma outra vitoriosa. Ela foi presa e levada para a Capital quando a arena explodiu.

— Ah, aquela garota louca. Isso não será realmente necessário — diz ela. — Nós não costumamos punir ninguém assim tão frágil.

Penso na cena que testemunhei hoje de manhã. Em Octavia acorrentada à parede. Em como Coin e eu devemos ter definições amplamente diferentes para fragilidade. Mas digo apenas:

— Não? Então não vai ser problema acrescentar a Annie.

— Tudo bem — diz a presidenta, escrevendo a lápis o nome de Annie. — Você quer ficar aqui em cima comigo na hora do pronunciamento? — Sacudo a cabeça em negativa. — Eu imaginei que não. É melhor correr e se perder no meio da multidão. Já vou começar. — Volto para onde está Finnick.

Palavras são outra coisa não desperdiçada no 13. Coin pede a atenção do público e diz a eles que eu aceitei ser o Tordo, contanto que os outros vitoriosos — Peeta, Johanna, Enobaria e Annie — recebam um perdão total por qualquer estrago que tenham causado à causa rebelde. Em meio ao ruído que escapa da multidão, ouço discordâncias. Suponho que ninguém tenha duvidado de que eu quisesse ser o Tordo. Portanto, estabelecer um preço — um preço que poupa a vida de possíveis inimigos — os enfurece. Permaneço indiferente aos olhares hostis que encontro pelo caminho.

A presidenta permite alguns minutos de descanso, e então continua em seu estilo ríspido. Só que agora as palavras que saem de sua boca são novas para mim:

— Mas em retribuição a essa solicitação sem precedentes, a soldado Everdeen prometeu dedicação total à nossa causa. Subentende-se que qualquer desvio de sua missão, seja em motivação, seja em ação, será visto como rompimento de nosso acordo. A imunidade seria extinta e o destino dos quatro vitoriosos passaria a ser determinado pela lei que governa o Distrito 13. Assim como o destino dela própria. Muito obrigada.

Em outras palavras, se eu sair da linha, estamos todos mortos.

5

Mais uma força a ser enfrentada. Mais um jogador poderoso que decidiu me usar como peça em seus jogos, embora as coisas jamais pareçam seguir de acordo com o plano. Primeiro havia os Idealizadores dos Jogos, transformando-me em sua estrela e depois lutando para se recuperar daquele punhado de amoras venenosas. Depois o presidente Snow, tentando me usar para apagar o incêndio da rebelião, só para fazer com que qualquer movimento meu passasse a ser altamente inflamável. Em seguida, os rebeldes me sequestrando na garra de metal que me alçou da arena, designando-me para ser seu Tordo, e depois sendo obrigados a se recuperar do choque de que talvez eu não quisesse as asas. E agora Coin, com seu punhado de ogivas nucleares e seu distrito-máquina muito bem azeitado, descobrindo que é muito mais fácil capturar um Tordo do que domesticá-lo. Mas ela foi mais rápida em perceber que eu tinha planos próprios e que, portanto, não era totalmente confiável. Ela foi a primeira a me caracterizar publicamente como ameaça.

Passo os dedos na espessa camada de bolhas em minha banheira. A limpeza que fazem em mim é apenas um passo preliminar para determinar meu novo visual. Com meus cabelos deteriorados pelo ácido, a pele queimada de sol e as horríveis cicatrizes, a equipe de preparação tem que me deixar bonita e, *depois*, produzir falsas cicatrizes e queimaduras mais atraentes em mim.

– Refaçam-na em Base Zero de Beleza – ordena Fulvia de imediato hoje de manhã. – Vamos trabalhar a partir daí. – Base Zero de Beleza consiste no visual que uma pessoa teria se saísse da cama com a aparência perfeita, porém natural. Significa que as minhas unhas estão aparadas, mas não pintadas. Meus cabelos macios e brilhantes, mas não estilizados. Minha pele lisa e limpa, mas sem maquiagem. Pelos do corpo depilados e hematomas apagados, mas sem nenhum aprimoramento visível. Tenho a impressão de que Cinna deu as mesmas instruções no meu primeiro dia como tributo na Capital. Só que aquilo foi diferente, já que eu era uma participante dos Jogos. Na condição de rebelde, imaginei que ficaria mais parecida comigo mesma. Mas, pelo que vejo, uma rebelde que aparece na TV tem os próprios parâmetros com os quais deve conviver.

Depois de tirar o creme do corpo, eu me viro e encontro Octavia à minha espera com uma toalha. Ela está muito diferente daquela mulher que conheci na Capital, despojada das roupas extravagantes, da maquiagem pesada, dos cabelos tingidos e das joias e badulaques com os quais adornava seus cabelos. Lembro de uma ocasião em que ela apareceu com tranças cor-de-rosa cintilantes, decoradas com luzinhas coloridas em formato de camundongo. Ela me disse que tinha vários camundongos de estimação em casa. Na época, a imagem me causou repulsa, já que consideramos camundongos uma praga, a não ser que estejam cozidos. Mas talvez Octavia gostasse deles por serem pequenos, macios e estridentes. Como ela. Enquanto ela me seca, tento me familiarizar com a Octavia versão Distrito 13. Seus cabelos verdadeiros têm na verdade uma coloração ruiva muito bonita. Seu rosto é comum, mas possui uma doçura inegável. Ela é mais jovem do que eu imaginava. Talvez na casa dos vinte e poucos anos. Despojada das unhas decorativas de dez centímetros, seus dedos parecem quase gorduchos, e não conseguem parar de tremer. Tenho vontade de falar para ela que está tudo bem, que eu garanto que Coin nunca mais vai machucá-la. Mas os hematomas multicoloridos florescendo em sua pele esverdeada só me fazem lembrar do quanto sou impotente.

Também Flavius parece empalidecido sem seu batom púrpura e suas roupas chamativas. Mas conseguiu deixar suas tranças cor de laranja em formato de saca-rolha mais ou menos como estavam antes. Venia é quem parece menos mudada. Seus cabelos azul-piscina estão baixos no lugar dos tufos de antes e dá para ver as raízes crescendo em tom grisalho. Entretanto, as tatuagens sempre foram sua característica mais marcante, e estão douradas e chocantes como sempre. Ela aparece e tira a toalha das mãos de Octavia.

– Katniss não vai machucar a gente – diz ela a Octavia em voz baixa, porém firme. – Katniss nem sabia que a gente estava aqui. As coisas vão melhorar agora. – Octavia acena ligeiramente com a cabeça, mas não ousa me olhar nos olhos.

Não é uma tarefa simples fazer com que eu volte a ter Base Zero de Beleza, mesmo com o elaborado arsenal de produtos, ferramentas e geringonças eletrônicas que Plutarch teve o cuidado de trazer da Capital. O pessoal da minha equipe vai muito bem, até tentar cuidar do ponto em meu braço de onde Johanna arrancou o rastreador. Ninguém da equipe médica estava preocupado com aparência quando costuraram o rasgão que encontraram pela frente. Agora tenho uma cicatriz inchada e protuberante que ocupa um espaço do tamanho de uma maçã. Normalmente, a manga da minha camisa a cobre mas, do jeito que o traje do Tordo de Cinna foi desenhado, as mangas param logo abaixo do cotovelo. A preocupação é tão grande que Fulvia e Plutarch são chamados para discutir a questão. Eu juro, a visão do ferimento desencadeia uma ânsia de vômito em Fulvia. Para alguém que trabalha com um Idealizador dos Jogos, ela é extremamente sensível. Mas imagino que esteja acostumada a ver coisas desagradáveis apenas nas telas de TV.

— Todo mundo sabe que eu tenho uma cicatriz aqui — digo, mal-humorada.

— Saber que ela existe é uma coisa. Vê-la é algo totalmente diferente — diz Fulvia. — É uma coisa verdadeiramente repulsiva. Plutarch e eu vamos pensar em uma solução durante o almoço.

— Vai ficar bom — diz Plutarch, balançando a mão como quem dá pouca importância ao fato. — De repente, a gente põe uma tira no braço ou qualquer coisa assim.

Irritada, eu me visto para me dirigir à sala de jantar. Minha equipe de preparação se amontoa num pequeno grupo ao lado da porta.

— Eles vão trazer comida para vocês aqui? — pergunto.

— Não — diz Venia. — A gente precisa ir para a sala de jantar.

Dou um suspiro profundo ao me imaginar entrando na sala de jantar com esses três atrás de mim. Mas as pessoas sempre me encaram, de um jeito ou de outro. Vai ser a mesma coisa de sempre.

— Vou mostrar para vocês onde fica — digo. — Vamos lá.

Os olhares velados e os murmúrios silenciosos que eu normalmente evoco não são nada comparados à reação proporcionada pela visão da minha bizarra equipe de preparação. As bocas abertas, os dedos apontados, as exclamações.

– Ignorem tudo e vamos em frente – digo à minha equipe. Olhos baixos, com movimentos mecânicos, eles me seguem na fila, aceitando tigelas de peixe acinzentado, cozido de quiabo e copos d'água.

Nos sentamos à mesa ao lado de um grupo da Costura. Eles demonstram um pouco mais de controle do que as pessoas do 13, embora a atitude possa ser principalmente em função do constrangimento. Leevy, que era minha vizinha no 12, dá um alô cauteloso aos membros da equipe, e a mãe de Gale, Hazelle, que deve saber a respeito da prisão deles, estende uma colher do cozido e diz:

– Não se preocupem. O gosto é melhor do que a aparência.

Mas é Posy, a irmã de cinco anos de idade de Gale, quem mais ajuda. Ela desliza no banquinho até Octavia e toca a pele dela com um dedinho hesitante.

– Você está verde. Você está doente?

– É a moda, Posy. É como usar batom – digo.

– É para deixar a gente mais bonita – sussurra Octavia, e consigo ver as lágrimas ameaçando desaguar por seus cílios.

Posy pondera a explicação e diz, resoluta:

– Acho que você fica bonita em qualquer cor.

O mais diminuto dos sorrisos se forma nos lábios de Octavia.

– Obrigada.

– Se você quiser realmente impressionar Posy, você vai ter de tingir a pele de rosa – diz Gale, jogando a bandeja ao meu lado. – É a sua cor favorita. – Posy dá uma risadinha e desliza de volta para perto da mãe. Gale faz um movimento com a cabeça indicando a tigela de Flavius. – Eu não deixaria isso aí ficar frio. Não melhora em nada a consistência.

Todos começam a comer. O gosto do cozido não é ruim, mas ele tem uma textura meio grudenta que é difícil de encarar. É como se você precisasse engolir cada pedaço três vezes para a coisa descer de fato.

Gale, que não é muito de falar durante as refeições, faz um esforço para manter a conversa fluindo, fazendo perguntas sobre maquiagem. Sei que é uma tentativa de aliviar o clima. Nós discutimos na noite anterior depois que ele sugeriu que eu não deixara nenhuma escolha a Coin a não ser contrapor minha exigência de segurança para os vitoriosos com outra exigência dela própria.

— Katniss, ela está administrando esse distrito. Ela não pode acatar a sua exigência se der a entender que a presidenta está se curvando à sua vontade.

— Você está querendo dizer que ela não consegue suportar nenhuma dissensão, mesmo que seja justa? — eu contrapusera.

— O que eu estou querendo dizer é que você a deixou numa posição ruim. Ao fazê-la dar imunidade a Peeta e aos outros, quando nós nem sabemos que tipo de estrago eles podem causar — respondera Gale.

— Então, eu devia ter simplesmente seguido com o programa e deixado os outros tributos assumirem seus riscos? Não que isso importe, porque é exatamente o que nós todos estamos fazendo de um jeito ou de outro! — Foi nesse momento que bati a porta na cara dele. Eu não havia me sentado com ele no café da manhã, e quando Plutarch o enviou ao treinamento hoje de manhã, eu o deixei ir embora sem dizer uma única palavra. Sei que ele só falou aquilo por se preocupar comigo, mas eu realmente preciso que ele fique do meu lado, não do lado de Coin. Como é possível que ele não saiba disso?

Depois do almoço, Gale e eu estamos programados para descer até a Defesa Especial para nos encontrarmos com Beetee. No elevador, Gale finalmente diz:

– Você ainda está zangada.

– E você ainda não pediu desculpas – respondo.

– Eu ainda sustento o que disse antes. Você quer que eu minta?

– Não, quero que você repense e apareça com uma opinião correta – digo. Mas isso só o faz rir. Terei que deixar a coisa ficar por isso mesmo. Não há sentido em tentar ditar o que Gale deve pensar. O que, para ser honesta, é uma das razões de eu confiar nele.

A Defesa Especial está situada num nível quase tão baixo quanto os calabouços onde encontramos a equipe de preparação. É uma colmeia de salas cheias de computadores, laboratórios, equipamentos de pesquisa e medição.

Quando perguntamos por Beetee, somos conduzidos através de um labirinto até alcançarmos uma enorme divisória de vidro. Lá dentro, encontra-se a primeira coisa bonita que vi até hoje nas instalações do Distrito 13: a réplica de um gramado, cheio de árvores de verdade, plantas em floração e beija-flores cheios de vida. Beetee está sentado imóvel numa cadeira de rodas no centro do gramado, observando um pássaro verde pairar em pleno ar enquanto absorve o néctar de uma grande floração laranja. Seus olhos acompanham o pássaro que voa para longe, e ele percebe a nossa presença. Ele acena amigavelmente para que nos juntemos a ele do lado de dentro.

O ar é fresco e respirável, não úmido e abafado como eu presumira. De todos os lados, ouvimos o barulhinho do bater de pequenas asas, que eu costumava confundir com o som de insetos em nossa floresta no 12. Sou obrigada a imaginar que espécie de acaso feliz permitiu que um lugar tão agradável pudesse ter sido construído aqui.

Beetee ainda exibe a palidez de alguém que está em plena convalescença, mas por atrás daqueles óculos mal ajustados, seus olhos estão cheios de entusiasmo.

– Eles não são magníficos? O 13 tem estudado a aerodinâmica deles nesse local há anos. Voos para a frente e para trás, e velocidades que chegam a atingir quase cem quilômetros por hora. Quem me dera poder fazer asas como essas para você, Katniss!

– Duvido muito que eu pudesse controlar asas desse tipo, Beetee – digo sorrindo.

– Um segundo aqui e no outro já estão longe. Você consegue abater um beija-flor com uma flecha? – pergunta ele.

– Nunca tentei. Não tem muita carne neles – respondo.

– Não. E você não é de caçar por esporte – diz ele. – Mas aposto que seria difícil acertar um bicho como esse.

– De repente daria para pegar algum com uma armadilha – diz Gale. Seu rosto assume aquela aparência distante que indica que ele está maquinando alguma coisa. – Pegue uma rede bem fininha. Cerque uma área e deixe uma abertura de alguns metros quadrados. Coloque dentro algumas flores com néctar como isca. Enquanto eles estão comendo, feche a abertura. Eles voariam para tentar fugir por causa do barulho, mas só encontrariam a extremidade da rede.

– Será que isso funcionaria? – pergunta Beetee.

– Não sei. É só uma ideia – diz Gale. – Eles poderiam muito bem ser mais espertos que a armadilha.

– Poderiam sim. Mas você está explorando o instinto natural que eles têm para fugir do perigo. Pensar como a sua presa... é dessa maneira que se acha as vulnerabilidades dela – diz Beetee.

Eu me lembro de uma coisa na qual não gosto de pensar. Nos preparativos para o Massacre, vi um vídeo em que Beetee, ainda garoto, conectava dois fios que eletrocutavam um grupo de meninos que estavam em seu encalço. Os corpos em convulsão, as expressões grotescas. Beetee, nos momentos que levaram à sua vitória naqueles Jogos Vorazes de tanto tempo atrás, observou outras pessoas morrerem. Não foi culpa sua. Somente legítima defesa. Nós todos estávamos agindo única e exclusivamente em legítima defesa...

De repente, desejo sair da sala de beija-flores antes que alguém comece a montar uma armadilha.

— Beetee, Plutarch disse que você tinha alguma coisa para mim.

— Certo. Tenho, sim. Seu novo arco. — Ele aperta um controle manual no braço da cadeira e gira para fora da sala. Enquanto o seguimos pelos corredores sinuosos da Defesa Especial, ele explica a cadeira. — Eu posso andar um pouquinho agora. Só que me canso facilmente. É mais fácil para mim circular por aí com este troço. Como está o Finnick?

— Ele... tem tido alguns problemas de concentração — respondo. Não quero falar que ele teve um colapso nervoso completo.

— Problemas de concentração, é? — Beetee sorri impiedosamente. — Se você soubesse pelo que Finnick tem passado nos últimos anos, você ia ver como é impressionante ele ainda estar conosco. Mas, por favor, diga para ele que eu ando trabalhando num novo tridente, certo? Algo para ele se distrair um pouco. — Distração parece ser a última coisa de que Finnick precisa, mas prometo dar o recado.

Quatro soldados guardam a entrada para o hall onde se vê escrito ARMAS ESPECIAIS. Verificar as programações impressas em nossos antebraços é apenas o primeiro passo. Também escaneiam nossas impressões digitais, nossas retinas e nossos DNAs, e temos de passar por detectores de metal especiais. Beetee precisa sair de sua cadeira de rodas no lado de fora, embora eles forneçam outra para ele assim que passamos pela segurança. Acho a coisa toda bizarra porque não consigo imaginar que alguém criado no Distrito 13 possa ser uma ameaça contra a qual o governo deveria se proteger. Será que essas precauções foram instauradas por causa do recente influxo de imigrantes?

Na porta do arsenal, encontramos uma segunda rodada de verificação de identificação – como se o meu DNA pudesse ter mudado no tempo que levei para caminhar os vinte metros do corredor –, e finalmente recebemos permissão para entrar na coleção de armamentos. Tenho que admitir que o arsenal me deixa sem fôlego. Fileiras e fileiras de armas de fogo, lançadores, explosivos, veículos blindados.

– É claro que a Divisão Aérea ocupa outro espaço – diz Beetee.

– É claro – digo, como se isso fosse evidente. Não sei onde um simples arco poderia encontrar um lugarzinho em meio a tantos equipamentos high-tech, mas então damos de cara com uma parede repleta de arcos altamente letais. Eu já brinquei muito com as armas da Capital nos treinamentos, mas nenhuma delas era desenhada para combate militar. Concentro minha atenção num arco de aparência mortífera tão cheio de miras e apetrechos que tenho certeza de que não consigo nem erguê-lo, quanto mais usá-lo.

– Gale, talvez você queira experimentar algumas dessas coisinhas – diz Beetee.

– É sério? – pergunta Gale.

– Em algum momento, você vai receber uma arma de fogo, é evidente. Mas se você aparecer como parte da equipe de Katniss no plano, uma dessas aqui chamaria mais a atenção. Pensei que talvez você pudesse encontrar alguma que lhe servisse bem – diz Beetee.

– Com certeza. – As mãos de Gale se fecham em torno do mesmo arco para o qual eu estava olhando momentos atrás, e ele o prende no ombro. Aponta ao redor da sala, olhando pela mira.

– Isso não parece muito justo com o cervo – digo.

– Eu não ia usar isso aqui num cervo, ia? – responde ele.

– Volto já – diz Beetee. Ele aperta um código num painel e uma pequena passagem se abre. Eu observo até que ele desaparece por completo e a porta se fecha.

– Quer dizer então que seria mais fácil para você usar essa coisa em pessoas? – pergunto.

– Eu não disse isso. – Gale põe o arco de lado. – Mas se possuísse uma arma que pudesse ter impedido o que eu vi acontecer no 12... se possuísse uma arma que pudesse ter mantido você longe da arena... teria usado.

– Eu também – admito. Mas não sei o que dizer a ele sobre a sensação que se tem depois que você mata uma pessoa. Sobre como a pessoa morta jamais se afasta de você.

Beetee volta com um estojo retangular alto e preto posicionado de um jeito esquisito entre o descanso para os pés e seu ombro.

– Para você.

Coloco o estojo no chão e destravo as linguetas na lateral. A parte de cima se abre sem fazer barulho. No interior do estojo, sobre um leito de veludo marrom, encontra-se um estonteante arco preto.

– Ah – sussurro com admiração. Ergo-o cuidadosamente para admirar o belíssimo equilíbrio, o elegante desenho e a curvatura, que de certa forma sugere as asas de um pássaro abertas em pleno voo. Há algo mais. Tenho que mantê-lo bem imóvel para ter certeza de que não estou imaginando coisas. Não, o arco está vivo em minhas mãos. Eu o pressiono contra a face e sinto o ligeiro zumbido viajar através dos ossos do meu rosto. – O que ele está fazendo?

– Dizendo oi – explica Beetee com um sorrisinho. – Ele ouviu sua voz.

– Ele reconhece a minha voz? – pergunto.

– Apenas a sua – diz ele. – Veja bem, eles queriam que eu desenhasse um arco que fosse puramente aparência. Como parte de seu traje, entende? Mas eu ficava pensando: que desperdício. Enfim, e se você precisar dele em algum momento? Como algo mais do que apenas um acessório de moda? Aí deixei o lado de fora simples e o lado de dentro regido pela minha imaginação. Mas fica melhor se explicado na prática. Querem experimentar?

Nós dois queremos. Um alvo já foi preparado. As flechas que Beetee projetou não são menos notáveis do que o arco. Com o equipamento completo, consigo atirar com acuidade a uma distância de cem metros. A variedade de flechas – de lâmina afiada, incendiária, explosiva – transforma o arco numa arma multiuso. Cada uma delas é identificável a partir de uma ponta com coloração característica. Tenho a opção de desabilitá-lo com o uso da voz a qualquer momento, mas não faço a menor ideia de por que eu deveria usar algo assim. Para desativar as propriedades especiais do arco preciso apenas dizer "boa noite" a ele. Então ele vai dormir até que o som da minha voz o acorde novamente.

Já estou de ótimo humor quando volto para a equipe de preparação, deixando Beetee e Gale para trás. Permaneço sentada pacientemente durante o restante do trabalho de maquiagem e visto o meu traje, que agora inclui um curativo ensanguentado por cima da cicatriz do braço para indicar que estive recentemente em combate. Venia afixa meu broche com o tordo em cima de meu coração. Pego meu arco e a aljava com as flechas normais feitas por Beetee, ciente de que eles jamais me deixariam andar por aí com as modificadas. Então vamos para o palco de som, onde tenho a sensação de ficar por várias horas enquanto eles ajustam os níveis de maquiagem, iluminação e fumaça. Por fim, os comandos via intercomunicador vindos das pessoas invisíveis nas misteriosas cabines envidraçadas tornam-se menos frequentes a cada minuto. Fulvia e Plutarch passam mais tempo me estudando e menos tempo me ajustando. Finalmente, silêncio no set. Por uns bons cinco minutos sou simplesmente avaliada de alto a baixo. Então Plutarch diz:

— Acho que serve.

Alguém me acena para que eu siga em direção a um monitor. Eles passam de novo os últimos minutos da fita e observo a mulher na tela. Seu corpo parece maior em estatura, mais imponente do que o meu. Seu rosto está manchado, porém sexy. Suas sobrancelhas pretas são desenhadas num ângulo desafiador. Fios de fumaça – sugerindo que ela acabou de ser apagada ou está a ponto de pegar fogo – erguem-se de suas roupas. Não sei quem é essa pessoa.

Finnick, que estava zanzando pelo set havia algumas horas, aparece atrás de mim e diz com um tiquinho de seu antigo humor:

— Ou eles vão querer te matar, ou te beijar, ou ser você.

Todos estão bastante animados, bastante satisfeitos com seus trabalhos. Está quase na hora da pausa para o jantar, mas eles insistem em continuar. Amanhã vamos nos concentrar em discursos e entrevistas, e terei que fingir que estou nas batalhas dos rebeldes. Hoje eles só querem um slogan, só uma frase de efeito que possam transformar num curto pontoprop para ser mostrado a Coin.

– Povo de Panem, nós lutamos, nós ousamos, nós acabamos com nossa fome por justiça!

Isso é uma frase de efeito. Dá para dizer pela maneira como eles a apresentam que passaram meses, talvez anos, trabalhando nela e estão bem orgulhosos do feito. Entretanto, na minha opinião, ela parece uma frase longa demais. E rígida. Não consigo me imaginar falando-a na vida real – a menos que a estivesse ironizando com um sotaque da Capital. Como nas ocasiões em que Gale e eu costumávamos imitar Effie Trinket falando: "Que a sorte esteja *sempre* a seu favor!" Mas Fulvia está bem na minha cara, descrevendo uma batalha de que acabei de sair, e como meus companheiros estão todos mortos ao meu redor, e como, para reunir os que estão vivos, devo me virar para a câmera e gritar a frase!

Sou levada de volta ao meu lugar, e a máquina de fumaça começa a funcionar. Alguém pede silêncio, as câmeras começam a filmar, e escuto: "Ação!" Então seguro meu arco acima da cabeça e berro com todo o ódio que consigo reunir:

– Povo de Panem, nós lutamos, nós ousamos, nós acabamos com nossa fome por justiça!

Há um silêncio sepulcral no set. E perdura. E perdura.

Por fim, o intercomunicador chia e o riso azedo de Haymitch preenche o estúdio. Ele se contém apenas por tempo suficiente para dizer:

– E é assim, meus amigos, que morre uma revolução.

6

O choque de ouvir a voz de Haymitch ontem, de descobrir que ele estava não apenas atuante como também tinha novamente uma boa dose de controle sobre a minha vida, me deixou enfurecida. Saí na mesma hora do estúdio e ignorei todos os seus comentários hoje na cabine. Mesmo assim, percebi imediatamente que ele estava certo em relação ao meu desempenho.

Foi preciso a manhã inteira para que ele convencesse os outros de minhas limitações. De que não dou conta do recado. De que não posso ficar parada num estúdio de TV usando traje e maquiagem numa nuvem de fumaça falsa e insuflar os distritos à vitória. Na realidade, é incrível a quantidade de tempo que consegui sobreviver diante das câmeras. O crédito disso vai, evidentemente, para Peeta. Sozinha, não tenho como ser o Tordo.

Nós nos reunimos ao redor da enorme mesa no Comando. Coin e seu pessoal. Plutarch, Fulvia e a minha equipe de preparação. Um grupo do 12 que inclui Haymitch e Gale, mas também alguns outros cujas presenças eu não consigo explicar, tais como Leevy e Greasy Sae. No último minuto, Finnick entra empurrando a cadeira de rodas de Beetee, acompanhado de Dalton, o especialista em gado do 10. Tenho a impressão de que Coin reuniu essa estranha coleção de pessoas para testemunhar o meu fracasso.

Entretanto, é Haymitch quem dá as boas-vindas a todos e, por suas palavras, compreendo que eles vieram por conta de um convite pessoal dele. Esta é a primeira vez que nos reunimos numa sala desde que eu o agredi com as minhas unhas. Evito olhar diretamente para ele, mas vislumbro seu reflexo em um dos brilhantes consoles de controle ao longo da parede. Ele está com a aparência ligeiramente amarelada e perdeu muito peso, o que o deixa com um aspecto encolhido. Por um segundo, tenho medo de que ele esteja morrendo. Preciso lembrar a mim mesma que não dou a mínima para isso.

A primeira coisa que Haymitch faz é mostrar o filme que acabamos de fazer. Ao que tudo indica, atingi novamente o fundo do poço sob a orientação de Plutarch e Fulvia. Não apenas a minha voz como também o meu corpo parece rígido e desconjuntado, como se eu fosse uma marionete manipulada por forças invisíveis.

– Tudo bem – diz Haymitch quando o filme acaba. – Alguém gostaria de discordar do fato de que esse negócio aqui não ajuda em nada a gente a ganhar a guerra? – Ninguém discorda. – Isso poupa tempo. Então vamos todos ficar em silêncio por um minuto. Quero que vocês todos pensem em um incidente em que Katniss Everdeen tenha genuinamente emocionado vocês. Não quando vocês estavam com inveja do penteado dela, ou quando o vestido dela pegou fogo ou quando ela deu uma flechada mais ou menos decente. Não quando Peeta estava fazendo vocês gostarem dela. Quero ouvir um momento em que *ela* fez com que vocês sentissem algo real.

O silêncio se estende e começo a pensar que não vai terminar nunca, quando Leevy resolve falar:

– Quando ela se apresentou como voluntária para tomar o lugar de Prim na colheita. Porque tenho certeza de que ela pensou que morreria.

— Bom. Excelente exemplo – diz Haymitch. Ele pega um marcador roxo e escreve num caderninho. – Apresentou-se como voluntária para tomar o lugar da irmã na colheita. – Haymitch olha ao redor da mesa. – Quem mais?

Fico surpresa com o fato de que a próxima pessoa a falar é Boggs, que considero um robô musculoso que faz tudo o que Coin manda.

— Quando ela cantou aquela canção. Enquanto a garotinha morria. – Em algum lugar da minha mente uma imagem aflora: Boggs com um menino em seu colo. Na sala de jantar, acho. Talvez não seja um robô, afinal de contas.

— Quem foi que não ficou com um nó na garganta diante daquilo, hein? – diz Haymitch, tomando nota.

— Chorei quando ela drogou Peeta para conseguir ir atrás de remédio para ele e quando ela se despediu dele com um beijo! – solta Octavia. Então ela cobre a boca, como se tivesse certeza absoluta de que cometera um erro grave ao dizer aquilo.

Mas Haymitch apenas balança a cabeça em concordância.

— Ah, é isso aí. Drogou Peeta para salvar a vida dele. Muito bom.

Os momentos começam a aparecer com mais densidade e com mais velocidade, sem seguir uma ordem específica. Quando fiz de Rue uma aliada. Quando estendi a mão para Chaff na noite da entrevista. Quando tentei carregar Mags. E mais de uma vez, quando entreguei aquelas amoras que significavam coisas diferentes para pessoas diferentes. Amor por Peeta. Recusa em ceder com chances quase impossíveis de sucesso. Desafio à desumanidade da Capital.

Haymitch levanta o caderninho.

— Então, a questão é a seguinte, o que tudo isso aqui tem em comum?

— São atitudes de Katniss — diz Gale, baixinho. — Ninguém disse o que ela tinha que fazer ou dizer.

— Sem roteiro, com certeza! — diz Beetee. Ele se aproxima e dá um tapinha na minha mão. — Então, a melhor coisa a fazer é deixar você em paz, certo?

As pessoas riem. Até eu mesma rio um pouquinho.

— Bom, isso tudo é muito bonitinho, mas não ajuda muito — diz Fulvia, irritada. — Infelizmente, as oportunidades que ela tem para ser maravilhosa são bem limitadas aqui no 13. O que significa que, a menos que você esteja sugerindo que ela seja lançada no meio do combate...

— É *exatamente isso* que estou sugerindo — diz Haymitch. — Vamos colocá-la no campo de batalha e deixar as câmeras filmando tudo.

— Mas as pessoas acham que ela está grávida — aponta Gale.

— Vamos espalhar o boato de que ela perdeu o bebê durante o choque elétrico na arena — responde Plutarch. — É muito triste. Muito infeliz, mesmo.

A ideia de me mandar para o combate é controversa. Mas o que Haymitch diz faz sentido. Se desempenho bem o meu papel somente em circunstâncias da vida real, então é para elas que devo seguir.

— Sempre que a gente dá alguma orientação a ela, ou define linhas de atuação, o máximo que a gente pode esperar é o básico. A coisa tem que vir dela. É isso o que comove as pessoas.

— Mesmo que a gente seja cuidadoso, não vai dar para garantir a segurança dela — diz Boggs. — Ela vai ser alvo de tudo quanto é...

— Eu quero ir — me intrometo. — Aqui não ajudo em nada os rebeldes.

— E se você for morta? – pergunta Coin.

— É só filmar. Depois você vai poder usar o filme, de um jeito ou de outro – respondo.

— Ótimo – diz Coin. – Mas vamos dar um passo de cada vez. Ache uma situação menos perigosa, da qual você possa tirar mais espontaneidade. – Ela contorna o Comando, estudando os mapas iluminados dos distritos que mostram o posicionamento atual das tropas na guerra. – Levem-na para o 8 hoje à tarde. Houve um intenso bombardeio pela manhã, mas o ataque parece ter tomado seu próprio rumo. Eu a quero armada e com um esquadrão de guarda-costas. Equipe de câmeras no chão. Haymitch, você vai dar cobertura aérea e vai se manter em contato com ela. Vamos ver o que acontece lá. Alguém tem mais algum comentário a fazer?

— Lavem o rosto dela – diz Dalton. Todos se voltam para ele. – Ela ainda é uma menina e vocês a fazem ficar com uma cara de trinta e cinco anos. Não me parece correto. Parece ideia do pessoal da Capital.

Quando Coin dá a reunião por encerrada, Haymitch pergunta se pode conversar comigo a sós. Os outros saem, com exceção de Gale, que permanece incerto ao meu lado.

— Com o que você está preocupado? – pergunta Haymitch. – Sou eu quem precisa de guarda-costas.

— Está tudo bem – digo a Gale, e ele vai embora. Então ouve-se apenas o ruído dos aparelhos, o zumbido do sistema de ventilação.

Haymitch senta-se à minha frente.

— Teremos que trabalhar juntos novamente. Então vamos lá, fala logo.

Penso na conversa agressiva e cruel que tivemos no aerodeslizador. A amargura que se seguiu a ela. Mas tudo o que eu digo é:

– Não consigo acreditar que você não tenha resgatado Peeta.

– Eu sei – responde ele.

Há uma sensação de incompletude. E não por ele não haver se desculpado. Mas porque éramos uma equipe. Nós tínhamos um acordo de manter Peeta em segurança. Um acordo embriagado e irrealista feito na calada da noite, mas mesmo assim, um acordo. E, no fundo do meu coração, sei que ambos fracassamos.

– Sua vez agora – digo.

– Não consigo acreditar que você o tenha deixado fora de seu alcance naquela noite – diz Haymitch.

Balanço a cabeça em concordância. É isso.

– Não paro de pensar nisso. O que eu poderia ter feito para que ele ficasse ao meu lado sem que a gente fosse obrigado a romper a aliança. Mas nada me ocorre.

– Você não tinha escolha. E mesmo que eu pudesse ter convencido Plutarch a ficar e a resgatar Peeta naquela noite, o aerodeslizador teria sido abatido. Nós mal conseguimos sair de lá naquelas condições. – Finalmente olho nos olhos de Haymitch. Olhos da Costura. Cinzentos e profundos, com olheiras escuras de noites sem dormir. – Ele ainda não está morto, Katniss.

– Nós ainda estamos no jogo – tento dizer com otimismo, mas minha voz fica embargada.

– Ainda estamos no jogo. E ainda sou seu mentor. – Haymitch aponta o marcador de texto para mim. – Quando você estiver no chão, lembre-se de que eu estou lá em cima. Terei a melhor visão, então faça o que eu disser para fazer.

– Vamos ver – respondo.

Volto para a Sala de Transformação e observo as camadas de maquiagem desaparecerem pelo ralo assim que começo a esfregar o rosto. A pessoa no espelho parece maltrapilha, com a pele manchada e os olhos cansados, mas se parece comigo. Arranco a braçadeira, deixando à mostra a horrorosa cicatriz do rastreador. Pronto. Isso também se parece comigo.

Como vou estar numa zona de combate, Beetee me ajuda com a armadura que Cinna projetou. Um capacete de metal trançado que se encaixa muito bem na minha cabeça. O material é flexível como tecido, e pode ser retirado como se fosse um capuz, caso eu não queira ficar com ele o tempo todo. Um colete para reforçar a proteção sobre meus órgãos vitais. Um dispositivo auricular ligado ao meu colarinho por um fio. Beetee prende a meu cinto uma máscara que não preciso usar a menos que ocorra um ataque com gás.

— Se você perceber alguém caindo por motivos inexplicáveis, coloque isso imediatamente — diz ele. Finalmente, ele prende uma aljava dividida em três cilindros de flechas em minhas costas. — Lembre-se: lado direito, fogo. Lado esquerdo, explosivos. Centro, flechas normais. Você provavelmente não vai precisar delas, mas é melhor prevenir do que remediar.

Boggs aparece para me escoltar até a Divisão Aérea. Assim que o elevador chega, Finnick surge num estado de agitação.

— Katniss, eles não querem me deixar ir! Eu falei para eles que estou bem, mas eles não me deixam nem entrar no aerodeslizador!

Examino Finnick — suas pernas nuas à mostra entre o pijama de hospital e os chinelos, os cabelos despenteados, o barbante com um nó frouxo enroscado em seus dedos, o olhar enlouquecido — e sei que qualquer súplica da minha parte será infrutífera. Nem mesmo eu acho uma boa ideia deixá-lo ir conosco. Então, dou um tapa na testa e digo:

— Ih, esqueci. É culpa da porcaria da concussão. Eu devia ter falado para você se apresentar ao Beetee no Arsenal Especial. Ele desenhou um novo tridente para você.

A palavra tridente parece fazer com que o antigo Finnick volte à superfície.

— É mesmo? E o que é que ele faz?

— Não sei. Mas se for alguma coisa parecida com o meu arco, você vai adorar — digo. — Mas você vai precisar praticar.

— Certo. É óbvio. Acho melhor eu dar uma passada lá embaixo.

— Finnick? — digo. — Que tal vestir uma calça?

Ele olha para as próprias pernas como se estivesse reparando pela primeira vez nas roupas que estava usando. Em seguida arranca o traje hospitalar e fica apenas de cueca.

— Por quê? Você acha que isso aqui... — Ele faz uma pose ridiculamente provocante. — Pode tirar a atenção dos outros?

Não consigo deixar de rir porque é engraçado, e é ainda mais engraçado porque deixa Boggs extremamente desconfortável, e fico feliz porque Finnick está realmente parecendo o cara que conheci no Massacre Quaternário.

— Sou apenas humana, Odair. — Eu entro antes que as portas do elevador se fechem. — Desculpe — digo para Boggs.

— Não precisa. Acho que você... lidou bem com isso — diz ele. — De qualquer maneira, é melhor do que eu ser obrigado a prendê-lo.

— É isso aí — respondo. Olho de esguelha para ele. Provavelmente está na faixa dos quarenta e poucos anos, tem cabelos grisalhos cortados bem rentes e olhos azuis. Postura incrível. Ele hoje falou duas vezes de um jeito que me faz pensar que ele prefere que sejamos amigos em vez de inimigos. Talvez eu devesse lhe dar uma chance. Mas ele parece entrosado demais com Coin...

Há uma série de cliques bem audíveis. O elevador para e em seguida começa a se mover lateralmente para a esquerda.

– Ele anda de lado? – pergunto.

– Anda, sim. Existe toda uma rede de trilhos de elevador nos subterrâneos do 13 – responde ele. – Essa aqui fica logo acima do aro de transporte que vai dar na quinta plataforma de decolagem. Vai levar a gente para o Hangar.

O Hangar. Os calabouços. Defesa Especial. Algum lugar onde a comida é produzida. A energia gerada. A água e o ar purificados.

– O 13 é ainda maior do que eu imaginava.

– Mas não dá para a gente receber muito crédito por tudo isso – diz Boggs. – Nós basicamente herdamos o local. Fazemos o possível para manter tudo funcionando.

Os cliques retornam. Voltamos a descer ligeiramente – apenas alguns níveis – e as portas se abrem no Hangar.

– Ah! – deixo escapar involuntariamente diante da visão da frota. Fileiras e fileiras de diferentes tipos de aerodeslizadores. – Vocês também herdaram isso aí?

– Alguns nós produzimos. Outros faziam parte da força aérea da Capital. Eles foram atualizados, é claro – diz Boggs.

Sinto novamente aquela pontinha de ódio do 13.

– Quer dizer então que vocês tinham tudo isso aí e deixaram o restante dos distritos sem defesa contra a Capital.

– Não é assim tão simples – rebate ele. – Nós só tivemos condições de lançar um contra-ataque recentemente. Mal conseguíamos nos manter vivos. Depois que derrotamos e executamos as pessoas da Capital, apenas um pequeno grupo entre nós sabia pilotar. Podíamos ter lançado mísseis nucleares na Capital, é verdade. Mas sempre tem aquela questão maior: se nos engajássemos nesse tipo de guerra, será que sobraria alguma vida humana?

– Isso parece com o que Peeta disse. E vocês todos chamaram-no de traidor – eu me oponho.

– Porque ele conclamou um cessar-fogo – diz Boggs. – Você pode reparar que nenhum dos lados lançou um ataque nuclear. Estamos trabalhando à moda antiga. Por aqui, soldado Everdeen. – Ele indica um dos menores aerodeslizadores.

Subo a escada e o encontro lotado, com a equipe de TV e o equipamento. Todas as outras pessoas estão vestidas com macacões militares cinza escuros, inclusive Haymitch, embora ele pareça não estar gostando do colarinho apertado.

Fulvia Cardew chega esbaforida e demonstra frustração quando vê meu rosto limpo.

– Todo aquele trabalho jogado pelo ralo. Não estou colocando a culpa em você, Katniss. Só que são pouquíssimas as pessoas que já nascem com o rosto pronto para as câmeras. Como ele. – Ela agarra Gale, que está conversando com Plutarch, e o gira em nossa direção. – Ele não é lindo?

Gale realmente está fantástico nesse uniforme, eu acho. Mas a pergunta nos deixa constrangidos, devido a nossa história. Fico tentando pensar numa resposta sagaz quando Boggs diz bruscamente:

– Bom, não espere que a gente fique impressionado. Acabamos de ver Finnick Odair só de cueca. – Decido gostar de Boggs.

Há um alerta sobre a iminência da decolagem e aperto o meu cinto de segurança no assento ao lado de Gale, de frente para Haymitch e Plutarch. Pairamos por uma série de túneis que se abrem para uma plataforma. Alguma espécie de dispositivo que lembra um elevador levanta a aeronave lentamente através dos níveis. De imediato, estamos do lado de fora, cercados de árvores, e em seguida somos alçados da plataforma e ficamos envoltos em nuvens.

Agora que o tumulto de atividades que levaram à missão acabou, percebo que não faço a menor ideia do que vou encarar nessa viagem ao Distrito 8. Na realidade, sei muito pouco sobre a real situação da guerra. Ou sobre o que seria preciso para vencê-la. Ou sobre o que aconteceria se nós vencêssemos.

Plutarch tenta delinear tudo para mim de forma muito simples. Em primeiro lugar, todos os distritos estão neste exato momento em guerra com a Capital, exceto o 2, que sempre teve uma relação favorável com nossos inimigos, apesar de sua participação nos Jogos Vorazes. Eles conseguem mais comida e melhores condições de vida. Depois dos Dias Escuros e da suposta destruição do 13, o Distrito 2 tornou-se o novo centro de defesa da Capital, embora seja publicamente apresentado como o lar das pedreiras nacionais, da mesma maneira que o 13 era conhecido por suas minas de grafite. O Distrito 2 não apenas industrializa armas como também treina e até mesmo fornece Pacificadores.

– Você está querendo dizer... que alguns dos Pacificadores nasceram no 2? – pergunto. – Achava que todos eles viessem da Capital.

Plutarch balança a cabeça em concordância.

– Isso é o que querem que a gente pense. E alguns realmente vêm da Capital. Mas a população de lá jamais teria como sustentar um exército desse tamanho. E depois também tem o problema de recrutar cidadãos criados na Capital para levar uma vida de privações nos distritos. Um compromisso de vinte anos com os Pacificadores, nada de casamento, nada de filhos. Alguns entram nessa pela honra, outros veem como uma oportunidade para fugir das punições. Por exemplo, junte-se aos Pacificadores e suas dívidas são perdoadas. Muitas pessoas na Capital estão atoladas em dívidas, mas nem todas são aptas às tarefas militares. Então é no Distrito 2 que vamos buscar o contingente adicional de soldados. É uma maneira de as pessoas escaparem da pobreza e de uma vida nas pedreiras. Elas são criadas dentro de uma concepção guerreira. Você viu como as crianças de lá são ansiosas para se apresentar como tributos voluntários.

Cato e Clove. Brutus e Enobaria. Vi a ânsia deles e também a sede de sangue que demonstravam.

– Mas todos os outros distritos estão do nosso lado? – pergunto.

– Estão. Nossa meta é ir tomando os distritos um a um, deixando o Distrito 2 para o fim. Assim, cortamos a linha de fornecimento da Capital. Então, quando ela estiver enfraquecida, invadimos a própria Capital – diz Plutarch. – Isso vai ser um tipo de desafio completamente diferente. Mas vamos superar esse obstáculo quando o momento chegar.

– Se vencermos, quem vai ficar no governo? – pergunta Gale.

– Todos – diz Plutarch. – Vamos formar uma república em que as pessoas de cada distrito e da Capital vão poder eleger seus próprios representantes para serem suas vozes num governo centralizado. Não olhem com essa desconfiança toda; isso já funcionou antes.

– Nos livros – murmura Haymitch.

– Nos livros de história – diz Plutarch. – E se nossos ancestrais conseguiam, então também vamos conseguir.

Francamente, nossos ancestrais não parecem merecer esse respaldo todo. Afinal, basta olhar para o estado em que nos deixaram, com as guerras e o planeta destroçado. Claramente não davam a mínima para o que aconteceria com as pessoas que viveriam depois deles. Mas essa ideia de república soa como um aprimoramento, tendo em vista o nosso governo atual.

– E se a gente perder? – pergunto.

– Se a gente perder? – Plutarch olha na direção das nuvens, e um sorriso irônico franze seus lábios. – Aí eu diria que a edição dos Jogos Vorazes do ano que vem vai ser absolutamente inesquecível. Isso me faz lembrar de uma coisa. – Ele pega um vidrinho no bolso, coloca na mão algumas pílulas roxas e as estende para nós. – A gente chamou isso aí de *pílula-cadeado* em sua homenagem, Katniss. Os rebeldes não podem se dar o luxo de ter nenhum de nós capturado no atual estágio. Mas prometo que não vai doer nada.

Pego a cápsula, sem saber ao certo onde colocá-la. Plutarch dá um tapinha num ponto em meu ombro, na frente da minha manga esquerda. Eu o examino e encontro um bolso diminuto que não só guarda como também esconde a pílula. Mesmo se minhas mãos estiverem amarradas, vou conseguir curvar a cabeça naquela direção e dar uma mordida para liberá-la.

Cinna, ao que parece, pensou em tudo.

7

O aerodeslizador faz uma descida rápida em espiral numa estrada ampla nos arredores do 8. Quase que imediatamente, as portas se abrem, a escada desce e somos cuspidos em direção ao asfalto. No instante em que a última pessoa desembarca, o equipamento se retrai. Então a aeronave alça voo e desaparece. Sou deixada com um corpo de guarda-costas formado por Gale, Boggs e dois outros soldados. A equipe de TV consiste em um par de cinegrafistas corpulentos da Capital com pesadas câmeras móveis que se encaixam em seus corpos como cascas de insetos, uma diretora chamada Cressida, cuja cabeça raspada é tatuada com a imagem de uma planta trepadeira, e Messalla, seu assistente, um jovem muito magro com vários conjuntos de brincos. Observando cuidadosamente, vejo que sua língua também foi furada e contém um pedaço de metal com uma bolinha de prata.

Boggs sai correndo na estrada em direção a uma fileira de armazéns assim que um segundo aerodeslizador aparece, já prestes a aterrissar. Este traz engradados com suprimentos medicinais e uma equipe de seis médicos – dá para dizer só de olhar para os característicos uniformes brancos. Seguimos Boggs por um beco entre dois armazéns cinzentos. Somente uma ou outra escada de acesso ao telhado interrompe as paredes de metal manchadas. Quando emergimos na rua, é como se tivéssemos entrado em outro mundo.

Os feridos em decorrência dos bombardeios desta manhã estão sendo trazidos. Em macas caseiras, em carrinhos de mão, em carroças, presos nos ombros de outras pessoas e amparados em braços firmes. Ensanguentados, desmembrados, inconscientes. Propelidos por pessoas desesperadas a um armazém com uma letra H pintada de maneira desleixada acima da porta. É a cena da minha antiga cozinha, onde minha mãe tratava os moribundos, multiplicada por dez, por cinquenta, por cem. Eu esperava edifícios bombardeados e em vez disso me vejo confrontada por corpos humanos destroçados.

É aqui que estão planejando me filmar? Eu me viro para Boggs.

– Isso não vai funcionar – digo. – Não vou ficar legal aqui.

Ele deve estar vendo o pânico em meus olhos, porque para um instante e coloca as mãos em meus ombros.

– Vai ficar, sim. Deixe que eles a vejam e pronto. Isso vai fazer mais por eles do que qualquer médico do mundo poderia.

Uma mulher orientando os pacientes que chegam nos avista, olha meio de relance e depois vai embora. Seus olhos castanho-escuros estão inchados de fadiga e ela cheira a metal e suor. Um curativo na altura de sua garganta precisava ter sido trocado três dias atrás. A correia da arma automática presa em suas costas está enterrada em seu pescoço e ela muda o apoio do ombro para reposicioná-la. Com um movimento do polegar, ela manda os médicos entrarem no armazém. Eles obedecem sem questionamentos.

– Essa é a comandante Paylor, do 8 – diz Boggs. – Comandante, a soldado Katniss Everdeen.

Ela parece jovem para ser comandante. Trinta e poucos anos. Mas há um tom de autoridade em sua voz que faz com que você sinta que a designação não foi arbitrária. Ao lado dela, em meu traje novinho em folha, escovado e brilhante, me sinto como um pintinho recém-saído do ovo, não testado e apenas aprendendo a navegar pelo mundo.

– Eu sei quem ela é – diz Paylor. – Quer dizer então que você está viva. A gente não tinha muita certeza. – Estou enganada ou existe uma pontinha de acusação na voz dela?

– Nem eu ainda estou muito certa disso – respondo.

– Estava se recuperando – diz Boggs, dando um tapinha na cabeça. – Uma concussão séria. – Ele baixa a voz. – Aborto. Mas ela insistiu em vir para ver seus feridos.

– Bom, temos muitos por aqui – diz Paylor.

– Você acha que essa é uma boa ideia? – diz Gale, franzindo o cenho para o hospital. – Juntar os feridos dessa maneira?

Eu não acho. Qualquer tipo de doença contagiosa poderia se espalhar por este local como fogo na floresta.

– Acho que é um pouco melhor do que deixá-los morrer – diz Paylor.

– Não foi isso o que eu quis dizer – responde Gale.

– Bom, no momento essa é a minha outra opção. Mas se você aparecer com uma terceira e convencer Coin a bancar, sou toda ouvidos. – Paylor faz um gesto para que eu me dirija à porta. – Pode entrar, Tordo. E, por favor, traga seus amigos.

Olho de relance para o circo de horrores que é a minha equipe, preparo-me mentalmente e sigo-a em direção ao hospital. Uma espécie de cortina industrial pesada percorre o comprimento do edifício, formando um corredor razoavelmente grande. Cadáveres encontram-se enfileirados lado a lado, a cortina roçando suas cabeças, panos brancos escondendo seus rostos.

– Construímos um cemitério coletivo, alguns quarteirões a oeste daqui, mas ainda não posso ocupar o meu contingente de homens para levar esses corpos para lá – diz Paylor. Ela encontra uma fenda na cortina e a abre.

Meus dedos envolvem o pulso de Gale.

– Não saia do meu lado – digo, baixinho.

– Estou aqui – responde ele, no mesmo tom.

Passo pela cortina e os meus sentidos são tomados de assalto. Meu primeiro impulso é cobrir o nariz para não sentir o fedor de roupa de cama suja, de carne putrefata e vômito, tudo adensado pelo calor do armazém. Eles abriram claraboias em zigue-zague no telhado de metal, mas qualquer ar que consegue entrar não tem condições de se impor sobre a névoa logo abaixo. Os tênues raios de luz fornecem a única iluminação disponível e, à medida que os meus olhos se ajustam, consigo distinguir fileiras e fileiras de feridos, em macas, em catres, no chão, porque são muitos disputando o espaço. O zumbido de moscas pretas, o gemido das pessoas agonizando e os soluços dos familiares que os acompanham combinam-se num coro angustiante.

Não temos hospitais de verdade nos distritos. Morremos em casa, o que, nesse momento, parece uma alternativa muito mais aprazível em relação ao que se encontra diante de meus olhos. Então me lembro de que muitas dessas pessoas provavelmente perderam suas casas nos bombardeios.

Suor começa a escorrer pelas minhas costas, a preencher as palmas das minhas mãos. Respiro pela boca numa tentativa de diminuir o mau cheiro. Pontos pretos nadam em meu campo de visão, e penso que existe uma possibilidade muito grande de eu desmaiar. Mas então avisto Paylor, que está me observando muito atentamente, esperando para ver do que sou feita, e se algum deles estava com razão quando imaginaram que podiam contar comigo. Então me afasto de Gale e forço a mim mesma a penetrar ainda mais fundo no armazém, para passar pelo espaço estreito entre duas fileiras de camas.

– Katniss? – Uma voz grasna à minha esquerda, destacando-se em meio ao barulho geral. – Katniss? – A mão de alguém me alcança do meio da névoa. Eu a aperto em busca de apoio. Presa à mão encontra-se uma jovem com uma das pernas machucada. Sangue se espalha pelos curativos pesados, que estão repletos de moscas. O rosto reflete a dor que ela sente, mas também algo mais, algo que parece completamente incongruente em relação à situação pela qual ela passa.

– É você mesma?

– Sou eu, sim – digo.

Júbilo. Essa é a expressão que vejo no rosto dela. Ao som da minha voz, ele se ilumina, o sofrimento se apaga momentaneamente.

– Você está viva! A gente não sabia. As pessoas diziam que você estava, mas a gente não sabia! – diz ela, animada.

– Eu fiquei muito mal mesmo. Mas melhorei – digo. – E é o que vai acontecer com você.

– Eu preciso contar para o meu irmão! – Ela luta para se sentar e chama alguém a algumas camas de distância. – Eddy! Eddy! Ela está aqui! Katniss Everdeen!

Um menino, provavelmente com uns doze anos de idade, volta-se para nós. Curativos tampam metade de seu rosto. A lateral da boca que consigo ver abre-se como se para proferir uma exclamação. Vou até ele, retiro os cachos castanhos molhados de suor de sua testa. Murmuro uma saudação. Ele não consegue falar, mas seu olho bom fixa-se em mim com muita intensidade, como se ele estivesse tentando memorizar cada detalhe de meu rosto.

Ouço o meu nome ecoar em meio ao ar quente, espalhando-se pelo hospital.

– Katniss! Katniss Everdeen! – Os sons de dor e pesar começam a diminuir, a ser substituídos por palavras de expectativa. De todos os lados, vozes clamam por mim. Começo a me mover, apertando as mãos que me são esticadas, tocando as partes sãs daqueles incapazes de mexer seus membros, dizendo "oi", "como você está", "que bom te conhecer". Nada muito importante, nenhuma palavra fantástica de inspiração. Mas pouco importa. Boggs tem razão. É o fato de eles me verem com vida, essa é a verdadeira inspiração.

Dedos famintos me devoram, querendo sentir minha carne. Quando um homem ferido agarra meu rosto com as duas mãos, transmito um agradecimento silencioso a Dalton por sugerir que eu retirasse a maquiagem. Como me sentiria ridícula, perversa, apresentando aquela máscara pintada da Capital a essas pessoas. O estrago, a fadiga, as imperfeições. É assim que eles me reconhecem, é por isso que pertenço a eles.

Apesar de sua controvertida entrevista com Caesar, muitos perguntam por Peeta, me asseguram que sabem que ele estava falando sob pressão. Dou o melhor de mim para parecer otimista em relação a nosso futuro, mas as pessoas ficam verdadeiramente devastadas quando descobrem que perdi o bebê. Eu quero consertar o erro e contar para uma mulher que não para de chorar que a história toda é uma farsa, uma parte do jogo. Mas apresentar Peeta como mentiroso não ajudaria a imagem dele. Ou a minha. Ou a causa.

Começo a entender muito bem o quanto as pessoas se engajaram para me proteger. O que significo para os rebeldes. Minha batalha em curso contra a Capital, que frequentemente parecia uma jornada solitária, não foi empreendida sozinha.

Eu tinha milhares e milhares de pessoas dos distritos ao meu lado. Eu era o Tordo delas muito antes de aceitar o papel.

Uma nova sensação começa a germinar dentro de mim. Mas só consigo defini-la quando estou em pé em cima de uma mesa, acenando para me despedir de todas aquelas pessoas que cantavam meu nome com suas vozes roucas. Poder. Tenho uma espécie de poder que jamais soube que possuía. Snow soube disso assim que estendi aquelas amoras. Plutarch soube quando me resgatou da arena. E Coin sabe agora. Sabe tanto que deve lembrar publicamente a seu povo que não sou eu quem está no comando.

Quando estamos lá fora novamente, encosto-me no armazém, tentando recuperar o fôlego, aceitando o cantil de água oferecido por Boggs.

– Você foi ótima – diz ele.

Bom, não desmaiei ou vomitei ou saí correndo gritando. O que fiz, fundamentalmente, foi surfar na onda de emoção que inundava o local.

– Gravamos umas cenas bem legais aqui – diz Cressida. Olho para os cinegrafistas-insetos, suor escorrendo por seus equipamentos. Messalla rabiscando anotações. Tinha até esquecido que estavam me filmando.

– Eu não fiz grande coisa, é sério – digo.

– Você precisa dar a si mesma um pouco de crédito pelo que fez no passado – responde Boggs.

O que foi que eu fiz no passado? Penso na trilha de destruição atrás de mim – meus joelhos enfraquecem e me sento.

– Nem tudo foi lá muito bom...

– Bem, você não é nem de longe uma pessoa perfeita. Mas na época que a gente vive, é o melhor que a gente tem – diz Boggs.

Gale se agacha ao meu lado, sacudindo a cabeça.

– Não consigo acreditar que você deixou todas aquelas pessoas te tocarem. Estava esperando você sair correndo pela porta a qualquer momento.

– Cala essa boca – digo, rindo.

– Sua mãe vai ficar muito orgulhosa quando assistir ao filme.

– Minha mãe não vai nem reparar em mim. Ela vai ficar horrorizada demais com as condições deste lugar. – Volto-me para Boggs e pergunto: – É assim em todos os distritos?

– É, sim. A maioria está sendo atacada. Estamos tentando levar ajuda sempre que possível, mas não é o suficiente. – Ele para por um minuto, distraído por algo em seu dispositivo auricular. Percebo que não ouvi a voz de Haymitch uma vez sequer, e mexo em meu próprio dispositivo, imaginando se não está quebrado. – Temos que ir para a pista de pouso. Imediatamente – diz Boggs, oferecendo uma das mãos para me levantar. – Temos um problema.

– Que tipo de problema? – pergunta Gale.

– Bombardeios a caminho – diz Boggs. Ele se posiciona atrás de mim e enfia o capacete de Cinna na minha cabeça. – Vamos embora!

Sem saber ao certo o que está acontecendo, começo a correr ao longo da parte frontal do armazém, seguindo na direção do beco que leva à pista de pouso. Mas não sinto nenhuma ameaça imediata. O céu está limpo, azul e sem nenhuma nuvem. A rua está deserta, exceto pelas pessoas carregando os feridos para o hospital. Não há inimigos, não há alarme. Então as sirenes começam a soar. Em questão de segundos, uma formação de aerodeslizadores da Capital em formato de V, voando baixo, surge acima de nossas cabeças e as bombas começam a cair. Eu sou atirada pelos ares, chocando-me contra a parede frontal do armazém. Sinto uma dor lancinante logo acima da parte de trás de meu joelho. Alguma coisa também atingiu minhas costas, mas não parece ter penetrado meu colete. Tento me levantar, mas Boggs me empurra de volta para o chão, protegendo meu corpo com o dele. O chão ondula embaixo de mim à medida que as bombas vão caindo uma após a outra e explodindo no terreno.

É uma sensação horripilante ficar presa contra a parede enquanto bombas caem do céu como chuva. Qual era mesmo aquela expressão que meu pai usava para caças fáceis? *É como atirar em peixes dentro de um barril.* Nós somos os peixes e a rua é o barril.

— Katniss! — Eu me assusto com a voz de Haymitch em meu ouvido.

— O quê? Sim, o quê? Estou aqui! — respondo.

— Ouça o que eu vou dizer. Nós não podemos aterrissar durante o bombardeio, mas é de suma importância que você não seja avistada.

— Então eles não sabem que estou aqui? — Eu imaginava, como de costume, que era a minha presença que causava o castigo.

— A Inteligência acha que não. Eles acham que o bombardeio já estava programado — diz Haymitch.

Agora a voz de Plutarch aparece, calma, porém vigorosa. A voz de um Chefe dos Idealizadores dos Jogos acostumado a dar as cartas sob pressão:

— A três armazéns do ponto onde vocês se encontram, tem um de cor azul-claro. Lá existe um bunker no canto extremo norte. Conseguem chegar lá?

— Vamos fazer o possível — diz Boggs. Plutarch deve estar nos ouvidos de todos, porque meus guarda-costas e minha equipe estão se levantando. Meu olhar procura instintivamente Gale e vê que ele está de pé, aparentemente sem ferimentos.

– Vocês têm mais ou menos quarenta e cinco segundos até a próxima onda de bombas – diz Plutarch.

Dou um grito de dor quando apoio o peso do meu corpo na minha perna direita, mas sigo em frente. Não há tempo para examinar a contusão. De qualquer maneira, é melhor não olhar agora. Felizmente, estou usando sapatos projetados por Cinna. Eles se prendem com firmeza no asfalto quando piso e se livram dele com leveza quando ergo o pé. Eu ficaria na mão naquele par mal ajustado que me foi designado pelo 13. Boggs vai na frente, mas ninguém mais passa por mim. Ao contrário, seguem no meu ritmo, protegendo meus flancos, minhas costas. Me forço a correr à medida que os segundos se esvaem. Passamos pelo segundo armazém cinzento e corremos ao longo de um edifício marrom e sujo. No alto, vejo uma fachada num tom azul desbotado. O bunker. Nós acabamos de alcançar outro beco, precisamos apenas atravessá-lo para chegar à porta, quando a onda seguinte de bombas tem início. Mergulho instintivamente no beco e rolo na direção da parede azul. Desta vez é Gale quem se joga em cima de mim para proporcionar mais uma camada de proteção contra as bombas. O bombardeio parece durar mais desta vez, mas estamos mais distantes dele.

Eu me viro para o outro lado e olho fixamente para Gale. Por um instante, o mundo recua e existe apenas o rosto afogueado dele, sua pulsação visível em sua têmpora, seus lábios ligeiramente separados enquanto ele tenta tomar fôlego.

– Você está bem? – pergunta, suas palavras quase encobertas por uma explosão.

– Estou, sim. Acho que não me viram – respondo. – Afinal, não estão seguindo a gente.

– Não, o alvo deles é outro – diz Gale.

– Eu sei, mas é que não tem mais nada lá além do... – A percepção nos atinge ao mesmo tempo.

– O hospital. – Instantaneamente, Gale se levanta e começa a gritar para os outros. – Eles estão atacando o hospital!

– Não é problema de vocês – diz Plutarch com firmeza. – Entrem logo nesse bunker.

– Mas só tem gente ferida lá! – digo.

– Katniss. – Ouço o tom de alerta na voz de Haymitch e sei o que vem por aí. – Nem pense em... – Arranco o dispositivo auricular e deixo-o pendurado pelo fio. Livre dessa distração, ouço outro som. Tiros de metralhadora vindo do telhado do armazém marrom do outro lado do beco. Alguém está contra-atacando o fogo. Antes que alguém possa me impedir, disparo até uma escada de acesso e começo a escalá-la. Escalar. Uma das coisas que faço melhor.

– Não pare! – ouço Gale falar atrás de mim. Em seguida escuto o som de sua bota na cara de alguém. Se ela pertence a Boggs, Gale vai pagar por isso com juros mais tarde. Chego ao telhado e me arrasto até o revestimento de alcatrão. Paro por tempo suficiente para puxar Gale para cima e deixá-lo ao meu lado. Em seguida, nós dois partimos em direção à fileira de metralhadoras no lado do armazém voltado para a rua. Cada uma parece estar sendo operada por uns poucos rebeldes. Deslizamos até um agrupamento com um par de soldados e ficamos agachados atrás da barreira.

– Boggs sabe que vocês estão aqui em cima? – À minha esquerda, vejo Paylor atrás de uma das metralhadoras olhando para nós com uma expressão surpresa.

Tento ser evasiva, mas sem mentir descaradamente.

– Ele sabe onde nós estamos, sim.

Paylor ri.

– Aposto que sabe. Vocês foram treinados para este tipo de situação? – Ela dá um tapa em sua arma.

– Eu fui. No 13 – diz Gale. – Mas eu preferia usar minhas próprias armas.

– Sim, temos nossos arcos. – Ergo o meu e então percebo o quanto ele devia parecer um objeto decorativo. – Ele é mais mortífero do que parece.

– É bom que seja – diz Paylor. – Tudo bem. Esperamos pelo menos mais três ataques. Eles precisam soltar os escudos de visão antes de jogar as bombas. Essa é a nossa chance. Fiquem abaixados! – Me posiciono, apoiada em um joelho para atirar.

– Melhor começar com fogo – diz Gale.

Balanço a cabeça concordando e puxo uma flecha da aljava direita. Se errarmos nossos alvos, estas flechas vão aterrissar em algum lugar – provavelmente os armazéns do outro lado da rua. Um incêndio pode ser contido, mas o estrago que um explosivo é capaz de fazer pode ser irreparável.

Subitamente, eles aparecem no céu, dois quarteirões à frente, talvez uns cem metros acima de nós. Sete pequenos bombardeiros numa formação em V.

– Ganso! – berro para Gale. Ele vai saber exatamente o que isso significa. Durante a temporada das migrações, quando caçamos aves selvagens, desenvolvemos um sistema de divisão dos pássaros para que os dois não atirassem no mesmo alvo. Pego a parte mais extrema do V, Gale pega a mais próxima, e alternamos flechadas no pássaro da frente. Não há tempo para mais discussões. Estimo a velocidade de aproximação dos aerodeslizadores e lanço minha flecha. Pego a asa interna de um deles, fazendo com que arda em chamas. Gale erra a aeronave da ponta. Um incêndio aflora no telhado vazio de um armazém à nossa frente. Ele frageja entre os dentes.

O aerodeslizador que atingi gira no ar e sai de formação, mas ainda assim solta suas bombas. Só que não desaparece. Tampouco isso acontece com um outro que imagino ter sido atingido pelas metralhadoras. O estrago deve impedir que o escudo de visão seja reativado.

— Bom tiro — diz Gale.

— Eu nem estava mirando aquele lá — murmuro. Havia me concentrado na aeronave na frente dele. — Eles são mais rápidos do que a gente imagina.

— Posições! — grita Paylor. A onda seguinte de aerodeslizadores já está surgindo.

— Fogo não é uma boa — diz Gale. Concordo, e nós dois engatilhamos flechas com explosivos nas pontas. De qualquer modo, aqueles armazéns do outro lado da rua parecem desertos.

Enquanto as aeronaves voam silenciosamente, tomo outra decisão.

— Vou me levantar! — grito para Gale, e me levanto. É a posição em que consigo os tiros mais precisos. Eu me adianto a Gale e acerto em cheio a aeronave da ponta, fazendo um buraco em sua barriga. Gale explode a cauda de uma outra, que entra em parafuso e se arrebenta no meio da rua, produzindo uma série de explosões à medida que seu carregamento detona.

Sem aviso, uma terceira formação em V aparece. Desta vez, Gale acerta em cheio a aeronave da ponta. Arranco a asa do segundo bombardeiro, fazendo com que ele gire em direção ao que está atrás. Juntos, eles colidem no telhado do armazém em frente ao hospital. Um quarto bombardeiro é abatido pelas metralhadoras.

— Tudo bem, é isso – diz Paylor.

Chamas e uma densa fumaça preta dos destroços obscurecem nossa visão.

— Eles atingiram o hospital?

— É bem provável – diz ela, duramente.

Enquanto corro na direção da escada na extremidade do armazém, a visão de Messalla e de um dos insetos emergindo de trás de um duto de ar me surpreende. Eu pensei que eles ainda estivessem agachados no beco.

— Estou começando a gostar desse pessoal – diz Gale.

Desço desajeitadamente a escada. Quando meus pés atingem o chão, encontro um guarda-costas, Cressida e o outro inseto esperando. Espero resistência, mas Cressida apenas acena para que eu vá na direção do hospital. Ela está berrando:

— Não estou nem aí, Plutarch! Preciso de mais cinco minutos e pronto! – Pouquíssimo disposta a questionar um passe livre, vou para a rua.

— Essa não – sussurro assim que avisto o hospital. O que antes era o hospital. Ando em meio aos feridos, passo pelos destroços queimados das aeronaves, os olhos fixos no desastre à minha frente. Pessoas gritando, correndo freneticamente de um lado para o outro, mas incapazes de ajudar. As bombas fizeram o telhado do hospital desabar e deixaram o edifício em chamas, prendendo os pacientes em seu interior. Um grupo de resgate se reuniu, tentando abrir uma trilha para o interior do edifício. Mas eu já sei o que eles vão encontrar. Se os destroços e as chamas não os atingiram, a fumaça o fez.

Gale está perto do meu ombro. O fato de que ele não está fazendo nada apenas confirma minhas suspeitas. Mineiros não abandonam um acidente até que não haja mais esperanças.

– Vamos embora, Katniss. Haymitch está dizendo que eles conseguem um aerodeslizador para a gente agora – diz ele. Mas, ao que parece, eu não consigo me mover.

– Por que eles fariam uma coisa dessas? Por que eles atacariam pessoas que já estavam morrendo? – pergunto a ele.

– Para assustar os outros. Para impedir que os feridos procurem ajuda – diz Gale. – Aquelas pessoas que você conheceu eram dispensáveis. Para Snow, quero dizer. Se a Capital vencer, o que vai fazer com um monte de escravos arrasados?

Lembro de todos aqueles anos na floresta, ouvindo Gale discursar contra a Capital. E eu, sem prestar muita atenção. Imaginando por que ele sequer se importava em dissecar as motivações dela. Me perguntando por que pensar como nossos inimigos teria qualquer utilidade. Com toda a certeza, teria utilidade hoje. Quando Gale questionou a existência do hospital, ele não estava pensando em doença, mas nisso. Porque ele nunca subestima a crueldade daqueles que enfrentamos.

Lentamente, dou as costas para o hospital e encontro Cressida, flanqueada pelos insetos, de pé alguns metros à minha frente. Seu jeito impassível. Frio até.

– Katniss – diz ela –, o presidente Snow acabou de ordenar a transmissão do bombardeio ao vivo. Depois ele fez uma aparição para dizer que essa era a maneira dele de enviar uma mensagem aos rebeldes. E você? Gostaria de dizer alguma coisa aos rebeldes?

– Gostaria, sim – sussurro. Noto a luz vermelha que pisca em uma das câmeras. Sei que estou sendo gravada. – Sim – digo com mais intensidade. Todos estão se afastando de mim, Gale, Cressida, os insetos... deixando o palco para mim. Mas permaneço concentrada na luz vermelha. – Quero dizer aos rebeldes que estou viva. Que estou bem aqui no Distrito 8,

onde a Capital acabou de bombardear um hospital cheio de homens desarmados, mulheres e crianças. Não haverá sobreviventes. – O choque que eu estava sentindo dá lugar à fúria.
– Quero dizer às pessoas que, se por um segundo passou pelas cabeças de vocês que a Capital vai nos tratar com justiça se houver um cessar-fogo, vocês estão se iludindo. Porque vocês sabem quem eles são e o que fazem. – Minhas mãos se movem automaticamente, como se para indicar a totalidade do horror ao meu redor. – *Isto aqui* é o que eles fazem! E temos que reagir!

Avanço em direção à câmera agora, guiada pela raiva.

– O presidente Snow diz que está nos enviando uma mensagem? Bom, tenho uma para ele. Você pode nos torturar e nos bombardear e queimar nossos distritos até que eles virem cinzas, mas está vendo isto aqui? – Uma das câmeras segue o local que eu aponto com a mão: as aeronaves queimando no telhado do armazém em frente a nós. A insígnia da Capital em uma das asas brilha visivelmente em meio às chamas. – Está pegando fogo! – Estou gritando agora, disposta a ter certeza de que ele não perderá nenhuma palavra. – Se nós queimarmos, você queimará conosco!

Minhas últimas palavras pairam no ar. Eu me sinto suspensa no tempo. Flutuando sobre uma nuvem de calor que é gerada não pelo que me cerca, mas por meu próprio ser.

– Corta! – A voz de Cressida me puxa de volta à realidade, me apaga. Ela balança a cabeça como quem dá um sinal de aprovação. – Fechamos assim.

8

Boggs aparece e aperta meu braço com força, mas não estou planejando fugir agora. Olho na direção do hospital – bem a tempo de ver o resto da estrutura ceder – e perco a vontade de lutar. Todas essas pessoas, as centenas de feridos, os parentes, os médicos do 13, não existem mais. Eu me viro para Boggs, vejo seu rosto inchado após o contato com a bota de Gale. Não sou nenhuma especialista, mas tenho quase certeza de que o nariz dele está quebrado. Entretanto, o tom de sua voz é mais resignado que raivoso.

– Vamos voltar para a pista de pouso. – Dou um passo à frente obedientemente e estremeço assim que fico ciente de minha dor atrás do joelho direito. A adrenalina que suplantou a sensação já passou, e outras partes de meu corpo se juntam ao coro de reclamações. Estou arrasada e ensanguentada, e parece que alguém está martelando minha têmpora esquerda do interior do meu crânio. Boggs examina rapidamente meu rosto, em seguida me pega no colo e sai correndo em direção à pista. Na metade do caminho, vomito em seu colete à prova de balas. É difícil afirmar com certeza porque ele está sem fôlego, mas tenho a impressão de que solta um suspiro.

Um pequeno aerodeslizador, diferente do que nos transportou até aqui, nos espera na pista. Assim que minha equipe está a bordo, decolamos. Nenhum assento confortável ou janelas desta vez. Parece que estamos em alguma espécie de aeronave de carga. Boggs faz atendimento de primeiros socorros nas pessoas para que elas aguentem até chegarmos ao 13. Quero tirar meu colete, já que também tem uma razoável quantidade de vômito nele, mas está frio demais para pensar nessa possibilidade. Eu me deito no chão com a cabeça no colo de Gale. A última coisa que lembro é de Boggs estendendo alguns sacos de aniagem em cima de mim.

Quando acordo, estou aquecida e medicada em minha antiga cama de hospital. Minha mãe está lá, verificando meus sinais vitais.

— Como é que você está se sentindo?

— Abatida, mas bem — digo.

— Só ficamos sabendo que vocês iam quando já estavam lá — diz ela.

Sinto uma pontada de culpa. Quando sua família foi obrigada a enviar você aos Jogos Vorazes duas vezes, esse não é exatamente um detalhe que você deve negligenciar.

— Desculpa. Eles não estavam esperando um ataque. Era só para eu fazer uma visita aos pacientes — explico. — Da próxima vez, vou mandar esclarecerem tudo para você.

— Katniss, ninguém esclarece nada para mim — diz ela.

É verdade. Nem mesmo eu. Pelo menos desde que meu pai morreu. Por que fingir?

— Bom, vou mandar... informarem você, de um jeito ou de outro.

Na mesinha de cabeceira, encontra-se um pedaço de estilhaço que eles retiraram de minha perna. Os médicos estão mais preocupados com o estrago que meu cérebro pode ter sofrido por causa das explosões, já que minha concussão nem sequer sarou completamente. Mas não estou com visão dupla ou qualquer coisa assim, e consigo pensar com clareza suficiente. Dormi a tarde toda e a noite toda, e estou esfomeada. Meu café da manhã é decepcionantemente pequeno. Apenas alguns cubos de pão mergulhados em leite morno. Fui convocada para uma reunião de manhã cedo no Comando. Começo a me levantar e então me dou conta de que eles planejam rolar minha cama de hospital direto para lá. Quero caminhar, mas isso é vetado, de modo que negocio a utilização de uma cadeira de rodas. Estou me sentindo bem, na realidade. Exceto por minha cabeça, e minha perna, e os machucados doloridos e a náusea que me atinge minutos depois que eu como alguma coisa. Talvez a cadeira de rodas seja uma boa ideia.

Enquanto me empurram, começo a ficar inquieta em relação ao que terei de encarar. Gale e eu desobedecemos a ordens diretas ontem, e Boggs tem a contusão para provar. Certamente haverá repercussões, mas será que a ponto de Coin anular nosso acordo para a imunidade dos vitoriosos? Será que tirei de Peeta qualquer proteção, por menor que fosse, que eu pudesse oferecer a ele?

Quando chego ao Comando, as únicas pessoas que estão lá são Cressida, Messalla e os insetos. Messalla está radiante e diz:

– Aí está a nossa pequena estrela! – E os outros estão sorrindo tão abertamente que não consigo evitar de retribuir o sorriso. Eles me impressionaram no 8, seguindo-me até o telhado durante o bombardeio, fazendo Plutarch recuar para poderem fazer as tomadas que queriam. Eles fazem mais do que apenas cumprir com seu trabalho, eles sentem prazer em fazê-lo. Como Cinna.

Tenho um estranho pensamento de que se estivéssemos na arena juntos, eu os pegaria como aliados. Cressida, Messalla e... e...

– Preciso parar de chamar vocês de "insetos" – exclamo, dirigindo-me aos cinegrafistas. Explico que não sabia seus nomes e que as suas roupas me sugeriam uma semelhança com criaturas cascudas. A comparação não parece irritá-los. Mesmo sem as cascas, um lembra muito o outro. Os mesmos cabelos cor de areia, barbas ruivas e olhos azuis. O que tem as unhas roídas se apresenta como Castor e o outro, que é seu irmão, como Pollux. Eu espero Pollux dizer um oi, mas ele apenas balança a cabeça. De início, penso que ele é tímido ou um homem de poucas palavras. Mas há algo nele que me deixa intrigada, a posição de seus lábios, o esforço extra que faz para engolir, e percebo antes mesmo de Castor me dizer. Pollux é um Avox. Cortaram a língua dele e nunca mais ele vai poder falar. E não preciso mais imaginar o que fez com que ele arriscasse tudo para ajudar a desbancar a Capital.

À medida que a sala vai enchendo, eu me preparo para uma recepção menos agradável. Mas as únicas pessoas que demonstram algum tipo de negatividade são Haymitch, que está sempre com esse tipo de expressão, e uma Fulvia Cardew de cara amarrada. Boggs está usando uma máscara de plástico cor de carne que vai do lábio superior à testa – eu estava certa em relação ao nariz quebrado – de modo que é difícil decifrar sua expressão. Coin e Gale estão no meio de uma conversa que parece amigável.

Quando Gale desliza para o assento ao lado da cadeira de rodas, eu pergunto:

– Fazendo novas amizades?

Os olhos dele dirigem-se para a presidenta e depois retornam para mim.

– Bom, um de nós tem que ser acessível. – Ele toca delicadamente a minha têmpora. – Como você está se sentindo?

Imagino se serviram no café da manhã cozido de alho e abóbora. Quanto mais pessoas se agregam, mais forte fica o cheiro. Meu estômago embrulha e as luzes parecem ter ficado subitamente mais brilhantes.

– Mais ou menos – respondo. – E você, como está?

– Estou bem. Tiraram alguns estilhaços de mim. Nada de mais – diz ele.

Coin dá início à reunião.

– Nosso Assalto Televisivo foi oficialmente lançado. Se algum de vocês perdeu ontem a transmissão das vinte horas de nosso primeiro pontoprop, ou as dezessete reapresentações que Beetee conseguiu levar ao ar desde então, vamos começar a transmiti-lo novamente. – Transmitir novamente? Então eles não apenas conseguiram tomadas utilizáveis como já montaram um pontoprop e o transmitiram repetidamente. As palmas de minhas mãos ficam úmidas diante da expectativa de me ver na TV. E se eu ainda estiver horrível? E se estiver rígida e inútil como no estúdio, e eles simplesmente desistiram de conseguir qualquer coisa melhor? Telas individuais surgem em cima da mesa, a iluminação fica um pouco mais fraca e um silêncio toma conta da sala.

A princípio, minha tela está preta. Então uma fagulha diminuta pisca no centro. Ela aumenta, se espalha, devorando silenciosamente a escuridão até que a tela inteira fica em chamas com um fogo tão real e intenso que imagino estar sentindo o calor emanando. A imagem de meu broche com o tordo emerge, cintilando em vermelho-ouro. A voz profunda e nítida que povoa meus sonhos começa a falar. Claudius Templesmith, o locutor oficial dos Jogos Vorazes, diz:

– Katniss Everdeen, a garota em chamas, agora queima.

Subitamente, lá estou eu, substituindo o tordo, em pé diante de chamas e fumaça verdadeiras do Distrito 8.

– *Quero dizer aos rebeldes que estou viva. Que estou bem aqui no Distrito 8, onde a Capital acabou de bombardear um hospital cheio de homens desarmados, mulheres e crianças. Não haverá sobreviventes.* – Corte para o hospital desabando, o desespero dos que estão vendo a cena enquanto prossigo narrando: – *Quero dizer às pessoas que, se por um segundo passou pelas cabeças de vocês que a Capital vai nos tratar com justiça se houver um cessar-fogo, vocês estão se iludindo. Porque vocês sabem quem eles são e o que fazem.* – De volta a mim agora, minhas mãos se levantando para indicar o ultraje ao meu redor. – Isto aqui *é o que eles fazem! E temos que reagir!* – Agora vem uma montagem verdadeiramente fantástica da batalha. As primeiras bombas caindo, nós correndo, sendo jogados pelos ares, um close no meu ferimento, que parece bem feio e ensanguentado, escalando o telhado, mergulhando nos agrupamentos de metralhadoras e depois algumas tomadas impressionantes dos rebeldes, Gale, e principalmente eu, abatendo aquelas aeronaves no céu. Corte, e voltam a me mostrar na frente da câmera. – *O presidente Snow diz que está nos enviando uma mensagem? Bom, tenho uma para ele. Você pode nos torturar e nos bombardear e queimar nossos distritos até que eles virem cinzas, mas está vendo isto aqui?* – Estamos com a câmera, seguindo a trilha das aeronaves que queimam no telhado do armazém. Foco na insígnia da Capital numa asa, que se mistura com a imagem do meu rosto, gritando para o presidente: – *Está pegando fogo! Se nós queimarmos, você queimará conosco!*
– Chamas tomam conta da tela novamente. Sobrepostas a elas em fortes letras pretas estão as palavras:

SE NÓS QUEIMARMOS,
VOCÊ QUEIMARÁ CONOSCO

As palavras pegam fogo e a tela inteira queima até ficar totalmente preta.

Há um momento de entusiasmo silencioso, então aplausos seguidos de pedidos para que o filme seja exibido novamente. Coin indulgentemente aperta a tecla e, desta vez, como sei o que vai acontecer, tento fingir que estou assistindo ao programa em minha TV, na minha casa na Costura. Um discurso contra a Capital. Jamais houve algo assim na TV. Pelo menos desde que eu nasci.

Quando a tela fica preta depois de queimar uma segunda vez, desejo saber mais:

– Isso passou em toda Panem? O pessoal da Capital viu isso?

– Na Capital, não – diz Plutarch. – Não conseguimos suplantar o sistema deles, embora Beetee esteja trabalhando nisso. Mas passou em todos os distritos. Passamos até no 2, o que pode ser ainda mais importante do que passar na Capital, a essa altura do campeonato.

– Claudius Templesmith está com a gente? – pergunto.

Isso faz com que Plutarch dê uma boa risada.

– Só a voz dele. Mas isso veio de graça. Nem precisamos fazer edição especial. Ele disse aquela mesma frase na primeira vez que você participou dos Jogos Vorazes. – Ele dá um tapa na mesa. – Que tal mais uma rodada de aplausos para Cressida, sua equipe fantástica e, é claro, para o nosso talento na frente das câmeras!

Eu também bato palmas, até perceber que sou eu o talento na frente das câmeras e que talvez seja um pouco estranho ficar batendo palmas para mim mesma, mas ninguém está prestando atenção. Ainda assim, não posso deixar de reparar na irritação estampada no rosto de Fulvia. Imagino como tudo isso deve estar sendo difícil para ela. Assistir à ideia de Haymitch obter sucesso sob a direção de Cressida quando a orientação do estúdio dela foi um desastre total.

Coin parece ter alcançado o fim de sua tolerância pela autocongratulação.

– Sim, muito merecido. O resultado superou todas as nossas expectativas. Mas sou obrigada a questionar a ampla margem de risco com a qual vocês estiveram dispostos a operar. Sei que o bombardeio não estava previsto. Entretanto, dadas as circunstâncias, acho que devemos discutir a decisão de enviar Katniss a uma situação de combate real.

A decisão? De me enviar para o combate? Então ela não sabe que eu desconsiderei flagrantemente as ordens que me foram dadas, arranquei meu dispositivo auricular e fugi de meus guarda-costas? O que mais esconderam dela?

– Foi uma situação difícil – diz Plutarch, franzindo a testa. – Mas o consenso geral foi que não conseguiríamos nada que merecesse ser usado se a deixássemos trancada em algum bunker sempre que alguém desse um tiro.

– E você encarou isso sem problema? – pergunta a presidenta.

Gale precisa me dar um chute debaixo da mesa para que eu perceba que ela está falando comigo.

– Ah, sim! Sem problema. Eu me senti bem. Fazendo alguma coisa, só para variar.

– Bom, vamos ser um pouco mais criteriosos com o nível de exposição dela. Principalmente agora que a Capital sabe o que ela pode fazer – diz Coin. Um ruído de concordância perpassa toda a mesa.

Ninguém censura a mim ou Gale. Nem Plutarch, cuja autoridade escolhemos ignorar; nem Boggs, com seu nariz quebrado; nem os insetos, que levamos para o fogo cruzado; nem Haymitch, que... não, espera um pouco. Haymitch está sorrindo de forma mortífera para mim e dizendo com doçura:

— É isso aí, a gente não ia querer perder o nosso pequeno Tordo quando ele finalmente começou a cantar. — Guardo isso em minha mente para não acabar sozinha numa sala com ele, porque está mais do que visível que ele está tendo pensamentos vingativos em relação àquele ridículo dispositivo auricular.

— Então, o que mais vocês planejaram? — pergunta a presidenta.

Plutarch balança a cabeça para Cressida, que consulta uma prancheta.

— Temos umas tomadas maravilhosas de Katniss no hospital no 8. A gente deve fazer outro pontoprop usando essas imagens com o seguinte tema: "Porque vocês sabem quem eles são e o que fazem." Vamos nos concentrar em Katniss interagindo com os pacientes, especialmente as crianças, o bombardeio do hospital, e os destroços. Messalla está fazendo a edição de tudo isso. Também estamos pensando em fazer um especial do Tordo. Salientar alguns dos melhores momentos de Katniss entrecortados por cenas de levantes rebeldes e tomadas de guerra. Podemos chamar isso de "Em chamas". E aí a Fulvia apareceu com uma ideia realmente brilhante.

A expressão de quem chupou limão dá lugar ao sobressalto no rosto de Fulvia, mas ela se recupera.

— Bom, não sei o quanto isso é brilhante, mas estava pensando que podíamos fazer uma série de pontoprops chamada "Nós lembramos". Em cada um dos programas podíamos mostrar um dos tributos mortos. A pequena Rue do 11 ou a velha Mags do 4. A ideia é pontuar cada distrito com um toque bem pessoal.

— Um tributo a seus tributos, seria mais ou menos isso — diz Plutarch.

— Isso é brilhante, de verdade, Fulvia — digo, com toda sinceridade. — É a maneira perfeita de lembrar às pessoas do motivo pelo qual a gente está lutando.

— Acho que podia dar certo — diz ela. — Pensei que a gente talvez pudesse usar Finnick para fazer a introdução e narrar os quadros. Se houver interesse neles.

— Francamente, acho que quanto mais pontoprops "Nós lembramos" a gente puder fazer melhor — diz Coin. — Vocês podem começar a produzir isso hoje mesmo?

— É claro — diz Fulvia, sua raiva obviamente arrefecida em função da reação positiva a sua ideia.

Cressida suavizou tudo no departamento de criação com o gesto. Elogiou Fulvia pelo que é, de fato, uma ideia realmente boa, e abriu caminho para continuar a própria representação do Tordo transmitida na TV. O interessante é que Plutarch parece não ter nenhuma necessidade de dividir o crédito com ela. Tudo o que ele quer é que o Assalto Televisivo funcione. Lembro que Plutarch é um Chefe dos Idealizadores dos Jogos, não um membro da equipe de produção. Não um pedaço nos Jogos. Portanto, seu valor não é definido por um único elemento, mas pelo sucesso global da produção. Se nós vencermos a guerra, aí sim Plutarch receberá seus aplausos. E ficará à espera de sua recompensa.

A presidenta manda todo mundo trabalhar, de modo que Gale me empurra de volta ao hospital. Rimos um pouco de como a verdade não veio à tona. Gale diz que ninguém quis demonstrar incompetência ao admitir que não tiveram como nos controlar. Eu sou mais gentil, dizendo que eles provavelmente não quiseram colocar em risco a chance de nos levar novamente para o exterior, agora que conseguiram tomadas tão boas. Provavelmente, ambas são verdade. Gale precisa se encontrar com Beetee no Arsenal Especial, então decido tirar um cochilo.

Parece que só fechei os olhos por uns poucos minutos, mas quando eu os abro, estremeço diante da visão de Haymitch sentado a alguns centímetros da minha cama. Esperando. Possivelmente há várias horas, se o relógio estiver certo. Penso em berrar para pedir a presença de uma testemunha, mas serei obrigada a encará-lo mais cedo ou mais tarde.

Haymitch curva-se para a frente e balança alguma coisa num arame branco bem fino na frente do meu nariz. É difícil focalizar o objeto, mas tenho certeza de que sei do que se trata. Ele solta a coisa no lençol.

– Isso aí é o seu dispositivo auricular. Vou dar a você apenas mais uma chance de usar isso. Se você retirar esse troço do ouvido mais uma vez, vou mandar encaixarem isto aqui em você. – Ele estende uma espécie de capacete de metal que instantaneamente chamo de grilhão de cabeça. – É uma unidade de áudio alternativa que fica presa ao redor do seu crânio e embaixo do seu queixo e só pode ser aberta com uma chave. E eu vou ficar com a única chave. Se, por alguma razão, você for suficientemente esperta para desligá-lo – Haymitch joga o grilhão de cabeça em cima da cama e pega um diminuto chip prateado –, vou autorizar que este transmissor aqui seja implantado cirurgicamente em seu ouvido para que eu possa falar com você vinte e quatro horas por dia.

Haymitch na minha cabeça o tempo todo. Aterrorizante.

— Vou ficar com o dispositivo auricular — murmuro.
— Perdão? — diz ele.
— Vou ficar com o dispositivo auricular! — digo, alto o suficiente para acordar metade do hospital.
— Tem certeza? Porque as três opções me deixam igualmente satisfeito.
— Tenho certeza, sim — respondo. Envergo o arame do dispositivo auricular no meu punho de modo protetor e arremesso o grilhão de cabeça de volta ao rosto dele com a mão livre, mas ele o pega com facilidade. Provavelmente estava esperando que o jogasse. — Mais alguma coisa?
Haymitch se levanta para ir embora.
— Enquanto estava esperando... comi o seu almoço.
Meus olhos absorvem a tigela de cozido vazia e a bandeja em cima da mesa.
— Vou te denunciar — resmungo para o travesseiro.
— Faça isso, queridinha. — Ele sai, seguro por saber que eu não sou do tipo que denuncia.
Quero voltar a dormir, mas estou inquieta. Imagens de ontem começam a invadir o presente. O bombardeio, as aeronaves se espatifando e explodindo, os rostos dos feridos que não existem mais. Imagino a morte vindo de todos os lados. O último momento antes de ver uma bomba atingir o chão, sentir a asa da minha aeronave explodindo e a estonteante queda em direção ao esquecimento, o telhado do armazém desabando em cima de mim enquanto estou presa em meu leito, indefesa. Coisas que vi, em pessoa ou em filme. Coisas que causei ao retesar meu arco. Coisas que jamais serei capaz de apagar da minha memória.
No jantar, Finnick traz sua bandeja até a minha cama para que possamos assistir juntos ao mais recente pontoprop na

TV. Ele recebeu um quarto no meu antigo andar, mas tem tantas recaídas mentais que ainda vive basicamente no hospital. Os rebeldes colocam no ar o pontoprop "Porque vocês sabem quem eles são e o que fazem" que Messalla editou. A filmagem é entrecortada por clipes curtos de estúdio com Gale, Boggs e Cressida descrevendo o incidente. É duro assistir à minha recepção no hospital do 8 já que eu sei o que está para acontecer. Quando as bombas começam a chover no telhado, enterro a cabeça em meu travesseiro, e volto a levantar o rosto para um breve clipe onde apareço no fim, depois que todas as vítimas estão mortas.

Pelo menos Finnick não aplaude nem demonstra alegria quando tudo acaba. Ele simplesmente diz:

– As pessoas precisavam saber que aquilo estava acontecendo. E agora elas sabem.

– Vamos desligar isso, Finnick, antes que passem de novo – peço a ele. Mas quando a mão de Finnick começa a se mover na direção do controle remoto, eu grito: – Espera aí! – A Capital está apresentando um segmento especial e alguma coisa nele me parece familiar. Sim, é Caesar Flickerman. E posso adivinhar quem será o convidado dele.

A transformação física de Peeta me deixa chocada. O garoto saudável de olhos claros que vi alguns dias atrás perdeu pelo menos seis quilos e desenvolveu um tremor nervoso nas mãos. Ele continua parecendo arrumado. Mas por baixo da maquiagem que não consegue cobrir o inchaço sob seus olhos, e das roupas de boa qualidade que não conseguem esconder a dor que está sentindo quando se mexe, encontra-se uma pessoa extremamente maltratada.

Minha mente gira incessantemente, tentando dar sentido ao que estou vendo. Eu o vi há pouco tempo! Quatro – não, cinco – acho que foi há cinco dias. Como ele decaiu tão rapidamente? O que podem ter feito com ele num espaço de tempo tão curto? Então eu percebo. Repasso em minha cabeça o máximo que consigo da entrevista com Caesar, em busca de alguma coisa que a situasse no tempo. Não há nada. Eles poderiam ter gravado aquela entrevista um ou dois dias depois de eu ter explodido a arena e então feito o que quer que tivessem pretendido fazer com ele desde então.

– Ah, Peeta... – sussurro.

Caesar e Peeta trocam algumas palavras vazias antes de Caesar perguntar a ele sobre os boatos de que eu estaria gravando pontoprops para os distritos.

– Eles a estão usando, é óbvio – diz Peeta. – Para estimular os rebeldes. Duvido que ela sequer saiba o que está acontecendo na guerra. O que está em jogo.

– Tem alguma coisa que você gostaria de dizer a ela? – pergunta Caesar.

– Tem, sim – diz Peeta. Ele olha diretamente para a câmera, bem nos meus olhos. – Não seja boba, Katniss. Pense por você mesma. Eles transformaram você numa arma que pode ser instrumento da destruição da humanidade. Se você possui alguma influência real, use-a para frear essa coisa. Use-a para parar a guerra antes que seja tarde demais. Pergunte a si mesma: você realmente confia nas pessoas com quem está trabalhando? Você realmente sabe o que está acontecendo? E se você não sabe... descubra.

Tela preta. Insígnia de Panem. Fim do programa.

Finnick aperta o botão de desligar no controle remoto. Em um minuto, as pessoas estarão aqui para fazer o controle de estragos quanto às condições de Peeta e às palavras que saíram de sua boca. Terei de repudiá-las. Mas a verdade é a seguinte: não confio nos rebeldes, nem em Plutarch, e nem em Coin. Não posso confiar que me dizem a verdade. Não serei capaz de esconder isso. Passos se aproximam.

Finnick aperta com força os meus braços.

— A gente não viu isso — diz ele.

— O quê? — pergunto.

— A gente não viu o Peeta. Só o pontoprop no 8. Depois a gente desligou o aparelho porque as imagens começaram a te chatear. Entendeu? — pergunta ele. Balanço a cabeça em concordância. — Termina seu jantar. — Eu me controlo o suficiente, de modo que no momento em que Plutarch e Fulvia entram, estou com a boca cheia de pão e repolho. Finnick está falando sobre como Gale ficou bem na TV. Parabenizamos a todos pelo pontoprop. Deixamos claro que foi tão poderoso que desligamos a TV logo em seguida. Eles parecem aliviados. Eles acreditam em nós.

Ninguém menciona Peeta.

9

Paro de tentar dormir depois que minhas primeiras tentativas são interrompidas por pesadelos indescritíveis. Depois disso, fico apenas deitada, sem me mexer, e finjo estar ressonando sempre que alguém aparece para ver como estou. De manhã, recebo alta do hospital e sou instruída a não cometer excessos. Cressida me pede para gravar algumas frases para um novo pontoprop do Tordo. No almoço, continuo esperando que as pessoas toquem no assunto da aparição de Peeta, mas ninguém o faz. Alguém deve ter visto o programa além de Finnick e eu.

Tenho treinamento, mas Gale está agendado para trabalhar com Beetee com armas ou qualquer coisa assim, de modo que recebo permissão para levar Finnick para a floresta. Vagamos pelo local durante um tempo e depois enfiamos nossos comunicadores debaixo de um arbusto. Quando estamos a uma distância segura, sentamos no chão e conversamos sobre o programa de Peeta.

– Não ouvi qualquer palavra sobre isso. Ninguém contou nada para você? – diz Finnick. Sacudo a cabeça em negativa. Ele faz uma pausa antes de perguntar: – Nem o Gale? – Estou presa a um fio de esperança de que Gale honestamente não saiba nada a respeito da mensagem de Peeta. Mas tenho uma sensação ruim de que ele sabe. – Talvez ele esteja tentando encontrar um momento para contar com privacidade.

– Talvez – digo.

Ficamos em silêncio por tanto tempo que um cervo surge, ao alcance da minha mira. Eu o abato com uma flecha. Finnick o arrasta para a cerca.

Para o jantar, temos picadinho de cervo cozido. Gale me leva de volta ao Compartimento E depois de comermos. Quando pergunto a ele como andam as coisas, novamente não há nenhuma menção a Peeta. Assim que minha mãe e minha irmã pegam no sono, apanho a pérola na gaveta e passo uma segunda noite de insônia agarrada a ela, rememorando as palavras de Peeta. *"Pergunte a si mesma, você realmente confia nas pessoas com quem está trabalhando? Você realmente sabe o que está acontecendo? E se você não sabe... descubra."* Descubra. O quê? Com quem? E como Peeta saberia qualquer coisa além do que a Capital lhe diz? Aquilo não passa de um pontoprop da Capital. Mais ruído. Mas se Plutarch acha que isso é apenas a reprodução do discurso da Capital, por que ele não comentou nada comigo sobre o programa? Por que ninguém contou nada para mim ou para Finnick?

Subjacente a esse debate encontra-se a verdadeira fonte de minha inquietação: Peeta. O que fizeram com ele? E o que estão fazendo com ele nesse exato momento? Com toda certeza, Snow não engoliu a história de que Peeta e eu não sabíamos nada acerca da rebelião. E suas suspeitas foram reforçadas, agora que surgi como o Tordo. Tudo o que Peeta pode fazer é tentar adivinhar quais são as táticas dos rebeldes ou então inventar alguma coisa para dizer a seus torturadores. Mentiras, uma vez descobertas, seriam severamente punidas. Como ele deve estar se sentindo abandonado por mim. Em sua primeira entrevista, ele tentou me proteger não só da Capital como também dos rebeldes, e não apenas eu fracassei em protegê-lo como também cuidei para que horrores ainda maiores o atingissem.

Assim que amanhece, enfio meu antebraço na parede e vejo com olhos grogues a programação do dia. Imediatamente depois do café da manhã, estou designada para a Produção. Na sala de jantar, enquanto tomo os cereais quentes com leite e beterraba amassada, avisto um comunipulso no braço de Gale.

— Quando foi que você recebeu isso de volta, soldado Hawthorne? — pergunto.

— Ontem. Eles acharam que, como eu ia a campo com você, isso aqui podia ser um sistema de comunicação seguro — diz Gale.

Ninguém jamais me ofereceu um comunipulso. Fico imaginando: caso eu pedisse um, será que receberia?

— Bom, acho que um de nós tem que ser acessível — digo, com um tom de irritação em minha voz.

— O que você está querendo dizer com isso? — diz ele.

— Nada. Só estou repetindo o que você disse — respondo. — Concordo totalmente com a ideia de que a pessoa acessível deva ser você. Só espero ainda ter acesso a você da mesma maneira.

Nossos olhares se cruzam, e me dou conta do quanto estou furiosa com Gale. Que não acredito nem por um segundo que ele não tenha visto o pontoprop de Peeta. Que me sinto completamente traída por ele não ter me contado nada sobre isso. Nos conhecemos bem demais para que ele não possa ler o meu estado de espírito e adivinhar o que o causou.

— Katniss... — começa ele. A admissão de culpa já presente em seu tom de voz.

Agarro minha bandeja, dirijo-me à área de depósito e jogo os pratos em cima da bancada. Quando chego ao corredor, ele já me alcançou.

— Por que você não disse alguma coisa? — pergunta Gale, pegando o meu braço.

— Por que *eu* não disse? — Puxo o meu braço para me soltar. — Por que você não disse, Gale? E, por falar nisso, eu disse sim, quando lhe perguntei ontem à noite como andavam as coisas!

— Desculpa, tá? Eu não sabia o que fazer. Queria contar para você, mas todo mundo estava com medo de você passar mal caso visse o pontoprop de Peeta — diz ele.

— Eles estavam certos. Eu passei mal, sim. Mas fiquei pior ao perceber que você mentiu para mim por causa de Coin. — Nesse momento, o comunipulso dele começa a soar. — Olha ela aí. É melhor ir correndo. Você tem várias coisas para contar a ela.

Por um momento, uma dor muito real aparece estampada no rosto de Gale. Em seguida, a raiva fria a substitui. Ele se vira e vai embora. Talvez eu tenha sido rancorosa demais, não tenha dado a ele tempo suficiente para se explicar. Talvez todos estejam apenas tentando me proteger ao mentirem para mim. Eu não ligo. Não aguento mais as pessoas mentindo para mim pelo meu próprio bem. Porque, na realidade, elas fazem isso principalmente pelo bem delas próprias. Mintam para Katniss sobre a rebelião para que ela não faça nenhuma loucura. Enviem-na para a arena sem que ela saiba de nada para que possamos depois tirá-la de lá. Não conte para ela sobre o pontoprop de Peeta porque ela pode acabar ficando doente, e já está sendo suficientemente difícil extrair um bom desempenho dela nas atuais circunstâncias.

Estou realmente mal. Desiludida. E cansada demais para um dia de produção. Mas já estou na Maquiagem, então entro. Hoje, descubro, vamos retornar ao Distrito 12. Cressida quer fazer entrevistas sem roteiro com Gale e comigo, lançando luz sobre nossa cidade arrasada.

– Se vocês dois estiverem dispostos – diz Cressida, olhando bem para mim.

– Pode contar comigo – digo. Eu me levanto, calada e rígida, um manequim, enquanto minha equipe de preparação me veste, me penteia e aplica maquiagem no meu rosto. Não o suficiente para aparecer num programa, apenas o suficiente para tirar as marcas de olheira de meus olhos insones.

Boggs me escolta até o Hangar, mas nossa conversa não vai além do cumprimento preliminar. Sou grata por ter sido poupada de uma nova troca de palavras sobre minha desobediência no 8, principalmente agora que a máscara dele parece tão desconfortável.

No último instante, lembro de enviar uma mensagem a minha mãe, dizendo que estou saindo do 13, salientando que não será nada perigoso. Embarcamos num aerodeslizador para a curta viagem até o 12 e sou encaminhada a um assento na mesa onde Plutarch, Gale e Cressida estão debruçados sobre um mapa. Plutarch vibra de satisfação ao me mostrar os efeitos que sucederam a exibição dos primeiros pontoprops. Os rebeldes, que mal estavam conseguindo manter uma posição em diversos distritos, voltaram a lutar. Eles, inclusive, tomaram o 3 e o 11 – este último bastante crucial, já que é o principal fornecedor de bens alimentícios à Capital – e também fizeram incursões nas cercanias de vários outros distritos.

– Esperançoso. Realmente muito esperançoso – diz Plutarch. – Fulvia vai ter a primeira rodada dos quadros "Nós lembramos" pronta hoje à noite, de maneira que vamos poder focar nos distritos individualmente com seus respectivos mortos. Finnick está absolutamente maravilhoso.

– É muito doloroso de assistir, para falar a verdade – diz Cressida. – Ele conhecia muitos deles pessoalmente.

– Isso é o que faz a coisa funcionar tão bem – diz Plutarch. – Direto do coração. Vocês todos estão maravilhosos. Coin não podia estar mais satisfeita.

Então Gale não contou nada para eles. Sobre eu fingir não ter visto Peeta e sobre minha raiva diante da maneira pela qual eles esconderam tudo de mim. Mas imagino agora que já seja tarde demais porque, ainda assim, não posso deixar o que ele fez passar. Não tem problema. Ele também não está falando comigo.

Somente quando aterrissamos na Campina percebo que Haymitch não está entre nós. Quando pergunto a Plutarch o motivo de sua ausência, ele simplesmente balança a cabeça e diz:

– Ele não conseguiu encarar.

– Haymitch? Não conseguir encarar alguma coisa? É muito mais provável que ele tenha tirado o dia de folga – digo.

– Acho que as palavras que ele utilizou de fato foram "eu não conseguiria encarar aquilo lá sem uma garrafa" – diz Plutarch.

Reviro os olhos, já há muito tempo desprovida de paciência com meu mentor, com sua fraqueza em relação à bebida e com o que ele consegue ou não confrontar. Mas, uns cinco minutos depois do meu retorno ao 12, descubro que eu mesma gostaria muito de ter trazido uma garrafa. Eu pensava que havia superado a destruição do 12 – ouvira falar, vira tudo na TV e vagara em meio às cinzas. Então por que tudo à minha volta causa uma pontada de dor? Será que da primeira vez eu estava desorientada demais para registrar totalmente a perda de meu mundo? Ou será o olhar de Gale ao absorver a destruição que faz com que a atrocidade adquira uma sensação de coisa nova?

Cressida dirige a equipe para começar na minha antiga casa. Pergunto a ela o que quer que eu faça.

– O que você estiver a fim de fazer – diz ela.

Em pé na minha cozinha, não estou a fim de fazer coisa alguma. Na realidade, me flagro olhando fixamente para o céu – o único teto que resta – porque inúmeras lembranças estão me afogando. Depois de um tempo, Cressida diz:

– Está ótimo, Katniss. Vamos avançar.

Gale não se sente muito à vontade em seu antigo endereço. Cressida o filma em silêncio por alguns minutos, mas assim que ele puxa das cinzas o único resquício de sua vida anterior – um atiçador de metal retorcido – ela começa a lhe fazer perguntas sobre sua família, seu emprego, sua vida na Costura. Ela o faz retornar à noite do bombardeio e reencená-la, a começar por sua casa, seguindo pela Campina e através da floresta até o lago. Caminho lentamente atrás da equipe de filmagem e os guarda-costas, sentindo que a presença deles é uma violação de minha amada floresta. Esse é um lugar particular, um santuário, já corrompido pela maldade da Capital. Mesmo depois de deixarmos para trás os tocos chamuscados que estão perto da cerca, ainda tropeçamos sobre corpos em decomposição. Temos mesmo que gravar isso para que todos vejam?

Quando alcançamos o lago, Gale parece haver perdido a habilidade de falar. Todos estão pingando de suor – especialmente Castor e Pollux em suas cascas de inseto –, e Cressida propõe uma parada. Encho as mãos de água no lago, desejando poder mergulhar e nadar sozinha e nua sem ser observada. Vago pelo local durante um tempo. Quando volto à pequena casa de concreto ao lado do lago, paro na entrada e vejo Gale colocando o atiçador retorcido que ele salvara na parede ao lado da lareira. Por um momento, tenho a visão de um estranho, solitário, em algum ponto distante do futuro, vagando perdido na imensidão selvagem e dando de cara com esse pequeno refúgio, com a pilha de lenha, com a lareira e com o atiçador. Imaginando como tudo aquilo veio a acontecer. Gale se vira e encontra meus olhos, e sei que ele está pensando em nosso último encontro aqui. Quando discutimos a respeito dos prós e contras de fugir. Se tivéssemos fugido, será que o Distrito 12 ainda estaria de pé? Acho que sim. Mas a Capital ainda estaria controlando Panem da mesma forma.

Sanduíches de queijo são passados de mão em mão e comemos à sombra das árvores. Eu me sento intencionalmente na parte mais externa do grupo, perto de Pollux, para não precisar conversar. Na verdade, ninguém está falando muito. Na relativa tranquilidade, os pássaros retornam à floresta. Cutuco Pollux com o cotovelo e aponto um pequeno pássaro preto com uma coroa. Ele salta para outro galho, abrindo momentaneamente as asas, exibindo as áreas brancas de sua plumagem. Pollux faz um gesto indicando meu broche e ergue as sobrancelhas de maneira questionadora. Balanço a cabeça, confirmando que é um tordo. Levanto um dedo para dizer "Espera, eu vou te mostrar", e assovio um chamado de pássaro. O tordo levanta a cabeça e retribui o assovio. Então, para minha surpresa, Pollux assovia ele próprio algumas notas. O pássaro responde imediatamente. O rosto de Pollux adquire uma expressão de puro deleite e ele começa uma série de intercâmbios melódicos com o tordo. Minha hipótese é que essa é a primeira conversa que ele tem depois de muitos anos. Música atrai tordos como flores atraem abelhas e, em pouco tempo, ele está com uma dúzia deles empoleirados em galhos acima de nossas cabeças. Ele dá um tapinha no meu braço e usa um graveto para escrever na terra: CANTA?

Normalmente, eu declinaria, mas é meio que impossível dizer não a Pollux, dadas as circunstâncias. Além do mais, o canto dos tordos soa diferente quando reagem a vozes em vez de assovios, e gostaria muito de ouvi-lo. Então, antes de sequer pensar no que estou fazendo, canto as quatro notas de Rue, as notas que ela usava para sinalizar o fim do dia de trabalho no 11. As notas que acabaram se tornando a trilha sonora de seu assassinato. Os pássaros não sabem disso. Eles pegam a frase simples e a sacodem para a frente e para trás entre eles em doce harmonia. Exatamente como fizeram nos Jogos Vorazes antes que os bestantes surgissem do meio das árvores, nos perseguissem até a Cornucópia e triturassem Cato lentamente até ele virar um pedaço de carne ensanguentada...

– Quer ouvi-los cantar uma canção de verdade? – pergunto, de repente. Qualquer coisa que interrompa aquelas lembranças. Estou de pé, movendo-me em direção às árvores, pousando a mão no tronco áspero de um bordo onde estão empoleirados os pássaros. Eu não canto "A árvore-forca" em voz alta há dez anos, porque ela é proibida, mas lembro cada palavra da letra. Começo suavemente, docemente, como fazia meu pai.

Você vem, você vem
Para a árvore
Onde eles enforcaram um homem que dizem matou três.

*Coisas estranhas aconteceram aqui
Não mais estranho seria
Se nos encontrássemos à meia-noite na árvore-forca.*

Os tordos começam a alterar suas canções assim que ficam cientes de minha nova oferta.

*Você vem, você vem
Para a árvore
Onde o homem morto clamou para que seu amor fugisse.
Coisas estranhas aconteceram aqui
Não mais estranho seria
Se nos encontrássemos à meia-noite na árvore-forca.*

Eu agora tenho a atenção dos pássaros. Com mais um verso, certamente eles terão captado a melodia, já que é bem simples e se repete quatro vezes com poucas variações.

*Você vem, você vem
Para a árvore
Onde eu mandei você fugir para nós dois ficarmos livres.
Coisas estranhas aconteceram aqui
Não mais estranho seria
Se nos encontrássemos à meia-noite na árvore-forca.*

Silêncio nas árvores. Apenas o farfalhar de folhas na brisa. Mais nenhum pássaro, tordo ou outro qualquer. Peeta está certo. Eles ficam em silêncio quando eu canto. Exatamente como faziam com meu pai.

*Você vem, você vem
Para a árvore
Usar um colar de corda, e ficar ao meu lado*

Coisas estranhas aconteceram aqui
Não mais estranho seria
Se nos encontrássemos à meia-noite na árvore-forca.

Os pássaros estão esperando que eu continue. Mas acabou. Esse foi o último verso. Na quietude, me lembro da cena. Estava em casa depois de um dia na floresta com meu pai. Sentada no chão com Prim, que ainda estava engatinhando, cantando "A árvore-forca". Fazendo colares a partir de pedacinhos de corda, como dizia a canção, sem saber o verdadeiro significado das palavras. Mas a canção tinha uma harmonia simples e fácil e, naquela época, eu conseguia memorizar quase qualquer coisa com música depois de ouvir uma ou duas vezes. Subitamente, minha mãe arrancou os colares de corda e começou a berrar com meu pai. Comecei a chorar porque minha mãe nunca gritava, e então Prim começou a choramingar e fugi de casa para me esconder. Como eu tinha um único esconderijo – na Campina embaixo de um arbusto de madressilva –, meu pai me encontrou imediatamente. Ele me acalmou e disse que estava tudo bem, mas que era melhor não cantarmos nunca mais aquela canção. Minha mãe só queria que eu a esquecesse. Então, é claro, cada palavra ficou imediata e irrevogavelmente marcada em meu cérebro.

Nós nunca mais a cantamos, meu pai e eu, e nem mesmo falamos nela. Depois que ele morreu, ela costumava voltar bastante à minha cabeça. Mais velha, comecei a entender a letra. No início, parece que um cara está tentando fazer com que sua namorada vá encontrá-lo secretamente à meia-noite. Mas é um local esquisito para um encontro romântico, uma árvore-forca, onde um homem foi enforcado, acusado de assassinato. A amante do assassino deve ter tido algo a ver com a morte, ou talvez eles fossem apenas puni-la de um jeito ou de outro, porque o cadáver dele clamava para que ela fugisse. Isso é estranhamente óbvio, a parte do cadáver falante, mas é apenas na terceira estrofe que "A árvore-forca" começa a ficar inquietante. Você percebe que a pessoa que está cantando a canção é o assassino morto. Ele ainda está na árvore-forca. E, embora ele tenha mandado sua amante fugir, continua perguntando se ela não vai se encontrar com ele. A frase "Onde eu mandei você fugir para nós dois ficarmos livres" é a mais problemática, porque a princípio você pensa que ele está falando sobre quando a mandou fugir, presumivelmente para que ela ficasse em segurança. Mas então você imagina se ele não quis dar a entender que era para ela fugir para ele. Para a morte. No último verso, fica claro que é isso o que ele está esperando. Sua amante, com seu colar de corda, morta, pendurada ao seu lado na árvore.

Eu antes achava que o assassino era o tipo de cara mais nojento que pode existir no mundo. Agora, com duas passagens pelos Jogos Vorazes na bagagem, decido não julgá-lo sem saber mais detalhes. Talvez a amante dele já estivesse condenada à morte e o objetivo dele fosse facilitar as coisas. Fazer com que ela soubesse que ele a estava esperando. Ou talvez ele pensasse que o lugar onde a estava deixando fosse pior do que a morte. Por acaso, eu não quis matar Peeta com aquela seringa para salvá-lo da Capital? Será que essa era realmente a minha única opção? Provavelmente não, mas na ocasião, não consegui pensar em nenhuma outra.

Entretanto, imagino que minha mãe tenha pensado que a coisa toda era complicada demais para uma menina de sete anos de idade. Especialmente uma que fazia seus próprios colares de corda. Não que enforcamentos só acontecessem nas histórias. Inúmeras pessoas eram executadas dessa maneira no 12. Pode apostar que ela não queria que eu cantasse aquilo na minha aula de música. Provavelmente, ela tampouco iria gostar que eu fizesse isso aqui para o Pollux, mas pelo menos eu não estou – espera aí, não, eu estou enganada. Quando olho de esguelha vejo que Castor estivera me filmando esse tempo todo. E Pollux está com lágrimas escorrendo pelo rosto, porque sem dúvida nenhuma a minha canção alucinada fez com que ele se lembrasse de algum terrível incidente em sua vida. Ótimo. Suspiro e me recosto no tronco. É então que os tordos começam a cantar sua versão de "A árvore-forca". Nas suas bocas, é lindo demais. Consciente de que estou sendo filmada, eu permaneço imóvel até ouvir a voz de Cressida:

– Corta!

Plutarch vai até mim, rindo.

– Onde é que você arruma esse tipo de coisa? Ninguém acreditaria nisso se a gente tivesse inventado! – Ele me abraça e dá um beijo estalado no topo da minha cabeça. – Você é ouro em pó!

– Eu não estava fazendo isso para as câmeras – digo.

– Sorte a nossa elas estarem ligadas, então – diz ele. – Vamos lá, pessoal, vamos voltar para a cidade!

Enquanto caminhamos pela floresta, alcançamos uma pedra grande, e Gale e eu viramos nossas cabeças na mesma direção, como um par de cães sentindo um cheiro no vento. Cressida nota e pergunta o que há naquela direção. Admitimos, sem precisar olhar um para o outro, que aquele é o nosso velho ponto de encontro de caçadas. Ela quer ver, mesmo depois de eu ter dito que realmente não valeria muito a pena.

Não é nada além de um lugar onde eu era feliz, penso.

Nossa saliência na pedra com vista para o vale. Talvez um pouco menos verde que de costume, mas os arbustos de amoras estão repletos de frutas. Aqui tiveram início incontáveis dias de caçadas e montagens de armadilhas, de pescarias e coletas, de andanças em dupla pela floresta, liberando nossos pensamentos enquanto enchíamos nossas bolsas de caça. Esta era a passagem não apenas para nosso sustento como também para nossa sanidade. E nós éramos a chave um do outro.

Não há Distrito 12 de onde escapar agora, não há mais Pacificadores para enganar, nenhuma boca faminta para alimentar. A Capital acabou com tudo isso, e estou a ponto de perder Gale também. A cola da necessidade mútua que nos ligou tão firmemente durante todos esses anos está derretendo. Espaços escuros, não iluminados, aparecem entre nós. Como é possível que, hoje, diante do horrível desaparecimento do 12, estejamos com tanta raiva que nem conseguimos dirigir a palavra um ao outro?

Gale mentiu para mim. É fato. Isso foi inaceitável, mesmo que ele estivesse preocupado com o meu bem-estar. Mas seu pedido de desculpas pareceu sincero. E joguei isso na cara dele com um insulto para garantir que doesse. O que está acontecendo conosco? Por que agora estamos constantemente em conflito? Está tudo muito confuso, mas de certa forma sinto que se voltasse à raiz dos nossos problemas, minhas ações apareceriam no centro deles. Será que quero mesmo afastá-lo de mim?

Meus dedos envolvem uma amora e a arrancam do pé. Eu a enrolo delicadamente entre o polegar e o indicador. De repente, viro-me para ele e arremesso a fruta na sua direção.

– E que a sorte... – digo. Eu a jogo bem alto para que ele tenha tempo suficiente para decidir se a joga para o lado ou se a aceita.

Os olhos de Gale se fixam em mim, não na amora, mas no último instante, ele abre a boca e a pega. Ele mastiga, engole e há uma longa pausa antes de ele dizer:

— ... esteja *sempre* a seu favor. — Mas ele realmente diz.

Cressida nos manda sentar na reentrância da rocha, onde é impossível não nos tocarmos, e nos incentiva a falar sobre caça. O que nos levava a entrar na floresta, como nos conhecemos, nossos momentos favoritos. O gelo entre nós derrete, começamos a rir um pouco enquanto relatamos infortúnios com abelhas, cães selvagens e gambás. Quando a conversa passa a ser sobre qual é a sensação de traduzir nossas habilidades com armas para o bombardeio do 8, paro de falar. Gale diz apenas:

— Antes tarde do que nunca.

Quando alcançamos a praça da cidade, a tarde já está se transformando em noite. Levo Cressida até os destroços da padaria e peço para ela filmar alguma coisa. A única emoção que consigo reunir é exaustão.

— Peeta, esta é a sua casa. Não há notícias de nenhum de seus familiares desde o bombardeio. O 12 não existe mais. E você clama por um cessar-fogo? — Olho para o vazio. — Não sobrou ninguém para ouvir você.

Quando estamos em pé diante do pedaço de metal que fora o patíbulo, Cressida pergunta se algum de nós dois alguma vez foi torturado. Como resposta, Gale tira a camisa e vira as costas para a câmera. Olho para as marcas das chicotadas, e novamente escuto o assovio do chicote, vejo seu corpo ensanguentado e inconsciente, pendurado pelos pulsos.

— Para mim já chega — anuncio. — Eu me encontro com vocês na Aldeia dos Vitoriosos. Preciso pegar uma coisa para... minha mãe.

Acho que cheguei aqui andando, mas quando dou por mim já estou sentada no chão na frente dos armários da cozinha de nossa casa na Aldeia dos Vitoriosos. Enfileiro meticulosamente os jarros de cerâmica e as garrafas de vidro dentro de uma caixa. Coloco curativos de algodão limpos entre eles para impedir que se quebrem. Embrulho diversos maços de flores secas.

Subitamente, lembro da rosa em meu vestíbulo. Era de verdade? Se era, será que ainda está lá em cima? Tenho de resistir à tentação de verificar. Se ela estiver lá, só vai me deixar assustada de novo. Eu me apresso com o pacote.

Quando os armários ficam vazios, levanto-me e descubro que Gale apareceu em minha cozinha. É perturbador esse jeito que ele tem de surgir sem fazer nenhum barulho. Ele está encostado na mesa, os dedos bem abertos em cima da madeira. Ponho a caixa entre nós dois.

– Lembra? – pergunta ele. – Foi aqui que você me beijou.

Então a pesada dose de morfináceo administrada após as chicotadas não foi suficiente para apagar aquilo da memória dele.

– Achei que você não se lembraria disso – digo.

– Eu precisaria estar morto para não lembrar. Talvez nem assim – diz ele. – Talvez eu seja aquele homem de "A árvore-forca". Ainda esperando por uma resposta. – Gale, que eu nunca vira chorar, está com lágrimas nos olhos. Para impedir que elas escorram, eu me aproximo e encosto a minha boca na dele. Estamos com gosto de calor, cinzas e miséria. Ele se afasta primeiro e dá um sorriso debochado. – Eu sabia que você ia me beijar.

– Como? – pergunto. Porque nem eu mesma sabia.

– Porque sinto dor – diz ele. – Essa é a única forma de ter a sua atenção. – Ele pega a caixa. – Não se preocupe, Katniss. Vai passar. – Ele sai antes que eu possa responder.

Estou fatigada demais para lidar com esse último ataque. Passo a curta viagem de volta ao 13 encolhida em meu assento, tentando ignorar Plutarch falando sem parar sobre um de seus assuntos favoritos – armas que a humanidade não tem mais à sua disposição. Aviões que voam bem alto, satélites militares, desintegradores celulares, mísseis teleguiados, armas biológicas com datas de validade. Abandonadas por causa da destruição da atmosfera ou por falta de recursos ou por escrúpulos morais. Dá para ouvir o lamento na voz de um Chefe dos Idealizadores dos Jogos que não consegue parar de sonhar com esses brinquedinhos, que é obrigado a se contentar com aerodeslizadores e mísseis terra a terra e antigas armas básicas.

Depois de tirar meu traje de Tordo, vou direto para a cama sem comer. Mesmo assim, Prim precisa me sacudir para me acordar de manhã. Após o café da manhã, ignoro a minha programação e tiro um cochilo no closet de suprimentos. Quando acordo, rastejando do meio das caixas de giz e lápis, já é novamente hora do jantar. Tomo uma porção extra de sopa de ervilha e estou sendo encaminhada de volta ao Compartimento E quando Boggs me intercepta.

– Tem reunião no Comando. Desconsidere sua programação atual – diz ele.

– Certo – respondo.

– Você seguiu a programação hoje? – pergunta ele, exasperado.

– Quem saberia dizer? Eu sou mentalmente desorientada. – Levanto o punho para mostrar minha pulseira médica e percebo que ela não está mais lá. – Está vendo? Nem consigo lembrar que eles tiraram a minha pulseira. Por que eles me querem no Comando? Perdi alguma coisa?

– Acho que Cressida queria mostrar para você os pontoprops do 12. Mas imagino que você vai assistir quando eles forem ao ar – diz ele.

– É para isso que preciso de programação. Para quando os pontoprops forem ao ar – digo. Ele me lança um olhar, mas não faz mais nenhum comentário.

As pessoas lotaram o Comando, mas guardaram um lugar para mim entre Finnick e Plutarch. As telas já estão em cima da mesa, mostrando a programação regular da Capital.

– O que está acontecendo? A gente não vai assistir aos pontoprops do 12? – pergunto.

– Ah, não – fala Plutarch. – Digo, talvez. Não sei exatamente que tomadas Beetee planejou usar.

– Beetee acha que encontrou uma maneira de penetrar na programação que vai ao ar no país inteiro – diz Finnick. – Para que os nossos pontoprops também passem na Capital. Ele está trabalhando nisso agora na Defesa Especial. Tem programa ao vivo hoje à noite. Snow vai aparecer ou qualquer coisa assim. Acho que está começando.

A insígnia da Capital aparece, com o hino tocando ao fundo. Em seguida, estou olhando diretamente nos olhos de cobra do presidente Snow enquanto ele saúda a nação. Ele parece estar entrincheirado atrás do pódio, mas a rosa branca em sua lapela está totalmente visível. A câmera se afasta para incluir Peeta ao lado, em frente a um mapa projetado de Panem. Ele está sentado numa cadeira elevada, os sapatos apoiados em um degrau de metal. O pé de sua perna de prótese está batendo num ritmo estranhamente irregular. Gotas de suor romperam a camada de maquiagem em seu lábio superior e em sua testa. Mas é seu olhar – raivoso ainda que desfocado – o que mais me assusta.

– Ele está pior – sussurro. Finnick agarra a minha mão para me dar apoio, e tento me controlar.

Peeta começa a falar num tom frustrado sobre a necessidade do cessar-fogo. Ele salienta o estrago feito a infraestruturas essenciais de vários distritos e, à medida que fala, partes do mapa vão se iluminando para mostrar as imagens da destruição. Uma represa arruinada no 7. Um trem descarrilado com uma faixa de dejetos tóxicos vazando dos vagões. Um celeiro desabando depois de um incêndio. Tudo isso ele atribui a ações rebeldes.

Bam! Sem aviso, estou subitamente na TV, em pé em cima dos destroços de uma padaria.

Plutarch se levanta com um pulo.

– Ele conseguiu! Beetee penetrou na transmissão!

A sala está reagindo de maneira alvoroçada quando Peeta retorna, distraído. Ele me viu no monitor. Ele tenta retomar seu discurso, passando a comentar o bombardeio de uma estação de tratamento de água, quando um clipe de Finnick falando sobre Rue o substitui na tela. E então a coisa toda se transforma numa batalha de transmissões, com os técnicos da Capital tentando barrar o ataque de Beetee. Mas eles não estão preparados, e Beetee, aparentemente prevendo que não teria como manter o controle, possui um arsenal de clipes de cinco a dez segundos com os quais consegue trabalhar. Assistimos à apresentação oficial se deteriorar enquanto recebe uma saraivada de pontoprops escolhidos a dedo.

Plutarch reage com espasmos de prazer e a grande maioria aplaude Beetee, mas Finnick permanece imóvel e calado ao meu lado. Olho para Haymitch do outro lado da sala e vejo meu próprio horror espelhado em seus olhos. O reconhecimento de que, a cada grito de entusiasmo, Peeta escapole cada vez mais de nossas mãos.

A insígnia da Capital está de volta, acompanhada de um áudio uniforme. Isso dura mais ou menos vinte segundos até Snow e Peeta reaparecerem. O set está um caos. Conseguimos ouvir conversações frenéticas da produção da Capital. Snow avança, dizendo que é muito óbvio que os rebeldes estão tentando agora tumultuar a disseminação de informações que eles consideram incriminatórias, mas tanto a verdade quanto a justiça prevalecerão. A transmissão inteira vai voltar ao ar quando a segurança estiver reinstalada. Ele pergunta a Peeta se, tendo em vista a demonstração dessa noite, ele pensa em se separar de Katniss Everdeen.

À menção de meu nome, o rosto de Peeta se contorce num esforço.

– Katniss... como você imagina que tudo isso vai acabar? O que restará? Ninguém está seguro. Nem na Capital e nem nos distritos. E você... no 13... – Ele respira fundo, como se estivesse lutando para conseguir oxigênio; seus olhos com uma aparência insana. – Estará morta de manhã!

Em *off*, Snow ordena:

– Interrompa a transmissão!

Beetee transforma tudo num caos ao mostrar em intervalos de três segundos um fotograma comigo em pé na frente do hospital. Mas entre as imagens, ficamos cientes da ação em tempo real que está se desenrolando no set. As tentativas de Peeta de continuar falando. A câmera arrancada de alguém e filmando o ladrilho branco do chão. O som de botas. O impacto do golpe que é inseparável do grito de dor emitido por Peeta.

E o sangue dele espalhando-se pelo ladrilho.

PARTE II

"O ASSALTO"

10

O grito começa a se formar nas minhas costas e percorre o meu corpo até entalar na minha garganta. Estou muda como uma Avox, engasgada em meu pesar. Mesmo que pudesse liberar os músculos do pescoço, deixar o som explodir no espaço, será que alguém notaria? A sala está uma balbúrdia. Perguntas e pedidos chegam de todos os lados enquanto tentam decifrar as palavras de Peeta. "E você... no 13... morta de manhã!" No entanto, ninguém está fazendo nenhuma pergunta sobre o mensageiro cujo sangue foi substituído pela estática.

Uma voz chama a atenção dos outros.

– Calem a boca! – Todos os pares de olhos fixam-se sobre Haymitch. – Isso não é nenhum grande mistério! O garoto está dizendo que estamos a ponto de ser atacados. Aqui. No 13.

– Como ele teria essa informação?

– Por que a gente acreditaria nele?

– Como você sabe?

Haymitch dá um rosnado de frustração.

– Estão batendo nele enquanto a gente está aqui conversando. Do que mais vocês precisam? Katniss, me ajuda aqui por favor!

Preciso sacudir a mim mesma para que as palavras saiam de minha boca.

— Haymitch tem razão. Não sei onde Peeta conseguiu a informação. Nem mesmo se ela é verdadeira. Mas ele acredita que sim. E eles estão... — Eu não consigo dizer em voz alta o que Snow está fazendo com ele.

— Vocês não o conhecem — diz Haymitch a Coin. — Nós, sim. Coloque seu pessoal de prontidão.

A presidenta não parece alarmada, apenas um tanto quanto perplexa com a guinada nos eventos. Ela pondera as palavras, batendo um dedo suavemente na borda do painel de controle à sua frente. Quando fala, se dirige a Haymitch com uma voz equilibrada:

— É claro, estamos preparados para tal cenário. Embora tenhamos décadas de apoio à suposição de que mais ataques diretos ao 13 seriam contraproducentes à causa da Capital. Mísseis nucleares liberariam radiação na atmosfera, com incalculáveis danos ao meio ambiente. Até mesmo um bombardeio rotineiro poderia estragar acentuadamente nossas instalações militares, as quais sei que eles têm esperança de reconquistar. E, é claro, esse tipo de atitude é um convite ao contra-ataque. É concebível que, devido à nossa aliança atual com os rebeldes, esses riscos possam ser vistos como aceitáveis.

— Você acha? — diz Haymitch, com certo exagero de sinceridade, mas as sutilezas da ironia frequentemente passam despercebidas no 13.

— Acho, sim. De qualquer modo, vamos ingressar na instrução de treinamento de Nível Cinco de segurança — diz Coin. — Vamos dar início ao confinamento. — Ela começa a digitar rapidamente no teclado, autorizando sua decisão. Assim que levanta a cabeça, começa.

Houve duas instruções de treinamento de níveis baixos desde que cheguei ao 13. Não me lembro muito bem da primeira. Eu estava na UTI, no hospital, e acho que os pacientes foram dispensados, já que a complicação de nos transferir em função de uma instrução de treinamento superava os benefícios. Lembro vagamente de uma voz mecânica instruindo as pessoas a se congregar em zonas amarelas. Durante a segunda, uma instrução de treinamento de Nível Dois dirigida a crises menores — tais como uma quarentena temporária enquanto cidadãos eram examinados para saber se estavam contaminados durante uma epidemia de gripe —, tínhamos que voltar para nossos alojamentos. Fiquei atrás de uma bomba hidráulica na lavanderia, ignorei os bipes incessantes do sistema de som e observei uma aranha construir sua teia. Nenhuma das duas experiências me preparou para as ensurdecedoras e atordoantes sirenes que agora permeiam o 13. Não há como desconsiderar esse som, que parece produzido para lançar a população inteira num frenesi. Mas isso aqui é o 13 e esse tipo de coisa não acontece.

Finnick e eu deixamos o Comando guiados por Boggs. Passamos por um corredor até chegarmos a uma porta e depois a uma ampla escadaria. Uma massa humana está convergindo para formar um rio que flui apenas para baixo. Ninguém grita ou tenta empurrar os outros. Nem mesmo as crianças opõem resistência. Nós descemos, degrau após degrau, mudos, porque nenhuma palavra poderia ser ouvida em meio ao som da sirene. Procuro minha mãe e Prim, mas é impossível ver quem quer que seja além das pessoas que estão bem ao meu redor. Entretanto, as duas estão trabalhando no hospital hoje à noite, de modo que não há nenhuma chance de elas perderem a instrução de treinamento.

Meus ouvidos latejam e os olhos estão pesados. Estamos nas profundezas da terra, tão fundo quanto se estivéssemos em uma mina de carvão. A única vantagem é que quanto mais profundamente entramos, menos estridentes se tornam as sirenes. É como se a função delas fosse nos afastar fisicamente da superfície, o que acho que é exatamente o que acontece. Grupos de pessoas começam a se desgarrar para o interior de recintos cujas portas estão marcadas, e mesmo assim Boggs continua me levando para baixo, até que finalmente a escada acaba na extremidade de uma enorme caverna. Começo a caminhar diretamente para dentro dela e Boggs me impede, mostrando que devo colocar minha programação na frente de um scanner para que a minha entrada seja registrada. Sem sombra de dúvida, a informação vai para um computador em algum lugar para garantir que ninguém fique perdido.

Parece impossível determinar se esse lugar é natural ou feito pelo homem. Certas áreas das paredes são pedra, enquanto vigas de metal e concreto reforçam pesadamente outras. Há beliches bem entalhados nas paredes de pedra. Há uma cozinha, banheiros, uma estação de primeiros socorros. Este lugar foi projetado para uma permanência duradoura.

Letreiros brancos com letras e números aparecem em intervalos ao redor da caverna. Enquanto Boggs diz para mim e para Finnick que devemos nos dirigir à área referente aos aposentos que nos foram designados – no meu caso E, de Compartimento E –, Plutarch aparece.

– Ah, encontrei vocês – diz ele. Os eventos recentes exerceram pouco efeito sobre o humor de Plutarch. Ele ainda possui aquela alegre cintilância no rosto, que sucedeu ao êxito de Beetee no Assalto Televisivo. Olhos na floresta, não nas árvores. Não na punição de Peeta ou no iminente bombardeio do 13. – Katniss, obviamente esse é um momento ruim para você, ainda por cima com o contratempo do Peeta, mas precisa ficar ciente de que os outros vão continuar de olho em você.

– O quê? – pergunto. Não consigo acreditar que ele realmente acabou de rebaixar as duríssimas circunstâncias em que se encontra Peeta a um reles contratempo.

– As outras pessoas no bunker vão seguir seu exemplo de como reagir a tudo isso. Se você estiver calma e corajosa, os outros também vão tentar ficar assim. Se você entrar em pânico, ele pode se espalhar como um incêndio – explica Plutarch. Eu apenas olho fixamente para ele. – Está pegando fogo, de um certo modo – continua ele, como se eu estivesse sendo lenta na compreensão.

– Que tal se eu simplesmente fingir que estou diante das câmeras, Plutarch?

– Isso! Perfeito. As pessoas ficam sempre bem mais corajosas com uma plateia – diz ele. – Olha só a coragem que Peeta acabou de demonstrar!

Tenho que me conter para não dar um tapa na cara dele.

– Preciso voltar para a Coin antes do confinamento. Continue trabalhando bem! – diz ele, e vai embora.

Atravesso o recinto até a grande letra E na parede. Nosso espaço consiste em um quadrado de quatro por quatro metros de chão de pedra delineado por linhas pintadas. Entalhados na parede encontram-se dois beliches – um de nós vai dormir no chão – e um espaço em forma de cubo ao nível do chão para estocagem. Um pedaço de papel branco, coberto com um plástico transparente, contém as palavras PROTOCOLO DO BUNKER. Olho fixamente para manchinhas pretas no lençol. Por um tempo, elas ficam obscurecidas pelos resíduos de sangue que não consigo apagar da minha visão. Lentamente, as palavras entram em foco. A primeira seção é denominada "Ao chegar".

1. Certifique-se de que todos os membros de seu Compartimento estejam registrados.

Minha mãe e Prim ainda não chegaram, mas eu fui uma das primeiras pessoas a chegar no bunker. As duas provavelmente estão ajudando a realocar os pacientes do hospital.

2. Dirija-se à Estação de Suprimentos e garanta um pacote para cada membro de seu Compartimento. Prepare sua Área de Habitação. Devolva o(s) pacote(s).

Vasculho a caverna até localizar a Estação de Suprimentos, uma sala profunda que começa num balcão. Há pessoas atrás do balcão, mas já existe uma intensa movimentação no local. Vou até lá, entrego a carta de nosso compartimento e requisito três pacotes. Um homem verifica uma folha, puxa os pacotes especificados de uma estante e os coloca em cima do balcão. Depois de acomodar um deles nas costas e agarrar os outros dois com as mãos, eu me viro e encontro um grupo formando-se rapidamente atrás de mim.

— Com licença — digo enquanto carrego meus suprimentos em meio às outras pessoas. É uma questão de *timing*? Ou será que Plutarch está certo? Será que essas pessoas estão mesmo imitando meu comportamento?

De volta a nosso espaço, abro um dos pacotes e encontro um colchão fino, roupa de cama, dois conjuntos de roupas cinzentas, uma escova de dentes, uma escova de cabelo e uma lanterna. Ao examinar o conteúdo dos outros pacotes, descubro que a única diferença é que eles contêm trajes não só na cor cinza como também na cor branca. Os trajes brancos devem ser para minha mãe e para Prim, caso elas precisem realizar tarefas médicas. Depois de fazer as camas, guardar as roupas e devolver os pacotes, não tenho mais nada para fazer além de observar a última regra:

3. Espere novas instruções.

Sento de pernas cruzadas no chão e espero. Um fluxo constante de pessoas começa a encher o local, ocupando espaços, recolhendo suprimentos. Não demora muito e o lugar já está lotado. Imagino se minha mãe e Prim vão passar a noite onde os pacientes do hospital foram levados. Mas, não, acho que não. Elas estavam na lista. Já estou começando a ficar ansiosa quando minha mãe aparece. Olho atrás dela para um mar de estranhos.

– Onde está Prim? – pergunto.

– Ela não está aqui? – diz ela. – Era para ter vindo direto do hospital. Ela saiu dez minutos antes de mim. Onde ela está? Para onde pode ter ido?

Fecho os olhos com força por um instante, para rastreá-la como rastrearia uma presa em uma caçada. Vejo-a reagindo às sirenes, correndo para ajudar os pacientes, balançando a cabeça para os que gesticulam indicando que ela deve descer para o bunker, e então hesito com ela na escada. Em dúvida por um momento. Mas por quê?

Meus olhos se abrem de súbito.

– O gato! Ela foi atrás dele!

– Ah, não – diz minha mãe. Nós duas sabemos que estou certa. Começamos a empurrar a onda de pessoas que se aproxima, tentando sair do bunker. Lá em cima, consigo vê-los se preparando para fechar as grossas portas de metal. Girando lentamente cada lado das rodas de metal para dentro. De algum modo, sei que assim que estiverem lacradas, nada no mundo convencerá os soldados a abri-las. Talvez até seja algo fora da alçada deles. Empurro as pessoas para o lado indiscriminadamente enquanto grito para esperarem. O espaço entre as portas diminui para um metro, trinta centímetros; restam apenas alguns centímetros quando enfio a mão na abertura.

– Abre isso aí! Deixe-me sair! – grito.

Um sentimento de consternação está bem visível nos rostos dos soldados à medida que eles revertem as rodas um pouquinho. Não o suficiente para me deixar passar, mas o suficiente para evitar que meus dedos sejam esmagados. Aproveito a oportunidade para encaixar meu ombro na abertura.

– Prim! – berro para a escada. Minha mãe implora aos guardas enquanto tento me esgueirar pela abertura. – Prim!

Então eu ouço. O tênue som de passos na escada.

– Estamos chegando! – ouço minha irmã gritar.

– Segure a porta! – Esse era Gale.

– Eles estão chegando! – digo aos guardas, e eles abrem a porta uns trinta centímetros. Mas não ouso me mexer (com medo de que nos tranquem do lado de fora) até que Prim aparece, suas bochechas em fogo devido à corrida, carregando Buttercup. Eu a puxo para dentro e Gale a segue, torcendo para o lado um braço cheio de bagagem para entrar no bunker. As portas são fechadas com um clangor final.

– Onde é que você estava com a cabeça? – Sacudo Prim com raiva e em seguida a abraço, esmagando Buttercup entre nós duas.

A explicação de Prim já está em seus lábios.

– Não podia deixá-lo para trás, Katniss. Seria a segunda vez. Você devia tê-lo visto correndo de um lado para o outro e miando. Ele teria voltado para proteger a gente.

– Tudo bem, tudo bem. – Respiro fundo algumas vezes para me acalmar, dou um passo para trás e ergo Buttercup pelo cangote. – Eu devia tê-lo afogado quando tive a oportunidade. – As orelhas dele se abaixam e ele ergue uma pata. Eu silvo antes que ele tenha chance de fazê-lo, o que parece perturbá-lo um pouco, já que ele imagina que silvos sejam uma demonstração sonora de desprezo exclusiva dele. Em retaliação, ele solta um inofensivo miado de gatinho que faz com que minha irmã apareça imediatamente em sua defesa.

– Ah, Katniss, não implique com ele – diz ela, segurando-o novamente nos braços. – Ele já está irritado demais.

A suposição de que eu havia ferido os sentimentozinhos felinos daquele ser desagradável é simplesmente um convite a mais provocações. Mas Prim está genuinamente perturbada por causa dele. Então, em vez disso, visualizo o pelo de Buttercup sendo usado como forro para um par de luvas, uma imagem que me ajudou a lidar com ele ao longo dos anos.

– Tudo bem, desculpe. Estamos embaixo do E grande na parede. É melhor acomodá-lo logo antes que ele pire completamente. – Prim sai correndo, e dou de cara com Gale. Ele está segurando a caixa de suprimentos médicos de nossa cozinha no 12. Local de nossa última conversa, de nosso beijo, de nossa discussão e tudo o mais. Minha bolsa de caçada está pendurada no seu ombro.

– Se Peeta estiver mesmo certo, isso aqui não teria a menor chance – diz ele.

Peeta. Sangue como gotas de chuva na janela. Como lama úmida nas botas.

— Obrigada por... tudo. — Pego as nossas coisas. — O que você estava fazendo nos nossos quartos?

— Dando uma geral pela segunda vez — diz ele. — Estamos no quarenta e sete se precisarem de mim.

Praticamente todos se retiraram para seus espaços quando as portas se fecharam, de modo que consigo chegar em nosso novo lar com pelo menos quinhentas pessoas me observando. Tento parecer extracalma para compensar a minha frenética correria em meio à multidão. Como se isso enganasse alguém. Até parece que sirvo como exemplo para quem quer que seja. Ah, quem se importa? Todos pensam que sou maluca mesmo. Um homem, que acho que derrubei no chão, olha para mim e esfrega o cotovelo, ressentido. Eu quase silvo para ele também.

Prim instalou Buttercup no beliche inferior, enrolado num cobertor de modo que apenas o rosto dele fica visível. É assim que ele gosta de ficar quando há trovão, a única coisa que realmente o assusta. Minha mãe coloca sua caixa cuidadosamente no cubo. Eu me agacho, as costas apoiadas na parede, para verificar o que Gale conseguiu resgatar na minha bolsa de caçada. O livro das plantas, a jaqueta de caçada, a foto do casamento de meus pais e o conteúdo pessoal da minha gaveta. Meu broche de tordo agora vive no traje de Cinna, mas tem o medalhão dourado com fecho e o paraquedas prateado com a cavilha e a pérola de Peeta. Dou um nó para prender a pérola no canto do paraquedas e enfio tudo bem no fundo da bolsa, como se fosse a vida de Peeta e ninguém tivesse o direito de tirá-la enquanto ela estivesse sob a minha guarda.

O tênue som das sirenes interrompe bruscamente meus pensamentos. A voz de Coin surge no sistema de áudio do distrito, agradecendo a todos por uma evacuação exemplar dos níveis superiores. Ela salienta que isso não é uma instrução de treinamento, já que Peeta Mellark, o vitorioso do Distrito 12, possivelmente fez na TV uma referência a um ataque ao 13 hoje à noite.

É nesse momento que a primeira bomba cai. Há uma sensação inicial de impacto seguida por uma explosão que ressoa nas partes mais recônditas de meu corpo, no revestimento de meus intestinos, no tutano de meus ossos, nas raízes de meus dentes. *Vamos todos morrer*, penso. Meus olhos se voltam para cima, na expectativa de ver rachaduras gigantescas percorrendo o teto, enormes pedaços de pedra chovendo sobre nós, mas o bunker em si sofre apenas um ligeiro tremor. As luzes se apagam e experimento a desorientação proporcionada pela escuridão total. Indiscerníveis sons humanos – gritos espontâneos, respirações entrecortadas, choros de bebês, um trechinho musical de uma gargalhada insana – dançam ao redor do ar carregado. Então, ouve-se o zumbido de um gerador, e um brilho tênue e oscilante substitui a poderosa iluminação que é a norma no 13. É parecido com o que tínhamos em nossas casas no 12, quando as velas e o fogo queimavam baixinho nas noites de inverno.

Me aproximo de Prim na penumbra, agarro sua perna e me puxo para perto dela. Sua voz permanece equilibrada ao falar ternamente com Buttercup:

– Está tudo bem, bebê, está tudo bem. Estamos seguros aqui embaixo.

Minha mãe nos abraça. Deixo-me sentir jovem por um momento e descansar a cabeça em seu ombro.

– Isto não é nem um pouco parecido com as bombas que caíram no 8 – digo.

— Provavelmente foi um míssil de bunker — diz Prim, mantendo a voz tranquilizadora por causa do gato. — Ficamos sabendo deles durante a orientação para os novos cidadãos. Eles são projetados para penetrar bem fundo no chão antes de explodir. Porque não há mais sentido em bombardear a superfície do 13.

— Nuclear? — pergunto, sentindo um calafrio percorrendo o meu corpo.

— Não necessariamente — diz Prim. — Alguns deles possuem somente uma grande quantidade de explosivos em seu interior. Mas... pode ser de um tipo ou de outro, acho.

O brilho tênue torna difícil ver as pesadas portas de metal no fim do bunker. Será que elas seriam de alguma proteção contra um ataque nuclear? E mesmo que fossem cem por cento eficientes em bloquear a radiação, o que é realmente improvável, será que seríamos algum dia capazes de sair deste lugar? A ideia de passar seja lá o que resta de minha vida neste cofre de pedra me deixa horrorizada. Eu quero sair correndo como uma louca e exigir ser liberada para encarar o que quer que haja acima de mim. É inútil. Eles jamais me deixariam sair, e eu poderia dar início a uma correria capaz de fazer com que pessoas fossem pisoteadas.

— Estamos tão fundo no subterrâneo que tenho certeza de que estamos em segurança — diz minha mãe, sem muita firmeza. Será que ela está pensando em meu pai explodindo em mil pedacinhos nas minas? — Mas essa foi por pouco. Ainda bem que Peeta teve meios para nos alertar.

Meios. Um termo geral que de alguma forma inclui tudo o que era necessário para ele soar o alarme. O conhecimento, a oportunidade, a coragem. E mais uma coisa que não consigo definir. Peeta parecia estar empreendendo uma espécie de batalha em sua mente, lutando para que a mensagem saísse. Por quê? A facilidade com a qual ele manipula as palavras é seu grande talento. Será que a dificuldade que ele teve foi resultado de tortura? De algo mais? Loucura, talvez?

A voz de Coin, quem sabe um pouquinho mais soturna, preenche o bunker, o volume do som oscilando com as luzes:

– Aparentemente, a informação de Peeta Mellark era correta e temos agora uma grande dívida de gratidão com ele. Os sensores indicam que o primeiro míssil não foi nuclear, mas bastante poderoso. Esperamos outros. Durante o ataque, os cidadãos devem permanecer nas áreas que lhes foram designadas a menos que sejam notificados para agirem de outra maneira.

Um soldado diz à minha mãe que ela está sendo requisitada na estação de primeiros socorros. Ela reluta em nos deixar, mesmo sabendo que estará a não mais do que trinta metros de distância de nós.

– Ficaremos bem, pode deixar – digo a ela. – Você acha que alguma coisa pode passar por esse aí? – Aponto para Buttercup, que mia para mim de um modo tão pouco entusiasmado que todas somos obrigadas a rir um pouco. Até eu estou com pena dele. Depois que minha mãe sai, sugiro: – Por que você não sobe com ele, Prim?

– Sei que é besteira... mas tenho medo de que o beliche desabe em cima de nós dois durante o ataque – diz ela.

Se os beliches desabarem, o bunker inteiro terá cedido e enterrado todos nós, mas decido que esse tipo de lógica realmente não ajudará em nada. Ao contrário, tiro tudo do cubo de estocagem e faço uma cama para Buttercup dentro dele. Em seguida, coloco um colchão na frente dele para minha irmã e eu compartilharmos.

Em pequenos grupos, somos liberados para usar o banheiro e escovar os dentes, porém os banhos de chuveiro foram cancelados. Eu me enrosco com Prim no colchão, fazendo uma dupla camada de cobertores porque o clima na caverna é úmido e frio. Buttercup, mal-humorado mesmo com a constante atenção de Prim, aninha-se no cubo e exala hálito de gato na minha cara.

Apesar das condições desagradáveis, estou contente por ter tempo para ficar com minha irmã. Minha extrema preocupação desde que cheguei aqui – não, desde os primeiros Jogos, na realidade – impediu que eu desse a atenção necessária a ela. Não tenho cuidado dela da maneira que deveria, da maneira que eu costumava cuidar. Afinal de contas, foi Gale quem verificou nosso compartimento, não eu. Algo que preciso compensar de alguma maneira.

Percebo que jamais tive a preocupação de perguntar como ela está lidando com o choque de vir para cá.

– E aí, está gostando do 13, Prim? – pergunto.

– Nesse exato instante? – pergunta ela. Nós duas rimos. – Eu às vezes sinto muita falta de casa. Mas aí lembro que não sobrou nada para a gente sentir falta. Sinto-me mais segura aqui. A gente não precisa se preocupar com você aqui. Bom, pelo menos não da mesma maneira. – Ela faz uma pausa, e então um sorriso tímido atravessa os seus lábios. – Acho que vão me treinar para ser médica.

É a primeira vez que eu ouço isso.

– Bom, é claro que vão. Eles seriam muito burros se não fizessem isso.

– Eles me observam quando ajudo no hospital. Já estou fazendo os cursos de medicina. É só coisa de iniciante. Já aprendi muito disso em casa. Mesmo assim, ainda tenho muita coisa a aprender – diz ela.

— Isso é ótimo – respondo. Prim médica. Ela nem podia sonhar com algo assim no 12. Uma coisa pequena e silenciosa, como um fósforo sendo riscado, ilumina a sombra dentro de mim. Esse é o tipo de futuro que uma rebelião poderia proporcionar.

— E você, Katniss? Como é que você está se virando? – A ponta do dedo dela realiza movimentos curtos e delicados entre os olhos de Buttercup. – E não vai me dizer que você está bem.

É verdade. Seja lá qual for o oposto de bem, é exatamente assim que estou me sentindo. Então vou em frente e conto para ela sobre Peeta, sua deterioração na TV, e como penso que eles devem estar acabando com a vida dele neste exato momento. Buttercup precisa se virar sozinho por um tempo, porque Prim agora volta sua atenção para mim. Puxando-me para mais perto, acariciando os meus cabelos com os dedos. Parei de falar porque realmente não há mais nada a ser dito e há uma espécie de dor pungente onde meu coração se encontra. Inclusive, é possível que eu esteja tendo um ataque cardíaco, mas não parece algo que valha a pena ser mencionado.

— Katniss, não acho que o presidente Snow vai matar Peeta – diz ela. É claro que ela diz isso; é o que ela imagina que vai me acalmar. Mas suas palavras seguintes vêm como uma surpresa. – Se ele fizer isso, ele não vai ter mais ninguém que você queira. Ele não vai mais ter nenhuma forma de ferir você.

De repente, lembro de uma outra garota, uma que havia visto todo o mal que a Capital tinha a oferecer. Johanna Mason, a tributo do Distrito 7, na última arena. Eu tentava impedir que ela entrasse na selva onde os gaios tagarelas estavam imitando as vozes de pessoas queridas sendo torturadas, mas ela foi logo me cortando, dizendo: *"Eles não podem me fazer nenhum mal. Não sou como vocês. Não há mais ninguém no mundo que eu ame."*

Então descubro que Prim tem razão, que Snow não pode se dar ao luxo de desperdiçar a vida de Peeta, principalmente agora que o Tordo está causando tanto tumulto. Ele já matou Cinna. Destruiu minha casa. Minha família, Gale e até mesmo Haymitch estão fora de seu alcance. Peeta é tudo o que lhe resta.

— Então, o que você acha que vão fazer com ele? — pergunto.

Prim parece ter mil anos de vida quando responde:

— O que for necessário para quebrar você.

11

O que vai me quebrar?

Essa é a questão que me consome ao longo dos três dias seguintes, enquanto esperamos para ser libertados de nossa prisão de segurança. O que vai me quebrar em um milhão de pedacinhos de modo que eu fique além de qualquer possibilidade de conserto, além de qualquer possibilidade de utilização? Não menciono isso a ninguém, mas a questão devora minhas horas de vigília e se enreda por meus pesadelos.

Quatro outros mísseis de bunker são lançados durante esse período, todos eles imensos, todos eles bastante destrutivos, mas não há urgência no ataque. As bombas são espalhadas ao longo das intermináveis horas, de modo que justamente quando você pensa que o bombardeio acabou, mais uma explosão lança ondas de choque em suas entranhas. O ataque parece mais ter o intuito de nos manter confinados que de dizimar completamente o 13. Aleijar o distrito, sim. Obrigar as pessoas a ter muito o que fazer para que o lugar volte a funcionar. Mas destruí-lo? Não. Coin estava certa nesse ponto. Você não destrói o que deseja adquirir no futuro. Imagino que o que eles realmente desejam, a curto prazo, seja interromper os Assaltos Televisivos e me manter afastada das TVs de Panem.

Quase não recebemos informação a respeito do que está acontecendo. Nossas telas nunca estão ligadas, e recebemos apenas breves atualizações em áudio de Coin sobre a natureza das bombas. Certamente, a guerra ainda está em curso, mas estamos totalmente no escuro em relação às condições gerais das batalhas.

No interior do bunker, cooperação é a ordem do dia. Aderimos a uma rígida programação de refeições e banhos, exercício e sono. Pequenos períodos de socialização são liberados para aliviar o tédio. Nosso espaço torna-se bastante popular porque não só crianças como também adultos têm uma fascinação por Buttercup. Ele adquiriu status de celebridade com seu jogo noturno de Gato Louco. Criei isso por acaso alguns anos atrás, durante um blecaute de inverno. Você simplesmente move a luz de uma lanterna no chão e Buttercup tenta pegá-la. Como sou mesquinha, me divirto com isso, pois a brincadeira o faz parecer idiota. Inexplicavelmente, todos aqui o acham inteligente e adorável. Ganho até um par de pilhas especiais – um enorme desperdício – para ser usado com esse propósito. Os cidadãos do 13 são verdadeiramente sedentos por diversão.

É na terceira noite, durante nosso joguinho, que respondo a pergunta que está me consumindo. O Gato Louco torna-se uma metáfora da minha situação. Eu sou Buttercup. Peeta, a coisa que quero tanto proteger, é a luz. No tempo durante o qual Buttercup sente que tem uma chance de pegar a luz elusiva com suas patas, ele fica com o pelo eriçado de tanta agressividade. (É assim que tenho estado desde que saí da arena, com Peeta vivo.) Quando as luzes se apagam totalmente, Buttercup fica temporariamente irritado e confuso, mas se recupera e começa a fazer outras coisas. (É isso que aconteceria se Peeta morresse.) Mas a única coisa que faz com que Buttercup perca inteiramente o controle é deixar a luz acesa, porém totalmente intocável, bem no alto da parede, fora inclusive do alcance de seus habilidosos saltos. Ele corre de um lado para o outro pela parede, choraminga e não consegue se conformar ou se distrair. Nada o acalma até que eu apague as luzes. (Isso é o que Snow está tentando fazer comigo agora, só que não sei qual é a forma do jogo dele.)

Talvez essa minha percepção seja tudo de que Snow necessita. Pensar que Peeta está em suas mãos e sendo torturado para revelar informações dos rebeldes é ruim. Mas pensar que ele está sendo torturado especificamente para me incapacitar é insuportável. E é sob o peso dessa revelação que começo a quebrar de verdade.

Depois do Gato Louco, somos dirigidos a nossas camas. A energia vai e vem; às vezes as luminárias ficam totalmente acesas, em outras, somos obrigados a estreitar os olhos no breu. Na hora de dormir, eles colocam as luminárias em estado de quase escuridão e acionam as luzes de segurança em cada espaço. Prim, que decidiu que as paredes permanecerão firmes, está aconchegada em Buttercup no beliche inferior. Minha mãe está no superior. Eu me ofereço para pegar um beliche, mas elas insistem para que eu fique no colchão do chão, já que me debato demais quando estou dormindo.

Não estou me debatendo agora, já que meus músculos estão rígidos devido à tensão para me manter controlada. A dor em meu coração retorna, e imagino diminutas fissuras espalhando-se a partir dele pelo meu corpo. Por meu torso, braços e pernas, pelo meu rosto, marcando-o com as rachaduras. Uma boa sacudida de um míssil de bunker e eu poderia me despedaçar em incontáveis cacos afiados.

Quando a maioria inquieta e agitada adormece, me solto cuidadosamente do cobertor e ando na pontinha dos pés pela caverna até encontrar Finnick, sentindo, por algum motivo não especificado, que ele irá compreender. Ele está sentado sob a luz de segurança em seu espaço, fazendo um nó em seu barbante, nem mesmo fingindo descansar. Enquanto sussurro minha descoberta do plano de Snow para me quebrar, uma ideia me ocorre. Essa estratégia é notícia velha demais para Finnick. Foi isso que o quebrou.

– É isso que estão fazendo com você, usando a Annie, não é? – pergunto.

– Bom, eles não a prenderam porque pensavam que ela fosse uma rica fonte de informações sobre os rebeldes – diz Finnick. – Eles sabem que eu nunca teria corrido o risco de contar para ela qualquer coisa desse tipo. Para própria proteção dela.

– Ah, Finnick. Sinto muito.

– Não, eu é que sinto muito. Por não ter conseguido, de uma forma ou de outra, alertar você sobre isso – diz ele.

De repente, uma lembrança aflora. Estou amarrada a uma cama, louca de raiva e pesar depois do resgate. Finnick está tentando me consolar em relação a Peeta. *"Eles vão entender com muita rapidez que ele não sabe nada. E não vão matá-lo se acharem que podem usá-lo contra você."*

– Mas você me alertou, sim. No aerodeslizador. Só que quando você disse que eles usariam Peeta contra mim, pensei que quisesse dizer que a coisa funcionaria como uma isca. Para me atrair de alguma maneira para dentro da Capital – digo.

– Eu não devia nem ter dito isso. Era tarde demais para ter alguma serventia para você. Assim como eu não te alertei antes do Massacre Quaternário, devia ter ficado calado sobre a maneira como Snow funciona. – Finnick dá um puxão na extremidade de seu barbante e um intricado nó transforma-se novamente numa linha reta. – É que eu não entendia tudo muito bem quando conheci você. Depois da primeira vez que você participou dos Jogos Vorazes, pensei que o romance fosse uma encenação que você tinha inventado. Todos esperávamos que você fosse continuar com essa estratégia. Mas foi só quando Peeta deu de cara com aquele campo de força e quase morreu que eu... – Finnick hesita.

Relembro a arena. Como solucei quando Finnick reviveu Peeta. O olhar de quem não estava entendendo nada no rosto de Finnick. O modo como ele perdoou meu comportamento, botando a culpa em minha suposta gravidez.

– Que você o quê?

– Que eu soube que tinha julgado você de maneira equivocada. Que você realmente o ama. Não estou dizendo que seja necessariamente de forma romântica. De repente nem você mesma sabe. Mas qualquer pessoa que preste atenção consegue ver o quanto você gosta dele – diz ele, com delicadeza.

Qualquer pessoa? Na visita de Snow antes da Turnê da Vitória, ele me desafiou a apagar quaisquer dúvidas de meu amor por Peeta. *"Convença a mim"*, disse Snow. Ao que parece, sob aquele céu quente e cor-de-rosa com a vida de Peeta no limbo, eu finalmente o convenci. E ao fazê-lo, dei a ele a arma de que precisava para me quebrar.

Finnick e eu ficamos sentados em silêncio por um longo tempo, observando os nós surgindo e desaparecendo, até eu finalmente conseguir perguntar:

– Como é que você suporta?

Finnick olha para mim com a descrença estampada no rosto.

— Eu não suporto, Katniss! Eu obviamente não suporto. Eu me arrasto dos pesadelos todas as manhãs e descubro que não há nenhum alívio em estar acordado. — Algo em minha expressão faz com que ele interrompa o discurso. — É melhor não ceder a isso. É dez vezes mais demorado se recuperar da crise do que entrar nela.

Bom, ele deve saber. Respiro fundo, forçando-me a manter intacta a minha integridade física e moral.

— Quanto mais você conseguir se distrair, melhor — diz ele. — A primeira coisa que a gente vai fazer amanhã é providenciar um barbante para você. Até lá, pode ficar com o meu.

Passo o resto da noite em meu colchão fazendo nós obsessivamente, erguendo-os para a inspeção de Buttercup. Se algum deles parece suspeito, ele o acerta em pleno ar e lhe dá algumas dentadas até se certificar de que está morto. De manhã, meus dedos estão doendo, mas continuo insistindo.

Com vinte e quatro horas de tranquilidade atrás de nós, Coin finalmente anuncia que podemos deixar o bunker. Nossos antigos aposentos foram destruídos pelos bombardeios. Todos devem seguir orientações precisas sobre como chegar a seus novos compartimentos. Limpamos nosso espaço de acordo com a orientação, e seguimos em fila obedientemente até a porta.

Antes que eu chegue na metade do caminho, Boggs aparece e me tira da fila. Ele faz um sinal para que Gale e Finnick se juntem a nós. Pessoas se afastam para nos deixar passar. Algumas inclusive sorriem para mim, já que a brincadeira do Gato Louco parece ter feito com que eu parecesse ainda mais adorável aos olhos delas. Passamos pela porta, subimos a escada, percorremos o corredor até um dos elevadores multidirecionais e finalmente chegamos à Defesa Especial. Nada ao longo de nosso percurso foi destruído, mas ainda estamos em um nível muito profundo.

Boggs nos guia até o interior de uma sala virtualmente idêntica ao Comando. Coin, Plutarch, Haymitch, Cressida e todos os outros ao redor da mesa parecem exaustos. Alguém finalmente mudou as regras em relação ao café – embora eu tenha certeza de que ele é visto apenas como um estimulante emergencial –, e Plutarch aperta sua xícara com ambas as mãos como se a qualquer momento ela pudesse lhe ser retirada.

Vão direto ao assunto:

– Precisamos de vocês quatro equipados e de volta à superfície – diz a presidenta. – Vocês têm duas horas para realizar tomadas que mostrem os estragos feitos pelos bombardeios, definir que as unidades militares do 13 continuam não apenas funcionais como também mantêm domínio da situação e, o mais importante, que o Tordo ainda está vivo. Alguma pergunta?

– Podemos tomar um café? – pergunta Finnick.

Xícaras fumegantes são entregues. Olho para o brilhante líquido preto sem demonstrar nenhum prazer, já que jamais fui muito fã da bebida, mas pensando que talvez ela possa me ajudar a me manter de pé. Finnick joga um pouco de creme na minha xícara e pega o açucareiro.

– Quer um torrão de açúcar? – pergunta ele com sua antiga voz sedutora. Foi assim que nos conhecemos, com Finnick me oferecendo açúcar. Cercados por cavalos e carruagens, vestidos e pintados para a multidão, antes de nos tornarmos aliados. Antes que eu pudesse fazer a menor ideia do que o motivava. A lembrança coloca um sorriso em meu rosto. –

Aqui, o gosto fica bem melhor – diz ele com sua verdadeira voz, botando três cubos na minha xícara.

Assim que me viro para sair e vestir meu traje de Tordo, me dou conta de que Gale está observando a mim e a Finnick com um olhar de infelicidade. O que é agora? Será que ele pensa que existe alguma coisa acontecendo entre nós? Talvez ele tenha me visto indo para o espaço de Finnick ontem à noite. Devo ter passado pelo espaço dos Hawthorne para chegar lá. Acho que provavelmente ele não viu a coisa com bons olhos. Procurei a companhia de Finnick em vez da dele. Bom, que ótimo. Estou com assaduras de barbante em meus dedos, mal consigo manter os olhos abertos e uma equipe de cinegrafistas espera que eu faça alguma coisa brilhante. E Snow está com Peeta. Gale pode pensar o que bem entender.

Na minha nova Sala de Transformação, na Defesa Especial, minha equipe de preparação me enfia no traje de Tordo, penteia meus cabelos e aplica o mínimo de maquiagem antes mesmo de o café esfriar. Em dez minutos, o elenco e a equipe do próximo pontoprop estão percorrendo o circuito em direção ao exterior. Engulo o café enquanto seguimos viagem, descobrindo que o creme e o açúcar melhoram muito o sabor. Enquanto boto para dentro o que restou de líquido no fundo da xícara, sinto um ligeiro zumbido começando a correr por minhas veias.

Depois de subir uma última escada, Boggs atinge uma alavanca que abre um alçapão. Ar fresco sopra do exterior. Absorvo largas golfadas e pela primeira vez me permito sentir o quanto eu odiava o bunker. Emergimos na floresta, e minhas mãos passam pelas folhas sobre a minha cabeça. Algumas começaram recentemente a mudar de cor.

– Que dia é hoje? – pergunto a ninguém em particular. Boggs me diz que setembro começa na semana seguinte.

Setembro. Isso significa que Snow está com as garras em Peeta há cinco, quem sabe seis, semanas. Examino uma folha na palma da mão e vejo que estou tremendo. Não consigo fazer com que o meu corpo pare. Culpo o café e tento me concentrar para diminuir a intensidade da respiração, que está rápida demais para o meu ritmo.

Destroços começam a se revelar em grande quantidade no solo da floresta. Chegamos à primeira cratera, trinta metros de largura e não sei dizer quantos metros de profundidade. Muitos. Boggs diz que qualquer pessoa nos primeiros dez níveis provavelmente teria morrido. Contornamos o fosso e seguimos.

– Vocês conseguem reconstruir isso? – pergunta Gale.

– Vai demorar um bom tempo. Aquele lugar ali não tinha muita coisa. Alguns geradores e uma granja – diz Boggs. – A gente vai lacrar e pronto.

As árvores desaparecem à medida que entramos na área no interior da cerca. As bordas das crateras estão repletas de uma mistura de detritos novos e velhos. Antes do bombardeio, quase nada do atual 13 ficava acima da superfície. Algumas guaritas. A área de treinamento. Mais ou menos uns trinta centímetros do piso superior de nosso edifício – onde a janela de Buttercup se projetava – com vários metros de aço em cima. Nem mesmo isso foi construído para suportar mais do que um ataque superficial.

– Quanto tempo o aviso do garoto deu a vocês? – pergunta Haymitch.

– Mais ou menos dez minutos antes de nossos próprios sistemas detectarem os mísseis – diz Boggs.

– Mas ajudou, certo? – pergunto. Não vou conseguir suportar se ele disser não.

– Com toda a certeza – responde Boggs. – A evacuação dos civis foi completa. Segundos são de suma importância quando você está sendo atacado. Dez minutos significaram vidas salvas.

Prim, penso. *E Gale*. Eles estavam no bunker apenas alguns minutos antes de o primeiro míssil nos atingir. Peeta pode muito bem tê-los salvo. Acrescente os nomes deles à lista de coisas que jamais deixarei de dever a ele.

Cressida tem a ideia de me filmar em frente às ruínas do antigo Edifício da Justiça, o que parece até uma piada, já que a Capital o tem utilizado como pano de fundo para transmissões de notícias falsas há anos, para mostrar que o distrito não existe mais. Agora, com o ataque recente, o Edifício de Justiça está a mais ou menos dez metros da borda de uma nova cratera.

Assim que nos aproximamos do que era antes a grandiosa entrada do prédio, Gale aponta algo e o grupo todo diminui o passo. De início, não sei qual é o problema, mas então vejo que o piso está carregado de rosas recém-colhidas, vermelhas e cor-de-rosa.

– Não toquem nelas! – berro. – Elas são para mim!

O enjoativo cheiro adocicado atinge o meu nariz, e meu coração começa a martelar no peito. Então eu não estava imaginando coisas. A rosa em meu vestíbulo. Diante de mim encontra-se a segunda encomenda de Snow. Lindas rosas vermelhas e cor-de-rosa com longos caules, as próprias flores que decoravam o set onde Peeta e eu demos nossa entrevista pós--vitória. Flores não para uma pessoa, mas para um casal de amantes.

Explico aos outros da melhor forma possível. Após uma inspeção, elas parecem flores inofensivas, talvez geneticamente aprimoradas. Duas dúzias de rosas. Ligeiramente murchas. Muito provavelmente jogadas após o último bombardeio. Uma equipe com roupas especiais as recolhe e as leva para longe. Entretanto, tenho certeza de que eles não encontrarão nada de extraordinário nelas. Snow sabe exatamente o que está fazendo comigo. É como ver Cinna sendo agredido brutalmente do meu tubo para transporte de tributos. Projetado para me deixar desequilibrada.

Como naquele momento, tento reunir minhas forças e reagir. Mas assim que Cressida posiciona Castor e Pollux, sinto minha ansiedade crescendo. Estou muito cansada, pilhada demais, e totalmente incapaz de manter a mente em qualquer coisa que não seja Peeta, depois que vi as rosas. O café foi um erro enorme. O que eu não precisava era de um estimulante. Meu corpo treme visivelmente e tenho a sensação de que não consigo respirar. Depois de dias no bunker, preciso estreitar os olhos independentemente de para qual direção me vire, e as luzes doem. Mesmo na brisa fria, suor escorre pelo meu rosto.

— E aí, o que exatamente vocês precisam que eu faça mesmo? – pergunto.

— Só umas frases curtinhas que mostrem que você está viva e ainda lutando – diz Cressida.

— Tudo bem. – Eu me posiciono e então olho diretamente a luz vermelha. E ali fico. Olhando. E olhando. – Desculpe, não tenho nada a dizer.

Cressida vai até onde me encontro.

— Você está se sentindo bem? – Aceno que sim com a cabeça. Ela tira um pequeno pedaço de tecido do bolso e enxuga meu rosto. – Que tal a gente fazer o velho esquema pergunta e resposta?

– Beleza. Isso ajuda, acho. – Cruzo os braços para esconder o tremor. Olho de relance para Finnick, que levanta o polegar para mim. Mas ele próprio parece estar bem trêmulo.

Cressida está posicionada novamente.

– E então, Katniss. Você sobreviveu ao bombardeio que a Capital infligiu ao 13. Como ele pode ser comparado ao que você experimentou no 8?

– Dessa vez estávamos muito no subterrâneo, não havia um perigo real. O 13 está vivo e bem, assim como... – Minha voz fica embargada, com uma sonoridade seca e estridente.

– Tenta falar a frase de novo – diz Cressida. – O 13 está vivo e bem, assim como eu.

Respiro fundo, tentando forçar a entrada de ar em meu diafragma.

– O 13 está vivo, assim como... – Não, está errado.

Juro que ainda consigo sentir o cheiro daquelas rosas.

– Katniss, só essa frase e chega por hoje. Prometo – diz Cressida. – O 13 está vivo e bem, assim como eu.

Balanço os braços para me soltar um pouco. Coloco os punhos na cintura. Então os deixo cair. Minha boca está ficando com uma quantidade ridícula de saliva e sinto vômito no fundo da garganta. Engulo com força e abro a boca para fazer com que a droga da frase saia e eu possa ir me esconder na floresta e... é então que começo a chorar.

É impossível ser o Tordo. Impossível completar até mesmo essa única sentença. Porque agora sei que tudo que disser recairá diretamente sobre Peeta. Resultará em tortura para ele. Mas não na morte dele, não, nada tão misericordioso como isso. Snow garantirá que a vida dele seja muito pior do que a morte.

– Corta – ouço Cressida falar calmamente.

— Qual é o problema com ela? — diz Plutarch entre os dentes.

— Ela percebeu como Snow está usando Peeta — diz Finnick.

Há algo parecido com um suspiro coletivo de lamentação, emitido pelo semicírculo de pessoas espalhadas diante de mim. Porque agora estou ciente disso. Porque jamais haverá uma maneira de não voltar a estar ciente disso. Porque, além da desvantagem militar que a perda de um Tordo acarreta, estou quebrada.

Diversos pares de braços me abraçariam. Mas, no fim das contas, a única pessoa que realmente quero que me console é Haymitch, porque ele também ama Peeta. Eu me aproximo dele e pronuncio algo que soa como seu nome e lá está ele, me abraçando e me dando tapinhas nas costas.

— Está tudo bem. Vai ficar tudo bem, queridinha. — Ele me coloca sentada em cima de um pilar de mármore e continua me abraçando enquanto soluço.

— Eu não consigo mais fazer isso — digo.

— Eu sei — diz ele.

— Eu só consigo pensar no que... ele vai fazer com o Peeta... por eu ser o Tordo! — extravaso.

— Eu sei. — Haymitch me abraça com mais intensidade.

— Você viu? Você viu como ele agiu de modo estranho? O que eles estão... fazendo com ele? — Estou arfando em busca de ar entre um soluço e outro, mas consigo articular uma última frase. — Foi culpa minha! — E então começo a me expressar no limite da histeria, sinto uma agulha no meu braço e o mundo gira até sumir de vez.

Seja lá o que for que eles me injetaram, deve ter sido forte, porque só recobro os sentidos depois de um dia inteiro.

Porém, meu sono não foi tranquilo. Tenho a sensação de estar emergindo de um mundo repleto de locais sombrios e assustadores por onde viajava sozinha. Haymitch está sentado na cadeira ao lado da minha cama, a pele pálida, os olhos vermelhos. Eu me lembro de Peeta e começo a tremer novamente.

Haymitch se aproxima de mim e aperta meu ombro.

– Está tudo bem. Vamos tentar libertar o Peeta.

– O quê? – Isso não faz sentido.

– Plutarch está enviando uma equipe de resgate. Ele tem um pessoal infiltrado. Ele acha que conseguimos tirar Peeta de lá com vida – diz Haymitch.

– Por que a gente não fez isso antes? – pergunto.

– Porque é custoso. Mas todos concordam que isso é a coisa certa a ser feita. É a mesma escolha que fizemos na arena. Fazer tudo o que for possível para que você siga em frente. Não podemos perder o Tordo agora. E você não consegue fazer sua parte a menos que saiba que Snow não vai poder descontar em Peeta. – Haymitch me oferece uma xícara. – Tome, beba um pouco.

Eu me sento lentamente e tomo um gole da água.

– O que você quer dizer com custoso?

Ele dá de ombros.

– Os disfarces vão pelos ares. Pessoas podem morrer. Mas não se esqueça que elas estão morrendo todos os dias. E não é só Peeta; nós também vamos tirar Annie de lá, por causa do Finnick.

– Onde é que ele está? – pergunto.

– Atrás daquela tela, dormindo por conta do sedativo. Ele ficou enlouquecido logo depois que a gente nocauteou você – diz Haymitch. Eu sorrio ligeiramente, e me sinto um pouquinho menos fraca. – Pode crer. O remédio é excelente mesmo. Com vocês dois imprestáveis, sobrou para o Boggs organizar a missão de resgate de Peeta. Estamos oficialmente passando só reprises.

– Bom, se Boggs está liderando a missão, já é um bom indício – digo.

– Ah, ele está comandando a operação. Era para ser apenas com voluntários, mas ele fingiu não reparar quando balancei a mão no ar – diz Haymitch. – Está vendo? Ele já demonstrou uma boa capacidade de julgamento.

Tem alguma coisa errada. Haymitch está tentando me entusiasmar de um modo um pouco exagerado. Esse não é bem o estilo dele.

– E aí, quem mais se apresentou como voluntário?

– Acho que foram sete ao todo – diz ele, evasivamente.

Estou com um pressentimento ruim na boca do estômago.

– Quem mais, Haymitch? – insisto.

Haymitch finalmente abandona a encenação bem-intencionada.

– Você sabe quem mais, Katniss. Você sabe quem foi o primeiro a se apresentar.

É claro que sei.

Gale.

12

Pode ser que hoje eu perca os dois.

Tento imaginar um mundo onde as vozes de Gale e Peeta tenham deixado de existir. Em que suas mãos estejam inertes. Seus olhos fechados. Me vejo parada, observando seus corpos, dando uma última olhada, saindo da sala onde estão deitados. Mas quando abro a porta para pisar no mundo, a única coisa que existe é um tremendo vazio. Um nada cinzento e pálido que é tudo o que me espera no futuro.

– Você quer que eu peça para eles te sedarem até que tudo esteja terminado? – pergunta Haymitch. Ele não está brincando. Esse é um homem que passou a vida adulta no fundo de uma garrafa, tentando se anestesiar contra os crimes perpetrados pela Capital. O garoto de dezesseis anos de idade que venceu o segundo Massacre Quaternário deve ter tido pessoas a quem amou, familiares, amigos, uma paixão, quem sabe, e que lutou para rever. Onde estão essas pessoas agora? Como é possível que, até o momento em que Peeta e eu fomos jogados em cima dele, não tenha havido absolutamente ninguém em sua vida? O que Snow fez com essas pessoas?

– Não – digo. – Quero ir para a Capital. Quero fazer parte da missão de resgate.

– Eles já foram – diz Haymitch.

– Há quanto tempo eles saíram? Posso alcançá-los. Eu posso... – O quê?! O que posso fazer?

Haymitch balança a cabeça.

– Não há a menor chance de isso acontecer. Você é valiosa demais e vulnerável demais. Havia uma ideia de mandá-la para outro distrito para desviar a atenção da Capital enquanto o resgate ocorria. Mas ninguém achou que você pudesse lidar com isso.

– Por favor, Haymitch! – Agora estou implorando. – Preciso fazer alguma coisa. Não posso ficar aqui sentada esperando ouvir se eles morreram ou não. Deve ter alguma coisa que eu possa fazer!

– Tudo bem. Deixe-me falar com Plutarch. Fique quietinha aí. – Mas eu não consigo. Os passos de Haymitch ainda estão ecoando no corredor externo quando me insiro na fenda da cortina divisória e encontro Finnick de bruços, esparramado na cama, mãos contorcidas no travesseiro. Embora seja uma atitude covarde (até mesmo cruel) despertá-lo de sua sombria e muda paisagem entorpecida para trazê-lo de volta à bruta realidade, sigo em frente e faço isso porque não consigo suportar encarar tudo sozinha.

Enquanto explico a situação, a agitação inicial dele reduz-se misteriosamente.

– Você não vê, Katniss? Isso vai decidir tudo. De um jeito ou de outro. No fim do dia, ou eles estarão mortos ou estarão aqui conosco. É mais do que... é mais do que a gente poderia sonhar!

Bom, essa é uma visão bastante otimista de nossa situação. E ainda assim, há algo tranquilizador na ideia de que esse tormento pode vir a terminar.

A cortina é afastada e lá está Haymitch. Ele tem um serviço para nós dois, se conseguirmos nos controlar. Eles ainda precisam de tomadas do 13 após o bombardeio.

– Se a gente conseguir esse material nas próximas horas, Beetee pode colocar isso no ar até o momento do resgate, e de repente até desvia a atenção da Capital para outros pontos.

– Sim, uma distração – diz Finnick. – Meio que um chamariz.

– O que a gente realmente precisa é de uma coisa que seja tão atraente que nem mesmo o presidente Snow seria capaz de ignorar. Vocês têm algo assim? – pergunta Haymitch.

Realizar um serviço que pode vir a ajudar a missão me deixa atenta e concentrada. Enquanto ponho o café da manhã para dentro e me preparo, tento pensar no que poderia dizer. O presidente Snow deve estar imaginando como aquele piso salpicado de sangue e suas rosas está me afetando. Se ele quer me ver quebrada, então terei de estar inteira. Mas não acho que vou convencê-lo de coisa alguma gritando algumas frases de efeito desafiadoras diante das câmeras. Rompantes têm vida curta. São as histórias que duram.

Não sei se isso vai funcionar, mas quando a equipe de TV está toda reunida na superfície, pergunto a Cressida se ela não podia começar me perguntando alguma coisa sobre Peeta. Sento em cima do pilar de mármore caído, onde tive minha crise nervosa, e fico esperando a luz vermelha e a pergunta de Cressida.

– Como você conheceu Peeta?

E então faço aquilo que Haymitch queria desde a minha primeira entrevista. Me abro.

– Quando conheci Peeta, eu tinha onze anos e estava quase morta. – Falo sobre aquele dia horrível em que tentei

vender as roupas de bebê na chuva, de como a mãe de Peeta me enxotou da porta da padaria e de como ele tomou uma surra por ter me levado os pães que salvaram as nossas vidas.
— Nós nunca havíamos nem conversado um com o outro. A primeira vez na vida em que falei com Peeta foi no trem, indo para os Jogos.

— Mas ele já estava apaixonado por você — diz Cressida.

— Acho que sim. — Dou um leve sorriso.

— Como é que vocês estão lidando com a separação? — pergunta ela.

— Não muito bem. Sei que a qualquer momento Snow pode acabar com a vida dele. Principalmente depois de ele ter alertado o 13 do bombardeio. É terrível conviver com uma coisa assim — digo. — Mas justamente por causa de tudo pelo que ele tem sido obrigado a passar, não tenho mais nenhuma reserva em fazer o que quer que seja necessário para destruir a Capital. Finalmente estou livre. — Levanto os olhos para o céu e observo o voo de um gavião. — O presidente Snow uma vez admitiu que a Capital era frágil. Na época, não entendi o que aquilo significava. Era difícil ver com clareza porque eu tinha muito medo. Agora não tenho mais. A Capital é frágil porque depende dos distritos para tudo. Comida, energia, até mesmo para recrutar os Pacificadores que nos policiam. Se proclamarmos nossa liberdade, a Capital entra em colapso. Presidente Snow, graças a você, estou oficialmente proclamando a minha hoje.

Minha atuação, se não foi esfuziante, foi suficiente. Todos amam a história dos pães. Mas é minha mensagem ao presidente Snow que faz com que as engrenagens no cérebro de Plutarch comecem a girar. Ele convoca Finnick e Haymitch às pressas e eles têm uma conversa breve, porém intensa, e posso ver que Haymitch não está nem um pouco contente. Plutarch parece vencer a discussão – Finnick está pálido, mas balança a cabeça e concorda ao final.

Quando Finnick se move para tomar meu lugar diante da câmera, Haymitch diz a ele:

– Você não é obrigado a fazer isso.

– Sou, sim. Se for para ajudá-la. – Finnick embola o barbante que está em sua mão. – Estou pronto.

Não sei o que esperar. Uma história de amor com Annie? Um relato dos abusos no Distrito 4? Mas Finnick Odair toma um rumo completamente diferente.

– O presidente Snow costumava... me vender... ou seja, vender meu corpo. – Finnick começa num tom neutro, distante. – Não fui o único. Se um vitorioso é considerado desejável, o presidente o dá como recompensa ou permite que as pessoas o comprem por uma quantidade exorbitante de dinheiro. Se você se recusa, ele mata alguém que você ama. Então você aceita.

Então isso explica tudo. O desfile de amantes de Finnick na Capital. Não se tratava exatamente de amantes no sentido real do termo. Apenas pessoas como Cray, nosso antigo Chefe dos Pacificadores, que comprava garotas desesperadas para devorá-las e descartá-las simplesmente porque podia fazer isso. Eu queria interromper a gravação e pedir perdão a Finnick por todos os pensamentos equivocados que tive em relação a ele desde que o conheci. Mas temos um serviço a fazer, e sinto que o papel de Finnick será bem mais eficaz que o meu.

– Não fui o único, mas fui o mais popular – diz ele. – E talvez o mais indefeso, porque as pessoas que eu amava também eram. Para se sentirem melhor a respeito do que faziam, meus clientes me davam presentes em dinheiro ou joias, mas descobri uma forma de pagamento muito mais valiosa.

Segredos, penso. Essa era a forma de pagamento que Finnick recebia de seus amantes, só que antes eu imaginava que o acordo fosse definido por ele.

– Segredos – diz ele, ecoando meus pensamentos. – E é aí que você vai querer ficar sintonizado, presidente Snow, porque muitos deles eram a seu respeito. Mas vamos começar com alguns dos outros.

Finnick começa a tecer uma tapeçaria tão rica em detalhes que não é possível duvidar de sua autenticidade. Narrativas que giram em torno de apetites sexuais excêntricos, traições amorosas, ganância sem fim e sangrentos jogos de poder. Segredos embriagados, sussurrados em travesseiros úmidos na calada da noite. Finnick era alguém comprado e vendido. Um escravo de distrito. Um belo escravo, certamente, mas de fato inofensivo. A quem ele contaria? E quem acreditaria nele se o fizesse? Mas alguns segredos são deliciosos demais para não serem compartilhados. Não conheço as pessoas que Finnick está nomeando – todas parecem ser proeminentes cidadãos da Capital –, mas compreendo, só de ouvir as fofocas da minha equipe de preparação, a atenção que o mais suave deslize de julgamento pode acarretar. Se um penteado feio pode levar a horas de fofoca, o que não produzirão acusações de incesto, punhaladas pelas costas, chantagens e incêndios criminosos? Mesmo com as ondas de choque e recriminação rolando pela Capital, seus residentes estarão esperando, como estou agora, ouvir o que o presidente tem a dizer.

– E agora, chegamos a nosso bom presidente Coriolanus Snow – diz Finnick. – Um homem tão jovem quando alçado ao poder. E tão sagaz em mantê-lo. Como, vocês devem estar se perguntando, ele conseguiu isso? Uma palavra. Isso é tudo o que vocês realmente precisam saber. Veneno. – Finnick rememora a ascensão política de Snow, sobre a qual eu não sei nada, e segue até sua chegada à presidência, apontando caso após caso das misteriosas mortes dos adversários dele ou, pior ainda, de aliados que tinham o potencial para se tornarem ameaças. Pessoas caindo mortas em algum banquete ou transformando-se lenta e inexplicavelmente em sombras ao longo de meses. A culpa atribuída a frutos do mar estragados, algum vírus elusivo ou alguma negligenciada fraqueza na aorta. Snow bebia ele próprio das taças envenenadas para evitar suspeitas. Mas antídotos nem sempre funcionam. Dizem que é por isso que ele usa as rosas com cheiro forte de perfume. Dizem que é para encobrir o aroma de sangue das feridas que ele tem na boca e que jamais irão sarar. Dizem, dizem, dizem... que Snow possui uma lista e ninguém sabe quem será o próximo.

Veneno. A arma perfeita para uma cobra.

Como minha opinião acerca da Capital e de seu nobre presidente já estão tão em baixa, não posso dizer que as alegações de Finnick tenham me deixado chocada. Elas parecem fazer muito mais efeito nos rebeldes exilados da Capital, como o pessoal da minha equipe, e em Fulvia – até Plutarch reage em determinado momento com surpresa, talvez imaginando como tal fofoca pode ter lhe passado despercebida. Quando Finnick termina, eles deixam as câmeras ligadas até que, finalmente, ele próprio acaba dizendo:

– Corta.

A equipe corre para editar o material, e Plutarch puxa Finnick para uma conversinha, provavelmente para ver se ele tem mais alguma história. Sou deixada com Haymitch em meio aos destroços, imaginando se o destino de Finnick poderia ter sido também o meu. Por que não? Snow podia ter conseguido um preço realmente bom por uma garota em chamas.

— Foi isso que aconteceu com você? — pergunto a Haymitch.

— Não. Minha mãe e meu irmão mais novo. Minha namorada. Todos eles foram mortos duas semanas depois que fui coroado vitorioso. Por causa da minha proeza com o campo de força — responde ele. — Snow não tinha ninguém para usar contra mim.

— Fico surpresa por ele não ter simplesmente matado você — digo.

— Ah, não. Eu era um exemplo a ser seguido pelos jovens Finnicks e Johannas e Cashmeres. Eu sinalizava o que poderia acontecer com um vitorioso que causava problemas — diz Haymitch. — Mas ele sabia que não tinha o que usar contra mim.

— Até eu e Peeta aparecermos — digo suavemente. Não recebo nem um dar de ombros em retribuição.

Com nosso serviço realizado, a única coisa que resta a mim e a Finnick é esperar. Tentamos preencher os minutos arrastados na Defesa Especial. Fazemos nós. Remexemos nossas tigelas de almoço. Lançamos coisas em um alvo. Em função do perigo de detecção, nenhuma comunicação chega da equipe de resgate. Às 15:00, a hora designada, estamos tensos e calados nos fundos de uma sala cheia de telas e computadores, e observamos enquanto Beetee e sua equipe tentam se apoderar das transmissões. Sua costumeira distração inquieta é substituída por uma determinação que jamais vi nele. Grande parte da minha entrevista sequer entra no vídeo, apenas o suficiente para mostrar que estou viva e ainda na luta. A estrela do dia é o relato obsceno e sangrento que Finnick faz da Capital.

Será que a habilidade de Beetee está se aprimorando? Ou será que sua contraparte na Capital está fascinada demais para querer retirar Finnick do ar? Pelos sessenta minutos seguintes, a transmissão da Capital alterna-se entre o noticiário vespertino padrão, Finnick, e tentativas de interromper a transmissão toda. Mas a equipe de tecnologia dos rebeldes consegue impedir até mesmo essa última tentativa de censura e, num verdadeiro golpe, assume o controle durante quase todo o ataque a Snow.

– Deixa passar! – diz Beetee, levantando as mãos, liberando a transmissão da Capital. Ele enxuga o rosto com um pedaço de pano. – Se eles ainda não saíram de lá, estão todos mortos. – Ele gira em sua cadeira para ver Finnick e eu reagindo a suas palavras. – Mas o plano foi bom. Plutarch mostrou para vocês?

É claro que não. Beetee nos leva até uma outra sala e nos mostra como a equipe, com a ajuda de rebeldes infiltrados, tentará libertar os vitoriosos de uma prisão subterrânea. Parece que a operação envolveu a disseminação de gás paralisante pelo sistema de ventilação, o corte da energia elétrica, a detonação de uma bomba no prédio do governo situado a vários quilômetros da prisão e, agora, a transmissão via TV. Beetee fica contente por acharmos o plano difícil de entender, porque, sendo assim, nossos inimigos acharão a mesma coisa.

– Tipo aquela sua armadilha de eletricidade na arena? – pergunto.

– Exatamente. E você viu como aquilo funcionou bem? – diz Beetee.

Bom... para ser honesta, não vi, não, penso.

Finnick e eu tentamos ficar no Comando, para onde certamente convergirão as primeiras notícias do resgate, mas somos barrados porque sérios assuntos de guerra estão sendo discutidos no local. Nos recusamos a sair da Defesa Especial e acabamos esperando por notícias na sala dos beija-flores.

Fazendo nós. Fazendo nós. Mudos. Fazendo nós. Tique-taque. Isso é um relógio. Não pense em Gale. Não pense em Peeta. Fazendo nós. Não queremos jantar. Dedos em carne viva e sangrando. Finnick finalmente desiste e assume a posição curvada que usou na arena quando os gaios tagarelas atacaram. Aperfeiçoo minha forca em miniatura. As palavras de "A árvore-forca" se repetem na minha cabeça. Gale e Peeta. Peeta e Gale.

– Você se apaixonou de cara pela Annie, Finnick? – pergunto.

– Não. – Um longo tempo decorre antes de ele acrescentar: – Ela foi me cercando aos poucos.

Vasculho meu coração, mas, no momento, a única pessoa que eu tenho a sensação de estar me cercando é Snow.

Provavelmente já passou da meia-noite, já é o dia seguinte, quando Haymitch abre a porta e diz:

– Eles voltaram. Precisam da gente no hospital. – Minha boca se abre com uma torrente de perguntas que ele corta de imediato com um: – Isso é tudo o que sei.

Quero correr, mas Finnick está agindo de um modo muito estranho, como se tivesse perdido a habilidade de se mover, então pego a mão dele e o conduzo como a uma criança pequena. Através da Defesa Especial, para dentro do elevador que vai em todas as direções e até a ala do hospital. O local está um caos, com médicos gritando e feridos sendo empurrados em suas camas pelos corredores.

Somos atingidos de raspão por uma cama com rodinhas onde está deitada uma jovem bastante magra com a cabeça raspada. Seu corpo exibe hematomas e feridas purulentas. Johanna Mason. Que de fato conhecia alguns segredos dos rebeldes. Pelo menos no que dizia respeito a mim. E foi assim que ela pagou por isso.

Pelo vão de uma porta, vislumbro Gale, nu da cintura para cima, suor escorrendo pelo rosto enquanto um médico remove alguma coisa de seu ombro com um par de pinças. Ferido, mas vivo. Eu o chamo, começo a correr até ele, mas uma enfermeira me empurra para trás e me expulsa de lá aos berros.

– Finnick! – Soa algo entre um grito e uma exclamação alegre. Uma jovem linda, mas um pouquinho desgrenhada (cabelos pretos despenteados, olhos verdes da cor do mar) corre na nossa direção, coberta apenas com um lençol. – Finnick! – E, de repente, é como se não houvesse mais ninguém no mundo além daqueles dois, cada qual avançando freneticamente para alcançar o outro. Eles se encontram, se agarram, perdem ambos o equilíbrio e se chocam contra a parede, onde permanecem. Como se formassem um único ser. Indivisível.

Uma pontinha de ciúme me atinge. Não de Finnick ou de Annie, mas da certeza deles. Ninguém que os visse duvidaria do amor de um pelo outro.

Boggs, parecendo um pouco exausto, mas sem ferimentos, encontra a mim e Haymitch.

– Tiramos todos de lá. Exceto Enobaria. Mas como ela é do 2, duvidamos que esteja detida, de um modo ou de outro. Peeta está no fim do corredor. Os efeitos do gás só agora estão começando a passar. É melhor você estar lá quando ele acordar.

Peeta.

Vivo e bem – talvez não tão bem, mas vivo e aqui. Longe de Snow. Em segurança. Aqui. Comigo. Daqui a um minuto vou poder tocá-lo. Vou poder vê-lo sorrir, ouvi-lo rir.

Haymitch está sorrindo para mim.

– Vamos lá, então – diz ele.

Minha cabeça está leve de tanta empolgação. O que vou dizer? Ah, quem se importa com o que vou dizer? Peeta vai ficar extasiado independentemente do que eu diga ou faça. Ele provavelmente vai me dar um beijo. Imagino se a sensação vai ser igual à daqueles últimos beijos na praia da arena, os beijos sobre os quais não ousei refletir até agora.

Peeta já está acordado, sentado na lateral da cama, a aparência perplexa enquanto um trio de médicos o avalia, coloca uma luz em seus olhos, verifica sua pulsação. Fico desapontada pelo fato de que o meu rosto não será o primeiro que ele terá visto depois de acordar, mas ele o está vendo agora. Suas feições exibem descrença e algo mais intenso que não consigo apreender exatamente. Desejo? Desespero? Certamente ambos, pois ele dispensa os médicos, levanta-se de imediato e vai até mim. Corro para recebê-lo, meus braços estendidos para abraçá-lo. Suas mãos também vêm ao meu encontro, para acariciar meu rosto, imagino.

Meus lábios estão começando a formar o nome dele quando suas mãos apertam o meu pescoço.

13

O imobilizador gelado aperta o meu pescoço e faz com que o tremor fique ainda mais difícil de ser controlado. Pelo menos não estou mais no tubo claustrofóbico – com aquelas máquinas clicando e chiando ao meu redor –, escutando uma voz desencarnada me mandando ficar imóvel enquanto tento convencer a mim mesma de que ainda consigo respirar. Mesmo agora, depois de me garantirem que não há danos permanentes, continuo sedenta por ar.

As principais preocupações da equipe médica – danos na minha medula espinhal, nas vias respiratórias e nas artérias – foram afastadas. Hematomas, rouquidão, laringe inflamada, essa estranha tosse – nada disso é motivo de preocupação. Tudo vai melhorar. O Tordo não vai perder sua voz. Onde está, quero perguntar, o médico que diz se estou ou não ficando louca? Só que não tenho permissão para falar agora. Não posso nem agradecer a Boggs quando ele aparece para ver como estou. Para me examinar e me dizer que já viu ferimentos muito piores em soldados quando eles ensinam técnicas de estrangulamento nos treinos.

Foi Boggs quem afastou Peeta de mim com um golpe antes que ele pudesse causar estragos permanentes. Sei que Haymitch teria vindo em minha defesa se não estivesse tão absolutamente despreparado. Pegar tanto eu quanto Haymitch desatentos no mesmo momento é uma coisa rara. Mas estávamos tão absorvidos em salvar Peeta, tão torturados por saber que ele estava nas mãos da Capital, que a felicidade de tê-lo de volta nos cegou. Se eu tivesse me encontrado com Peeta sozinha, ele teria me matado. Agora que ele está enlouquecido.

Não, enlouquecido, não, lembro a mim mesma. *Telessequestrado*. Essa é a palavra que ouvi, dita por Plutarch e Haymitch enquanto a minha cama estava sendo empurrada pelo corredor. *Telessequestrado*. Não sei o que isso significa.

Prim, que apareceu momentos depois do ataque e tem ficado o mais perto possível de mim desde então, me coloca outro cobertor.

– Acho que eles logo, logo vão tirar esse imobilizador, Katniss. Aí você vai parar de sentir tanto frio. – Minha mãe, que estava auxiliando uma complicada cirurgia, ainda não foi informada do ataque de Peeta. Prim pega uma das minhas mãos, que está fechada num punho, e a massageia até ela se abrir e sangue voltar a fluir através dos meus dedos. Ela está começando a repetir o processo na outra mão quando os médicos aparecem, retiram o colar e me injetam algo para a dor e o inchaço. Eu me deito, de acordo com as instruções que recebi, com a cabeça imóvel para não agravar os hematomas no pescoço.

Plutarch, Haymitch e Beetee estão no corredor esperando que os médicos os liberem para entrar e me ver. Não sei se contaram para Gale, mas como ele não está aqui suponho que não tenham contado. Plutarch acompanha os médicos até a porta e tenta mandar Prim embora também, mas ela diz:

– Não. Se você me forçar a sair daqui, eu vou agora mesmo na sala de cirurgia contar para minha mãe tudo o que aconteceu. E vou logo avisando, ela não gosta muito da ideia de um Idealizador dos Jogos exercendo controle sobre a vida de Katniss. Principalmente sabendo como você cuidou mal dela.

Plutarch parece ofendido, mas Haymitch cai na gargalhada.

— Eu deixaria isso para lá, Plutarch — diz ele. Prim fica.

— Então, Katniss, a condição de Peeta foi um choque para todos nós — diz Plutarch. — Só conseguimos reparar na deterioração do estado dele nas últimas duas entrevistas. Obviamente, ele estava sofrendo maus-tratos, e atribuímos suas atuais condições psicológicas a isso. Agora acreditamos que algo mais estava acontecendo. Que a Capital o tem sujeitado a uma técnica bastante incomum conhecida como telessequestro. Beetee?

— Sinto muito — diz Beetee —, mas não posso dizer para você todas as especificidades da coisa, Katniss. A Capital é muito sigilosa em relação a essa forma de tortura, e acho que os resultados são bastante inconsistentes. Disso nós temos certeza. É um tipo de condicionamento ao medo. O termo telessequestro vem de uma junção de palavras do grego antigo cujo significado, adaptado aos nossos dias, é "capturar a mente", ou melhor ainda, "tomar posse da mente". Acreditamos que o termo tenha recebido esse nome porque a técnica envolve o uso de veneno de teleguiadas, de onde vem o prefixo. Você foi picada em sua primeira participação nos Jogos Vorazes, de modo que, ao contrário da maioria de nós, possui conhecimento em primeira mão dos efeitos do veneno.

Terror. Alucinações. Imagens devastadoras dignas de pesadelos em que eu perdia meus entes queridos. Porque o veneno tem como alvo a parte do cérebro que controla o medo.

— Tenho certeza que você lembra de como a experiência foi assustadora. Você também sofreu confusão mental em seguida? – pergunta Beetee. – Uma sensação de ser incapaz de julgar o que é verdade e o que é falso? A maioria das pessoas que foi picada e continuou viva para contar a história relata algo assim.

Sim. Aquele encontro com Peeta. Mesmo depois de eu já estar com a mente limpa, não tinha certeza se ele havia salvado a minha vida enfrentando Cato ou se isso não passava de imaginação minha.

— Rememorar torna-se mais difícil porque as lembranças podem ser alteradas. – Beetee dá um tapinha na testa. – Levadas para a parte mais importante da sua mente, reescritas e salvas novamente de outra maneira. Agora imagine que eu peça para você se lembrar de algo, ou com uma sugestão verbal ou fazendo você assistir a algum evento gravado, e enquanto essa experiência é refrescada em sua mente, eu lhe dou uma dose de veneno de teleguiada. Não o suficiente para induzir um blecaute de três dias. Apenas o suficiente para incutir em sua memória medo e dúvida. E é isso o que seu cérebro põe nos arquivos de longa duração.

Começo a ficar enjoada. Prim faz a pergunta que está na minha cabeça:

— Foi isso o que eles fizeram com Peeta? Pegaram as lembranças que ele tinha de Katniss e distorceram todas elas para que ficassem aterrorizantes?

Beetee faz que sim com a cabeça.

— Tão aterrorizantes que ele passaria a vê-la como uma ameaça à própria vida. Tão aterrorizantes que talvez ele tentasse matá-la. Sim, essa é a nossa teoria atualmente.

Cubro o rosto com os braços porque isso não está acontecendo. Não é possível. Alguém fazer Peeta esquecer que me ama? Ninguém poderia fazer uma coisa dessas.

– Mas tem como reverter isso, não tem? – pergunta Prim.

– Hum... temos pouquíssima informação sobre isso – diz Plutarch. – Na verdade, nenhuma. Se alguma vez houve tentativa de recuperação de uma vítima de telessequestro, nós não temos acesso a esses registros.

– Bom, vocês vão tentar, não vão? – persiste Prim. – Vocês não vão simplesmente deixá-lo trancado em alguma sala acolchoada e ficar assistindo ao seu sofrimento, vão?

– É claro que vamos tentar, Prim – diz Beetee. – Só que não temos como saber o grau de sucesso dessa empreitada. Se é que teremos sucesso. Minha aposta é que eventos assustadores são os mais difíceis de serem anulados. Afinal de contas, são deles que a gente se lembra com mais naturalidade.

– E fora as lembranças que ele tem de Katniss, ainda não sabemos o que mais foi mexido – diz Plutarch. – Estamos reunindo uma equipe de profissionais militares e de saúde mental para empreendermos um contra-ataque. Eu, pessoalmente, estou otimista quanto a recuperação completa dele.

– Está, é? – pergunta Prim, causticamente. – E o que você acha, Haymitch?

Mudo os braços ligeiramente de posição, de modo a poder ver a expressão de Haymitch através do espaço entre eles. Ele parece exausto e desencorajado ao admitir:

– Acho que Peeta pode vir a ter alguma melhora. Mas... acho que ele nunca mais vai ser o mesmo. – Junto novamente os braços, acabando com o espaço de visão, me desligando completamente de todos.

– Pelo menos ele está vivo – diz Plutarch, como se estivesse perdendo a paciência. – Snow executou a estilista de Peeta e sua equipe de preparação em uma transmissão ao vivo e a cores hoje à noite. Não fazemos a menor ideia do que aconteceu com Effie Trinket. Peeta sofreu danos, mas está aqui com a gente. E isso é com toda certeza uma melhora em relação à situação dele vinte e quatro horas atrás. Não vamos esquecer disso, certo?

A tentativa de Plutarch levantar o meu astral – enfeitada com a notícia de outros quatro, possivelmente cinco, assassinatos – de alguma forma sai pela culatra. Portia. A equipe de preparação de Peeta. Effie. O esforço de conter as lágrimas faz minha garganta latejar até eu ficar novamente arfando. Por fim, eles não têm escolha a não ser me dar um sedativo.

Quando acordo, imagino se essa vai ser a única maneira de me fazer dormir a partir de agora, com drogas injetadas em meu braço. Estou contente por não ter a obrigação de falar pelos próximos dias, porque não há nada que eu queira dizer. Ou fazer. Na realidade, sou uma paciente-modelo, minha letargia é encarada como prudência, obediência às ordens médicas. Não sinto mais vontade de chorar. Na realidade, consigo apenas me ater a um simples pensamento: uma imagem do rosto de Snow acompanhado de um sussurro em minha cabeça. *Eu vou matar você.*

Minha mãe e Prim se revezam nos meus cuidados, tentam me convencer a engolir pedacinhos de comida macia. Pessoas aparecem periodicamente para me atualizar sobre as condições de Peeta. Os altos níveis de veneno de teleguiadas estão sendo drenados de seu corpo. Ele está sendo tratado apenas por estranhos, nativos do 13 – ninguém de casa ou da Capital recebeu permissão para vê-lo –, para impedir que quaisquer lembranças perigosas possam aflorar. Uma equipe de especialistas trabalha horas a fio bolando uma estratégia para sua recuperação.

Gale não tem permissão para me visitar, já que está confinado a uma cama com algum tipo de ferimento no ombro. Mas na terceira noite, depois de eu ter sido medicada e de as luzes se apagarem para a hora de dormir, ele desliza silenciosamente para dentro do meu quarto. Ele não fala, apenas passa os dedos nos hematomas em meu pescoço com um toque tão leve quanto as asas de uma mariposa, me beija entre os olhos e desaparece.

Na manhã seguinte, recebo alta do hospital com instruções para me movimentar lentamente e falar apenas o necessário. Recebo a tatuagem com a programação, de modo que vagueio sem destino até Prim ser dispensada de suas tarefas no hospital e me levar para o mais recente compartimento ocupado por nossa família. Número 2212. Idêntico ao último, mas sem janela.

Buttercup agora tem direito a uma porção diária de comida e a um espaço com areia que é mantido embaixo da pia do banheiro. Assim que Prim me põe na cama, ele salta em cima do meu travesseiro, disputando a atenção dela. Ela o acomoda nos braços, mas continua concentrada em mim.

– Katniss, sei que essa coisa toda com Peeta é horrível para você. Mas não se esqueça de que Snow trabalhou nele por várias semanas, e nós só estamos com ele há alguns dias. Existe uma chance de que o velho Peeta, o que te ama, ainda esteja lá dentro. Tentando reatar o contato com você. Não desista dele.

Olho para minha irmãzinha e penso em como ela herdou as melhores qualidades que nossa família tem a oferecer: as mãos curadoras de minha mãe, a cabeça equilibrada de meu pai e minha combatividade. Mas também há algo mais, algo totalmente dela própria. Uma habilidade para olhar a bagunça caótica da vida e enxergar as coisas como elas são de fato. Será possível que ela esteja correta? Que Peeta poderia realmente retornar para mim?

— Preciso voltar ao hospital — diz Prim, colocando Buttercup em cima da cama ao meu lado. — Vocês dois fazem companhia um ao outro, certo?

Buttercup pula para fora da cama e a segue até a porta, reclamando em altos brados depois de ser deixado para trás. Nós somos tudo, menos companhia um para o outro. Depois de, quem sabe, trinta segundos, sei que não consigo ficar confinada naquela cela subterrânea e deixo Buttercup se virar por lá sozinho. Eu me perco diversas vezes, mas por fim consigo encontrar o caminho até a Defesa Especial. Todos que cruzam o meu caminho olham fixamente para os hematomas, e não consigo evitar o constrangimento, a ponto de me sentir compelida a levantar a gola até as orelhas.

Gale também deve ter recebido alta do hospital hoje de manhã, porque o encontro em uma das salas de pesquisa com Beetee. Eles estão imersos em alguma coisa, as cabeças curvadas sobre um desenho, fazendo uma medição. Versões do desenho enchem a mesa e o chão. Grudadas nos painéis de cortiça na parede e ocupando várias telas de computador estão outros desenhos do mesmo tipo. Nos esboços de um deles, reconheço a armadilha de Gale.

— O que é isso aí? — pergunto, a voz rouca, tirando a atenção deles da folha de papel.

— Ah, Katniss, você nos encontrou — diz Beetee, entusiasmado.

— Qual é? Isso aí é segredo? — Sei que Gale tem ficado aqui embaixo trabalhando bastante com Beetee, mas imaginava que eles estivessem mexendo com arcos e armas.

— Nem um pouco. Mas eu senti uma pontinha de culpa em relação a isso. Por roubar Gale de você durante tanto tempo – admite Beetee.

Como passei grande parte do meu tempo no 13, desorientada, preocupada, com raiva, me recuperando, ou hospitalizada, eu não posso dizer que as ausências de Gale tenham me perturbado. Além disso, as coisas não têm sido exatamente harmoniosas entre nós dois. Mas eu deixo Beetee pensar que me deve essa.

— Espero que esteja ocupando o tempo dele com alguma coisa útil.

— Vem ver – diz ele, fazendo um gesto para que eu me aproxime da tela de um computador.

É isso o que eles andam fazendo. Pegando as ideias fundamentais das armadilhas de Gale e adaptando-as a armas contra seres humanos. Principalmente bombas. Tem menos a ver com a mecânica das armadilhas do que com a psicologia por trás delas. Espalhar minas por uma determinada área que fornece alguma coisa essencial à sobrevivência. Um suprimento de água ou de comida. Assustar as presas de modo que um grande número delas fuja para uma destruição ainda maior. Colocar os filhotes em perigo para minar o alvo realmente desejado, os pais. Atrair a vítima para o que parece um abrigo seguro – onde a morte a espera. Em determinado ponto, Gale e Beetee deixam a natureza para trás e se concentram mais em impulsos humanos. Tais como a compaixão. Uma bomba explode. Um tempo é fornecido para que as pessoas corram para ajudar os feridos. Então uma segunda bomba, mais poderosa ainda, também acaba com a vida deles.

— Isso parece ultrapassar alguns limites – digo. – Quer dizer então que agora vale tudo? – Os dois me encaram.

Beetee com dúvidas, Gale com hostilidade. – Pelo visto, não existe um código de regras ditando o que é inaceitável de ser feito a outro ser humano.

– Claro que existe. Beetee e eu estamos seguindo o mesmo código de regras que o presidente Snow usou quando telessequestrou Peeta – diz Gale.

Cruel, mas direto ao ponto. Vou embora sem fazer mais nenhum comentário. Sinto que, se não for lá para fora imediatamente, vou entrar em combustão, mas ainda estou na Defesa Especial quando sou parada por Haymitch.

– Venha cá – diz ele. – Precisamos de você no hospital.

– Para quê?

– Eles vão tentar alguma coisa em Peeta – responde ele. – Vão mandar a pessoa mais inócua do 12 que eles encontrarem. Vão tentar achar alguém com quem Peeta possa compartilhar lembranças da infância, mas nada muito próximo de você. Estão rastreando várias pessoas nesse exato momento.

Sei que isso vai ser uma tarefa difícil, já que qualquer pessoa com quem Peeta compartilhe lembranças de infância seria muito provavelmente da nossa cidade, e quase ninguém de lá escapou das chamas com vida. Mas quando chegamos ao quarto do hospital que foi transformado em espaço de trabalho da equipe de recuperação de Peeta, lá está ela sentada batendo papo com Plutarch. Delly Cartwright. Como sempre, ela sorri para mim como se eu fosse sua melhor amiga no mundo inteiro. Ela sorri dessa maneira para todos.

– Katniss! – grita ela.

– Oi, Delly – digo. Tinha ouvido que ela e seu irmão mais novo haviam sobrevivido. Os pais dela, que administravam a sapataria na cidade, não tiveram a mesma sorte. Ela parece mais velha, com as roupas comuns do 13 que não enaltecem ninguém, seus longos cabelos louros numa trança prática em vez de cachos. Delly está um pouco mais magra do que me lembro, mas ela era uma das poucas crianças no Distrito 12 com alguns quilinhos a mais. A dieta daqui, o estresse, o pesar de ter perdido seus pais, tudo contribuiu, sem dúvida nenhuma. – Como você está? – pergunto.

– Ah, foram muitas mudanças de uma vez só. – Os olhos dela enchem-se de lágrimas. – Mas todo mundo é muito legal aqui no 13, você não acha?

Delly está falando sério. Ela gosta sinceramente das pessoas. Todas as pessoas, não apenas de um grupo seleto que ela passou anos e anos tentando entender e aceitar.

– Eles fizeram um esforço danado para fazer com que a gente se sentisse em casa – digo. Acho que essa é uma opinião justa sem ser exagerada. – Foi você que escolheram para ver o Peeta?

– Acho que sim. Coitado do Peeta. Coitada de você. Jamais entenderei a Capital – diz ela.

– Talvez seja melhor nem entender mesmo – respondo.

– Delly conhece Peeta há muito tempo – diz Plutarch.

– Ah, sim! – O rosto de Delly se ilumina. – Brincávamos juntos desde bem pequenininhos. Eu costumava falar para todo mundo que ele era meu irmão.

– O que você acha? – pergunta Haymitch. – Será que pode aparecer alguma coisa que o faça lembrar de você?

– Nós todos éramos da mesma turma. Mas a gente não se cruzava muito – digo.

– Katniss sempre foi incrível, nunca nem sonhei que ela pudesse reparar em mim – diz Delly. – O jeito como ela caçava e frequentava o Prego, e tudo o mais. Todo mundo a admirava muito.

Não só Haymitch como também eu a encaramos para ver se ela não estava de gozação. Do jeito como Delly descreveu, pareceu até que eu tivesse poucos amigos porque intimidava as pessoas por ser tão excepcional. Não é verdade. Eu tinha poucos amigos porque não era simpática. É a cara da Delly tentar me transformar nessa coisa maravilhosa.

– Delly sempre tem as melhores opiniões de todo mundo – explico. – Acho que Peeta não teria lembranças ruins associadas a ela. – Então eu lembro. – Espera um pouco. Na Capital. Quando menti sobre ter reconhecido a garota Avox. Peeta salvou a minha pele dizendo que ela era parecida com a Delly.

– Eu lembro – diz Haymitch. – Mas eu não sei. Não era verdade. Delly não estava realmente lá. Não acho que isso possa competir com anos e anos de lembranças da infância.

– Principalmente com uma companhia tão agradável quanto a de Delly – diz Plutarch. – Vamos fazer uma tentativa.

Plutarch, Haymitch e eu vamos para a sala de observação, perto do local onde Peeta está confinado. Está cheia, com dez membros de sua equipe de recuperação armados de canetas e pranchetas. O vidro com visibilidade de um único lado e o dispositivo de áudio nos permitem ver Peeta sem que ele nos veja. Ele está deitado na cama, os braços amarrados com correias. Não está lutando para se libertar, mas suas mãos mexem-se continuamente. Sua expressão está mais lúcida do que quando tentou me estrangular, mas ainda assim, não parece pertencer a ele.

Quando a porta se abre silenciosamente, os olhos dele ficam arregalados de espanto, e então parecem confusos.

Delly atravessa a sala hesitantemente, mas assim que se aproxima dele irrompe naturalmente em seu rosto um sorriso.

— Peeta? É a Delly. Do Distrito 12.

— Delly? — Algumas das nuvens parecem se dissolver. — Delly. É você?

— Sou eu, sim! — diz ela, com alívio óbvio. — Como é que você está se sentindo?

— Horrível. Onde é que nós estamos? O que foi que aconteceu? — pergunta Peeta.

— Pronto, começou — diz Haymitch.

— Disse para ela evitar qualquer menção a Katniss ou à Capital — diz Plutarch. — O que importa é ver quantas lembranças do Distrito 12 ela consegue reviver.

— Bom... estamos no Distrito 13. Agora nós moramos aqui — diz Delly.

— Isso é o que aquelas pessoas têm falado. Mas isso não faz sentido. Por que a gente não está no nosso distrito? — pergunta Peeta.

Delly morde o lábio.

— Houve um... acidente. Eu também sinto muita falta de casa. Eu estava pensando agora mesmo naqueles desenhos a giz que a gente costumava fazer nas pedras do calçamento. Os seus eram maravilhosos. Lembra quando você fez um animal diferente para cada um?

— Lembro. Porcos e gatos e coisa e tal — diz Peeta. — Você falou que houve um... acidente?

Posso ver o brilho do suor na testa de Delly enquanto ela tenta contornar a pergunta.

— Foi ruim. Ninguém... pôde ficar lá — diz ela, com a voz entrecortada.

— Você consegue, garota — diz Haymitch.

— Mas sei que você vai gostar daqui, Peeta. As pessoas são mesmo muito legais com a gente. Tem sempre comida e roupa limpa, e a escola é muito mais interessante – diz Delly.

— Por que a minha família não veio me ver? – pergunta Peeta.

— Eles não podem. – Delly voltou a chorar. – Muitas pessoas não conseguiram sair do 12. Então teremos de construir uma nova vida aqui. Tenho certeza de que eles precisam de um bom padeiro. Você lembra quando seu pai deixava a gente fazer biscoitinhos de menina e de menino?

— Houve um incêndio – diz Peeta, subitamente.

— Isso – sussurra ela.

— Eles queimaram o 12, não foi? Por causa dela – diz Peeta com raiva. – Por causa de Katniss! – Ele começa a puxar as correias.

— Não, Peeta. Não foi culpa dela.

— Ela falou isso para você? – pergunta ele.

— Tire-a de lá – diz Plutarch. A porta se abre imediatamente e Delly começa a se dirigir a ela lentamente.

— Ela não precisou dizer nada. Eu... – começa Delly.

— Porque ela está mentindo! Ela é uma mentirosa! Você não pode acreditar em nada do que ela diz! Ela é uma espécie de bestante que a Capital criou para usar contra todos nós! – grita Peeta.

— Não, Peeta. Ela não é uma... – tenta Delly mais uma vez.

— Não confie nela, Delly – diz Peeta com uma voz frenética. – Eu confiei e ela tentou me matar. Ela matou meus amigos. Minha família. Nem se aproxime dela! Ela é uma bestante!

A mão de alguém passa pela porta, puxa Delly para fora, e a porta volta a se fechar. Mas Peeta continua berrando:

— Uma bestante! Ela é uma bestante nojenta!

Não apenas ele me odeia e quer me matar, como também deixou de acreditar que sou humana. Ser estrangulada foi menos doloroso.

Ao meu redor, os membros da equipe de recuperação tomam notas enlouquecidamente, registrando cada palavra. Haymitch e Plutarch agarram os meus braços e me impelem para fora da sala. Eles me encostam numa parede no silencioso corredor. Mas sei que Peeta continua gritando atrás da porta e do vidro.

Prim estava errada. Peeta está irrecuperável.

— Não consigo mais ficar aqui — digo, entorpecidamente. — Se vocês querem que eu seja o Tordo, precisam me levar para longe daqui.

— Para onde você quer ir? — pergunta Haymitch.

— Para a Capital. — É o único local que me vem à cabeça, onde eu tenho um serviço a fazer.

— Não vai dar — diz Plutarch. — Não até que os distritos estejam em nosso poder. A notícia boa é que os combates estão quase encerrados em todos, com exceção do 2. Mas aquele lá é uma noz difícil de se quebrar.

É isso aí. Primeiro os distritos. Em seguida a Capital. E depois vou poder caçar Snow.

— Ótimo — digo. — Então me manda para o 2.

14

O Distrito 2 é bem grande, como era de se esperar, composto de uma série de aldeias espalhadas nas montanhas. Cada uma era originalmente uma mina ou uma pedreira, embora agora muitas delas sirvam para abrigar e treinar os Pacificadores. Nada disso representaria um grande desafio, já que os rebeldes possuem a força aérea do 13 a seu lado, exceto por um detalhe: no centro do distrito encontra-se uma montanha virtualmente impenetrável que abriga o coração do exército da Capital.

Apelidamos a montanha de Noz desde que transmiti o comentário de Plutarch, "uma noz difícil de se quebrar", para os líderes rebeldes exaustos e desencorajados que aqui estão. A Noz foi construída imediatamente depois dos Dias Escuros, quando a Capital perdera o 13 e estava desesperada por uma nova fortificação subterrânea. Eles tinham alguns de seus recursos militares situados nos arredores da própria Capital – mísseis nucleares, aeronaves, soldados –, mas uma significativa fatia de seu poder estava agora sob controle de um inimigo. É claro, não havia nenhuma esperança de conseguirem fazer uma cópia do 13, que foi um trabalho de séculos. Todavia, nas velhas minas do vizinho Distrito 2, enxergaram uma oportunidade. Do céu, a Noz parecia apenas mais uma montanha com poucas entradas. Mas em seu interior havia vastos espaços cavernosos onde grandes pedaços de pedra haviam sido cortados, içados até a superfície e transportados através de estradas estreitas e escorregadias para a construção de edifícios nos mais distantes lugares. Havia inclusive um sistema de trem para facilitar o transporte de mineiros da Noz ao centro da principal cidade no Distrito 2. Ele seguia direto até a praça que Peeta e eu visitamos durante a Turnê da Vitória, onde ficamos em pé na ampla escadaria de mármore do Edifício da Justiça, tentando não prestar muita atenção nas pesarosas famílias de Cato e Clove ali reunidas.

Não era o terreno dos sonhos de ninguém, assolado por deslizamentos de terra, inundações e avalanches. Mas as vantagens superavam as preocupações. À medida que penetravam cada vez mais fundo na montanha, os mineiros deixavam enormes pilares e paredões de pedra para sustentar a infraestrutura. A Capital reforçou esses apoios e transformou a montanha em sua nova base militar. Enchendo-a de computadores e salas de reuniões, acampamentos de tropas e arsenais. Ampliando as entradas para permitir a decolagem de aerodeslizadores do hangar, instalando lançadores de mísseis. Mas, no geral, deixando o exterior da montanha basicamente como sempre foi. Um emaranhado grosseiro de rochas, árvores e vida selvagem. Uma fortaleza natural para protegê-los de seus inimigos.

Em comparação com os outros distritos, a Capital mimava os habitantes daqui. Só de olhar os rebeldes do Distrito 2 já se percebe que eles foram decentemente alimentados e bem-cuidados na infância. Alguns acabavam por trabalhar na pedreira e nas minas. Outros eram educados para empregos na Noz ou entravam para as fileiras de Pacificadores. Treinados desde a juventude e duros no combate. Os Jogos

Vorazes eram uma oportunidade para fazer fortuna e adquirir uma espécie de glória não vista em nenhuma outra parte. É claro, as pessoas do 2 engoliam a propaganda da Capital muito mais facilmente que o resto de nós. Abraçavam seu estilo de vida. Mas, apesar de tudo isso, ao fim do dia, continuavam sendo escravos. E se isso passava despercebido aos cidadãos que se tornavam Pacificadores ou trabalhavam na Noz, não era ignorado pelos cortadores de pedra que formavam a espinha dorsal da resistência aqui.

Quando cheguei, duas semanas atrás, as coisas estavam como ainda estão agora. As aldeias do lado de fora do distrito permanecem nas mãos dos rebeldes, a cidade dividida, e a Noz intocável como sempre. Suas poucas entradas imensamente fortificadas, seu coração envolto em segurança pela montanha. Apesar de todos os outros distritos estarem agora livres do controle da Capital, o 2 permanece sob seu domínio.

Todos os dias, faço o possível para ajudar. Visito os feridos. Gravo curtos pontoprops com a equipe de filmagem. Não tenho permissão para entrar em combate, mas sou convidada para as reuniões que discutem a situação de guerra, o que é muito mais do que se fazia no 13. Aqui é muito melhor. Mais livre, nenhuma programação tatuada no braço, menos exigências em relação aos meus horários. Vivo acima da superfície nas aldeias dos rebeldes ou em cavernas nas cercanias. Por motivo de segurança, sou frequentemente realocada. Durante o dia, tenho salvo-conduto para caçar, contanto que leve comigo um guarda e não me distancie demais. No ar gelado e rarefeito da montanha, sinto um pouco da minha força física retornando, minha mente expulsando os resquícios de nebulosidade. Mas essa clareza mental proporciona uma consciência ainda mais aguda do que foi feito com Peeta.

Snow o roubou de mim, deturpou-o até torná-lo irreconhecível e o ofereceu de volta como um de seus presentes. Boggs, que veio para o 2 comigo, disse que, mesmo com todo o planejamento, foi fácil demais resgatar Peeta. Ele acredita que se o 13 não tivesse feito o esforço, Peeta teria sido entregue a mim de um jeito ou de outro. Teria sido deixado em algum distrito em guerra ou talvez no próprio 13. Embrulhado em fitinhas e com o meu nome escrito numa etiqueta. Programado para me assassinar.

Só agora que ele foi corrompido, consigo apreciar totalmente o verdadeiro Peeta. Até mais do que teria apreciado se ele tivesse morrido. A delicadeza, o equilíbrio, a afetuosidade que deixavam um inesperado rastro de calor humano. Tirando Prim, minha mãe e Gale, quantas pessoas no mundo me amam incondicionalmente? Acho que no meu caso, a resposta agora é talvez ninguém. Às vezes, quando estou sozinha, tiro a pérola de seu domicílio, o meu bolso, e tento me lembrar do garoto com o pão, os braços fortes que espantavam meus pesadelos no trem, os beijos na arena. Para me obrigar a pôr um nome naquilo que perdi. Mas qual a utilidade disso? Acabou. Ele não existe mais. Seja lá o que tenha existido entre nós dois, acabou. Tudo que resta é a minha promessa de matar Snow. Lembro disso dez vezes por dia.

No 13, a reabilitação de Peeta prossegue. Embora eu não pergunte, Plutarch me fornece atualizações entusiasmadas pelo telefone, do tipo:

– Boas notícias, Katniss! Acho que ele está quase convencido de que você não é um bestante! – Ou: – Hoje permitiram que ele comesse sozinho um pouco de pudim!

Quando a palavra passa para Haymitch, ele admite que Peeta não está melhor. O único e incerto raio de esperança veio da minha irmã.

— Prim apareceu com a ideia de tentar telessequestrá-lo de volta – conta Haymitch. – Mencionar as lembranças distorcidas que ele tem de você e depois dar a ele uma dose cavalar de um calmante, tipo morfináceo. Nós só tentamos isso em uma lembrança específica. A gravação de vocês dois na caverna, quando você contou para ele aquela história da compra da cabra para Prim.

— E houve alguma melhora? – pergunto.

— Bom, se confusão extrema significa melhora em relação a terror extremo, então a resposta é sim – diz Haymitch. – Mas não tenho muita certeza disso. Ele perdeu a habilidade de falar por várias horas. Entrou num certo estado de estupor. Quando voltou a si, a única pergunta que fez foi sobre a cabra.

— Certo – digo.

— E como andam as coisas por aí?

— Nenhum avanço – respondo.

— Estamos enviando uma equipe para ajudar com a montanha. Beetee e alguns dos outros – diz ele. – Você sabe, os cérebros.

Quando os cérebros são selecionados, não fico surpresa de ver o nome de Gale na lista. Imaginei que Beetee fosse trazê-lo, não por sua *expertise* tecnológica, mas na esperança de que ele pudesse, de alguma maneira, pensar num jeito de prender a montanha numa armadilha. Originalmente, Gale ofereceu-se para vir comigo para o 2, mas percebi que o estaria afastando do trabalho com Beetee. Disse para ele ficar lá onde era mais necessário. Não disse para ele que sua presença aqui tornaria ainda mais difícil meu luto por Peeta.

Gale me encontra assim que eles chegam no fim da tarde. Estou sentada em cima de uma tora de madeira no limite da minha aldeia atual, depenando um ganso. Mais ou menos uma dúzia dessas aves estão empilhadas aos meus pés. Uma grande quantidade deles está migrando por aqui desde que cheguei, o que os tornam presas fáceis. Sem dizer uma palavra, Gale acomoda-se ao meu lado e começa a retirar as penas de uma das aves. Estamos quase na metade da operação quando ele diz:

— Alguma chance de a gente comer isso aqui?

— Claro. A maioria vai para a cozinha do acampamento, mas eles sabem que vou dar alguns para quem quer que passe a noite comigo – digo. – Por me proteger.

— A honra já não é suficiente? – diz ele.

— Deveria ser – respondo. – Mas tem um boato por aí que diz que tordos são prejudiciais à saúde.

Depenamos em silêncio por mais algum tempo. Então ele diz:

— Eu vi Peeta ontem. Através do vidro.

— O que você achou? – pergunto.

— Pensei uma coisa egoísta – diz Gale.

— Que você não precisa mais sentir ciúmes dele? – Meus dedos dão um puxão, e uma nuvem de penas flutua ao nosso redor.

— Não, justamente o oposto. – Gale remove uma pena do meu cabelo. – Eu pensei... que nunca vou poder competir com aquilo. Por mais doloroso que seja para mim. – Ele gira a pena entre o polegar e o indicador. – Não tenho nenhuma chance se ele não melhorar. Você nunca vai ser capaz de abandoná-lo. Você sempre vai sentir que está cometendo um erro estando comigo.

— Da mesma forma que sempre senti que estava cometendo um erro beijando Peeta, justamente por causa de você – digo.

Gale olha fixamente para mim.

– Se eu acreditasse que isso é verdade, quase poderia viver com a outra parte do problema.

– É verdade – admito. – Mas também é verdade o que você disse sobre Peeta.

Gale emite um som de desespero. No entanto, depois de deixarmos as aves e nos apresentarmos como voluntários para voltar à floresta e colher gravetos para a fogueira noturna, acabo nos braços de Gale. Seus lábios roçam os hematomas que estão sumindo em meu pescoço e sobem até minha boca. Apesar do que sinto por Peeta, é nesse momento que aceito no fundo do meu coração que ele jamais voltará para mim. Ou que eu jamais voltarei para ele. Vou ficar no 2 até que o conquistemos e depois vou para a Capital e matarei Snow. E morrerei no processo. Já Peeta morrerá insano e me odiando. Então, na tênue luminosidade, fecho os olhos e beijo Gale para compensar todos os beijos que deixei de dar, e porque não importa mais, e porque estou tão desesperadamente solitária que não consigo mais suportar.

O toque, o sabor e o calor de Gale me fazem lembrar que pelo menos o meu corpo ainda está vivo e, por enquanto, essa é uma sensação bem-vinda. Esvazio a mente e deixo as sensações percorrerem meu corpo, feliz por estar leve e solta. Quando Gale se afasta ligeiramente, avanço para não perder o contato, mas sinto a mão dele em meu queixo.

– Katniss – diz ele. No instante em que abro os olhos, o mundo parece desconjuntado. Essa não é a nossa floresta nem as nossas montanhas, nem o nosso caminho. Minha mão dirige-se automaticamente para a cicatriz em minha têmpora esquerda, que associo à confusão. – Agora me beije. – Perplexa, os olhos arregalados, fico lá parada enquanto ele se curva na minha direção e pressiona os lábios nos meus durante um breve instante. Ele examina o meu rosto detidamente. – Em que você está pensando?

– Sei lá – sussurro.

– Então é como se eu estivesse beijando uma pessoa bêbada. Não conta – diz ele, numa tentativa fraca de humor. Ele colhe um punhado de gravetos e os joga em meus braços vazios, fazendo com que eu volte à realidade.

– Como é que você sabe? – pergunto, principalmente para disfarçar o meu constrangimento. – Você já beijou uma pessoa bêbada? – Imagino que Gale pode muito bem ter beijado várias garotas no 12. Ele certamente tinha várias ofertas à disposição. Eu nunca pensei muito nisso antes.

Ele apenas balança a cabeça.

– Não, mas não é muito difícil imaginar como seria.

– Quer dizer então que você nunca beijou nenhuma outra garota? – pergunto.

– Eu não disse isso. Você sabe que você só tinha doze anos quando a gente se conheceu. E além do mais você era um saco. Eu tinha a minha vida pessoal além de caçar com você – diz ele, com os braços cheios de lenha.

De repente, fico genuinamente curiosa.

– Quem foi que você beijou? E onde?

– Foram tantas vezes que é até difícil lembrar. Atrás da escola, na pilha de escória, em vários lugares e ocasiões – diz ele.

Reviro os olhos.

– Então, quando foi que me transformei em alguém tão especial? Quando eles me carregaram à força para a Capital?

– Não. Mais ou menos seis meses antes disso. Logo depois do Ano-Novo. A gente estava no Prego, tomando aquela sopa na Greasy Sae. E o Darius estava implicando com você, falando qualquer coisa sobre trocar um coelho por um beijo. Aí percebi... que eu fiquei chateado – diz ele.

Lembro bem daquele dia. Um frio de amargar e já bem escuro às quatro da tarde. Nós tínhamos caçado, mas a neve pesada havia nos obrigado a voltar para a cidade. O Prego estava cheio de gente atrás de abrigo por causa do mau tempo. A sopa de Greasy Sae, feita a partir dos ossos de um cachorro selvagem que tínhamos matado uma semana antes, estava com um gosto bem abaixo do padrão dela. Mesmo assim, era comida quente, e eu estava morrendo de fome quando comecei a dar minhas colheradas, sentada com as pernas cruzadas no balcão. Foi quando notei Darius encostado num dos suportes da barraquinha, fazendo cócegas na minha bochecha com a ponta da minha trança. Empurrei a mão dele para longe. Ele explicou por que um de seus beijos valia um coelho, ou possivelmente dois, já que todos sabem que homens ruivos são os mais viris. Greasy Sae e eu rimos porque ele era tão ridículo e persistente, e não parava de apontar para as mulheres que estavam no Prego, dizendo que elas haviam pagado muito mais do que um coelho para desfrutar de seus lábios.

– Está vendo aquela ali com o cachecol verde? Vai lá e pergunta para ela. Se você precisa de alguma referência.

Um milhão de quilômetros daqui, um bilhão de dias atrás, isso aconteceu.

– Darius estava apenas fazendo uma brincadeira – digo.

– Provavelmente. Só que você seria a última a sacar isso se ele não estivesse – diz Gale. – Olha o Peeta, por exemplo. Ou eu mesmo. Ou até o Finnick. Eu estava começando a ficar preocupado com o interesse dele por você, mas agora parece que ele voltou ao normal.

— Você não conhece o Finnick se acha que ele poderia me amar – digo.

Gale dá de ombros.

— Sei que ele estava desesperado. Isso faz as pessoas cometerem todo tipo de loucura.

Não posso deixar de pensar que isso foi dirigido a mim.

Bem cedo na manhã seguinte, os cérebros se reúnem para discutir o problema da Noz. Sou convidada à reunião, embora não tenha muito com o que contribuir. Evito a mesa de conferência e me acomodo no amplo parapeito da janela que tem uma vista para a montanha em questão. A comandante do 2, uma mulher de meia-idade chamada Lyme, nos conduz por um tour virtual da Noz, seu interior e fortificações, e relembra as tentativas fracassadas de tomá-la. Cruzei com ela algumas vezes desde que cheguei, e fui tomada pela sensação de que já a vira antes. Ela é bastante fácil de se lembrar, com mais de um metro e oitenta de altura e extremamente musculosa. Mas somente quando vejo um clipe com ela no campo de batalha, liderando um ataque à entrada principal da Noz, é que algo estala dentro de mim e percebo que estou na presença de outra vitoriosa. Lyme, a tributo do Distrito 2, que venceu os Jogos Vorazes aproximadamente uma geração atrás. Effie nos enviou o vídeo dela, entre outros, para nos preparar para o Massacre Quaternário. Eu provavelmente a vi na TV algumas vezes, durante os Jogos, ao longo dos anos, mas ela não é muito de aparecer. Depois da minha recente descoberta do tratamento dado a Haymitch e Finnick, a única coisa em que consigo pensar é: o que a Capital fez com ela após ter se sagrado vitoriosa?

Quando Lyme termina a apresentação, as perguntas dos cérebros têm início. Horas se passam, e o almoço começa e termina enquanto eles tentam bolar um plano realista para tomar a Noz. Mas, apesar de Beetee achar que talvez seja capaz de invadir alguns sistemas de computador, e de haver alguma discussão a respeito de colocar em ação um punhado de espiões infiltrados, ninguém tem de fato qualquer ideia inovadora. À medida que a tarde se encaminha para o fim, as conversas retornam a uma estratégia que foi tentada repetidamente: o ataque às entradas. Posso ver a frustração de Lyme crescendo porque tantas variações desse plano já fracassaram, tantos soldados de seu exército foram mortos nessas tentativas. Finalmente, ela explode:

— A próxima pessoa que sugerir que a gente ataque as entradas vai ter de apresentar uma maneira brilhante de fazer isso porque vai ser ela mesma a líder dessa missão!

Gale, que é inquieto demais para ficar sentado à mesa por mais de algumas horas, fica alternando entre andar de um lado para o outro e dividir comigo o parapeito da janela. Ele parece ter aceitado logo de início as ponderações de Lyme acerca da impossibilidade de as entradas serem tomadas, e abandonou por completo a discussão. Durante a última hora, ficou sentado quieto, a testa vincada em concentração, observando a Noz através da janela de vidro. No silêncio que se segue ao ultimato de Lyme, ele fala:

— É realmente necessário a gente tomar a Noz? Será que não seria suficiente se a gente apenas a incapacitasse?

— Isso seria um passo na direção certa — diz Beetee. — O que você tem em mente?

— Pense na coisa como se fosse um covil de cães selvagens — continua Gale. — Você não vai entrar lá lutando contra eles. Então você tem duas chances. Prender os cães no local ou obrigá-los a sair de lá.

— Nós já tentamos bombardear as entradas — diz Lyme. — Elas são muito incrustadas na pedra para sofrer qualquer estrago.

— Eu não estava pensando nisso – diz Gale. – Estava pensando em usar a montanha. – Beetee se levanta e se junta a Gale na janela, espiando através de seus óculos mal encaixados. – Está vendo ali, ao longo das encostas?

— Trilhas de avalanche – diz Beetee entre os dentes. – Pode ser complicado. Teríamos de desenhar a sequência da detonação com muito cuidado e, uma vez começada, não teríamos como controlá-la.

— Não vamos precisar controlar nada se abandonarmos a ideia de tomar posse da Noz – diz Gale. – Só vamos precisar fechar o local.

— Você está sugerindo que a gente desencadeie avalanches e bloqueie as entradas? – pergunta Lyme.

— É isso aí – diz Gale. – A gente prende o inimigo lá dentro, impedimos a entrada de qualquer suprimento. Tornamos impossível a decolagem dos aerodeslizadores.

Enquanto todos avaliam o plano, Boggs folheia uma pilha de desenhos e esquemas da Noz e franze a testa.

— A gente vai correr o risco de matar todo mundo lá dentro. Olha só o sistema de ventilação. É rudimentar, na melhor das hipóteses. Não é nem um pouco parecido com o que a gente tem no 13. Ele depende totalmente do bombeamento de ar das encostas da montanha. Se você bloquear esses dutos, vai sufocar quem quer que esteja preso lá dentro.

— Eles poderiam escapar através do túnel do trem até a praça – diz Beetee.

— Não se a gente explodir o túnel – diz Gale, bruscamente. A intenção dele, o objetivo final dele, fica muito claro. Gale não tem interesse em preservar a vida de ninguém na Noz. Não tem interesse em enjaular as presas para uso posterior.

Esta é uma de suas armadilhas mortais.

15

As implicações do que Gale está sugerindo aterrissam silenciosamente no recinto. É possível ver a reação se formando nos rostos de todos. As expressões variam de prazer a inquietação, de pena a satisfação.

– Os trabalhadores são, em sua maioria, cidadãos do 2 – diz Beetee de modo neutro.

– E daí? – diz Gale. – Nós nunca mais vamos poder voltar a confiar neles mesmo.

– Eles deveriam ter, pelo menos, uma chance de rendição – diz Lyme.

– Bom, isso é um luxo que ninguém nos deu quando bombardearam o 12, mas vocês são muito mais simpáticos com a Capital aqui – diz Gale. Pelo olhar de Lyme eu diria que ela poderia muito bem dar um tiro nele, ou pelo menos mandá-lo para a forca. Ela provavelmente levaria vantagem sobre ele, com todo o treinamento ao qual foi submetida. Mas a raiva dela parece apenas deixá-lo enfurecido e ele berra: – Nós assistimos a nossas crianças queimando até a morte e não havia nada que a gente pudesse fazer!

Tenho que fechar os olhos por um minuto, à medida que a imagem explode ao meu redor. Ela tem o efeito desejado. Quero que todo mundo naquela montanha morra. Estou a ponto de dizer isso. Mas acontece que... eu também sou uma menina do Distrito 12. Não sou o presidente Snow. Não posso fazer nada a respeito. Não posso condenar alguém à morte que ele está sugerindo.

— Gale — digo, pegando o braço dele e tentando falar num tom racional. — A Noz é uma velha mina. Seria como causar um gigantesco acidente numa mina de carvão. — Certamente as palavras são suficientes para fazer qualquer pessoa do 12 pensar duas vezes antes de ir em frente com esse plano.

— Mas não tão rápido como aquele que matou nossos pais — retruca ele. — Todo mundo acha isso um problema? Nossos inimigos poderem talvez contar com algumas horas para refletir sobre o fato de que estão morrendo, em vez de serem simplesmente despedaçados numa explosão?

Nos velhos tempos, quando não passávamos de duas crianças caçando fora do 12, Gale dizia coisas assim e outras ainda piores. Mas naquela época, aquilo não passava de palavras. Aqui, colocadas em prática, elas tornam-se atos que jamais poderão ser desfeitos.

— Você não sabe como as pessoas do Distrito 2 foram parar na Noz — digo. — Elas podem ter sido coagidas. Elas podem estar sendo mantidas lá contra a vontade delas. Algumas trabalham como espiões para nós. Você também vai matá-las?

— Sim, eu sacrificaria algumas pessoas para libertar as restantes — responde ele. — E se eu fosse um espião lá dentro eu diria: "Que venham as avalanches!"

Sei que ele está dizendo a verdade. Que Gale sacrificaria sua vida dessa maneira pela causa — ninguém duvida disso. Talvez se nós todos fizéssemos a mesma coisa, se fôssemos os espiões e essa escolha nos fosse dada. Acho que eu faria isso. Mas é uma decisão fria de se tomar para outras pessoas e para aquelas que as amam.

– Você disse que a gente tinha duas escolhas – diz Boggs. – Prender todo mundo numa armadilha ou obrigá-los a sair de lá. Acho que a gente deve tentar fazer a avalanche na montanha, mas sem destruir o túnel de trem. As pessoas vão poder escapar para a praça, onde a gente estará aguardando por elas.

– Bem armados, espero eu – diz Gale. – Pode ter certeza de que eles vão estar.

– Bem armados. Vamos levar todo mundo como prisioneiro – concorda Boggs.

– Vamos informar o 13 agora – sugere Beetee. – Vamos deixar a presidenta Coin opinar.

– Ela vai querer bloquear o túnel – diz Gale com convicção.

– Sim, provavelmente. Mas também tem o seguinte: Peeta estava certo no pontoprop dele. Em relação ao perigo de nos matarmos mutuamente. Tenho brincado com alguns números, feito algumas continhas de vítimas e feridos e... acho que pelo menos vale uma conversa – diz Beetee.

Somente poucas pessoas são convidadas a tomar parte nessa conversa. Gale e eu somos liberados com o restante. Eu o levo para caçar para que ele possa esfriar um pouco a cabeça, mas ele não toca no assunto. Deve estar irritado demais comigo por eu ter me oposto a ele.

O telefonema é dado, uma decisão é tomada e, ao anoitecer, estou paramentada com meu traje de Tordo, com meu arco preso no ombro e um dispositivo auricular que me conecta a Haymitch no 13 – para o caso de surgir uma boa oportunidade para um pontoprop. Esperamos no terraço do Edifício da Justiça com uma visão nítida de nosso alvo. Nossos aerodeslizadores são inicialmente ignorados pelos comandantes na Noz, porque no passado eles representavam tanto problema quanto moscas zumbindo em cima de um pote de mel. Mas depois de duas rodadas de bombas nas elevações mais altas da montanha, as aeronaves recebem a devida atenção. Quando as baterias antiaéreas da Capital começam a atirar, já é tarde demais.

O plano de Gale ultrapassa as expectativas de todos. Beetee estava certo em relação a ser impossível controlar as avalanches uma vez que são desencadeadas. As encostas da montanha são naturalmente instáveis mas, enfraquecidas pelas explosões, parecem quase fluidas. Seções inteiras da Noz desabam diante de nossos olhos, obliterando qualquer sinal de que seres humanos alguma vez puseram os pés no local. Ficamos mudos, diminutos e insignificantes. Enterrando as entradas sob toneladas de rocha. Levantando uma nuvem de sujeira e destroços que escurece o céu. Transformando a Noz num túmulo.

Imagino o inferno no interior da montanha. Sirenes soando. Luzes tremeluzindo na escuridão. Poeira de rocha estrangulando o ar. Os berros das pessoas, presas e em pânico, cambaleando desvairadamente em busca de uma saída, e descobrindo que as entradas, a plataforma de lançamento e os próprios dutos de ventilação estão soterrados, e que rocha e terra estão bloqueando a entrada. Fios elétricos à solta, incêndios aqui e ali, fragmentos e dejetos transformando trilhas conhecidas em verdadeiros labirintos. Pessoas esmurrando portas, empurrando umas às outras, rastejando como formigas à medida que o morro as soterra cada vez mais, ameaçando esmagar suas frágeis cascas.

– Katniss? – A voz de Haymitch está em meu dispositivo auricular. Tento responder ao chamado e descubro que estou com ambas as minhas mãos apertadas contra a boca. – Katniss!

No dia em que meu pai morreu, as sirenes soaram durante o meu almoço na escola. Ninguém esperou até ser dispensado e ninguém imaginou que alguém esperaria. A reação a um acidente de mina era algo fora do controle até mesmo da Capital. Corri até a sala de Prim. Ainda me lembro dela, pequenininha aos sete anos de idade, muito pálida, mas sentada com o corpo ereto e as mãos dobradas em cima da mesa. Esperando que eu a pegasse como prometera que faria se as sirenes soassem. Ela se levantou rapidamente, agarrou a manga do meu casaco e seguimos em meio ao fluxo intenso de pessoas que invadiram as ruas para se aglomerar na entrada principal da mina. Encontramos nossa mãe segurando com firmeza a corda que fora rapidamente colocada para manter a multidão afastada do local. Em retrospecto, acho que àquela altura eu já deveria ter imaginado que havia algum problema. Não fosse assim, por que estaríamos procurando por ela quando o inverso é que deveria estar acontecendo?

Os elevadores estavam chiando, os cabos praticamente destruídos pelo fogo, enquanto vomitavam mineiros escurecidos pela fumaça em direção à luz do dia. Com cada grupo vinham gritos de alívio, parentes passando por baixo da corda para conduzir seus maridos, esposas, filhos, pais e irmãos. Ficamos paradas no ar gelado enquanto o tempo fechava naquela tarde, uma neve ligeira cobrindo a terra. Os elevadores agora se moviam mais lentamente e desovavam menos seres vivos. Eu me ajoelhei no chão e pressionei as mãos nas cinzas, desejando ardentemente puxar meu pai para sua liberdade. Se existe uma sensação de maior desamparo do que tentar alcançar alguém que você ama e que está preso debaixo da terra, devo admitir que a desconheço. Os feridos. Os corpos. A espera em meio à noite. Cobertores colocados em seus ombros por estranhos. Uma caneca com alguma coisa quente que você não bebe. E então, finalmente, de madrugada, a pesarosa expressão no rosto do capitão da mina que só podia significar uma coisa.

O que foi que nós fizemos?

– Katniss! Você está aí? – Haymitch deve estar a essa altura planejando me enfiar um grilhão de cabeça.

Abaixo as mãos.

– Estou.

– Entre. Pode ser que a Capital tente retaliar com o que sobrou da força aérea deles – instrui ele.

– Certo. – Todos no terraço, exceto os soldados manuseando as metralhadoras, começam a entrar. À medida que desço a escada, não consigo evitar roçar os dedos nas imaculadas paredes brancas de mármore. Tão frias e belas. Nem mesmo na Capital existe algo que possa se comparar à magnificência desse antigo prédio. Mas não há flexibilidade na superfície: apenas meu corpo cede, resfriando quando a toco. A pedra sempre vence o ser humano.

Eu me sento na base de um dos gigantescos pilares no grande hall de entrada. Através das portas, consigo ver a extensão de mármore branco que leva até os degraus na praça. Eu me lembro de como estava enjoada no dia em que Peeta e eu estivemos lá para receber as congratulações pela vitória nos Jogos. Esgotada pela Turnê da Vitória, fracassando em minha tentativa de acalmar os distritos, encarando as lembranças de Clove e Cato, especialmente a morte lenta e horripilante de Cato nas mãos dos bestantes.

Boggs se agacha ao meu lado, sua pele pálida em meio às sombras.

– Nós não bombardeamos o túnel do trem, fique sabendo. Provavelmente algumas pessoas vão conseguir escapar de lá.

– E depois vamos atirar nelas assim que derem as caras por aqui? – pergunto.

– Só se for necessário.

– Nós mesmos podíamos enviar alguns trens para ajudar a evacuar os feridos – digo.

– Não. Foi decidido que a gente deixaria o túnel por conta deles. Assim, eles podem usar todas as trilhas para tirar as pessoas de lá – diz Boggs. – Além do mais, isso vai dar tempo para levarmos o resto dos nossos soldados para a praça.

Algumas horas atrás, a praça era uma terra de ninguém, a linha de frente da batalha entre os rebeldes e os Pacificadores. Quando Coin aprovou o plano de Gale, os rebeldes empreenderam um intenso ataque e obrigaram as forças da Capital a recuar diversos quarteirões, o que nos garantiria o controle da estação ferroviária na eventualidade da queda da Noz. Bom, ela caiu. A realidade foi absorvida. Quaisquer sobreviventes fugirão para a praça. Posso ouvir o tiroteio recomeçando, já que os Pacificadores, sem dúvida nenhuma, estão tentando reagir com o intuito de resgatar seus camaradas. Nossos próprios soldados estão sendo trazidos para se opor a essa iniciativa.

– Você está gelada – diz Boggs. – Vou ver se encontro um cobertor. – Ele sai antes que eu consiga protestar. Não quero cobertor nenhum, mesmo que o mármore continue a sugar o calor do meu corpo.

– Katniss – diz Haymitch em meu ouvido.

– Ainda estou aqui – respondo.

– Uma mudança de rumo interessante ocorreu com o Peeta hoje de tarde. Pensei que você quisesse ficar sabendo – diz ele. "Interessante" não me soa bem. A coisa não está melhor. Mas realmente não tenho escolha a não ser ouvir. – Nós mostramos a ele aquele clipe com você cantando "A árvore-

-forca". Isso nunca foi ao ar, de modo que a Capital não pôde usar a gravação quando ele estava sendo telessequestrado. Ele diz que reconheceu a canção.

Por um instante, meu coração para de bater. Então me dou conta de que isso só pode ser mais alguma confusão proporcionada pelo soro das teleguiadas.

— Isso não é possível, Haymitch. Ele nunca me ouviu cantando essa canção.

— Você, não. Seu pai. Ele ouviu seu pai cantando a música num dia em que foi negociar alguma coisa na padaria. Peeta era pequeno, provavelmente seis ou sete anos, mas ele se lembrou da canção porque estava ouvindo com atenção para ver se os pássaros paravam de cantar — diz Haymitch. — Acho que eles pararam.

Seis ou sete anos. Isso teria sido antes de minha mãe banir a canção. Talvez até por volta da época em que eu mesma estava aprendendo a cantá-la.

— Eu também estava lá?

— Acho que não. De qualquer maneira, ele não falou nada sobre você. Mas essa é a primeira ligação com você que não desencadeou nenhum colapso nervoso — diz Haymitch. — Pelo menos, já é alguma coisa, Katniss.

Meu pai. Parece que ele está por todo lado hoje. Morrendo na mina. Cantando na consciência confusa de Peeta. Tremeluzindo no olhar que Boggs dirige a mim enquanto coloca o cobertor de maneira protetora em meus ombros. Sinto tanta falta dele que chega a doer.

O tiroteio realmente se intensifica lá fora. Gale aparece correndo com um grupo de rebeldes, ansioso para entrar na batalha. Não faço nenhum pedido para me juntar aos combatentes. Não que eles fossem permitir, evidentemente. De uma forma ou de outra, não tenho estômago para isso, meu sangue está frio. Gostaria muito que Peeta estivesse aqui – o antigo Peeta –, porque ele seria capaz de expressar por que é tão errado trocar tiros quando pessoas, quaisquer que sejam, estão tentando achar um meio viável de sair da montanha. Ou será que é a minha própria história que está me deixando tão sensível? Por acaso não estamos em guerra? Essa não é simplesmente mais uma maneira de matar nossos inimigos?

A noite cai rapidamente. Holofotes gigantescos e brilhantes são acesos, iluminando a praça. Todas as lâmpadas devem estar queimando com intensidade total também no interior da estação ferroviária. Mesmo da posição em que me encontro, do outro lado da praça, consigo ver claramente através do vidro do prédio alto e estreito. Seria impossível perder a chegada de algum trem, ou mesmo uma única pessoa. Mas as horas vão e ninguém aparece. A cada minuto que se passa, fica cada vez mais difícil imaginar que alguém tenha sobrevivido ao assalto à Noz.

Já é bem depois da meia-noite quando Cressida vem atar um microfone especial ao meu traje.

– Para que isso? – pergunto.

A voz de Haymitch surge para dar a explicação:

– Sei que você não vai gostar disso, mas a gente precisa que você faça um discurso.

– Um discurso? – digo, sentindo uma náusea quase que imediata.

– Vou ditá-lo, linha por linha – assegura ele. – Você só vai precisar repetir o que eu disser. Escuta, não há o menor sinal de vida na montanha. Nós vencemos, mas o combate continua. Então a gente pensou... não seria interessante você aparecer na entrada do Edifício da Justiça e discursar dizendo para todo mundo que a Noz foi derrotada, que a presença da Capital no Distrito 2 está encerrada? Assim talvez você consiga convencer o restante das tropas deles a se render.

Observo a escuridão além da praça.

– Não consigo nem ver as tropas deles daqui.

– É para isso que serve o microfone – diz ele. – Você vai aparecer numa transmissão. Não só a sua voz, através do sistema de áudio de emergência deles, como também a sua imagem vai surgir onde quer que as pessoas tenham acesso a alguma tela de TV.

Sei que há algumas telas de TV enormes aqui na praça. Eu as vi durante a Turnê da Vitória. Podia até funcionar, se eu fosse boa nesse tipo de coisa. O que não é o caso. Eles também tentaram fazer com que eu fizesse discursos naqueles primeiros experimentos com os pontoprops, e o resultado foi um fiasco.

– Você poderia salvar muitas vidas, Katniss – diz Haymitch por fim.

– Tudo bem. Vou tentar – digo a ele.

É estranho ficar em pé do lado de fora, ao pé da escada, totalmente paramentada, intensamente iluminada, mas sem nenhuma audiência visível a quem endereçar meu discurso. É como se eu estivesse dando um show para a lua.

– Vamos fazer isso rapidinho – diz Haymitch. – Você está exposta demais.

Minha equipe de TV, posicionada na praça com câmeras especiais, indica que está pronta. Digo a Haymitch que pode seguir em frente e então dou um clique no microfone e ouço cuidadosamente a primeira frase do discurso que ele dita para mim. Uma enorme imagem minha surge em cores vivas em uma das telas da praça assim que dou início:

— Povo do Distrito 2, quem se dirige a vocês é Katniss Everdeen. Estou falando da escada do Edifício da Justiça, onde...

Dois trens surgem chiando lado a lado na estação ferroviária. Assim que as portas se abrem, pessoas saem de dentro deles envoltas numa nuvem de fumaça que trouxeram da Noz. Elas devem ter notado pelo menos um indício do que estaria à espera delas na praça, porque dá para ver que tentam agir de maneira evasiva. A maioria delas se joga no chão e uma chuva de balas do interior da estação apaga as luzes. Elas vieram armadas, como previra Gale, mas também feridas. Os gemidos podem ser ouvidos no ar silencioso da noite.

Alguém apaga as luzes na escada, deixando-me na proteção da sombra. Uma chama brilha no interior da estação – um dos trens deve estar pegando fogo – e uma espessa fumaça preta toma conta das janelas. Sem escolha, as pessoas começam a invadir a praça aos montes, engasgadas, porém brandindo suas armas de modo desafiador. Meus olhos vasculham rapidamente os terraços que contornam a praça. Cada um deles foi fortificado com fileiras de metralhadoras operadas por rebeldes. O reflexo do luar ilumina as barricadas molhadas de óleo.

Um jovem cambaleia para fora da estação, uma das mãos pressionando um pedaço de pano ensanguentado no rosto, a outra carregando uma arma. Quando ele tropeça e cai de cara no chão, vejo as marcas de queimadura na parte de trás de sua camisa, a carne vermelha por baixo. E subitamente, ele se transforma em mais uma vítima de queimaduras de um acidente de mina.

Meus pés voam escada abaixo e começo a correr até ele.

— Parem! – grito para os rebeldes. – Parem de atirar! – As palavras ecoam ao redor e além da praça, à medida que o microfone amplia a minha voz. – Parem! – Estou me aproximando do jovem, me abaixando para ajudá-lo, quando ele consegue se arrastar até ficar de joelhos e aponta a arma para a minha cabeça.

Dou alguns passos para trás instintivamente, ergo o arco acima da cabeça e mostro que as minhas intenções são pacíficas. Agora que ele está com ambas as mãos na arma, reparo no buraco irregular em sua bochecha onde alguma coisa – uma pedra em queda talvez – a perfurou. Ele cheira a coisas queimadas, cabelo, carne e combustível. Seus olhos estão enlouquecidos de dor e medo.

— Não se mexa – sussurra a voz de Haymitch em meu ouvido. Sigo sua ordem, percebendo que isso é o que todo o Distrito 2, quem sabe toda Panem, deve estar assistindo nesse momento. O Tordo à mercê de um homem que não tem nada a perder.

A fala enrolada do rapaz é praticamente incompreensível:

— Me dê um motivo para eu não atirar em você agora mesmo!

O resto do mundo recua. Existe apenas meu olhar para os olhos infelizes do homem da Noz que pede um motivo. Certamente eu deveria ser capaz de fornecer milhares deles. Mas as palavras que escapam de meus lábios são:

— Eu não consigo.

Logicamente, a próxima coisa a acontecer deveria ser o homem puxar o gatilho. Mas ele está perplexo, tentando compreender minhas palavras. Experimento minha própria confusão enquanto percebo que o que acabei de dizer é completamente verdadeiro e que o nobre impulso que me levou até aquela escada foi substituído pelo desespero.

– Eu não consigo. Esse é o problema, não é? – Abaixo o arco. – A gente explodiu a sua mina. Vocês transformaram o meu distrito num monte de cinzas. Temos todos os motivos para nos matarmos. Então vá em frente. Faça a felicidade da Capital. Cansei de matar os escravos deles. – Solto o arco e o chuto com a bota. Ele desliza na pedra e se acomoda nos joelhos do homem.

– Eu não sou escravo deles – murmura.

– Eu sou – digo. – Foi por isso que matei Cato... e ele matou Thresh... e ele matou Clove... e ela tentou me matar. E por aí vai, e por aí vai, e quem é que vence? Com certeza não somos nós. Não os distritos. Sempre a Capital. Mas estou cansada de ser uma pecinha nos Jogos deles.

Peeta. No terraço naquela noite antes de nossos primeiros Jogos Vorazes. Ele entendeu isso muito antes até de colocarmos os pés na arena. Espero que ele esteja assistindo agora, que se lembre daquela noite exatamente como ela aconteceu, e que talvez me perdoe quando eu morrer.

– Continue falando. Conte para eles como foi assistir à queda da montanha – insiste Haymitch.

– Quando vi a montanha caindo hoje à noite, pensei... eles fizeram isso mais uma vez. Mandaram-me matar vocês: o povo dos distritos. Mas por que será que fiz isso? O Distrito 12 e o Distrito 2 não têm por que lutar um contra o outro, isso é uma invenção da Capital. – O jovem pisca para mim sem compreender coisa alguma. Caio de joelhos diante dele, minha voz baixa e urgente. – E por que vocês estão enfrentando os rebeldes nos terraços dos prédios? Por que vocês estão lutando contra a Lyme, que foi a vitoriosa de vocês? Com pessoas que foram seus vizinhos, talvez até familiares?

– Eu não sei – diz o homem. Mas ele não deixa de apontar a arma para mim.

Eu me levanto e giro lentamente o corpo para me dirigir às metralhadoras.

– E vocês aí em cima? Eu nasci numa cidade mineira. Desde quando mineiros condenam outros mineiros a esse tipo de morte e depois ficam em alerta para matar quem quer que consiga rastejar com vida do meio dos escombros?

– Quem é o inimigo? – sussurra Haymitch.

– Essas pessoas. – Indico os corpos feridos na praça. – Elas não são nossas inimigas! – Eu me volto novamente para a estação ferroviária. – Os rebeldes não são seus inimigos! Nós todos temos um único inimigo, e é a Capital! Esta é a nossa chance de pôr um fim ao poder deles, mas precisamos de todas as pessoas de todos os distritos para conseguir isso!

As câmeras estão focalizadas em mim enquanto estendo as mãos ao homem, aos feridos, aos rebeldes relutantes em toda Panem.

– Por favor! Juntem-se a nós!

Minhas palavras pairam no ar. Olho para a tela, na esperança de vê-los gravando alguma onda de reconciliação surgindo em meio à multidão.

Em vez disso, assisto a mim mesma levando um tiro na TV.

16

"Sempre."

Na fase final do morfináceo, Peeta sussurra a palavra e vou atrás dele. É um mundo diáfano, em tons violáceos, sem bordas salientes e com muitos lugares para se esconder. Avanço em meio a bancos de nuvens, sigo trilhas tênues, capturo o aroma de canela ou de aneto. Assim que sinto a mão dele em meu rosto, tento prendê-la, mas ela se dissolve em meus dedos como se fosse névoa.

Quando finalmente começo a voltar à superfície, no interior do esterilizado quarto de hospital no 13, eu lembro. Estava sob a influência do remédio para dormir. Eu machucara o calcanhar depois de saltar de um galho por cima da cerca eletrificada e cair de volta no 12. Peeta me colocara na cama e eu lhe pedira para ficar comigo enquanto adormecia. Ele tinha sussurrado alguma coisa que eu não consegui entender exatamente. Mas uma parte do meu cérebro captara sua única palavra de resposta e a deixara nadar em meus sonhos para agora me provocar. *"Sempre."*

Os morfináceos anestesiam os extremos de todas as sensações de modo que, em vez de sentir uma pontada de pesar, sinto apenas um vazio. Um vazio de arbustos mortos onde costumavam florescer flores. Infelizmente, não sobrou o suficiente da droga em minhas veias para que eu ignore a dor no lado esquerdo do meu corpo. Foi ali que a bala me atingiu. Minhas mãos remexem os grossos curativos que envolvem as costelas e imagino o que ainda estou fazendo aqui.

Não foi ele, o homem ajoelhado diante de mim na praça, o jovem queimado que viera da Noz. Ele não puxou o gatilho. Foi alguém mais distante, na multidão. A sensação foi mais de ter sido golpeada por uma marreta do que de penetração. Tudo após aquele momento de impacto é confusão crivada por tiros. Tento me sentar na cama, mas a única coisa que consigo fazer é gemer.

A cortina branca que separa minha cama da cama do próximo paciente é puxada, e Johanna Mason olha para mim. A princípio, sinto-me ameaçada, porque ela me atacou na arena. Preciso lembrar a mim mesma que ela fez isso para salvar minha vida. Fazia parte do complô rebelde. Mas, ainda assim, isso não significa que ela não me despreze. Ou talvez a forma como ela me tratou não tenha passado de encenação para a Capital.

— Estou viva — digo, a voz rouca.

— Sem dúvida, sua desmiolada. — Johanna se aproxima e se joga em cima da minha cama, produzindo pontadas agudas de dor em meu peito. Quando ela dá uma risadinha do meu desconforto, compreendo que não estamos protagonizando nenhuma adorável cena de reencontro. — Ainda está um pouco dolorido? — Com mão de especialista, ela rapidamente retira o tubo de morfináceo do meu braço e o engata em um buraquinho preso com esparadrapo em seu próprio braço. — Eles começaram a cortar o meu suprimento alguns dias atrás. Com medo que eu me transformasse numa daquelas aberrações do 6. Tive de tomar emprestado um pouco do seu quando a barra estava limpa. Achei que você não fosse ligar.

Ligar? Como posso ligar depois de ela ter sido torturada quase até a morte por Snow, após o Massacre Quaternário? Não tenho esse direito, e ela sabe disso.

Johanna suspira à medida que o morfináceo entra em sua corrente sanguínea.

– Talvez o pessoal do 6 não estivesse tão errado assim. Você se enche de droga e pinta flores no corpo. Não é uma vida tão ruim. De qualquer maneira, eles pareciam mais felizes do que o resto de nós.

Nas semanas que se passaram desde que saí do 13, ela ganhou um pouco de peso. Uma suave camada de cabelo castanho brotou em sua cabeça raspada, ajudando a esconder algumas das cicatrizes. Mas se ela está pegando um pouco do meu morfináceo, é porque ainda sente dor.

– Eles mandam um médico de cabeça me visitar todo dia. A ideia é ajudar na minha recuperação. Como se algum cara que passou a vida nessa toca de coelho pudesse me colocar nos eixos. Um idiota completo. Pelo menos umas vinte vezes por sessão ele me lembra de que estou em total segurança. – Consigo dar um sorriso. É realmente uma imbecilidade dizer algo assim, principalmente para uma vitoriosa. Como se esse tipo de condição realmente existisse em qualquer lugar do planeta, para quem quer que seja. – E você, Tordo? Você se sente em total segurança?

– Ah, pode crer. Até levar aquele tiro – digo.

– Por favor. Aquela bala nem tocou em você. Cinna garantiu isso – diz ela.

Penso nas camadas de armadura protetora em meu traje de Tordo. Mas a dor veio de algum lugar.

– Costelas quebradas, talvez?

– Nem isso. Mas machucou legal. O impacto rompeu seu baço. Eles não conseguiram reparar o dano. – Ela balança a mão como quem despreza a importância do acontecimento. – Não se preocupe, você não precisa de baço. E se precisasse, eles arrumariam um para você, não é mesmo? Por acaso não é tarefa de todos mantê-la viva?

– É por isso que você me odeia? – pergunto.

– Em parte – admite ela. – Ciúme certamente tem a ver. Eu também acho você um pouquinho difícil de engolir. Esse seu romancezinho pegajoso e toda essa encenação da defensora-dos-fracos-e-oprimidos. Só que não é encenação, o que faz com que você fique ainda mais insuportável. Por favor, sinta-se à vontade para levar isso para o lado puramente pessoal.

– Você devia ser o Tordo. Ninguém ia precisar ditar as frases para você.

– Verdade. Mas ninguém gosta de mim – diz ela.

– Mas confiaram em você. Para me tirar de lá – lembro a ela. – E têm medo de você.

– Aqui, talvez. Na Capital, eles agora têm medo é de você. – Gale aparece na entrada, e Johanna retira habilidosamente o tubo de morfináceo de seu braço e o recoloca no meu. – Seu primo não tem medo de mim – diz ela, confidencialmente. Ela sai rapidamente da minha cama e se dirige à porta, cutucando a perna de Gale com os quadris ao passar por ele. – Tem, lindinho? – Ouvimos sua gargalhada enquanto ela desaparece corredor afora.

Ergo as sobrancelhas para Gale enquanto ele pega a minha mão.

– Morro de medo – diz ele. Eu rio, mas o riso vira uma careta. – Calma. – Ele acaricia o meu rosto enquanto a dor diminui. – Você precisa parar de se meter em encrencas desse jeito.

– Eu sei. Mas alguém explodiu uma montanha – respondo.

Em vez de recuar, ele se aproxima, investigando meu rosto.

– Você acha que sou frio e insensível.

– Sei que você não é. Mas eu não vou dizer que está tudo bem – respondo.

Agora ele recua, de modo quase impaciente.

– Katniss, que diferença existe realmente entre esmagar nossos inimigos numa mina e explodi-los em pedacinhos com uma das flechas de Beetee? O resultado é o mesmo.

– Eu não sei. A gente estava sendo atacado no 8, para começo de conversa. O hospital estava sendo atacado – digo.

– Sim, e aqueles aerodeslizadores vinham do Distrito 2 – diz ele. – Então, ao acabar com todos eles, a gente impediu ataques posteriores.

– Mas essa linha de raciocínio... Você pode acabar transformando isso num argumento para matar qualquer pessoa, a qualquer momento. Você pode acabar justificando o envio de crianças para os Jogos Vorazes com o intuito de impedir que os distritos se rebelem – respondo.

– Eu não engulo essa – diz ele.

– Eu, sim – respondo. – Devem ter sido as minhas idas à arena.

– Ótimo. A gente sabe como discordar um do outro – diz ele. – A gente sempre soube. Talvez isso seja uma boa. Cá entre nós, conquistamos o Distrito 2.

– É mesmo? – Por um momento, uma sensação de triunfo se acende dentro de mim. Então penso nas pessoas na praça. – Houve luta depois que levei o tiro?

– Não muita. Os trabalhadores da Noz se voltaram contra os soldados da Capital. Os rebeldes ficaram apenas sentados assistindo – diz ele. – Para falar a verdade, o país inteiro ficou apenas sentado assistindo.

— Bom, isso é o que eles fazem melhor — digo.

Qualquer pessoa que perdesse um órgão importante pensaria que isso lhe daria o direito de ficar deitada por algumas semanas mas, por algum motivo, meus médicos querem que eu me levante e me mexa quase que imediatamente. Mesmo com o morfináceo, as dores internas são intensas durante os primeiros dias, mas em seguida diminuem consideravelmente. O dolorido das costelas machucadas, entretanto, promete perdurar por um bom tempo. Começo a me ressentir do fato de Johanna estar desfrutando de meu suprimento de morfináceo, mas ainda assim permito que ela pegue o que bem entender.

Boatos acerca da minha morte têm se espalhado, de modo que eles enviam a equipe para me filmar no leito do hospital. Exibo meus pontos e os impressionantes hematomas, e parabenizo os distritos pela exitosa batalha que empreenderam em prol da unidade. Em seguida, aviso à Capital que muito em breve estaremos lá.

Como parte de minha reabilitação, faço caminhadas curtas na superfície todos os dias. Numa determinada tarde, Plutarch se junta a mim e dá as últimas notícias sobre nossa atual situação. Agora que o Distrito 2 se aliou a nós, os rebeldes estão respirando um pouco para se reagruparem. Fortificando linhas de suprimentos, cuidando dos feridos, reorganizando as tropas. A Capital, como o 13 durante os Dias Escuros, encontra-se completamente desprovida de ajuda externa enquanto mantém a ameaça de um ataque nuclear sobre seus inimigos. Ao contrário do 13, a Capital não está em posição de reinventar-se e tornar-se autossuficiente.

— Ah, a cidade talvez seja capaz de se manter por um tempo — diz Plutarch. — Certamente, existe um estoque de recursos para fins emergenciais. Mas a diferença significativa entre o 13 e a Capital são as expectativas do populacho. O 13 estava acostumado à dureza, ao passo que na Capital, a única coisa que eles conhecem é *Panem et Circenses*.

— O que é isso? — Eu reconheço Panem, é claro, mas o resto não faz sentido para mim.

— É um ditado de milhares de anos atrás, escrito numa língua chamada latim sobre um lugar chamado Roma — explica ele. — *Panem et Circenses* se traduz por "pão e circo". O escritor queria dizer que em retribuição a barrigas cheias e diversão, seu povo desistira de suas responsabilidades políticas e, portanto, abdicara de seu poder.

Penso na Capital. No excesso de comida. E na diversão mais importante de todas: os Jogos Vorazes.

— Quer dizer então que é para isso que servem os distritos. Para fornecer o pão e o circo.

— Sim. E enquanto isso perdurasse, a Capital poderia continuar controlando seu pequeno império. Neste exato momento, ela não pode fornecer nem uma coisa nem outra, pelo menos não no padrão a que as pessoas estão acostumadas — diz Plutarch. — Nós temos a comida e estou a ponto de orquestrar um pontoprop de entretenimento que certamente será bastante popular. Afinal de contas, todo mundo adora casamentos.

Fico imóvel, congelada, enjoada com a ideia que ele está sugerindo. Encenar, de alguma maneira, um casamento pervertido entre mim e Peeta. Não consigo encarar aquele vidro desde que voltei e, seguindo uma solicitação pessoal minha, só recebo notícias sobre as condições de Peeta da boca de Haymitch. Ele fala muito pouco sobre isso. Técnicas diferentes estão sendo tentadas. Jamais será possível encontrar uma maneira de deixá-lo totalmente curado. E agora eles querem que eu me case com Peeta para fazer um pontoprop?

Plutarch apressa-se em me acalmar.

– Ah, não, Katniss. Não é o seu casamento. É o casamento de Finnick e Annie. Você só vai precisar aparecer na frente da câmera e fingir que está feliz por eles.

– Essa é uma das poucas coisas que não precisam do meu fingimento, Plutarch – digo a ele.

Os dias seguintes trazem uma confusão de atividades à medida que o evento começa a ser planejado. As diferenças entre a Capital e o 13 são expostas em alto-relevo por conta disso. Quando Coin fala "casamento", ela quer dizer duas pessoas assinando uma folha de papel e recebendo um novo compartimento. Plutarch quer dizer centenas de pessoas vestidas com suas melhores roupas numa celebração de três dias. É divertido ver todos eles discutindo acaloradamente os detalhes da cerimônia. Plutarch precisa lutar por cada convidado, por cada nota musical. Depois que Coin veta um jantar, qualquer espécie de entretenimento e o consumo de álcool, Plutarch berra:

– Qual é o sentido de se fazer um pontoprop se ninguém estiver se divertindo?

É difícil convencer um Idealizador dos Jogos a controlar seus gastos. Mas mesmo uma celebração tranquila provoca uma comoção no 13, onde parece não haver nem mesmo feriados. Quando é anunciado que as crianças estão sendo convocadas para cantar a canção de casamento do Distrito 4, praticamente todas elas aparecem. Não faltam voluntários para ajudar na decoração. Na sala de jantar, as pessoas conversam animadamente a respeito do evento.

Talvez seja mais do que a festividade. Talvez seja porque estamos tão famintos para que alguma coisa boa aconteça que queremos fazer parte de tudo. Isso explicaria por que – quando Plutarch tem um ataque de nervos sobre o que a noiva vestirá – me apresento como voluntária para levar Annie até minha casa no 12, onde Cinna deixou uma variedade de roupas de gala num grande closet no andar de baixo. Todos os vestidos de noiva que ele desenhou para mim voltaram para a Capital, mas existem alguns deles que vesti na Turnê da Vitória. Sou um pouco cautelosa em relação à convivência com Annie, já que tudo o que realmente sei dela é que Finnick a ama e que todo mundo pensa que ela é louca. Na viagem de aerodeslizador, percebo que ela é menos louca do que instável. Ela ri em momentos esquisitos durante a conversa ou para de falar sobre determinado assunto subitamente, distraindo-se com outra coisa. Aqueles olhos verdes fixam-se sobre um ponto com tamanha intensidade que você acaba tentando entender o que ela está vendo no meio do nada. Às vezes, sem nenhum motivo aparente, ela pressiona as duas mãos nos ouvidos como se estivesse tentando bloquear algum som doloroso. Tudo bem, ela é estranha, mas se Finnick a ama, isso já é mais do que suficiente para mim.

Tenho permissão para que minha equipe de preparação me acompanhe, o que me deixa aliviada por não ter de tomar nenhuma decisão concernente a moda. Quando abro o closet, todos ficam em silêncio porque a presença de Cinna é forte demais no fluir dos tecidos. Então Octavia cai de joelhos, esfrega a barra de uma saia no rosto e começa a chorar convulsivamente.

– Faz tanto tempo – diz ela, arquejando –, desde a última vez que vi alguma coisa bonita na minha vida.

Apesar das reservas do lado de Coin em relação ao excesso de extravagância, e do lado de Plutarch em relação à falta de brilho, o casamento é um sucesso estrondoso. Os trezentos convidados sortudos foram selecionados do 13 e os muitos refugiados vestem roupas do dia a dia, a decoração é feita de folhagens de outono, a música fica a cargo de um coro de crianças acompanhado de um solitário violinista que veio do 12 com seu instrumento. Então, trata-se de um evento simples, moderado, para os padrões da Capital. Pouco importa, porque nada pode competir com a beleza do casal. Não estou me referindo às finas vestimentas emprestadas – Annie está usando um vestido de seda verde que usei no 5, Finnick um dos ternos de Peeta posteriormente modificado –, embora elas sejam arrebatadoras. Quem consegue desviar o olhar dos rostos radiantes de duas pessoas para quem esse dia já foi considerado uma verdadeira impossibilidade? Dalton, o cara do gado do 10, conduz a cerimônia, já que ela é similar às que costumam ser feitas em seu distrito. Mas há toques característicos do Distrito 4. Uma rede tecida de capim comprido que cobre o casal durante os votos, o toque com água salgada nos lábios um do outro e a antiga canção de casamento, que compara a união a uma viagem do oceano.

Não, não preciso fingir estar feliz por eles.

Depois do beijo que sela a união, os aplausos e o brinde com sidra, o violinista entoa uma melodia que faz com que todas as cabeças do 12 se virem. Podemos ser o menor e mais pobre distrito de Panem, mas sabemos dançar. Nada foi oficialmente programado em relação a isso, mas Plutarch, que está convocando o pontoprop da sala de controle, deve estar com os dedos cruzados. Sem pestanejar, Greasy Sae agarra a mão de Gale e o puxa para o centro do salão, onde ficam frente a frente. Pessoas aparecem para se juntar a eles, formando duas longas fileiras. E a dança tem início.

Estou em pé ao lado da pista de dança, batendo palmas ao ritmo, quando uma mão ossuda me belisca acima do cotovelo. Johanna me dá uma bronca.

– Você vai perder a oportunidade de deixar o Snow ver você dançando? – Ela tem razão. O que poderia demonstrar a ideia de vitória com mais intensidade do que um Tordo feliz rodopiando ao som de música? Encontro Prim na multidão. Como as noites de inverno nos deram muito tempo para praticar, nós somos parceiras muito boas. Espanto para longe as preocupações dela com relação às minhas costelas e tomamos nossos lugares na fila. Dói, não resta dúvida, mas a satisfação de saber que Snow está me assistindo dançar com minha irmãzinha reduz quaisquer outras sensações a pó.

A dança nos transforma. Ensinamos os passos aos convidados do Distrito 13. Insistimos num número especial para a noiva e o noivo. Damos as mãos uns aos outros e fazemos um círculo gigante onde as pessoas exibem suas habilidades com os pés. Faz muito tempo que não acontece nada tão bobo, alegre ou engraçado. Isso poderia continuar por toda a noite, não fosse o último evento planejado para o pontoprop de Plutarch. Que, aliás, eu desconheço, mas era para ser mesmo uma surpresa.

Quatro pessoas trazem um enorme bolo de uma das salas adjacentes. A maioria dos convidados recua, dando passagem a essa raridade, a essa estonteante criação com ondas de glacê azul e verde e cobertura branca, nadando com peixes e barcos a vela, focas e anêmonas. Mas avanço em meio à multidão para confirmar o que já sabia à primeira vista. Com a mesma certeza de que os pontos do bordado no vestido de Annie foram feitos pela mão de Cinna, sei que as flores em glacê naquele bolo foram feitas pela mão de Peeta.

Isso pode parecer algo menor, mas fala bem alto. Haymitch tem ocultado muitas coisas de mim. O garoto que vi da última vez, berrando e esperneando, tentando se livrar de suas amarras, jamais poderia ter feito uma coisa dessas. Jamais poderia ter tido a concentração necessária, mantido as mãos firmes, bolado algo tão perfeito para Finnick e Annie. Como se estivesse prevendo minha reação, Haymitch aparece ao meu lado.

– Vamos ter uma conversa, você e eu – diz ele.

No salão, distante das câmeras, eu pergunto:

– O que está acontecendo com ele?

Haymitch balança a cabeça.

– Eu não sei. Ninguém sabe. Às vezes ele tem atitudes quase racionais, aí de repente, sem nenhum motivo, sai dos trilhos novamente. Fazer o bolo foi uma espécie de terapia. Ele tem trabalhado nele há dias. Quando olhava para ele... ele quase parecia ser a pessoa que sempre foi.

– Quer dizer então que ele cuidou de tudo sozinho? – pergunto. A ideia me deixa nervosa em uns cinco níveis diferentes.

– Ah, não. Ele preparou o glacê cercado por vários guardas. Ele ainda está sendo mantido em confinamento. Mas conversei com ele – diz Haymitch.

– Cara a cara? – pergunto. – E ele não pirou?

– Não. Ficou muito zangado comigo, mas por todos os motivos certos. Porque não contei para ele sobre o complô dos rebeldes e sei lá mais o quê. – Haymitch faz uma pausa por um momento, como se estivesse decidindo alguma coisa. – Ele disse que gostaria de vê-la.

Estou num barco a vela de glacê, cercada por ondas azuis e verdes, o deque balançando sob os meus pés. Pressiono as palmas das minhas mãos contra a parede para me equilibrar. Isso não fazia parte do plano. Apaguei Peeta de minha vida enquanto estive no 2. Em seguida eu deveria partir para a Capital, matar Snow e morrer no processo. O tiro foi apenas um contratempo passageiro. Jamais deveria ouvir as palavras: "Ele disse que gostaria de vê-la." Mas agora que ouvi, não há como recusar.

Meia-noite e estou em pé do lado de fora da cela dele. Quarto de hospital. Tivemos de esperar que Plutarch terminasse suas tomadas do casamento que, apesar da falta do que ele chama de espalhafato, deixou-o satisfeito.

– A melhor coisa em relação à Capital basicamente ignorar o 12 todos esses anos é que vocês ainda possuem alguma espontaneidade. A audiência gosta de consumir esse tipo de coisa. Tipo quando Peeta anunciou que estava apaixonado por você ou quando você fez aquele truque com as amoras. Isso fica perfeito na TV.

Eu gostaria de poder me encontrar com Peeta em particular. Mas a plateia de médicos reuniu-se atrás do vidro com visibilidade de um lado só, pranchetas a postos, canetas posicionadas. Quando Haymitch me dá o sinal de ok no meu dispositivo auricular, abro lentamente a porta.

Aqueles olhos azuis fixam-se instantaneamente em mim. Ele está com três correias em cada braço, e um tubo que pode liberar em sua corrente sanguínea uma droga paralisante para a eventualidade de perder o controle. Todavia, ele não luta para se soltar, apenas me observa com o olhar cauteloso de alguém que ainda não descartou a possibilidade de que está na presença de um bestante. Eu me aproximo até ficar a mais ou menos um metro de distância da cama. Não há nada que possa fazer com as minhas mãos, de modo que cruzo os braços na altura das costelas num gesto de proteção antes de falar:

– Oi.

— Oi — responde Peeta. Soa como a voz dele, é quase a voz dele, exceto pelo fato de que há algo de novo nela. Um certo tom de desconfiança e desaprovação.

— Haymitch disse que você queria falar comigo — digo.

— Antes de mais nada, olha só como você está. — É como se ele estivesse esperando que eu me transformasse num lobo híbrido, babando bem diante de seus olhos. Ele olha tão fixamente para mim, e por tanto tempo, que acabo olhando furtivamente para o vidro, esperando alguma instrução de Haymitch, mas meu dispositivo auricular permanece mudo. — Você não é lá muito formidável, é? Ou particularmente bonita?

Sei que ele passou pelo inferno e retornou, e no entanto, de algum jeito, a observação não é muito bem digerida por mim.

— Bom, você também já teve uma aparência melhor.

O conselho de Haymitch para que eu recue fica abafado por causa da gargalhada de Peeta.

— E não demonstra nem um pouquinho de compaixão. Dizer uma coisa dessas depois de tudo pelo que passei.

— É isso aí. Nós todos passamos por várias dificuldades. E você era o que mais demonstrava compaixão. Não eu. — Estou fazendo tudo errado. Não sei por que estou tão na defensiva. Ele foi torturado! Ele foi telessequestrado! O que há de errado comigo? De repente, acho que poderia muito bem gritar com ele, nem tenho muita certeza sobre o quê, de modo que decido sair de lá. — Escuta, não estou me sentindo muito bem. De repente dou uma passada por aqui amanhã.

Mal cheguei à porta quando a voz dele me faz parar:

— Katniss. Eu me lembro do pão.

O pão. Nosso único momento de contato verdadeiro antes dos Jogos Vorazes.

– Eles passaram para você o vídeo em que falo sobre isso – digo.

– Não. Existe um vídeo em que você fala sobre isso? Por que a Capital não usou esse vídeo contra mim?

– Eu fiz no dia em que você foi resgatado – respondo. A dor no meu peito aperta as minhas costelas como um torno. A dança foi um erro. – Então do que você lembra?

– De você. Na chuva – diz ele, suavemente. – Remexendo a nossa lixeira. Do pão queimando. Da minha mãe batendo em mim. Eu levando o pão para o porco, mas, em vez disso, dando-o para você.

– É isso aí. Foi exatamente isso o que aconteceu – digo. – No dia seguinte, depois da escola, eu quis agradecer. Mas não sabia como.

– Nós estávamos lá fora no fim do dia. Tentei olhar para você. Você desviou o olhar. E então... por algum motivo, acho que você colheu um dente-de-leão. – Balanço a cabeça concordando. Ele realmente se lembra. Jamais falei nada sobre aquele momento em voz alta. – Devo tê-la amado muito.

– Você me amou, sim. – Minha voz fica engasgada e finjo tossir.

– E você me amou? – pergunta ele.

Mantenho os olhos no chão de ladrilhos.

– Todo mundo diz que sim. Todo mundo diz que é por isso que Snow mandou torturarem você. Para me quebrar.

– Isso não é resposta – diz ele. – Não sei o que pensar quando me mostram alguns daqueles vídeos. Naquela primeira arena, parecia que você tinha tentado me matar com as teleguiadas.

– Estava tentando matar todos vocês – digo. – Você me forçou a subir na árvore.

— Depois, rolou um monte de beijos. Não pareceu muito espontâneo da sua parte. Você gostou de ter me beijado? — pergunta ele.

— Algumas vezes — admito. — Você sabe que as pessoas estão assistindo à gente agora?

— Eu sei. E o Gale? — continua ele.

Minha raiva está retornando. Não estou nem aí para a recuperação dele; isso não é da conta das pessoas que estão atrás daquele vidro.

— Ele também não beija mal — digo, curta e grossa.

— E era tranquilo para nós dois? Você beijando outro? — pergunta ele.

— Não. Não era tranquilo para nenhum dos dois. Mas eu não estava pedindo sua permissão — digo a ele.

Peeta ri novamente, de um modo frio, com desprezo.

— Cara, você não existe, hein?

Haymitch não protesta quando saio de lá. Entro no corredor. Passo pela colmeia dos compartimentos. Encontro uma chaminé ligeiramente quente na lavanderia atrás da qual me escondo. Demora um bom tempo até eu conseguir entender por que estou tão irritada. Assim que chego à conclusão, é algo quase aterrorizante demais para admitir. Todos esses meses achando que era certo que Peeta me considerava uma pessoa maravilhosa agora fazem parte do passado. Finalmente, ele está conseguindo me ver como eu realmente sou. Violenta. Não confiável. Manipuladora. Mortífera.

E eu o odeio por isso.

17

Apunhalada pelas costas. É como me sinto quando Haymitch me dá a informação no hospital. Desço correndo os degraus até o Comando, a mente a mil por hora, e dou de cara com uma reunião de guerra.

– Que história é essa de que não vou para a Capital? Eu tenho que ir! Eu sou o Tordo! – digo.

Coin mal tira os olhos da tela de seu computador.

– E, na condição de Tordo, sua meta principal de unificar os distritos contra a Capital foi alcançada. Não se preocupe, se tudo der certo, mandamos você para lá no momento da rendição.

Rendição?

– Aí já vai ser tarde demais! Vou perder todo o combate. Vocês precisam de mim, sou a melhor atiradora que vocês têm! – grito. Eu não costumo me gabar assim, mas pelo menos isso deve estar próximo de ser verdade. – Gale vai?

– Gale participou dos treinamentos todos os dias, exceto quando estava ocupado com outras tarefas que lhe confiamos. Temos confiança de que ele conseguirá se virar bem no campo de batalha – diz Coin. – De quantas sessões de treinamento você estima ter participado?

Zero. Esse é o número.

– Bom, às vezes eu estava caçando. E... treinei com Beetee lá no Arsenal Especial.

– Não é a mesma coisa, Katniss – diz Boggs. – Todos sabemos que você é inteligente e corajosa e que atira muito bem. Mas precisamos de soldados no campo de batalha. Você não entende nada sobre cumprimento de ordens, e não se encontra exatamente em suas melhores condições físicas.

– Isso não foi nenhum problema para vocês quando eu estava no 8. Ou no 2, diga-se de passagem – retruco.

– Você não teve autorização prévia para entrar em combate em nenhuma das duas ocasiões – diz Plutarch, fuzilando-me com um olhar indicador de que estou a ponto de revelar muito mais do que deveria.

Não, a batalha durante os bombardeios no 8 e minha intervenção no 2 foram espontâneas, espinhosas e definitivamente não autorizadas.

– E ambas deixaram ferimentos em você – lembra-me Boggs. Subitamente, me vejo através de seus olhos. Uma pirralha de dezessete anos que mal consegue respirar, já que suas costelas ainda não estão totalmente curadas. Desgrenhada. Indisciplinada. Em recuperação. Não um soldado, mas alguém que necessita de cuidados.

– Mas preciso ir – digo.

– Por quê? – pergunta Coin.

Não posso dizer exatamente que é porque preciso acertar as minhas contas pessoais com Snow. Ou que a ideia de permanecer aqui no 13 com a última versão de Peeta enquanto Gale vai para a guerra é insuportável para mim. Mas não me faltam motivos para querer combater na Capital.

– Por causa do 12. Porque destruíram meu distrito.

A presidenta pondera minhas palavras por alguns instantes. Olha para mim como se estivesse me avaliando.

— Bom, você tem três semanas. Não é muita coisa, mas pode começar a treinar. Se o Comitê de Tarefas julgá-la capaz, é possível que seu caso seja reavaliado.

É isso. O máximo de esperança que posso ter. Imagino que seja culpa minha. Desrespeitei minha programação todos os dias, a não ser que ela se ajustasse a algum interesse particular. Não me parecia ser exatamente uma prioridade ficar correndo num campo com uma arma com tantas outras coisas acontecendo ao meu redor. E agora estou pagando pela minha negligência.

De volta ao hospital, encontro Johanna na mesma situação, e furiosa por isso. Conto a ela o que Coin me disse.

— Talvez você possa treinar também.

— Beleza. Eu vou treinar. Mas vou para essa droga de Capital nem que seja obrigada a matar todos os tripulantes de um aerodeslizador e tenha que pilotar eu mesma até lá — diz Johanna.

— Acho que é melhor não mencionar esse tipo de coisa no treinamento — digo. — Mas é bom saber que vou ter uma carona.

Johanna dá um sorrisinho, e sinto uma ligeira, porém significativa, guinada em nosso relacionamento. Não tenho como afirmar que somos efetivamente amigas, mas possivelmente a palavra "aliadas" se encaixaria muito bem. Isso é bom. Vou precisar de uma aliada.

Na manhã seguinte, quando nos apresentamos para o treinamento às 7:30, a realidade me dá um tapa na cara. Fomos inseridas numa turma mais ou menos de iniciantes, pessoas de catorze ou quinze anos, o que parece um pouco indigno até ficar óbvio que eles estão em condições muito melhores que as nossas. Gale e as outras pessoas já escolhidas para ir para a Capital estão numa fase diferente de treinamento, muito mais avançada. Depois de alguns alongamentos – bem dolorosos – temos algumas horas de exercício de musculação – bem dolorosos – e uma corrida de seis quilômetros – que me deixou morta. Mesmo com os insultos motivacionais de Johanna me impulsionando, desabo depois de pouco mais de um quilômetro.

– São minhas costelas – explico à treinadora, uma mulher de meia-idade simples e direta a quem devemos nos dirigir como soldado York. – Ainda estão machucadas.

– Bom, vou lhe dizer uma coisa, soldado Everdeen, isso aí vai levar pelo menos mais um mês até sarar por conta própria – diz ela.

Balanço a cabeça.

– Não disponho de um mês.

Ela me olha de alto a baixo.

– Os médicos não ofereceram nenhum tratamento?

– Tem tratamento para isso? – pergunto. – Eles disseram que iam curar naturalmente.

– Isso é o que eles dizem. Mas podem acelerar o processo se eu fizer uma recomendação. Mas vou logo avisando, a coisa não vai ser divertida – diz ela.

– Por favor. Preciso ir para a Capital – digo.

A soldado York não questiona isso. Ela rabisca alguma coisa num bloco e me manda diretamente para o hospital. Eu hesito. Não quero perder mais nenhum treinamento.

– Volto para o treino da tarde – digo em tom de promessa. Ela apenas franze os lábios.

Depois de vinte e quatro picadas de agulha em minhas costelas, fico deitada em meu leito hospitalar, os dentes cerrados a fim de impedir a mim mesma de gritar para que tragam minhas gotas de morfináceo. A droga fica ao lado de minha cama para que eu tome uma dose caso seja necessário. Não a tenho usado ultimamente, mas a mantive ali por causa de Johanna. Hoje eles fizeram um exame de sangue para se certificar de que eu não tinha mais nenhum sinal do analgésico na corrente sanguínea, já que a mistura das duas drogas – o morfináceo e seja lá o que eles colocaram em mim que deixou minhas costelas pegando fogo – pode causar efeitos colaterais adversos. Deixaram bem claro que eu teria alguns dias bem difíceis. Mas pedi que prosseguissem com a operação.

A noite não está das melhores em nosso quarto. Dormir, nem pensar. Acho que estou até sentindo o cheiro do anel de carne queimando ao redor do meu peito, e Johanna está lutando contra os sintomas da abstinência. Mais cedo, quando pedi desculpas por cortar seu suprimento de morfináceo, ela desprezou o problema, dizendo que isso teria de acontecer mais cedo ou mais tarde. Mas, às três da manhã, sou alvo de todo e qualquer xingamento que o Distrito 7 tem a oferecer. De madrugada, ela me arrasta para fora da cama, determinada a me levar para o treino.

– Acho que não consigo – confesso.

– Consegue, sim. Nós duas conseguimos. Somos vitoriosas, lembra? Somos as que conseguem sobreviver a qualquer coisa que atirem na gente – rosna ela para mim. Johanna está doentiamente verde, e trêmula como uma folha. Eu me visto.

Precisamos mesmo ser vitoriosas para sobreviver à manhã. Começo a achar que vou perder Johanna quando percebemos que está chovendo forte lá fora. O rosto dela adquire uma tonalidade acinzentada e parece que ela parou de respirar.

— É só água. Não vai nos matar – digo. Ela cerra os dentes e pisa firme na lama. A chuva nos deixa encharcadas assim que começamos a exercitar nossos corpos e a correr ao redor da pista. Paro mais uma vez depois de um quilômetro, e tenho de resistir à tentação de tirar a camisa para que a água gelada refresque minhas costelas. Me obrigo a botar para dentro a marmita composta de peixe aguado e cozido de beterraba. Johanna mal chega à metade de sua tigela e já está colocando tudo para fora. De tarde, aprendemos a montar nossas armas. Eu consigo, mas Johanna não é capaz de manter as mãos firmes o suficiente para juntar as partes. Quando York se vira de costas, eu a ajudo na tarefa. Embora a chuva prossiga, a tarde me parece um grande avanço porque começamos o treinamento de tiro ao alvo. Por fim, algo no qual sou boa. São necessários alguns ajustes antes de passar do arco e flecha para uma arma de fogo, mas no fim do dia já estou com o melhor aproveitamento da turma.

Acabamos de entrar no hospital quando Johanna declara:
— Isso precisa acabar. Essa história de morarmos no hospital. Todo mundo acha que somos pacientes.

Para mim isso não é problema. Posso me mudar para o compartimento da nossa família, mas Johanna jamais teve direito a um. Quando ela tenta ser dispensada do hospital, eles se negam a permitir que viva sozinha, mesmo que apareça para conversas diárias com o médico-chefe. Acho que devem ter somado dois com dois em relação ao consumo de morfináceos, e isso apenas piorou a maneira como veem a instabilidade dela.

— Ela não vai ficar sozinha. Vou dividir o quarto com ela – anuncio. Há algumas discordâncias, mas Haymitch fica do nosso lado. Finalmente, na hora de dormir, temos um compartimento em frente ao de Prim e de minha mãe, que concorda em ficar de olho em nós.

Depois que tomo uma chuveirada e Johanna meio que se esfrega com um pano úmido, ela faz uma inspeção esmiuçada no local. Quando abre a gaveta que contém meus poucos itens pessoais, ela a fecha com rapidez.

— Desculpe.

Penso que não há nada na gaveta de Johanna além de suas roupas cedidas pelo governo. Que ela não possui coisa alguma no mundo que possa dizer que pertence a ela.

— Não tem problema. Pode olhar minhas coisas à vontade.

Johanna destrava meu medalhão e estuda as fotos de Gale, Prim e minha mãe. Ela abre o paraquedas prateado, puxa a cavilha e a desliza no dedo mindinho.

— Só de olhar para isso já fico com sede. — Então ela encontra a pérola que Peeta me deu. — Isso aqui é a...

— É isso aí – digo. – Sobreviveu, de um jeito ou de outro. Não quero falar sobre Peeta. Uma das melhores coisas em relação ao treinamento é que me impede de pensar nele.

— Haymitch disse que ele está melhorando – comenta ela.

— Talvez. Mas ele mudou.

— Assim como você. Assim como eu. E Finnick e Haymitch e Beetee. Annie Cresta então, nem se fala. A arena nos deixou totalmente pirados, você não acha? Ou você ainda se sente como a menina que se apresentou como voluntária para a irmã? – pergunta ela.

— Não – respondo.

— Essa talvez seja a única coisa em que eu dê razão ao meu médico de cabeça. Não há volta. Então, é melhor a gente se acostumar com as mudanças. — Ela recoloca minhas lembrancinhas com todo o cuidado na gaveta e sobe na cama em frente à minha no instante em que as luzes se apagam. – Você não está com medo de eu te matar hoje à noite, está?

– Como se eu não soubesse me defender de você – respondo. Em seguida nós duas rimos, já que nossos corpos estão tão arrasados que será um milagre se conseguirmos acordar no dia seguinte. Mas acordamos. Acordamos todas as manhãs. No fim da semana, minhas costelas já estão praticamente boas e Johanna consegue montar seu rifle sem ajuda.

A soldado York balança a cabeça, indicando aprovação assim que damos o dia por encerrado.

– Ótimo trabalho, soldados.

Quando saímos do alcance dos ouvidos dela, Johanna murmura:

– Acho que vencer os Jogos foi mais fácil. – Mas a cara dela diz que está satisfeita.

Na realidade, estamos quase de bom humor quando nos dirigimos à sala de jantar, onde Gale está esperando para comer comigo. Receber uma porção gigantesca de cozido de carne também não estraga meu estado de espírito.

– Os primeiros lotes de comida chegaram hoje de manhã – diz Greasy Sae. – Isso aí é carne de boi de verdade, do Distrito 10. Não tem nada a ver com aqueles seus cachorros selvagens.

– Não me lembro de você torcendo nariz para eles – rebate Gale.

Nos juntamos a um grupo que inclui Delly, Annie e Finnick. É impressionante ver a transformação de Finnick desde que ele se casou. Suas encarnações anteriores – o decadente galã da Capital que conheci antes do Massacre, o enigmático aliado na arena, o jovem arrasado que tentava ajudar a me manter inteira –, tudo isso foi substituído por alguém que irradia vida. Os verdadeiros encantos de Finnick, o humor discreto e uma natureza tranquila, estão à mostra pela primeira vez. Ele nunca solta a mão de Annie. Nem quando estão andando, nem quando estão comendo. Duvido que sequer cogite a possibilidade. Ela está perdida em algum torpor de felicidade. Há ainda momentos em que você pode dizer que alguma coisa escorrega pelo cérebro dela e outro mundo a torna cega para nós. Mas umas poucas palavras de Finnick a fazem retornar.

Delly, que conheço desde pequena, mas para quem nunca dei muita bola, cresceu na minha estima. Ela ficou sabendo o que Peeta disse a mim naquela noite depois do casamento, mas não é fofoqueira. Haymitch diz que ela é a pessoa que melhor me defende quando Peeta começa a reclamar de mim. Sempre tomando meu partido, pondo a culpa das percepções negativas que ele tem na tortura empreendida pela Capital. Ela tem mais influência sobre ele do que qualquer uma das outras pessoas, porque ele realmente a conhece. De qualquer modo, mesmo que ela esteja adoçando demais meus pontos positivos, fico muito agradecida. Francamente, até que um pouco de açúcar não faz mal a ninguém.

Estou esfomeada e o cozido está tão delicioso – carne, batata, nabo e cebola num caldo grosso – que preciso me forçar a diminuir o ritmo. Por todos os cantos da sala de jantar dá para sentir o efeito rejuvenescedor que uma boa refeição pode proporcionar. Como ela pode deixar as pessoas mais gentis, mais engraçadas, mais otimistas e fazer com que se lembrem que não é um erro continuar vivendo. É melhor que qualquer remédio. Então, tento fazer com que ela dure e me junto à conversa. Molho o pão no caldo e o mastigo enquanto escuto Finnick contar uma história ridícula sobre uma tartaruga marinha nadando com o chapéu dele. Rio antes de perceber que ele está lá em pé. Bem em frente à mesa em que me encontro, atrás da cadeira vazia próxima à Johanna. Me observando. Engasgo momentaneamente quando o pão embebido no caldo gruda em minha garganta.

— Peeta! — diz Delly. — Que legal ver você... andando por aí.

Dois guardas enormes estão parados atrás dele. Ele segura sua bandeja de modo esquisito, equilibrada nas pontas dos dedos, já que seus pulsos estão algemados com uma corrente curta entre eles.

— Qual é a dessas pulseirinhas bacanas? — pergunta Johanna.

— Ainda não sou totalmente confiável — diz Peeta. — Não posso nem me sentar aqui sem a permissão de vocês. — Ele indica os guardas com um movimento de cabeça.

— É claro que ele pode se sentar aqui. Somos amigos há muito tempo — diz Johanna, dando um tapinha no espaço ao lado dela. Os guardas fazem um gesto com a cabeça e Peeta se senta. — A cela de Peeta ficava ao lado da minha na Capital. Estamos bem familiarizados com os gritos um do outro.

Annie, que está sentada do outro lado de Johanna, faz aquele gesto de cobrir os ouvidos e abandonar a realidade. Finnick olha com raiva para Johanna enquanto abraça Annie.

— O que é? Meu médico de cabeça fala o tempo todo que não devo censurar meus pensamentos. Faz parte da minha terapia — responde Johanna.

A alegria escapou de nossa festinha. Finnick murmura alguma coisa para Annie até que ela lentamente retira as mãos. Em seguida, há um longo silêncio enquanto as pessoas fingem comer.

– Annie – diz Delly, esfuziante –, você sabia que foi o Peeta que decorou o seu bolo de casamento? No nosso distrito, a família dele administrava a padaria e ele fazia o glacê.

Annie olha para Johanna cautelosamente.

– Obrigada, Peeta. Estava lindo.

– Foi um prazer, Annie – diz Peeta, e ouço aquele velho tom de gentileza em sua voz que imaginava haver sumido para sempre. Não que ele esteja sendo direcionado a mim. Mas mesmo assim...

– Se a gente quer mesmo participar daquela caminhada, é melhor irmos logo – diz Finnick a ela. Ele ajeita as bandejas de ambos de modo a poder carregá-las com uma das mãos enquanto com a outra segura a dela com firmeza. – Bom te ver, Peeta.

– Seja legal com ela, Finnick. Ou pode ser que eu tente roubá-la de você. – Poderia muito bem ser uma piada se o tom não fosse tão frio. Tudo que a mensagem transmite é equivocado. A desconfiança aberta em relação a Finnick, a insinuação de que Peeta está de olho em Annie, de que Annie poderia abandonar Finnick, de que eu nem mesmo existo.

– Ah, Peeta – diz Finnick com leveza –, não me obrigue a ficar arrependido por ter feito o seu coração voltar a bater. – Ele acompanha Annie depois de olhar para mim com preocupação.

Depois que eles se vão, Delly diz com um tom de voz reprobatório:

– Ele salvou mesmo sua vida, Peeta. Mais de uma vez.

– Por ela. – Ele balança ligeiramente a cabeça para mim. – Pela rebelião. Não por mim. Não devo nada a ele.

Eu não devia morder a isca, mas é exatamente o que faço.

— Talvez não. Mas Mags está morta e você está vivo. Isso deveria significar algo.

— É isso aí, várias coisas deveriam significar algo que parecem não estar significando, Katniss. Tenho algumas lembranças que não fazem sentido para mim, e acho que nenhuma delas foi tocada pela Capital. Várias noites no trem, por exemplo — diz ele.

Novamente as insinuações. De que aconteceram mais coisas no trem do que o que foi dito. De que o que aconteceu efetivamente — aquelas noites em que eu só mantive a sanidade porque ele estava me abraçando — não tem mais importância. Tudo é uma mentira, tudo não passa de uma maneira de utilizá-lo indevidamente.

Peeta faz um leve gesto com a colher, apontando de Gale para mim.

— Quer dizer então que vocês dois agora são oficialmente um casal. Ou será que a chefia ainda está arrastando aquela coisa dos amantes desafortunados?

— Ainda estão arrastando essa história — diz Johanna.

Espasmos cerram os punhos de Peeta, e em seguida suas mãos se abrem de modo bizarro. Isso é o máximo que ele consegue fazer para mantê-las afastadas do meu pescoço? Sinto a tensão nos músculos de Gale ao meu lado e temo uma briga. Mas Gale diz simplesmente:

— Eu não teria acreditado se não tivesse visto com meus próprios olhos.

— O quê? — pergunta Peeta.

— Você — responde Gale.

— Você vai ter que ser um pouco mais específico — diz Peeta. — O que em mim?

— O fato de terem substituído você pela versão bestante do mal de você mesmo — diz Johanna.

Gale termina seu leite.

— Pronta? — pergunta ele a mim. Eu me levanto e vamos depositar nossas bandejas. Na porta, um homem idoso me para porque ainda estou segurando o restante do pão ensopado de caldo. Algo em meu semblante, ou quem sabe o fato de não ter feito nenhuma tentativa de escondê-lo, faz com que ele me aborde com delicadeza. Ele permite que eu enfie o pão na boca e vá embora. Gale e eu estamos quase no compartimento quando ele volta a me dirigir a palavra:

— Eu não esperava por isso.

— Eu disse para você que ele me odiava — digo.

— O problema é o jeito como ele odeia. É tão... familiar. Eu já me senti assim também — admite ele. — Quando eu via você beijando ele na TV. Só que eu sabia que não estava sendo totalmente justo. Ele não tem como ver isso.

Alcançamos a porta.

— De repente, ele só está me vendo como realmente sou. Preciso dormir.

Gale segura o meu braço antes que eu consiga entrar.

— Quer dizer então que é isso que você está pensando agora? — Dou de ombros. — Katniss, estou falando na condição de seu amigo mais antigo. Acredite em mim quando digo que ele não está vendo o que você realmente é. — Ele me dá um beijo no rosto e vai embora.

Eu me sento na cama, tentando enfiar as informações dos livros de Táticas Militares na cabeça enquanto lembranças de minhas noites com Peeta no trem me tiram a atenção. Depois de mais ou menos vinte minutos, Johanna entra e se joga na minha cama.

— Você saiu na melhor parte. Delly perdeu a paciência com Peeta pela maneira como ele tratou você. Ela ficou uma fera. Parecia até um ratinho sendo esfaqueado, do jeito como começou a gritar. A sala de jantar inteira ficou ligada na cena.

— O que Peeta fez? — pergunto.

— Ele começou a discutir consigo mesmo como se houvesse duas pessoas ali. Os guardas tiveram de levá-lo embora. A parte boa foi que ninguém reparou que eu terminei de comer o cozido dele. — Johanna esfregou a mão na barriga estufada. Olho para a camada de sujeira embaixo de suas unhas. Fico imaginando se as pessoas do 7 costumam tomar banho de vez em quando.

Passamos algumas horas fazendo perguntas uma para a outra sobre termos militares. Faço uma visita à minha mãe e Prim. Depois de voltar ao compartimento, tomar banho e encarar a escuridão durante um tempo, finalmente pergunto:

— Johanna, você conseguia mesmo ouvir ele gritando?

— Isso fazia parte da tortura — diz ela. — Tipo os gaios tagarelas na arena. Só que era real. E não parava depois de uma hora. Tique-taque.

— Tique-taque — sussurro de volta.

Rosas. Bestantes em forma de lobo. Tributos. Golfinhos de glacê. Amigos. Tordos. Estilistas. Eu.

Tudo aos berros em meus sonhos nessa noite.

18

Eu me jogo no treinamento com uma postura de vingança. Como, vivo e respiro os exercícios físicos, as instruções de emergência, o treinamento com as armas, as palestras sobre táticas. Uma parte do grupo é transferida para uma turma adicional que me dá esperança de que eu possa vir a ser uma combatente na guerra em curso. Os soldados a chamam simplesmente de Quarteirão, mas a tatuagem em meu braço refere-se a ela como C.R.S., abreviatura para Combate de Rua Simulado. Bem nas profundezas do 13, construíram um quarteirão urbano artificial, simulando a Capital. O instrutor nos divide em esquadrões de oito e tentamos cumprir missões – ganhar posições, destruir um alvo, dar uma busca numa residência – como se estivéssemos realmente lutando no meio da Capital. A coisa é montada de forma que tudo que pode acontecer de errado com você acontece de fato. Um passo em falso detona uma mina terrestre, um atirador de elite aparece no alto de um telhado, sua arma emperra, uma criança chorando leva você a uma emboscada, o líder de seu esquadrão – que é apenas uma voz no programa – é atingido por um morteiro e você é obrigada a descobrir o que fazer sem as ordens. Uma parcela de você sabe que a coisa é falsa e que ninguém vai te matar. Se você detona uma mina terrestre, ouve a explosão e tem que fingir que está caindo morta. Mas em outras circunstâncias, a sensação é de que tudo é bem real por lá – os soldados inimigos vestidos com uniformes de Pacificadores, a confusão de uma bomba incendiária. Há até ataques com gás. Johanna e eu somos as únicas que conseguimos vestir as máscaras a tempo. O restante de nosso esquadrão fica nocauteado por dez minutos. E o gás supostamente inofensivo do qual ingeri golfadas me dá uma dor de cabeça chatinha pelo resto do dia.

Cressida e sua equipe filmam Johanna e eu no treinamento de tiro ao alvo. Sei que Gale e Finnick também estão sendo filmados. Faz parte de uma nova série de pontoprops para mostrar os rebeldes se preparando para a invasão da Capital. No geral, as coisas estão indo muito bem.

Então Peeta começa a aparecer em nossos exercícios matinais. As algemas foram retiradas, mas ele ainda está constantemente acompanhado por um par de guardas. Depois do almoço, eu o vejo do outro lado do campo, em instruções de segurança com um grupo de iniciantes. Não sei o que estão pensando. Se uma briguinha com Delly pode fazer com que ele comece a discutir consigo mesmo, ele não deveria estar aprendendo a montar uma arma.

Quando confronto Plutarch em relação a isso, ele me assegura de que tudo está sendo feito exclusivamente para as câmeras. Eles têm tomadas de Annie casando e de Johanna acertando alvos, mas toda Panem está querendo saber como estará Peeta. É necessário que vejam que ele está lutando com os rebeldes, não para Snow. E talvez se pudessem conseguir apenas algumas tomadas de nós dois, não necessariamente nos beijando, apenas com a aparência feliz por voltarmos a estar juntos...

Eu me afasto da conversa nesse instante. Isso não vai acontecer.

Em meus raros momentos de inatividade, assisto ansiosamente aos preparativos para as invasões. Vejo equipamentos e provisões sendo preparados, divisões sendo agrupadas. Dá para dizer quando alguém recebeu ordens porque a pessoa ganha um corte de cabelo bem curto, a marca de alguém que está indo para a batalha. Há muitas conversas acerca da ofensiva inicial, que terá o intuito de assegurar os túneis de trens que alimentam a Capital.

Poucos dias antes de as primeiras tropas iniciarem sua movimentação, Coin inesperadamente diz a Johanna e a mim que nos recomendou para a prova, e que devemos nos apresentar imediatamente. Há quatro partes: uma corrida de obstáculos que mede a aptidão física, uma prova escrita sobre táticas, um teste de proficiência em armas e uma situação de combate simulado no Quarteirão. Não tenho nem tempo de ficar nervosa para as três primeiras e me saio bem, mas há alguma coisa ainda não concluída no Quarteirão. Uma espécie de problema técnico no qual estão trabalhando. Um grupo nosso troca informações. Isso parece bastante verdadeiro: você participa da prova sozinha. Não há como prever em que situação será jogado. Um garoto diz, entre os dentes, que ouviu falar que a prova é elaborada para apontar as fraquezas individuais de cada um.

Minhas fraquezas? Essa é uma porta que não quero nem abrir. Mas acho um local quieto e tento avaliar quais poderiam ser. A extensão da lista me deprime. Falta de força física bruta. Quantidade mínima de treinamento. E, de uma forma ou de outra, minha condição de Tordo não parece ser nenhuma vantagem numa situação em que tentam nos misturar num bando de pessoas. Poderiam me encostar na parede sob incontáveis aspectos.

Johanna e mais três pessoas são chamadas antes de mim; balanço a cabeça para ela, transmitindo-lhe coragem. Gostaria de estar no topo da lista porque agora estou de fato repensando a coisa toda. Quando o meu nome é chamado, já não sei mais qual deveria ser a minha estratégia. Felizmente, assim que chego ao Quarteirão, uma determinada quantidade de treinamento começa efetivamente a fazer efeito. É uma situação de emboscada. Pacificadores aparecem quase que instantaneamente e tenho de chegar a um ponto de encontro para me juntar a meu esquadrão, que se encontra espalhado pelo local. Navego lentamente pela rua, derrubando Pacificadores à medida que sigo em frente. Dois no telhado à minha esquerda, outro na porta logo à frente. É desafiador, mas não tão difícil quanto imaginava. Há uma sensação irritante de que se a coisa é simples demais, devo estar fazendo algo errado. Estou a alguns prédios de minha meta quando a situação começa a esquentar. Meia dúzia de Pacificadores atacam da esquina. Estão mais armados que eu, mas reparo em algo. Um contêiner de gasolina repousado descuidadamente em cima da sarjeta. É isso. Meu teste. Perceber que explodir o contêiner é a única maneira de realizar a missão. Assim que avanço para cumprir a tarefa, o líder de meu esquadrão, que até esse momento tinha sido bastante inútil, ordena com a voz tranquila que me deite no chão. Todos os meus instintos berram para que eu ignore a voz, para que puxe o gatilho, para que faça os Pacificadores voarem pelos ares. E, subitamente, percebo o que os militares pensam ser a minha maior fraqueza. Desde meu primeiro momento nos Jogos, quando corri atrás daquela mochila laranja, passando pelo tiroteio no 8 e chegando na minha impulsiva corrida pela praça no 2. Não sei obedecer ordens.

Me jogo no chão com tanta força e com tanta rapidez que vou precisar tirar cascalho do meu queixo por uma semana. Uma outra pessoa explode o tanque de gasolina. Os Pacificadores morrem. Chego ao ponto de encontro. Quando saio do Quarteirão em sua extremidade, um soldado me parabeniza, carimba minha mão com o número de esquadrão 451 e fala para eu me apresentar ao Comando. Quase tonta devido ao sucesso, disparo pelos corredores, trombando com as quinas, descendo os degraus desabaladamente porque o elevador é lento demais. Dou de cara com a sala antes de me dar conta da esquisitice da situação. Eu não devia estar no Comando; devia estar passando a máquina nos cabelos. As pessoas ao redor da mesa não são soldados recém-formados, mas os que dão as cartas.

Boggs sorri e balança a cabeça quando me vê.

– Vamos dar uma olhada nisso. – Insegura agora, estendo a minha mão carimbada. – Você está comigo. É uma unidade especial de atiradores de elite. Junte-se a seu esquadrão. – Ele faz um aceno de cabeça para um grupo que está alinhado na parede. Gale. Finnick. Cinco outros que nem conheço. Meu esquadrão. Não só estou dentro como também vou trabalhar sob o comando de Boggs. Com meus amigos. Sinto-me forçada a dar passos calmos e dignos de um soldado em direção a eles, em vez de ficar aos pulos para cima e para baixo.

Nós também devemos ser importantes, porque estamos no Comando, o que não tem nada a ver com o tal do Tordo. Plutarch se debruça sobre um amplo painel disposto no centro da mesa. Explica alguma coisa sobre a natureza do que encontraremos na Capital. Começo a pensar que essa é uma apresentação horrível – porque mesmo na pontinha dos pés não consigo enxergar o que há no painel – até ele apertar um botão. Uma imagem holográfica de um quarteirão da Capital projeta-se no ar.

— Isso, por exemplo, é a área ao redor de uma das barracas de campanha dos Pacificadores. Não é desprovida de importância, mas tampouco é o mais crucial dos alvos e, no entanto, olhem bem. — Plutarch insere alguma espécie de código no teclado e luzes começam a piscar. Elas piscam numa coleção de cores e em diferentes velocidades. — Cada luz é chamada de casulo. Elas representam obstáculos diferentes, a natureza deles poderia ser qualquer coisa, desde uma bomba até um bando de bestantes. Fiquem atentos, seja lá o que contenham, são projetados ou para prender ou para matar vocês. Alguns estão lá desde os Dias Escuros, outros foram desenvolvidos ao longo dos anos. Para ser sincero, eu mesmo criei um razoável número deles. Este programa, que um dos nossos carregou consigo escondido quando saímos da Capital, é nossa informação mais recente. Eles não sabem que está em nossas mãos. Mas mesmo assim, é provável que novos casulos tenham sido ativados nos últimos meses. Isso é o que vocês terão de encarar.

Não percebo meus pés se movendo em direção à mesa, até ficar a alguns centímetros do holograma. Estendo a mão e toco uma luz verde que pisca rapidamente.

Alguém faz a mesma coisa. Finnick, obviamente. Porque apenas um vitorioso veria o que estou vendo tão imediatamente. A arena. Cheia de casulos controlados por Idealizadores dos Jogos. Os dedos de Finnick acariciam um estável brilho vermelho em cima de uma porta.

— Senhoras e senhores...

A voz dele é baixinha, mas a minha ecoa pela sala:

— Está aberta a septuagésima sexta edição dos Jogos Vorazes!

Eu rio. De forma breve. Antes que alguém tenha tempo de registrar o que está por trás das palavras que acabei de proferir. Antes que sobrancelhas se ergam, que objeções sejam feitas, que a soma de dois mais dois seja efetuada e que a solução seja eu ser mantida o mais distante possível da Capital. Porque uma vitoriosa insubordinada e raivosa com uma cicatriz psicológica espessa demais para ser penetrada talvez seja a última pessoa que alguém vai querer ter em seu esquadrão.

— Nem sei por que vocês se deram ao trabalho de colocar Finnick e eu no treinamento, Plutarch – digo.

— Pois é, nós já somos os dois soldados mais bem-equipados que vocês têm – acrescenta Finnick com arrogância.

— Não pense que esse fato me escapa – diz ele, balançando a cabeça impacientemente. – Agora, de volta a seus postos, soldados Odair e Everdeen. Preciso terminar esta apresentação.

Voltamos a nossos lugares, ignorando os olhares questionadores lançados em nossa direção. Adoto uma atitude de extrema concentração enquanto Plutarch prossegue, balanço a cabeça em concordância aqui e ali, mudo de posição para obter uma visão melhor e o tempo todo me esforço para aguentar firme até chegar à floresta e poder berrar à vontade. Ou xingar à vontade. Ou chorar à vontade. Ou de repente as três coisas ao mesmo tempo.

Se isso foi um teste, Finnick e eu passamos. Quando Plutarch termina e a reunião é interrompida, tenho um momento desagradável ao descobrir que há uma ordem especial para mim. Mas é simplesmente uma solicitação para que eu não use o corte de cabelo militar porque gostariam que o Tordo parecesse o máximo possível com a menina na arena no tão esperado momento da rendição. Enfim, para as câmeras. Dou de ombros para comunicar que o comprimento dos meus cabelos é um assunto que me é completamente indiferente. Me dispensam sem maiores comentários.

Finnick e eu nos reunimos no corredor.

– O que vou dizer a Annie? – pergunta ele entre dentes.

– Nada – respondo. – É isso o que a minha mãe e minha irmã vão ouvir de mim. – Já é ruim demais sabermos que estamos retornando a uma arena totalmente equipada. Não vai adiantar nada deixar esse rojão cair em cima de nossos entes queridos.

– Se ela descobrir sobre esse holograma...

– Ela não vai descobrir. Aquilo é informação altamente sigilosa. Deve ser – digo. – De qualquer maneira, não se trata dos verdadeiros Jogos. Diversas pessoas vão conseguir sobreviver. Estamos reagindo de modo exagerado simplesmente porque... bom, você sabe por quê. Você ainda está a fim de ir, não está?

– Claro que estou. Quero destruir Snow tanto quanto você – diz ele.

– Não vai ser como das outras vezes – digo com firmeza, tentando também convencer a mim mesma. Então, a verdadeira beleza da situação se revela. – Dessa vez, Snow também vai ser um dos jogadores.

Antes de podermos continuar, Haymitch aparece. Ele não estava na reunião e não está pensando em arenas, mas em outra coisa.

– Johanna voltou para o hospital.

Na minha cabeça Johanna estava bem, havia passado na prova, mas simplesmente não fora designada para nenhuma unidade de atiradores de elite. Ela é uma fera lançando machados, mas não passa da média com uma arma de fogo.

— Ela se machucou? O que aconteceu?

— Foi enquanto ela estava no Quarteirão. Eles tentam desencavar as fraquezas potenciais dos soldados. Aí inundaram a rua – diz Haymitch.

Isso não ajuda muito. Johanna sabe nadar. Pelo menos, acho que lembro de tê-la visto nadar durante o Massacre Quaternário. Não como Finnick, evidentemente, mas nenhum de nós é como Finnick.

— E aí?

— Foi assim que ela foi torturada na Capital. Eles a ensopavam e depois davam choques elétricos – diz Haymitch. – No Quarteirão, ela acabou se lembrando de tudo. Entrou em pânico, ficou sem saber onde estava. Voltou a ser sedada. – Finnick e eu ficamos lá parados, como se tivéssemos perdido a habilidade de responder. Penso em por que Johanna nunca toma banho. Em como ela fez um tremendo esforço para sair na chuva naquele dia, como se a chuva fosse ácida. Eu atribuíra a miséria dela aos sintomas de abstinência dos morfináceos.

— Vocês dois deviam fazer uma visitinha a ela. Vocês são a coisa mais parecida com amigos que ela talvez tenha – diz Haymitch.

Isso piora tudo. Não sei exatamente o que existe entre Johanna e Finnick. Mas da minha parte, eu mal a conheço. Nenhum familiar. Nenhum amigo. Nem mesmo algum símbolo do 7 para colocar ao lado de seus uniformes em sua gaveta anônima. Nada.

— É melhor avisar o Plutarch. Ele não vai ficar contente – continua Haymitch. – Ele quer que as câmeras sigam o máximo possível de vitoriosos na Capital. Ele acha que o programa fica melhor assim.

— Você e Beetee vão? – pergunto.

— O máximo possível de vitoriosos jovens e atraentes — corrige Haymitch. — O que significa que não iremos. Vamos ficar por aqui.

Finnick decide visitar Johanna imediatamente, mas eu demoro mais alguns minutos do lado de fora até Boggs aparecer. Ele agora é meu comandante, de modo que imagino que seja a pessoa a quem devo pedir quaisquer favores especiais. Quando digo a ele o que quero fazer, ele me dá um passe para que eu vá à floresta durante a Meditação, contanto que fique a uma distância visível dos guardas. Corro até o meu compartimento, pensando em usar o paraquedas, mas ele contém um excesso de lembranças desagradáveis. Em vez disso, cruzo o corredor e pego uma das bandagens brancas de algodão que trouxe do 12. Quadradas. Robustas. Exatamente do que preciso.

Na floresta, acho um pinheiro e arranco várias agulhas dos galhos. Depois de fazer uma pilha ordenada no meio da bandagem, junto os lados, dou uma sacudida, e amarro-os de modo bem apertado com uma trepadeira, fazendo um embrulho do tamanho de uma maçã.

Na porta do quarto de hospital, observo Johanna por um momento e percebo que grande parte de sua ferocidade encontra-se em suas atitudes abrasivas. Desprovida disso, como agora, existe apenas uma jovem magra, olhos arregalados lutando para permanecer despertos contra o poder das drogas. Aterrorizada com o que o sono acarretará. Cruzo o quarto até ela e estendo o embrulho.

— O que é isso? — diz ela, a voz rouca. As pontas molhadas de seus cabelos estão espetadas como pequenos pregos sobre sua testa.

— Fiz para você. É uma coisa para você botar na gaveta. — Ponho o objeto nas mãos dela. — Cheire.

Ela ergue o embrulho na altura do nariz e aspira de modo hesitante.

— Tem cheiro de casa. — Os olhos dela se enchem de lágrimas.

— Era exatamente o que eu esperava. Já que você vem do 7 e coisa e tal – digo. – Lembra quando a gente se conheceu? Você era uma árvore. Bom, por pouquíssimo tempo.

De repente, ela aperta meu pulso com extrema força.

— Você precisa matá-lo, Katniss.

— Pode ficar despreocupada. — Resisto à tentação de dar um puxão para soltar o braço.

— Jure. Jure por alguma coisa que você acha importante — sussurra ela.

— Juro. Pela minha vida. — Mas ela não solta o meu braço. — Pela vida dos meus familiares — repito. Acho que minha preocupação com minha própria sobrevivência não é suficientemente convincente. Ela me solta e esfrego o pulso. — Afinal de contas, por que você acha que estou indo, sua desmiolada?

Isso faz com que ela ria um pouquinho.

— Eu só precisava ouvir da sua boca. — Ela pressiona o embrulho com agulhas de pinheiro no nariz e fecha os olhos.

Os dias restantes passam como um turbilhão. Depois de um breve exercício a cada manhã, meu esquadrão pratica tiro ao alvo em tempo integral nos treinamentos. Treino quase sempre com uma arma de fogo, mas eles reservam uma hora por dia para armas da especialidade de cada um, o que significa que passo a usar o arco do Tordo, Gale seu arco pesadamente militarizado. O tridente que Beetee desenhou para Finnick possui diversas características especiais, mas a mais notável é que ele pode arremessá-lo, apertar um botão numa pulseira de metal e fazer com que ele volte à sua mão sem precisar ir atrás dele.

Às vezes atiramos em bonecos de Pacificadores para ficarmos familiarizados com as fraquezas nos equipamentos de proteção que eles usam. As brechas nas armaduras, por assim dizer. Se você atinge alguma parte do corpo, é recompensado com um esguicho de sangue falso. Nossos bonecos ficam encharcados de tinta vermelha.

É tranquilizador ver como é alto o nível geral de acertos no alvo em nosso grupo. Junto com Finnick e Gale, o esquadrão inclui cinco soldados do 13. Jackson, uma mulher de meia-idade que é a vice-comandante, abaixo apenas de Boggs, parece meio lenta, mas acerta coisas que nem conseguimos enxergar sem uma mira telescópica. Bons olhos para coisas distantes, diz ela. Há uma dupla de irmãs gêmeas na casa dos vinte anos de sobrenome Leeg – nós as chamamos de Leeg 1 e Leeg 2 por motivos de clareza – que são tão similares de uniforme que só consigo distinguir uma da outra quando reparo que Leeg 1 possui estranhos pontinhos amarelados nos olhos. Os caras mais velhos, Mitchell e Homes, não são muito de falar, mas são capazes de arrancar a poeira das suas botas a cinquenta metros de distância. Vejo outros soldados que também são muito bons, mas só consigo compreender inteiramente a categoria na qual estamos incluídos na manhã em que Plutarch se junta a nós.

— Soldado Quatro-Cinco-Um, você foi selecionada para uma missão especial — começa ele. Mordo a parte interna do lábio, esperando com todas as minhas forças que a missão seja assassinar Snow. — Temos inúmeros atiradores de elite, mas uma grande escassez de cinegrafistas. Portanto, escolhemos a dedo vocês oito para serem o que chamamos "Esquadrão

Estelar". Vocês serão as caras da invasão que as pessoas verão na TV.

Decepção, choque e em seguida raiva acometem todo o grupo.

— Você está dizendo que não vamos participar de verdade dos combates? — rebate Gale.

— Vocês estarão em combate, mas talvez nem sempre na linha de frente. Se é que alguém consegue isolar uma linha de frente nesse tipo de guerra — diz Plutarch.

— Nenhum de nós quer isso. — A observação de Finnick é seguida por um ruído geral de concordância, mas permaneço em silêncio. — Nós vamos lutar.

— Vocês serão tão úteis quanto possível ao esforço de guerra — diz Plutarch. — E foi decidido que vocês são da mais alta importância na TV. Olhem só o efeito que Katniss proporcionou aparecendo naquele traje de Tordo. Mudou por completo o rumo da rebelião. Vocês notaram que é a única que não está reclamando? É porque ela compreende o poder daquela tela de TV.

Na realidade, Katniss não está reclamando porque ela não tem a menor intenção de ficar com o "Esquadrão Estelar", mas reconhece a necessidade de chegar à Capital para que tenha condições de levar a cabo qualquer plano que seja. No entanto, demonstrar uma exagerada concordância também pode gerar suspeitas.

— Mas não é tudo fingimento, é? — pergunto. — Isso seria um desperdício de talento.

— Não se preocupe — diz Plutarch. — Vocês terão inúmeros alvos reais a atingir. Mas não fiquem muito chateados. Já tenho um trabalhão danado sem precisar substituir vocês. Agora sigam para a Capital e deem um grande show.

Eu me despeço de minha família na manhã em que partimos. Não contei para elas o quanto as defesas da Capital espelham as armas na arena, mas o simples fato de eu ir para a guerra já é suficientemente terrível. Minha mãe me abraça com força por um longo tempo. Sinto lágrimas em seu rosto, algo que ela evitou quando fui escalada para os Jogos.

– Não se preocupe. Estarei absolutamente segura. Não sou nem um soldado de verdade. Só uma das marionetes que o Plutarch põe na TV – digo, tranquilizando-a.

Prim me acompanha até a porta do hospital.

– Como é que você está se sentindo?

– Melhor, sabendo que o lugar onde você está é inalcançável para Snow – digo.

– Da próxima vez que a gente se encontrar, estaremos livres dele – diz Prim com firmeza. Então ela me abraça com ardor. – Tome cuidado.

Penso na possibilidade de dar um último adeus a Peeta, mas acabo achando que tal atitude seria ruim para nós dois. No entanto, deslizo a pérola para o bolso de meu uniforme. Um símbolo do garoto com o pão.

Um aerodeslizador nos leva, para surpresa de todos, para o 12, onde uma área de transporte improvisada foi montada do lado de fora da zona de fogo. Nada de trens de luxo desta vez, mas um utilitário lotado até o limite de sua capacidade, com soldados vestidos em seus uniformes cinzentos, dormindo com as cabeças apoiadas em seus fardos. Depois de alguns dias de viagem, desembarcamos no interior de um dos túneis da montanha que leva à Capital e fazemos o restante do percurso de seis horas a pé, tomando cuidado para pisar apenas numa linha verde brilhante que marca o caminho seguro para conseguirmos voltar à superfície.

Chegamos ao acampamento rebelde, uma faixa de terra que compreende dez quarteirões do lado de fora da estação de trem onde Peeta e eu fizemos nossas chegadas anteriores. O local já está apinhado de soldados. O Esquadrão 451 recebe um espaço onde deverá montar suas barracas. Essa área está em nosso poder há mais de uma semana. Rebeldes expulsaram os Pacificadores, perdendo centenas de vidas no processo. As forças da Capital bateram em retirada e se reagruparam no interior da cidade. Entre nós, encontram-se ruas repletas de minas, vazias e convidativas. Cada casulo terá de ser removido antes de avançarmos.

Mitchell pergunta sobre bombardeios de aerodeslizadores – estamos nos sentindo bastante expostos a céu aberto –, mas Boggs diz que essa não é uma questão relevante. A maior parte da força aérea da Capital foi destruída no 2 durante nossa invasão. Se alguma aeronave permaneceu intacta, estarão agarrados a ela. Provavelmente para Snow e seu círculo de pessoas poderem escapar no último minuto para um bunker presidencial em algum ponto do país. Nossos próprios aerodeslizadores foram abatidos depois que os mísseis antiaéreos dizimaram as primeiras ondas de bombardeio. Essa guerra será levada a cabo nas ruas com – esperamos – danos apenas superficiais à infraestrutura e um mínimo de vítimas. Os rebeldes querem a Capital, assim como a Capital queria o 13.

Depois de três dias, grande parte do Esquadrão 451 corre riscos de uma deserção em massa devido ao tédio. Cressida e sua equipe fazem tomadas de nosso grupo atirando. Dizem que fazemos parte da equipe de desinformação. Se os rebeldes atirarem apenas nos casulos de Plutarch, a Capital levará mais ou menos dois minutos para perceber que estamos de posse do holograma. De modo que são horas e horas perdidas despedaçando coisas que não têm importância, para despistar o inimigo. Na maior parte das vezes apenas aumentamos a pilha de vidro colorido que se espatifou após as explosões dos prédios coloridos. Desconfio de que eles estejam entrecortando essas tomadas com a destruição de significativos alvos na Capital. De vez em quando, os serviços de um atirador de elite de verdade são requisitados. Oito mãos se levantam, mas Gale, Finnick e eu jamais somos escolhidos.

— A culpa é sua por ficar tão bem diante das câmeras — digo a Gale. Ele me olha furioso.

Acho que ninguém sabe muito bem o que fazer conosco, principalmente comigo. Trouxe meu traje de Tordo, mas só fui filmada com o uniforme. Às vezes uso uma arma, às vezes me pedem para atirar com o arco. É como se não quisessem desperdiçar inteiramente o Tordo, mas ao mesmo tempo estivessem dispostos a rebaixar meu papel à condição de reles soldado. Como não ligo, é muito mais divertido do que irritante imaginar as discussões em curso no 13.

Embora por fora eu expresse aborrecimento com a falta de uma efetiva participação da nossa parte, mantenho-me ocupada com meus próprios planos. Cada um de nós possui um mapa de papel da Capital. A cidade forma quase um quadrado perfeito. Linhas dividem o mapa em quadrados menores, com letras ao longo do topo e números nas laterais para formar uma grade. Absorvo a imagem, gravando cada interseção e rua lateral, mas isso não passa de um paliativo. Os comandantes aqui estão trabalhando com o holograma de Plutarch. Cada um possui um dispositivo manual chamado Holo que produz imagens como a que vi no Comando. Eles podem dar um zoom em qualquer área da grade e ver quais casulos os esperam. O Holo é uma unidade independente, um mapa embelezado, na realidade, já que não pode nem enviar nem receber sinais. Mas é bem superior à minha versão em papel.

Um Holo é ativado pela voz de um comandante específico ao oferecer seu nome. Uma vez funcionando, responde às outras vozes no esquadrão, de modo que, digamos, se Boggs for morto ou estiver bastante ferido, alguém poderá assumir o comando. Se alguém no esquadrão repetir a palavra "cadeado" três vezes seguidas, o Holo explodirá, jogando tudo num raio de cinco metros pelos ares. Isso se dá por motivos de segurança na eventualidade de uma captura. Fica subentendido que espera-se que todos façamos isso sem hesitação.

Então o que preciso fazer é roubar o Holo ativado de Boggs e sumir antes que alguém note. Acho que seria mais fácil roubar os dentes dele.

Na quarta manhã, a soldado Leeg 2 atinge um casulo rotulado. Ele não solta um enxame de mosquitos bestantes, para os quais os rebeldes estão preparados, mas lança dardos de metal para todos os lados. Um deles atinge o cérebro dela. Ela morre antes que os médicos a alcancem. Plutarch promete uma substituição rápida.

Na noite seguinte, o mais novo membro de nosso esquadrão chega. Sem grilhões. Sem guardas. Vindo a pé da estação de trem com a arma balançando na correia pendurada no ombro. Há choque, confusão, resistência, mas o 451 está estampado na mão de Peeta com tinta fresca. Boggs o alivia do peso da arma e vai dar um telefonema.

– Não vai ter problema – diz Peeta, dirigindo-se a todos nós. – A própria presidenta me designou. Ela decidiu que os pontoprops precisavam de um pouco mais de animação.

Talvez precisem mesmo. Mas se Coin mandou Peeta para cá, ela também decidiu uma outra coisa. Que sou mais útil a ela morta do que viva.

PARTE III

"A ASSASSINA"

19

Na verdade, eu nunca havia visto Boggs com raiva antes. Não o vi com raiva quando desobedeci às suas ordens ou quando vomitei em cima dele. Nem mesmo quando Gale quebrou seu nariz. Mas ele fica com raiva ao voltar de sua conversa telefônica com a presidenta. A primeira coisa que faz é instruir a soldado Jackson, sua vice-comandante, a montar um sistema de vigilância sobre Peeta com dois guardas vinte e quatro horas por dia. Em seguida, me leva para dar uma volta ao redor do acampamento, driblando as várias barracas espalhadas pelo local até nosso esquadrão ficar a uma razoável distância.

– Ele vai tentar me matar de uma forma ou de outra – digo. – Principalmente aqui. Onde existem tantas lembranças ruins para estimular o ódio dele.

– Vou mantê-lo a distância, Katniss – diz Boggs.

– Por que Coin me quer morta agora? – pergunto.

– Ela nega ter essa intenção.

– Mas a gente sabe que é verdade – digo. – E você deve ter pelo menos alguma teoria a respeito.

Boggs lança sobre mim um olhar longo e duro antes de responder:

– Tudo que eu sei é o seguinte. A presidenta não gosta de você. Nunca gostou. Era Peeta que ela queria que tivesse sido resgatado da arena, mas ninguém mais concordou com isso. As coisas ficaram piores quando você a forçou a dar imunidade aos vitoriosos. Mas até mesmo isso podia ser deixado para lá em vista de seu excelente desempenho.

– Então qual é o problema? – insisto.

– Em algum momento do futuro próximo, esta guerra estará resolvida. Um novo líder será escolhido – diz Boggs.

Abro bem os olhos.

– Boggs, ninguém acha que eu vou ser a líder.

– Não. Não acham – concorda ele. – Mas você vai dar seu apoio a alguém. Seria para a presidenta Coin? Ou para alguma outra pessoa?

– Não sei. Nunca pensei nisso.

– Se sua resposta imediata não é Coin, então você representa uma ameaça. Você é a cara da rebelião. Você talvez tenha mais influência que qualquer outra pessoa – diz Boggs. – E fica claro que você, no máximo, tolera a presidenta.

– Então ela vai me matar para calar minha boca. – No instante em que digo essas palavras, tenho a plena convicção de que são verdadeiras.

– Ela não precisa de você agora como ponto de apoio. Como ela mesma disse, seu objetivo primário, unir os distritos, obteve sucesso – lembra Boggs. – Esses pontoprops atuais poderiam ser feitos sem você. Tem só uma última coisinha que você poderia fazer para adicionar fogo a essa rebelião.

– Morrer – digo baixinho.

– Sim. Nos fornecer um mártir por quem lutar – diz Boggs. – Mas isso não vai acontecer se eu estiver montando guarda, soldado Everdeen. Estou planejando uma vida bem longa para você.

– Por quê? Esse tipo de pensamento só vai lhe trazer problemas. Você não me deve nada.

— Porque você lutou por isso e se tornou merecedora — diz ele. — Agora volta lá para o seu esquadrão.

Sei que deveria me sentir agradecida por Boggs ficar de olho em mim, mas na verdade o que sinto mesmo é frustração. Enfim, como é que agora vou conseguir roubar o Holo dele e desertar? Traí-lo já seria bastante complicado sem toda essa nova camada de dívida. Já devo muito a ele por ter salvado a minha vida.

Ver a causa de meu dilema atual fincando calmamente sua barraca em nosso acampamento me deixa furiosa.

— Que horas eu monto guarda? — pergunto a Jackson.

Ela estreita os olhos para mim na dúvida, ou talvez esteja apenas tentando focalizar o meu rosto.

— Não coloquei você no rodízio.

— Por que não? — pergunto.

— Não sei ao certo se você conseguiria atirar no Peeta, se fosse necessário — diz ela.

Eu falo bem alto para que todo o esquadrão possa me ouvir com clareza:

— Eu não atiraria no Peeta. Ele já era. Johanna tem razão. Seria exatamente como atirar em um bestante da Capital. — É boa a sensação de dizer algo horrível sobre ele, em voz alta, em público, depois de toda a humilhação por que passei desde que ele voltou.

— Bom, esse tipo de comentário também não ajuda nem um pouco a colocar você na função — diz Jackson.

— Coloque-a no rodízio — ouço Boggs dizer atrás de mim.

Jackson balança a cabeça e faz uma observação:

— De meia-noite às quatro. Você fica comigo.

A campainha do jantar soa, e Gale e eu entramos na fila da cantina.

– Você quer que eu o mate? – pergunta ele de modo incisivo.

– Isso faria com que nós dois fôssemos mandados de volta com toda certeza – digo. Mas, apesar de estar furiosa, a brutalidade da oferta me abala. – Posso muito bem lidar com ele.

– Você está querendo dizer até o seu aerodeslizador decolar? Você e o seu mapa de papel e possivelmente um Holo, se você conseguir colocar as mãos nele? – Então Gale ficou atento aos meus preparativos. Espero que não tenham sido tão óbvios aos outros. Porém, nenhum deles conhece a minha mente como Gale. – Você não está planejando me deixar para trás, está?

Até aquele momento, eu estava. Mas ter meu companheiro de caçadas como guarda-costas não me parece uma má ideia.

– Na condição de sua companheira em armas, devo recomendar veementemente que você permaneça com seu esquadrão. Mas não posso impedir você de ir, posso?

Ele dá um sorrisinho.

– Não. A menos que você queira que eu alerte o resto do exército.

O esquadrão 451 e a equipe de TV pegam o jantar na cantina e se reúnem num círculo tenso para comer. A princípio, acho que Peeta é a causa da inquietude, mas no fim da refeição, percebo que não poucos olhares antipáticos foram dirigidos a mim. Essa é uma virada rápida, já que tenho certeza absoluta de que no momento em que Peeta apareceu, a equipe inteira estava preocupada com o quanto ele poderia ser perigoso, principalmente em relação a mim. Mas só consigo entender quando recebo um telefonema de Haymitch.

– O que você está tentando fazer? Provocar o garoto até ele ter um ataque? – pergunta ele.

– É claro que não. Só quero que ele me deixe em paz – digo.

– Bom, ele não tem como fazer isso. Não depois de tudo que a Capital o obrigou a suportar – diz Haymitch. – Escute, Coin pode tê-lo mandado na esperança de que ele te mate, mas Peeta não sabe disso. Ele não entende o que aconteceu com ele. O que significa que você não pode culpá-lo por...

– Não estou culpando ele!

– Está, sim! Você não para de puni-lo por coisas que estão fora do controle dele. Agora, não estou dizendo que você não devia ter em mãos uma arma carregada vinte e quatro horas por dia. Mas acho que já está mais do que na hora de botar na cabeça uma historinha: se você tivesse sido levada pela Capital e telessequestrada, e depois tivesse tentado matar Peeta, você acha que ele estaria tratando você assim? – pergunta Haymitch.

Fico em silêncio. Não estaria. Ele não estaria me tratando assim em hipótese alguma. Ele estaria tentando me trazer de volta a todo custo. Não me mandaria calar a boca, não me abandonaria, nem se dirigiria a mim com hostilidade em todas as ocasiões.

– Você e eu, nós fizemos um acordo para tentar salvar a vida dele. Você lembra disso? – diz Haymitch. Como não respondo, ele bate o telefone depois de um curto: – Tente se lembrar.

O dia de outono vai de fresco a frio. A maior parte do esquadrão está enfiada em seus sacos de dormir. Alguns dormem a céu aberto, perto do aquecedor no centro de nosso acampamento, ao passo que outros retiram-se para suas barracas. Leeg 1 finalmente perdeu o controle emocional em relação à morte de sua irmã, e seus soluços abafados furam as telas das barracas e nos alcançam. Eu me comprimo em minha barraca, refletindo sobre as palavras de Haymitch. Percebendo, envergonhada, que minha fixação em assassinar Snow me fez ignorar um problema muito mais difícil. Tentar resgatar Peeta do mundo sombrio no qual o telessequestro o enredou. Não sei como encontrá-lo, muito menos como fazer para tirá-lo dessa situação. Não consigo nem mesmo bolar um plano. Isso faz a tarefa de cruzar uma arena cheia, localizar Snow e colocar uma bala em sua cabeça parecer uma brincadeira de criança.

À meia-noite, rastejo para fora da barraca e me posiciono num banquinho perto do aquecedor para montar guarda com Jackson. Boggs disse para Peeta dormir onde todos pudessem vê-lo. Mas ele não está dormindo. Ao contrário, fica sentado com a bolsa encostada no peito, tentando desajeitadamente fazer nós num pequeno pedaço de barbante. Conheço isso bem. É o barbante que Finnick me emprestou naquela noite no bunker. Ao vê-lo em suas mãos, é como se Finnick estivesse ecoando o que Haymitch acabara de dizer, que eu abandonara Peeta. Talvez agora fosse um bom momento para começar a consertar isso. Se pudesse imaginar algo para dizer. Mas não posso. Então não faço nada. Deixo apenas os sons das respirações dos soldados preencherem a noite.

Depois de mais ou menos uma hora, Peeta fala:

— Esses últimos dois anos devem ter sido exaustivos para você. Tentar decidir se me mata ou não. Uma eterna dúvida.

Isso me parece absolutamente injusto, e o meu primeiro impulso é dizer alguma coisa agressiva. Mas revisito minha conversa com Haymitch e tento dar o primeiro passo hesitante na direção de Peeta.

— Eu nunca quis matar você. Exceto quando pensei que você estava ajudando os Carreiristas a me matar. Depois daquilo, sempre pensei em você como... um aliado. — Essa é uma palavra boa e segura. Desprovida de qualquer obrigação emocional, porém não ameaçadora.

— Aliada. — Peeta pronuncia a palavra lentamente, saboreando-a. — Amiga. Amante. Vitoriosa. Inimiga. Noiva. Alvo. Bestante. Vizinha. Caçadora. Tributo. Aliada. Vou adicionar essa palavra à lista das que eu uso para tentar te entender. — Ele mexe o barbante entre os dedos. — O problema é que não consigo mais dizer o que é real e o que é inventado.

A parada do ritmo da respiração sugere que ou as pessoas acordaram ou jamais chegaram a adormecer. Desconfio que a segunda opção é a correta.

A voz de Finnick se ergue do meio das sombras.

— Então você devia perguntar, Peeta. É o que a Annie faz.

— Perguntar a quem? — diz Peeta. — Em quem posso confiar?

— Bom, em nós, para começo de conversa. Somos o seu esquadrão — diz Jackson.

— Vocês são meus guardas — observa ele.

— Isso também. Mas você salvou muitas vidas no 13. Não é o tipo de coisa que a gente esquece.

No silêncio que se segue, tento imaginar não ser capaz de distinguir a ilusão da realidade. Não saber se Prim ou minha mãe me amam. Se Snow é meu inimigo. Se a pessoa em frente ao aquecedor me salvou ou me sacrificou. Com pouquíssimo esforço, minha vida rapidamente se transforma num pesadelo morfináceo. Quero, de um momento para o outro, contar tudo para Peeta a respeito de quem ele é, e de quem eu sou, e de como nós acabamos aqui. Mas não sei como começar. Inútil. Sou uma inútil.

Alguns minutos antes das quatro, Peeta volta-se novamente para mim.

– Sua cor favorita... é verde?

– Isso aí. – Então penso em algo para acrescentar. – E a sua é laranja.

– Laranja? – Ele não parece muito convencido.

– Não laranja muito vívido. Laranja suave. Tipo o do pôr do sol – digo. – Pelo menos foi o que você me disse uma vez.

– Jura? – Ele fecha os olhos ligeiramente, talvez tentando visualizar aquele pôr do sol, e em seguida balança a cabeça afirmativamente. – Obrigado.

Porém, mais palavras se seguem:

– Você é pintor. Você é padeiro. Gosta de dormir com a janela aberta. Nunca põe açúcar no chá. E sempre dá dois nós nos cadarços.

Então mergulho na minha barraca antes de fazer algo estúpido como chorar.

De manhã, Gale, Finnick e eu vamos atirar em alguns vidros dos prédios para a equipe de cinegrafistas. Quando voltamos ao acampamento, Peeta está sentado num círculo com soldados do 13, que estão armados, mas falando abertamente com ele. Jackson inventou um jogo chamado "verdadeiro ou falso" para ajudar Peeta. Ele menciona alguma coisa que imagina haver acontecido, e eles dizem a ele se é verdade ou se foi imaginado, normalmente adicionando à resposta uma breve explicação.

– A maioria das pessoas do 12 foi morta no incêndio.

– Verdadeiro. Menos de novecentas pessoas do seu distrito conseguiram chegar com vida ao 13.

– O incêndio foi culpa minha.

– Falso. O presidente Snow destruiu o 12 pelo mesmo motivo que destruiu o 13, para enviar uma mensagem aos rebeldes.

Isso parece uma boa ideia até eu perceber que sou a única pessoa que poderá confirmar ou negar a maioria das dúvidas que pesam sobre ele. Jackson nos divide em turnos. Ela combina Finnick, Gale e eu com um soldado do 13. Dessa maneira, Peeta sempre terá acesso a alguém que o conhece mais pessoalmente. Não é uma conversa equilibrada. Peeta passa um longo tempo avaliando até mesmo pequenos pedaços de informação, tipo onde as pessoas compravam sopa em nosso distrito. Gale o informa acerca de vários detalhes do 12; Finnick é o especialista em ambos os Jogos de Peeta, já que foi mentor no primeiro e tributo no segundo. Mas como a maior confusão de Peeta gira em torno de mim – e nem tudo pode ser simplesmente explicado –, nossas conversas são dolorosas e pesadas, embora toquemos apenas nos detalhes mais superficiais. A cor do meu vestido no 7. Minha preferência por pãozinho de queijo. O nome de nossa professora de matemática quando éramos pequenos. Reconstruir sua memória a respeito de mim é excruciante. Talvez não seja nem mesmo possível depois do que Snow fez com ele. Mas me parece correto ajudá-lo a tentar.

Na tarde seguinte, recebemos a notificação de que o esquadrão inteiro está sendo requisitado para encenar um pontoprop razoavelmente complicado. Peeta estava certo em relação a uma coisa: Coin e Plutarch estão descontentes com a qualidade das tomadas que vêm recebendo do Esquadrão Estrela. Chatas demais. Pouquíssimo estimulantes. A reação óbvia é lembrar que nunca nos deixam fazer coisa alguma além das representações teatrais com as nossas armas. Entretanto, isso não tem a ver com uma defesa de nossa atuação, tem a ver com a invenção de um produto que seja minimamente utilizável. Então, hoje, um quarteirão especial foi separado para as filmagens. Há no local, inclusive, dois casulos ativos. Um deles libera uma torrente de tiros. O outro prende o invasor numa rede para interrogá-lo ou executá-lo, dependendo da preferência da pessoa que tiver efetuado a captura. Mas ainda assim é um quarteirão residencial sem importância, desprovido de qualquer consequência estratégica.

A equipe de TV tem a intenção de proporcionar uma sensação de perigo intenso liberando bombas de fumaça e acrescentando efeitos sonoros de tiros. Vestimos um pesado equipamento de proteção, inclusive a equipe de filmagem, como se estivéssemos nos encaminhando para o coração da batalha. Aqueles que têm armas de sua especialidade recebem permissão para levá-las consigo, junto com as armas tradicionais. Boggs também devolve a de Peeta, embora deixe bem claro, em alto e bom som, que está carregada apenas com balas de festim.

Peeta dá de ombros.

– De qualquer modo, não sou muito bom de mira. – Ele parece entretido em observar Pollux, mas o faz com tanta atenção que sua atitude acaba gerando certa preocupação. Então, finalmente, ele chega a uma conclusão e começa a falar agitadamente: – Você é um Avox, não é? Dá para ver pelo jeito como você engole. Havia dois Avox comigo na prisão. Darius e Lavinia, mas os guardas só os chamavam de ruivos. Eles tinham sido serviçais no Centro de Treinamento, então foram presos também. Assisti aos dois sendo torturados até a morte. Ela teve sorte. Eles usaram uma voltagem excessiva e o coração dela parou de bater. Mas ele levou dias para morrer. Surras, mutilações. Não paravam de fazer perguntas, mas ele não tinha como falar, só conseguia emitir uns horríveis sons animalescos. Eles não queriam informações, entende? Eles queriam que eu visse tudo.

Peeta olha ao redor para nossos rostos aturdidos, como se estivesse esperando uma resposta. Como nenhuma resposta surge, ele pergunta:

— Verdadeiro ou falso? — A falta de resposta o deixa ainda mais irritado. — Verdadeiro ou falso? — exige ele.

— Verdadeiro — diz Boggs. — Pelo menos, pelo que eu sei... é verdadeiro.

Peeta desaba.

— Foi o que pensei. Não havia nada... grandioso nisso. — Ele se afasta do grupo, murmurando alguma coisa sobre dedos dos pés e das mãos.

Eu me aproximo de Gale, pressiono a testa na armadura na altura de seu peito, sinto seu braço me puxando ainda mais contra seu corpo. Finalmente sabemos o nome da garota que testemunhamos a Capital abduzir na floresta do 12 e o destino do nosso amigo Pacificador que tentou manter Gale vivo. Esta não é a hora de relembrar momentos felizes. Eles perderam suas vidas por minha causa. Eu os acrescento à minha lista pessoal de mortes que começaram na arena e que agora inclui milhares de nomes. Quando levanto os olhos, vejo que o efeito sobre Gale foi diferente. Sua expressão diz que não existem montanhas suficientes a serem esmagadas, cidades suficientes a serem destruídas. Seu olhar promete morte.

Com o pavoroso relato de Peeta ainda fresco em nossas cabeças, avançamos pelas ruas cheias de cacos de vidro até alcançarmos nosso alvo, o quarteirão que devemos tomar. É uma meta real, apesar de pequena, que temos de conquistar. Nos reunimos ao redor de Boggs para examinar a projeção da rua fornecida pelo Holo. O casulo que atira está posicionado a mais ou menos um terço do caminho de descida, logo acima do toldo de um apartamento. Devemos ser capazes de acertá-lo com balas. O casulo com a rede encontra-se na extremidade, quase na outra esquina. Isso requer alguém para ativar o mecanismo do sensor corporal. Todos se apresentam como voluntários, com exceção de Peeta, que parece não estar entendendo muito bem o que está acontecendo. Eu não sou escolhida. Sou enviada a Messalla, que coloca um pouco de maquiagem em meu rosto para os close-ups previstos.

O esquadrão se posiciona sob a orientação de Boggs, e então somos obrigados a esperar que Cressida também coloque os cinegrafistas em posição. Ambos estão à nossa esquerda, com Castor na parte da frente e Pollux na traseira, de modo a garantir que não filmem um ao outro. Messalla libera algumas cargas de fumaça na atmosfera. Como isso é não apenas uma missão como também um tiroteio, estou a ponto de perguntar quem está no comando, meu comandante ou minha diretora, quando Cressida grita:

– Ação!

Descemos lentamente a rua enevoada, exatamente como em nossos exercícios no Quarteirão. Todos têm pelo menos uma seção de janelas para explodir, mas Gale foi designado para o verdadeiro alvo. Quando ele atinge o casulo, damos cobertura – agachados nas entradas dos prédios ou deitados nas lindas pedrinhas laranjas e rosas do pavimento – enquanto uma torrente de balas passa de um lado para o outro sobre nossas cabeças. Depois de um tempo, Boggs dá a ordem para avançar.

Antes de levantarmos, Cressida nos impede, já que necessita de algumas tomadas em close-up. Nos revezamos reencenando nossas reações. Caindo no chão, fazendo careta, mergulhando em buracos. Sabemos que se trata de um assunto sério, mas a coisa toda parece um pouco ridícula. Principalmente quando fica claro que não sou a pior atriz do esquadrão. Nem de longe. Estamos todos rindo tanto da tentativa de Mitchell de projetar sua ideia de desespero, que inclui dentes cerrados e narinas bem abertas, que Boggs é obrigado a nos repreender.

— Entre nos eixos, Quatro-Cinco-Um — diz ele com firmeza. Mas dá para ver que ele mesmo está contendo um sorriso enquanto verifica o casulo seguinte. Posicionando o Holo para encontrar a melhor luminosidade em meio ao ar esfumaçado. Ainda nos encarando quando seu pé esquerdo recua um passo em direção à calçada de pedras laranja. Detonando a bomba que arranca suas pernas.

20

É como se, num instante, uma janela pintada se despedaçasse revelando um mundo horrendo atrás dela. As gargalhadas dão lugar a berros, sangue mancha as pedras em tom pastel, fumaça de verdade escurece o material dos produtos de efeitos especiais feitos para a TV.

Uma segunda explosão parece dividir o ar e faz meus ouvidos retinirem. Mas não consigo identificar de onde veio.

Alcanço Boggs antes de qualquer outra pessoa, tento dar sentido à carne rasgada, aos membros arrancados, tento encontrar alguma coisa para estancar o fluxo vermelho que escapa de seu corpo. Homes me empurra para o lado, abrindo rapidamente um kit de primeiros socorros. Boggs agarra meu pulso. Seu rosto, cinzento por causa da fumaça e da proximidade da morte, parece estar murchando. Mas as palavras que ele pronuncia em seguida são uma ordem:

– O Holo.

O Holo. Cambaleio ao redor, cavando em meio a pedaços de ladrilho pegajosos de sangue, estremecendo quando encontro fragmentos de carne ainda quente. Encontro-o cravado numa escada junto com uma das botas de Boggs. Pego o objeto, limpo-o com minhas próprias mãos e o devolvo a meu comandante.

Homes está amparando o que restou da coxa esquerda de Boggs numa espécie de bandagem de compressão, mas ela já está empapada de sangue. Ele tenta fazer um torniquete para atar a outra acima do joelho ainda existente. O restante do esquadrão se reuniu numa formação protetora ao redor da equipe e de nós. Finnick tenta ressuscitar Messalla, que foi lançado contra um muro pela explosão. Jackson berra no bocal de um comunicador de campo, tentando, sem sucesso, pedir ao acampamento para que nos envie médicos, mas sei que já é tarde demais. Quando eu era pequena, observando minha mãe trabalhar, aprendi que uma vez que uma poça de sangue alcança determinado tamanho, não há mais remédio.

Eu me ajoelho ao lado de Boggs, preparada para repetir o papel que desempenhei com Rue e com a morfinácea do 6, dando a ele a oportunidade de ser amparado por alguém enquanto sua vida lhe é tirada. Mas Boggs tem ambas as mãos trabalhando no Holo. Ele tecla um comando, pressionando o polegar na tela para o reconhecimento de sua impressão digital, falando uma série de letras e números em resposta a uma solicitação. Uma barra de luz verde sai do Holo e ilumina seu rosto. Ele diz:

— Inapto a comandar. Transferindo evacuação com prioridade de segurança para o soldado Quatro-Cinco-Um do esquadrão, Katniss Everdeen. — Tudo o que ele consegue fazer é virar o Holo na direção do meu rosto. — Diz o seu nome.

— Katniss Everdeen — digo na barra verde. Subitamente, ela me prende em sua luz. Não consigo me mexer, não consigo nem mesmo piscar enquanto imagens tremeluzem rapidamente diante de meus olhos. Estarei sendo escaneada? Gravada? Cegada? A luz desaparece, e sacudo a cabeça para me livrar dela. — O que foi que você fez?

— Preparar para retirada! — berra Jackson.

Finnick está berrando algo de volta, gesticulando para a extremidade do quarteirão por onde entramos. Um material preto e oleoso jorra da rua como se fosse um gêiser, serpenteando por entre os prédios, criando uma impenetrável parede de escuridão. Não parece ser nem líquido nem gasoso, nem mecânico nem natural. Certamente é letal. Não há possibilidade de voltar por onde entramos.

Um tiroteio ensurdecedor tem início quando Gale e Leeg 1 explodem uma trilha do outro lado das pedras na direção da extremidade do quarteirão. Não sei o que estão fazendo até que uma outra bomba, a dez metros de distância, é detonada, abrindo um buraco na rua. Então me dou conta de que essa é uma tentativa rudimentar de desativar as minas. Homes e eu agarramos Boggs e começamos a arrastá-lo atrás de Gale. A agonia se instala e ele grita de dor, e eu quero parar, achar uma maneira melhor de carregá-lo, mas o negrume está se erguendo acima dos prédios, inchando, rolando na nossa direção como se fosse uma onda.

Sou puxada para trás, solto Boggs e dou de cara com as pedras. Peeta olha para mim, entorpecido, enlouquecido, de volta à terra dos telessequestrados, sua arma apontada para mim, descendo para esmagar o meu crânio. Rolo para o lado, ouço a coronha bater com força na rua, percebo os corpos desabando com o canto do olho enquanto Mitchell se joga sobre Peeta e o imobiliza no chão. Mas Peeta, sempre tão forte e agora aditivado pela insanidade das teleguiadas, dá um chute na barriga de Mitchell e o lança mais para baixo no quarteirão.

Ouve-se um estalo bem alto de uma armadilha quando o casulo é detonado. Quatro cabos, atados a faixas nos prédios, explodem as pedras, arrastando a rede que prende Mitchell.

A situação não faz sentido algum – o fato de ele começar a sangrar instantaneamente – até que vemos as farpas protuberantes saindo dos fios de arame que o envolvem. Entendo imediatamente. Aquilo decorava o topo da cerca ao redor do 12. Enquanto grito para ele não se mover, tapo a boca com a mão por causa do mau cheiro do negrume, espesso, com textura de alcatrão. A onda atingiu o topo e começou a cair.

Gale e Leeg 1 atiram na fechadura da porta da frente do edifício da esquina e então começam a disparar nos cabos que prendem a rede de Mitchell. Outros ficam contendo Peeta. Volto correndo para Boggs; Homes e eu o arrastamos para dentro do apartamento de alguém através da sala de estar revestida de veludo rosa e branco, passando por um corredor com várias fotos de família penduradas na parede e chegando à cozinha com piso de mármore, onde desabamos no chão. Castor e Pollux carregam um Peeta que não para de se contorcer. De alguma maneira, Jackson consegue colocar algemas nele, mas isso só o deixa ainda mais selvagem e eles são forçados a prendê-lo num closet.

Na sala de estar, a porta da frente é batida com força, pessoas gritam. Em seguida, passos pesados são ouvidos no corredor à medida que a onda preta passa ribombando pelo prédio. Da cozinha, podemos ouvir as janelas gemendo, sendo despedaçadas. O venenoso cheiro de alcatrão impregna o ar. Finnick carrega Messalla. Leeg 1 e Cressida entram na sala atrás deles aos tropeções e tossindo.

– Gale! – berro.

E lá está ele, fechando com força a porta da cozinha atrás de si, e consegue expelir uma única palavra:

– Gás!

Castor e Pollux pegam toalhas e aventais para tapar as rachaduras e aberturas na parede enquanto Gale vomita numa pia amarela.

— Mitchell? — pergunta Homes. Leeg 1 simplesmente balança a cabeça.

Boggs gruda o Holo em minha mão. Seus lábios estão se movendo, mas não consigo entender o que diz. Inclino o ouvido na direção de sua boca para captar seu sussurro áspero:

— Não confie neles. Não recue. Mate Peeta. Faça o que você veio fazer.

Eu me afasto para poder ver o seu rosto.

— O quê? Boggs? Boggs? — Seus olhos ainda estão abertos, porém mortos. Apertado em minha mão, colado nela com o sangue dele, está o Holo.

O som dos pés de Peeta batendo na porta do closet interrompe a respiração entrecortada dos outros. Apesar disso, conseguimos ouvir sua energia diminuir. Os chutes rareiam e se transformam numa batucada irregular. Em seguida, não ouvimos mais nada. Imagino se ele também não estará morto.

— Ele morreu? — pergunta Finnick, olhando para Boggs. Faço que sim com a cabeça. — Precisamos sair daqui. Agora. A gente acabou de ativar uma rua inteira de casulos. Podem apostar que nos pegaram nos vídeos de segurança.

— Sem dúvidas — diz Castor. — Todas as ruas estão recheadas de câmeras de segurança. Aposto que liberaram a onda preta manualmente quando nos viram gravando o ponto-prop.

— Nossos radiocomunicadores ficaram mudos quase que imediatamente. Provavelmente algum dispositivo de pulsação eletromagnética. Mas vou levá-los de volta ao acampamento.

Me dá o Holo. – Jackson estende a mão para pegar a unidade, mas eu a grudo contra o peito.

– Não. Boggs deu para mim – digo.

– Deixe de ser ridícula – rebate Jackson. É claro que pensa que o objeto pertence a ela. Ela é a vice-comandante.

– É verdade – diz Homes. – Ele transferiu a evacuação com prioridade de segurança para ela quando estava morrendo. Eu vi.

– E por que ele faria uma coisa dessas? – pergunta Jackson.

Por quê, realmente? Minha cabeça está girando em função dos terríveis eventos dos últimos cinco minutos – Boggs mutilado, morrendo, morto; a fúria homicida de Peeta; Mitchell ensanguentado e preso na rede, e sendo engolido por aquela maldita onda preta. Eu me viro para Boggs, querendo muito que ele estivesse vivo. Subitamente certa de que ele, e talvez somente ele, estivesse totalmente do meu lado, penso em suas últimas ordens...

"Não confie neles. Não recue. Mate Peeta. Faça o que você veio fazer."

O que ele quis dizer? Não confiar em quem? Nos rebeldes? Coin? Nas pessoas que estão olhando para mim agora? Não vou recuar, mas ele precisa saber que não posso simplesmente dar um tiro na cabeça de Peeta. Posso? Deveria? Será que Boggs adivinhou que o que eu realmente vim fazer aqui é desertar e matar Snow por conta própria?

Não consigo dar sentido a tudo isso agora, de modo que decido apenas levar a cabo as duas primeiras ordens: não confiar em ninguém e penetrar mais fundo na Capital. Mas como posso justificar isso? O que posso fazer para que me deixem ficar com o Holo?

— Porque estou numa missão especial para a presidenta Coin. Acho que Boggs era a única pessoa que sabia disso.

A história não convence Jackson em hipótese alguma.

— Para fazer o quê?

Por que não contar a verdade a eles? Seria tão plausível quanto qualquer outra ideia que me viesse à cabeça. Mas a coisa deve parecer uma missão real, não uma vingança.

— Para assassinar o presidente Snow antes que as perdas de vidas nesta guerra tornem nossa população insustentável.

— Não acredito em você — diz Jackson. — Na condição de sua comandante atual, ordeno que você transfira para mim a evacuação com prioridade de segurança.

— Não — digo. — Isso seria uma violação direta das ordens da presidenta Coin.

Armas são apontadas. Metade do esquadrão para Jackson, metade para mim. Alguém está prestes a morrer, quando Cressida fala:

— É verdade. É por isso que a gente está aqui. Plutarch quer que isso seja transmitido pela TV. Ele acha que se a gente conseguir filmar o Tordo assassinando Snow, isso acabará a guerra.

As palavras fazem com que Jackson pare por um instante. Então ela faz um gesto com a arma na direção do closet.

— E por que ele está aqui?

Aí eu sou obrigada a dar razão a ela. Não consigo imaginar nenhum motivo racional para Coin enviar um garoto instável, programado para me matar, a uma missão tão importante. Isso realmente enfraquece minha história. Cressida volta a me socorrer:

— Porque as duas entrevistas pós-Jogos com Caesar Flickerman foram filmadas nos aposentos pessoais do presidente Snow. Plutarch acha que Peeta pode ser de alguma utilidade como guia num local que mal conhecemos.

Quero perguntar a Cressida por que ela está mentindo por mim, por que está lutando para que continuemos com nossa missão autodesignada. Agora não é o momento.

– Temos de sair daqui! – diz Gale. – Estou com a Katniss. Se vocês não querem ir com a gente, voltem para o acampamento. Mas vamos sair daqui agora!

Homes abre o closet e coloca nos ombros um Peeta inconsciente.

– Pronto.

– Boggs? – diz Leeg 1.

– Não podemos levá-lo. Ele entenderia – diz Finnick. Ele solta a arma de Boggs do ombro dele e a prende no seu. – Vá na frente, soldado Everdeen.

Não sei como ir na frente. Olho para o Holo em busca de orientação. Ele ainda está ativado, mas poderia muito bem estar quebrado, considerando o tanto que me ajuda. Não há tempo para ficar mexendo nos botões, tentando entender como operá-lo.

– Não sei como usar isto aqui. Boggs disse que você me ajudaria – digo a Jackson. – Ele disse que eu podia contar com você.

Jackson olha feio para mim, tira o Holo de minha mão e tecla um comando. Uma interseção aparece.

– Se a gente sair pela porta da cozinha, tem um pequeno pátio e depois os fundos de uma outra unidade de prédios de esquina. Estamos olhando para uma panorâmica das quatro ruas que se encontram na interseção.

Tento me localizar enquanto observo o cruzamento no mapa piscando com casulos em todas as direções. Esses são apenas os casulos que Plutarch sabe que existem. O Holo não indicava que o quarteirão de onde acabamos de sair estava minado, que possuía o gêiser preto ou que a rede era feita de arame farpado. Além disso, pode ser que haja Pacificadores com os quais teremos de lidar, agora que sabem qual é a nossa posição. Mordo a parte interna do lábio, sentindo os olhos de todos sobre mim.

— Vistam suas máscaras. Vamos sair por onde entramos.

Objeções instantâneas. Ergo minha voz.

— Se a onda era assim tão poderosa, então pode ter ativado e absorvido outros casulos em nosso caminho.

Todos param para avaliar minhas palavras. Pollux faz alguns sinais rápidos para seu irmão.

— Pode ser que também tenha estragado as câmeras — traduz Castor. — Pode ter tapado as lentes.

Gale coloca uma de suas botas na bancada e examina a mancha preta em seu dedo. Raspa-a com uma faca de cozinha que achou em cima da bancada.

— Não é corrosiva. Acho que a intenção era sufocar ou envenenar a gente.

— Provavelmente essa é a nossa melhor hipótese — diz Leeg 1.

Máscaras são colocadas. Finnick ajusta a máscara de Peeta sobre seu rosto desmaiado. Cressida e Leeg 1 erguem um tonto Messalla entre elas.

Fico esperando que alguém assuma a posição dianteira quando me lembro de que agora esse é o meu trabalho. Empurro a porta da cozinha e não encontro nenhuma resistência. Uma camada de cinco centímetros de gosma preta espalhou-se a partir da sala de estar e tomou mais ou menos setenta e cinco por cento do corredor. Quando a testo cautelosamente com a ponta da bota, descubro que possui consistência gelatinosa. Levanto o pé e, depois de esticar ligeiramente, a gosma volta para baixo. Dou três passos no gel e olho para trás. Nenhuma pegada. É a primeira coisa boa que aconteceu hoje. O gel torna-se ligeiramente mais espesso à medida que atravesso a sala de estar. Abro a porta da frente esperando que litros e litros da substância caiam e invadam o recinto, mas o produto mantém sua forma.

O quarteirão laranja e rosa parece ter sido mergulhado numa cintilante tinta preta que ainda não secou por inteiro. Pedras de calçamento, edifícios, até mesmo os telhados estão cobertos com o gel. Algo no formato de uma grande gota pende acima da rua. Duas formas projetam-se dela. Um cano de revólver e a mão de um ser humano. Mitchell. Espero na calçada, olhando para ele até que o grupo todo esteja ao meu lado.

– Se alguém precisa voltar, por quaisquer motivos, a hora é essa – digo. – Nenhuma pergunta vai ser feita, ninguém vai ficar chateado. – Ninguém parece inclinado a recuar. Então começo a me mover em direção ao interior da Capital, ciente de que não dispomos de muito tempo. O gel está mais profundo aqui, dez a doze centímetros, e emite um som de sucção cada vez que se levanta o pé, mas ainda está cobrindo as nossas pegadas.

A onda deve ter sido enorme, com um tremendo poder, já que afetou diversos quarteirões à frente. E embora pise com cuidado, acho que meus instintos estavam certos em relação a ela ter detonado os outros casulos. Um quarteirão está salpicado de corpos dourados de teleguiadas. Devem ter sido soltas recentemente, apenas para sucumbir ao gás. Um pouco mais além, um prédio inteiro desabou e jaz numa pilha sob o gel. Cruzo em disparada pelas interseções, com a mão levantada para que os outros esperem enquanto procuro por possíveis problemas, mas a onda parece haver desmantelado os casulos com muito mais competência do que qualquer esquadrão de rebeldes poderia ter feito.

No quinto quarteirão, posso dizer que alcançamos o ponto onde a onda começou a diminuir. O gel tem apenas dois centímetros de espessura, e consigo ver os terraços com sua coloração azul-bebê projetando-se do outro lado da interseção seguinte. A luz da tarde esmaeceu, e nós precisamos muito encontrar um abrigo e montar um plano. Escolho um apartamento a dois terços do caminho, descendo o quarteirão. Homes arrebenta a tranca e ordeno que os outros entrem. Permaneço na rua por apenas um minuto, observando a última de nossas pegadas sumir de vista e em seguida fecho a porta atrás de mim.

Lanternas dispostas em nossas armas iluminam uma grande sala de estar com paredes espelhadas que refletem nossos rostos a todo momento. Gale verifica as janelas, que não apresentam nenhum sinal de estrago, e retira a máscara.

– Está tudo tranquilo. Dá para sentir o cheiro, mas não está muito forte.

O apartamento parece ter sido decorado exatamente da mesma maneira que o primeiro, no qual entramos para buscar refúgio. O gel escurece qualquer luz natural que venha da frente, mas um pouco de luz vaza das persianas na cozinha. Ao longo do corredor, existem dois quartos com banheiros. Uma escada em espiral na sala de estar leva a um espaço aberto que compreende grande parte do segundo andar. Não há janelas aqui, mas as luzes foram deixadas acesas, provavelmente por alguém fugindo precipitadamente. Uma gigantesca tela de TV, desligada, mas brilhando suavemente, ocupa uma das paredes. Cadeiras sofisticadas e sofás encontram-se espalhados pela sala. É aqui que nos reunimos, nos jogamos em cima de tapeçarias, tentamos recuperar o fôlego.

Jackson está com a arma apontada para Peeta, embora ele ainda esteja algemado e inconsciente, atravessado num sofá azul onde Homes o depositou. O que vou fazer com ele, afinal de contas? E com a equipe? Com todo mundo, para ser franca, tirando Gale e Finnick? Porque eu preferiria ir atrás de Snow com esses dois a ir sozinha. Mas não posso liderar dez pessoas através da Capital numa missão falsa, mesmo que conseguisse ler o Holo. Será que deveria, será que poderia tê-los mandado de volta quando tive chance? Ou será que era perigoso demais? Não só para eles pessoalmente como também para a minha missão. Talvez não devesse ter dado ouvidos a Boggs, porque é possível que estivesse em uma espécie de estado delirante que antecede a morte. Talvez eu devesse simplesmente confessar tudo, mas nesse caso, Jackson assumiria o comando e acabaríamos de volta ao acampamento. Onde eu teria de prestar contas a Coin.

No momento em que a complexidade da bagunça para a qual arrastei todo mundo começa a entupir meu cérebro, uma série de explosões ao longe faz com que a sala trema.

– Não foi perto daqui – assegura Jackson. – A uns quatro ou cinco quarteirões de distância.

– Onde a gente deixou o Boggs – diz Leeg 1.

Embora ninguém tenha feito nenhum movimento naquela direção, o aparelho de TV ganha vida, emitindo um som bem agudo e fazendo com que metade de nosso grupo se ponha de pé.

– Está tudo bem! – fala Cressida. – É apenas uma transmissão de emergência. Toda TV da Capital é ativada automaticamente quando isso acontece.

Lá estamos nós na tela, logo depois que a bomba acabou com Boggs. Uma voz ao fundo narra para a audiência o que está vendo enquanto aparecemos tentando nos reagrupar, reagir aos esguichos de gel preto da rua e não perder o controle da situação. Assistimos ao caos que se segue até a onda escurecer as câmeras. A última coisa que vemos é Gale, sozinho na rua, tentando atirar nos cabos que mantêm Mitchell pendurado.

A repórter identifica Gale, Finnick, Boggs, Peeta, Cressida e eu pelos nomes.

— Não tem nenhuma tomada aérea. Boggs devia estar certo em relação ao número de aerodeslizadores deles — diz Castor. Não notei isso, mas acho que é o tipo de coisa em que um cinegrafista repara de imediato.

A cobertura continua do pátio atrás do apartamento onde nos abrigamos. Pacificadores estão alinhados no telhado em frente ao nosso esconderijo anterior. Projéteis são lançados na direção da fileira de apartamentos, desencadeando a explosão em série que ouvimos, e o prédio desaba numa pilha de entulho e poeira.

Agora há um corte para um noticiário ao vivo. Uma repórter está de pé no telhado com os Pacificadores. Atrás dela, o quarteirão de prédios de apartamentos está em chamas. Bombeiros tentam controlar o fogo com mangueiras. Nossa morte é dada como certa.

— Finalmente um pouco de sorte — diz Homes.

Acho que ele tem razão. Certamente é melhor que sermos perseguidos pela Capital. Mas fico imaginando como isso estará repercutindo no 13. Onde minha mãe e Prim, Hazelle e as crianças, Annie, Haymitch e várias outras pessoas do 13 pensam que acabaram de nos ver morrendo.

— Meu pai. Ele acabou de perder minha irmã e agora... — diz Leeg 1.

Acompanhamos o filme que se segue. Exultantes em sua vitória, principalmente sobre mim. Separando material para fazer uma montagem do Tordo ascendendo ao poder dos rebeldes – acho que eles já tinham esse conteúdo preparado há algum tempo porque parece muito bem-acabado –, e então entrando ao vivo para que alguns repórteres possam debater meu muito merecido fim. Mais tarde, prometem, Snow fará um pronunciamento oficial. A tela escurece.

Os rebeldes não fizeram nenhuma tentativa de invasão durante a transmissão, o que me leva a acreditar que imaginam que as imagens retratam a verdade. Se é assim, realmente estamos por conta própria.

– Então, agora que a gente está morto, qual é o próximo passo? – pergunta Gale.

– Isso não é uma coisa óbvia? – Ninguém sabia que Peeta recuperara a consciência. Não sei há quanto tempo ele observava tudo, mas a julgar pelo olhar de tristeza em seu rosto, tempo suficiente para ver o que aconteceu na rua. A maneira como enlouqueceu, tentou quebrar a minha cabeça e jogou Mitchell no casulo. Ele se senta com um esforço doloroso e dirige suas palavras a Gale: – Nosso próximo passo... é me matar.

21

Isso significa que duas solicitações pela morte de Peeta foram feitas em menos de uma hora.

— Deixe de ser ridículo — diz Jackson.

— Acabei de matar um membro do nosso esquadrão! — grita Peeta.

— Você o empurrou para longe de você. Não tinha como saber que ele acionaria a rede naquele ponto exato — diz Finnick, tentando acalmá-lo.

— Que diferença faz? Ele morreu, não foi? — Lágrimas começam a escorrer pelo rosto de Peeta. — Eu não sabia. Eu nunca me vi desse jeito antes. Katniss tem razão. Sou um monstro. Sou um bestante. Snow me transformou numa arma!

— Isso não é culpa sua, Peeta — diz Finnick.

— Vocês não podem me levar. É só uma questão de tempo até eu matar alguém novamente. — Peeta olha para nossos rostos imersos em pensamentos conflitantes. — Talvez vocês achem que é mais gentil simplesmente me deixar em algum lugar. Permitir que eu assuma os riscos sozinho. Mas isso é a mesma coisa que me entregar à Capital. Vocês acham que estariam me fazendo um favor me devolvendo a Snow?

Peeta. De volta às mãos de Snow. Torturado e flagelado até que nenhum pedaço de seu ser anterior tivesse condições de algum dia voltar a emergir.

Por algum motivo, a última estrofe de "A árvore-forca" começa a percorrer a minha mente. A estrofe em que o homem prefere que sua amante morra a ser obrigada a encarar as maldades que a esperam no mundo.

Você vem, você vem
Para a árvore
Usar um colar de corda, e ficar ao meu lado
Coisas estranhas aconteceram aqui
Não mais estranho seria
Se nos encontrássemos à meia-noite na árvore-forca.

– Eu mato você antes que isso aconteça – diz Gale. – Prometo.

Peeta hesita, como se estivesse avaliando a confiabilidade dessa oferta, e então balança a cabeça.

– Não me parece uma boa ideia. E se você não estiver presente para fazer isso? Quero uma daquelas pílulas de veneno como as que vocês todos têm.

Pílulas-cadeado. Há uma no acampamento, no compartimento especial na manga de meu traje de Tordo. Mas há uma outra no bolso da frente de meu uniforme. Interessante eles não terem separado uma para Peeta. Talvez Coin tenha pensado que ele pudesse ingeri-la antes de ter a oportunidade de me matar. Não está claro se Peeta quer dizer que se mataria agora para nos poupar da tarefa de matá-lo, ou apenas se a Capital o levasse novamente preso. No estado em que ele se encontra, eu diria que a ação teria muito mais chances de ocorrer mais cedo do que mais tarde. Certamente, isso tornaria tudo mais fácil para todos nós. Não sermos obrigados a dar um tiro nele. Certamente, simplificaria o problema de lidar com seus rompantes homicidas.

Não sei se são os casulos, ou o medo, ou ter visto Boggs morrer, mas sinto a arena ao meu redor. É como se eu jamais houvesse saído dela, na realidade. Mais uma vez, estou lutando não apenas pela minha própria sobrevivência, como também pela de Peeta. Como Snow ficaria satisfeito, como ele se divertiria se conseguisse me fazer matar Peeta. Se conseguisse colocar na minha consciência a morte de Peeta pelo tempo que me resta de vida.

– Não tem a ver com você – digo. – Estamos numa missão. E você é necessário nela. – Olho para o restante do grupo. – Vocês acham que a gente consegue encontrar comida por aqui?

Além do kit médico e das câmeras, não temos nada além de uniformes e armas.

Metade do grupo fica para vigiar Peeta ou para acompanhar a transmissão de Snow, enquanto os outros vão à caça de alguma coisa para comer. Messalla prova-se de extrema utilidade porque morou numa réplica quase perfeita deste apartamento e sabe onde seria mais provável as pessoas guardarem comida. Alerta-nos, por exemplo, para a existência de um local de estocagem escondido por um painel espelhado no quarto, ou para a facilidade de se retirar a tela de ventilação no corredor. Assim, embora os armários da cozinha estejam vazios, encontramos mais de trinta itens comestíveis enlatados e diversas caixas de biscoito.

A estocagem desagrada os soldados criados no 13.

– Isso por acaso não é ilegal? – diz Leeg 1.

– Muito pelo contrário. Na Capital você seria considerada uma idiota se não fizesse isso – diz Messalla. – Mesmo antes do Massacre Quaternário, as pessoas já começavam a estocar suprimentos escassos.

– Enquanto outras pessoas não tinham nada – diz Leeg 1.

– Correto – diz Messalla. – É assim que funciona aqui.

– Ainda bem, ou então a gente não teria jantar – diz Gale. – Cada um pega uma lata.

Alguns de nosso grupo parecem relutantes em fazê-lo, mas esse é um método tão bom quanto qualquer outro. Eu realmente não estou no clima para dividir tudo em onze partes proporcionais a considerações de idade, peso e desempenho físico. Mexo na pilha, prestes a escolher um ensopado de bacalhau, quando Peeta estende uma lata para mim.

– Aqui.

Eu pego, sem saber o que esperar. No rótulo está escrito COZIDO DE CORDEIRO.

Comprimo os lábios ao rememorar a chuva pingando através das pedras, minhas ineptas tentativas de paquera e o aroma do meu prato favorito no ar gelado da Capital. Então, alguma parte disso tudo também deve ter permanecido na cabeça dele. O quanto estávamos felizes, o quanto estávamos esfomeados, o quanto estávamos próximos um do outro quando aquela cesta de piquenique chegou do lado de fora de nossa caverna.

– Obrigada. – Abro a lata. – Tem até ameixa seca. – Entorto a tampa e uso-a como uma colher improvisada para levar um pouco do conteúdo até a boca. Agora este lugar também tem o mesmo sabor da arena.

Estamos passando de mão em mão uma caixa de biscoitos finos com recheio de creme quando o sinal sonoro da TV retorna. A insígnia da Capital se ilumina na tela e lá permanece enquanto o hino é executado. E então começam a mostrar imagens dos mortos, exatamente como faziam com os tributos na arena. Começam com os quatro rostos de nossa equipe de TV, seguidos de Boggs, Gale, Finnick, Peeta e eu. Com exceção de Boggs, não se preocupam em mostrar os soldados do 13, ou porque não fazem a menor ideia de quem sejam ou porque sabem que não terão a menor importância para a audiência. Então o homem em pessoa aparece, sentado em sua escrivaninha, uma bandeira desfraldada atrás de si, a rosa branca recém-colhida brilhando na lapela. Há uma boa possibilidade de ele ter recebido alguns retoques recentemente, porque seus lábios estão mais inchados que o habitual. E sua equipe de preparação realmente precisa pegar mais leve no blush.

Snow parabeniza os Pacificadores pelo trabalho magistral, exalta-os por livrar o país da ameaça chamada Tordo. Com a minha morte, ele prevê uma guinada nos rumos da guerra, já que os desmoralizados rebeldes não têm mais a quem seguir. E o que era eu, de fato? Uma garota pobre e instável com um pequeno talento com arco e flecha. Não uma grande pensadora, não uma mente prodigiosa por trás da rebelião, meramente um rosto pinçado da gentalha porque havia chamado a atenção da nação com minhas travessuras nos Jogos. Mas necessária, extremamente necessária, porque os rebeldes não possuem nenhum líder real entre eles.

Em algum ponto do Distrito 13, Beetee aperta um botão, porque agora não é o presidente Snow, mas sim a presidenta Coin que está nos encarando. Ela se apresenta a Panem, identifica-se como a liderança dos rebeldes e então faz um discurso me enaltecendo. Glórias para a garota que sobreviveu à Costura e aos Jogos Vorazes, e em seguida transformou um país de escravos num exército de combatentes pela liberdade.

— Viva ou morta, Katniss Everdeen continuará sendo a cara da rebelião. Se algum dia vocês vacilarem em sua determinação, pensem no Tordo, e nele vocês encontrarão a força de que necessitam para livrar Panem de seus opressores.

– Nossa, eu não fazia ideia do quanto ela gostava de mim – digo, o que suscita uma risada de Gale e olhares questionadores da parte dos outros.

Em seguida aparece uma fotografia minha tremendamente modificada, com a aparência bela e firme e com chamas tremeluzindo atrás de mim. Nenhuma palavra. Nenhum slogan. Meu rosto é tudo de que precisam agora.

Beetee devolve as rédeas a um Snow bastante controlado. Tenho a sensação de que o presidente imaginava que o canal de emergência fosse impenetrável, e de que alguém vai acabar morto hoje à noite por conta da brecha de segurança.

– Amanhã de manhã, quando retirarmos o corpo de Katniss Everdeen das cinzas, veremos exatamente quem é o Tordo. Uma garota morta que não tem como salvar ninguém, nem a si própria. – Insígnia, hino e fim.

– Só que você não vai encontrá-la – diz Finnick para a tela vazia, dando voz ao que todos provavelmente estamos pensando. O tempo extra que conquistamos será curto. Assim que começarem a escavar aquele monte de cinzas e se darem conta de que faltam onze corpos, chegarão à conclusão de que escapamos.

– Pelo menos, vamos ter umas horas de vantagem – digo. De repente, sinto-me extremamente cansada. Tudo que quero é me deitar num daqueles sofisticados sofás verdes e dormir. Acomodar o corpo naquelas almofadas acolchoadas e desmaiar. Em vez disso, pego o Holo e insisto para que Jackson me ensine os comandos mais básicos (que trata-se, na verdade, de inserir as coordenadas da interseção de grade do mapa mais próximo) de modo que eu possa pelo menos começar a operar a coisa sozinha. Como o Holo projeta tudo que nos cerca, sinto um aperto ainda maior no coração. Devemos estar chegando mais perto dos alvos cruciais porque o número de casulos aumentou consideravelmente. Como seremos capazes de avançar no interior desse buquê de luzes piscando sem sermos detectados? Não é possível. E se não é possível, estamos presos numa rede como pássaros. Decido que é melhor não adotar nenhuma espécie de atitude soberba enquanto estiver com estas pessoas. Principalmente com os meus olhos se dirigindo constantemente para aquele sofá verde. Então eu digo: – Alguma ideia?

– Por que a gente não começa excluindo possibilidades? – diz Finnick. – A rua não é uma possibilidade.

– Os terraços são tão ruins quanto a rua – diz Leeg 1.

– Ainda podemos ter uma chance de sair daqui, de voltar para o local por onde entramos – diz Homes. – Mas isso significaria o fracasso da missão.

Uma pontada de culpa me atinge, já que fui eu mesma quem idealizou a tal missão.

– A intenção nunca foi todos nós seguirmos em frente. Vocês só tiveram o azar de estar comigo.

– Bom, esse é um ponto polêmico. Estamos com você agora – diz Jackson. – Sendo assim, não podemos ficar aqui parados. Não podemos nos mover para cima. Não podemos nos mover para os lados. Tenho a impressão que só nos resta uma opção.

– O subsolo – diz Gale.

O subsolo. Que eu odeio. Como minas, túneis e o 13. O subsolo, onde tenho pavor de morrer, o que é uma idiotice porque mesmo que eu morra na superfície, a primeira coisa que vão fazer é me enterrar de um modo ou de outro.

O Holo consegue mostrar casulos no subsolo assim como no nível da rua. Percebo que, quando descemos para o subsolo, as linhas limpas e confiáveis do plano da rua ficam entrelaçadas por uma confusão de túneis que serpenteiam em todas as direções. Mas os casulos parecem menos numerosos lá embaixo.

Duas portas abaixo, um tubo vertical conecta nossa fileira de apartamentos aos túneis. Para alcançar o tubo, vamos precisar comprimir nossos corpos para fazê-los passar por um poço de manutenção que percorre o comprimento do prédio. Podemos entrar na passagem através dos fundos de um closet no andar de cima.

– Tudo bem, então. Vamos dar a impressão que a gente nunca esteve aqui – digo. Apagamos todos os sinais de nossa presença. Jogamos as latas vazias numa lixeira, coletamos as ainda cheias para usar mais tarde, viramos as almofadas dos sofás que foram manchadas de sangue, apagamos quaisquer traços de gel dos ladrilhos. Não há como consertar a fechadura da porta da frente, mas a cerramos com uma segunda tranca, o que, pelo menos, a impedirá de se abrir ao menor contato.

Finalmente, só nos resta enfrentar Peeta. Ele se planta no sofá azul, se recusando a mover-se.

– Eu não vou. Se eu for, ou revelo a posição de vocês ou acabo machucando mais alguém.

– O pessoal do Snow vai encontrá-lo – diz Finnick.

– Então deixe uma pílula comigo. Só vou engolir se for preciso – diz Peeta.

– Essa opção não existe. Você vem com a gente – diz Jackson.

– Ou o quê? Você me dá um tiro? – pergunta Peeta.

– A gente vai dar um jeito de você ficar desacordado e depois te arrastar pelo caminho – diz Homes. – O que vai não só nos obrigar a andar mais lentamente como também pode deixar a gente numa situação perigosa.

— Parem de agir com tanta nobreza! Eu não estou nem aí se vou morrer ou não. — Ele se volta para mim, agora implorando: — Katniss, por favor. Você não entende que quero abandonar tudo?

A questão é que eu entendo, de fato. Por que não posso simplesmente deixá-lo ir? Dou uma pílula para ele, puxo o gatilho? É porque me preocupo demais com Peeta ou porque me preocupo demais com a possibilidade de deixar Snow vencer? Será que eu o transformei numa peça de meus Jogos particulares? Isso é uma coisa desprezível, mas não sei ao certo se eu não seria capaz de algo assim. Se for verdade, seria mais gentil matar Peeta aqui e agora. Mas, para o bem ou para o mal, não sou motivada pela gentileza.

— Estamos perdendo tempo. Você virá voluntariamente ou vamos precisar te nocautear?

Peeta enterra a cabeça nas mãos por alguns instantes e então se levanta para nos acompanhar.

— Tiramos as algemas dele? — pergunta Leeg 1.

— Não! — rosna Peeta, trazendo as algemas para junto de si.

— Não — repito. — Mas quero ficar com a chave. — Jackson a passa para mim sem dizer uma palavra. Deslizo-a para o bolso da calça, onde ela faz um clique ao se chocar com a pérola.

Quando Homes força a abertura da pequena porta de metal para o poço de manutenção, encontramos outro problema. Não há possibilidade de as cascas de inseto passarem pela estreita passagem. Castor e Pollux retiram-nas e desatrelam câmeras de apoio de emergência. Cada uma tem o tamanho de uma caixa de sapato e provavelmente opera com o mesmo nível de qualidade. Messalla não consegue imaginar nenhuma maneira melhor de esconder as volumosas cascas, de modo que acabamos jogando-as no closet. Deixar para trás uma pista fácil como aquela me frustra, mas o que mais podemos fazer?

Mesmo seguindo de um em um, segurando nossas mochilas e equipamentos pelos lados, a passagem é bastante apertada. Andamos de lado cuidadosamente até o primeiro apartamento e entramos no segundo. Nesse, um dos quartos tem uma porta onde se vê escrito SERVIÇO em vez de um banheiro. Atrás da porta está a sala com a entrada para o tubo.

Messalla franze a testa para a tampa larga e circular, por um momento retornando a seu próprio mundo extravagante.

– É por isso que ninguém quer a unidade do meio. Trabalhadores entrando e saindo o tempo todo, sem um segundo banheiro. Mas o aluguel é muito mais barato. – Então ele nota a expressão descontraída no rosto de Finnick e acrescenta: – Pouco importa.

A tampa do tubo é fácil de abrir. Uma escada ampla com degraus emborrachados permite uma descida rápida e descomplicada em direção aos intestinos da cidade. Nos reunimos ao pé da escada, esperando nossos olhos se ajustarem às réstias de luz, respirando a mistura de produtos químicos, bolor e esgoto.

Pollux, pálido e suado, se aproxima e agarra o pulso de Castor. Como se pudesse cair se não houvesse alguém para ampará-lo.

– Meu irmão trabalhou aqui embaixo depois que virou Avox – diz Castor. É claro. Quem mais eles conseguiriam para cuidar da manutenção dessas passagens úmidas, malcheirosas e cheias de casulos? – Foram necessários cinco anos e muito dinheiro para conseguir levá-lo de volta à superfície. Ele não viu a luz do sol uma única vez nesse tempo todo.

Em condições melhores, num dia com menos horrores e mais descanso, alguém certamente saberia o que dizer. Em vez disso, ficamos todos ali parados por um bom tempo, tentando formular uma resposta.

Finalmente, Peeta vira-se para Pollux e diz:

– Bom, então você acabou de virar o nosso ativo mais precioso. – Castor ri e Pollux consegue exibir um sorriso.

Chegamos à metade do caminho no primeiro túnel quando percebo o que foi tão notável em relação à conversa. Peeta soou como o antigo Peeta, o que sempre era capaz de pensar na coisa certa a dizer quando ninguém mais conseguia. Irônico, incentivador, um pouquinho engraçado, mas não às custas de ninguém. Olho de relance para ele, caminhando atrás de mim sob o olhar atento de seus guardas, Gale e Jackson, olhos fixos no chão, ombros curvados para a frente. Nenhum entusiasmo. Mas, naquele momento, ele estava realmente ali.

Peeta definiu muito bem. Pollux acaba se provando mais valioso do que dez Holos. Há uma rede simples de amplos túneis que corresponde diretamente ao mapa da rua principal acima, subjacente às principais avenidas e cruzamentos. É chamado Transferência, já que pequenos caminhões o utilizam para fazer entregas de mercadorias por toda a cidade. Durante o dia, seus muitos casulos são desativados, mas à noite o local é um campo minado. Entretanto, centenas de passagens adicionais, poços de serviço, linhas férreas e tubos de esgoto formam um labirinto de múltiplos níveis. Pollux conhece detalhes que acarretariam em desastres para um novato, como por exemplo, quais plantas poderiam exigir o uso de máscaras de gás ou conter fios eletrificados ou ratazanas do tamanho de castores. Ele nos alerta para o fluxo de água que jorra periodicamente pelos esgotos, antecipa o momento em que os Avox trocarão de turno, nos conduz ao interior de tubulações úmidas e obscuras para evitar a passagem quase silenciosa dos trens de carga. Mais importante de tudo, ele tem conhecimento das câmeras de TV. Não há muitas aqui neste lugar sombrio e enevoado, exceto na Transferência. Mas ficamos bem afastados delas.

Sob a orientação de Pollux, percorremos o percurso em um bom tempo – um ótimo tempo, se compararmos com a viagem na superfície. Depois de mais ou menos seis horas, a fadiga toma conta do grupo. São três da madrugada, de modo que imagino que ainda tenhamos algumas horas antes de darem pela falta de nossos corpos, de fazerem uma busca pelas pilhas de entulho em todo o quarteirão de apartamento, caso tivéssemos tentado escapar através dos poços, e de a caçada ter início.

Quando sugiro uma pausa para descanso, Pollux acha uma pequena e aconchegante sala repleta de máquinas com várias manivelas e mostradores luminosos. Ele levanta os dedos para indicar que devemos sair de lá em quatro horas. Jackson estrutura uma programação para os turnos de vigilância e, como não estou no primeiro, encaixo o corpo no espaço exíguo entre Gale e Leeg 1, e durmo imediatamente.

Parece que se passaram apenas alguns minutos quando Jackson me acorda e diz que é minha vez de montar guarda. São seis horas, e daqui a uma hora devemos partir. Jackson diz para eu comer uma lata de comida e ficar de olho em Pollux, que insistiu em montar guarda a noite inteira.

— Ele não consegue dormir.

Eu me arrasto a um estado relativamente alerta, como uma lata de cozido de batata e feijão, e me sento encostada na parede de frente para a porta. Pollux parece completamente desperto. Deve ter revivido aqueles cinco anos de aprisionamento a noite toda. Tiro o Holo e consigo inserir nossas coordenadas na grade e escanear os túneis. Como o esperado, mais casulos surgem à medida que nos aproximamos do centro da Capital. Por um tempo, Pollux e eu mexemos no Holo, vendo que armadilhas se encontram em quais locais. Quando minha cabeça começa a girar, entrego o aparelho a ele e me recosto na parede. Olho para os soldados adormecidos, para a equipe, para os amigos, e imagino quantos voltarão a ver o sol.

Quando meus olhos fixam-se em Peeta, cuja cabeça repousa bem ao lado dos meus pés, vejo que ele está acordado. Gostaria muito de poder interpretar o que está acontecendo na cabeça dele, gostaria muito de poder entrar lá e desembaraçar a bagunça de mentiras. Mas me conformo em fazer algo ao meu alcance.

— Você comeu? — pergunto. Um ligeiro balançar de cabeça indica que não. Abro uma lata de sopa de galinha e arroz e entrego a ele, mantendo a tampa comigo caso ele tente cortar os pulsos com ela ou algo assim. Ele se senta e entorta a lata, engolindo a sopa sem se importar realmente em mastigá-la. O fundo da lata reflete as luzes das máquinas, e lembro-me de algo que está na minha cabeça desde ontem. — Peeta, quando você perguntou o que aconteceu a Darius e Lavinia, e Boggs disse para você que aquilo era verdade, você disse que achava que era. Porque não havia nada de grandioso naquilo. O que você quis dizer?

– Ah, não sei exatamente como explicar – diz ele. – No início, tudo não passava de uma confusão total. Agora consigo entender determinadas coisas. Acho que existe um padrão emergindo. As lembranças que eles alteraram com o veneno das teleguiadas possuem características bem estranhas. Como se fossem intensas demais ou as imagens não fossem estáveis. Você lembra como foi quando a gente foi picado?

– As árvores se despedaçaram. Havia gigantescas borboletas coloridas. Caí num fosso cheio de bolhas laranjas. – Reflito sobre isso. – Bolhas laranjas brilhantes.

– Certo. Mas nada em relação a Darius ou Lavinia foi assim. Acho que ainda não tinham aplicado nenhum veneno em mim – diz ele.

– Bom, isso é uma coisa boa, não é? – pergunto. – Se você consegue separar as duas experiências, então consegue distinguir qual é a verdadeira.

– Sim. E se eu conseguisse criar asas, poderia voar. Só que as pessoas não conseguem criar asas – diz ele. – Verdadeiro ou falso?

– Verdadeiro – digo. – Mas as pessoas não precisam de asas para sobreviver.

– Tordos precisam. – Ele termina a sopa e devolve a lata para mim.

Na luz fluorescente, os círculos embaixo dos olhos dele parecem hematomas.

– Ainda dá tempo. Você devia dormir. – Sem esboçar resistência, ele se deita, mas apenas observa o ponteiro que se mexe de um lado para o outro em um dos mostradores. Lentamente, como eu faria com um animal ferido, estico a mão e acaricio alguns fios de cabelo em sua testa. Ele fica paralisado diante de meu toque, mas não o rechaça. Então continuo acariciando delicadamente os cabelos dele. É a primeira vez que o toco voluntariamente desde a última arena.

– Você ainda está tentando me proteger. Verdadeiro ou falso? – sussurra ele.

– Verdadeiro – respondo. A resposta parece requerer mais explicações. – Porque isso é o que você e eu fazemos. Protegemos um ao outro. – Depois de mais ou menos um minuto, ele cai no sono.

Pouco antes das sete, Pollux e eu nos juntamos aos outros para acordá-los. Há os costumeiros bocejos e suspiros que acompanham o despertar. Mas meus ouvidos também estão captando uma outra coisa. Quase um sibilo. Talvez seja apenas vapor escapando de uma bomba-d'água ou o barulho distante de um dos trens...

Peço ao grupo para ficar em silêncio para conseguir ouvir melhor. Há um sibilo, sim, mas não é um som contínuo. Parecem mais múltiplas exalações que formam palavras. Uma única palavra. Ecoando através dos túneis. Uma palavra. Um nome. Repetido inúmeras vezes.

– Katniss.

22

Nosso tempo extra terminou. Talvez Snow tenha mandado seus homens cavarem a noite inteira. Ou pelo menos, assim que o incêndio acabou. Encontraram os restos mortais de Boggs, sentiram-se brevemente tranquilizados e então, à medida que as horas começaram a passar sem a descoberta de novos troféus, a desconfiança se instalou. Em determinado ponto, perceberam que haviam sido enganados. E o presidente Snow não tolera ser feito de bobo. Não importa se nos perseguiram até o segundo apartamento ou se imaginaram que havíamos ido diretamente para o subsolo. Sabem que estamos aqui embaixo agora e liberaram alguma coisa, um bando de bestantes provavelmente, com o intuito de nos encontrar.

– Katniss. – Tenho um sobressalto com a proximidade do som. Procuro freneticamente sua fonte, o arco preparado, em busca de um alvo a atingir. – Katniss. – Os lábios de Peeta mal se mexem, mas não há a menor dúvida, o nome também veio de sua boca. Logo quando eu começava a pensar que ele estava ficando um pouquinho melhor, quando começava a pensar que talvez pudesse estar se reaproximando de mim, aqui está a prova da profundidade atingida pelo veneno de Snow. – Katniss. – Peeta está programado para responder ao coro sibilante, a se juntar à caçada. Está começando a se agitar. Não há escolha. Posiciono meu arco para penetrar o cérebro dele. Ele não sentirá dor alguma. Subitamente, ele se senta, os olhos arregalados, em estado de alerta, ofegante.

– Katniss! – Ele joga a cabeça na minha direção, mas parece não reparar o meu arco, a flecha à espera. – Katniss! Vá embora daqui!

Eu hesito. Sua voz é de alarme, mas não de insanidade.

– Por quê? De onde vem esse som?

– Não sei. Só sei que o propósito dele é matar você – diz Peeta. – Corra! Saia daqui agora! Vá embora!

Depois do meu momento de confusão pessoal, concluo que não preciso matá-lo. Relaxo o arco. Absorvo os rostos ansiosos ao meu redor.

– Seja lá o que for isso, está atrás de mim. Agora talvez seja a hora de a gente se separar.

– Mas somos a sua guarda – diz Jackson.

– E a sua equipe – acrescenta Cressida.

– Não vou sair de perto de você – diz Gale.

Olho para a equipe de filmagem, armada somente de câmeras e pranchetas. E lá está Finnick com duas armas e um tridente. Sugiro que ele dê uma de suas armas para Castor. Ejeto o cartucho vazio da arma de Peeta, coloco um com balas de verdade e dou uma arma a Pollux. Como Gale e eu temos nossos arcos, entregamos nossas armas a Messalla e Cressida. Não há tempo para mostrar a eles coisa alguma a não ser como se puxa o gatilho, mas, de uma curta distância, talvez isso já seja suficiente. É melhor que estar inteiramente indefeso. Agora a única pessoa sem arma é Peeta, mas qualquer um que esteja sussurrando meu nome junto com um bando de bestantes evidentemente não precisará de uma.

Saímos da sala sem deixar nada para trás a não ser nosso cheiro. Não há nenhuma maneira de apagarmos isso por enquanto. Imagino que os seres sibilantes estão nos rastreando através dele, porque não deixamos praticamente nenhum rastro físico. Os narizes dos bestantes são anormalmente aguçados, mas é possível que o tempo que passamos chafurdando em água de escoamento ajude a despistá-los.

Longe do zumbido da sala, o som sibilante torna-se mais nítido. Mas também é possível obter um sentido melhor da localização dos bestantes. Estão atrás de nós, ainda a uma distância razoável. Snow provavelmente mandou soltá-los no subsolo perto do local onde encontrou o corpo de Boggs. Teoricamente, deveríamos estar com uma boa margem de vantagem sobre eles, embora eles certamente sejam mais rápidos que nós. Minha mente vaga em direção às criaturas com aspecto de lobo na primeira arena, aos macacos no Massacre Quaternário, às monstruosidades que testemunhei na TV ao longo dos anos, e imagino que formas terão esses bestantes. Seja lá o que Snow tenha imaginado, me deixará terrivelmente apavorada.

Pollux e eu bolamos um plano para a fase seguinte da jornada e, como ele envolve nos afastarmos do sibilo, não vejo nenhum motivo para alterá-lo. Se nos movermos com rapidez, pode ser que alcancemos a mansão de Snow antes de os bestantes nos alcançarem. Mas com a velocidade vem uma certa falta de cuidado: a pisada errada que resulta num esguicho de água, o barulho acidental de uma arma colidindo com um encanamento, até mesmo meus próprios comandos emitidos com uma voz alta demais para quem quer manter o sigilo.

Acabamos de cobrir cerca de três quarteirões através de uma rede de escoamento transbordante e um trecho de um trilho de trem inutilizado quando os berros começam. Profundos, guturais. Fazendo tremer as paredes do túnel.

— Avox — diz Peeta imediatamente. — Esse era o som que Darius fazia quando era torturado.

— Os bestantes devem tê-los encontrado — diz Cressida.

— Então não estão apenas atrás de Katniss — diz Leeg 1.

— Provavelmente vão matar todo mundo. Só que não vão parar até chegar nela — diz Gale. Depois das horas que passou estudando com Beetee, há uma grande chance de ele estar certo.

E cá estou eu de novo. Com gente morrendo por minha causa. Amigos, aliados, pessoas totalmente estranhas, perdendo suas vidas pelo Tordo.

— Deixem-me continuar sozinha. Assim eles vão atrás de mim. Eu transfiro o Holo para Jackson. Vocês podem terminar a missão.

— Ninguém vai concordar com isso! — diz Jackson, exasperada.

— Estamos perdendo tempo! — diz Finnick.

— Ouçam — sussurra Peeta.

Os gritos pararam, e na ausência deles o meu nome voltou a ecoar, deixando todos nós sobressaltados diante de sua proximidade. Está tanto abaixo quanto atrás de nós agora.

— Katniss.

Cutuco Pollux no ombro e começamos a correr. O problema é que havíamos planejado descer um nível, mas agora isso está fora de cogitação. Quando chegamos aos degraus que levam mais para baixo, Pollux e eu começamos a fazer uma varredura em busca de um caminho alternativo no Holo, quando começo a ficar enjoada.

— Botem as máscaras! — ordena Jackson.

Não há necessidade de máscaras. Todos estão respirando o mesmo ar. Sou a única a botar para fora o meu cozido porque sou a única que está acusando uma reação ao odor. Que sobe pela escada. Que atravessa o esgoto. Rosas. Começo a tremer.

Giro o corpo para me afastar do cheiro e dou de cara com a Transferência. Ruas de ladrilhos lisos em tom pastel, exatamente como os de cima, porém margeadas por paredes de tijolos brancos em vez de casas. Uma estrada onde veículos de transporte podem circular sem dificuldades, sem os congestionamentos da Capital. Agora desprovida de qualquer outra coisa além de nós. Levanto meu arco e mando pelos ares o primeiro casulo com uma flecha explosiva que mata o ninho de ratos comedores de carne em seu interior. Em seguida, corro até a interseção seguinte, onde sei que um passo em falso fará com que o chão abaixo de mim se desintegre, transformando-nos em alimento de uma coisa rotulada de MOEDOR DE CARNE. Dou um grito de aviso aos outros para que fiquem comigo. Faço um plano para que contornemos a esquina e depois detonemos o Moedor de Carne, mas um outro casulo não registrado está à nossa espera.

A coisa acontece silenciosamente. Eu não teria percebido absolutamente nada se Finnick não tivesse me forçado a parar com um puxão.

– Katniss! – grita ele.

Giro o corpo de volta, a flecha em posição de tiro, mas o que pode ser feito? Duas flechas de Gale já estão pousadas sem utilidade ao lado da larga faixa de luz dourada que irradia do teto em direção ao chão. Lá dentro, Messalla está imóvel como uma estátua, apoiado na ponta dos pés, a cabeça curvada para trás, preso pelo feixe. Não tenho como dizer se ele está berrando, embora sua boca esteja bastante aberta. Nós observamos, absolutamente impotentes, a carne escorrer de seu corpo como cera.

— Não dá para ajudá-lo! — Peeta começa a empurrar as pessoas para a frente. — Não dá! — Surpreendentemente, ele é o único ainda em condições de nos fazer sair dali. Não sei por que ele mantém o controle quando deveria estar se preparando para arrebentar os meus miolos, mas isso pode acontecer a qualquer minuto. Com a pressão de sua mão contra meu ombro, viro as costas para a coisa aterradora que é Messalla; forço os meus pés a seguirem em frente, com rapidez, com tanta rapidez que mal consigo frear o corpo antes de chegar na interseção seguinte.

Uma torrente de balas proporciona uma chuva de reboco para todos os lados. Torço a cabeça de um lado para o outro, procurando o casulo até que me viro e vejo o esquadrão de Pacificadores marchando pela Transferência em nossa direção. Como o casulo Moedor de Carne está bloqueando nosso caminho, não há nada a fazer a não ser atirar de volta. Eles têm um contingente duas vezes maior do que o nosso, mas ainda temos seis membros originais do Esquadrão Estrela que não estão tentando correr e atirar ao mesmo tempo.

Peixes num barril, penso, enquanto manchas vermelhas surgem em seus uniformes brancos. Três quartos deles já estão caídos e mortos quando outros começam a surgir da lateral do túnel, o mesmo pelo qual me joguei para me afastar do cheiro, dos...

Aqueles ali não são Pacificadores.

Eles são brancos, possuem quatro membros, têm mais ou menos o tamanho de um ser humano adulto, mas as comparações param por aí. Nus, com longos rabos reptilianos, costas arqueadas e cabeças protuberantes. Como um enxame, investem contra os Pacificadores, vivos e mortos, grudam as bocas em seus pescoços e arrancam as cabeças com capacete e tudo. Pelo visto, possuir um pedigree da Capital é tão inútil aqui quanto era no 13. Ao que parece, os Pacificadores levam apenas alguns segundos para serem decapitados. Os bestantes jogam-se de barriga e correm de quatro atrás de nós.

– Por aqui! – grito, abraçando a parede e dando uma guinada brusca para a direita para evitar um casulo. Quando todos se juntam a mim, atiro na interseção e o Moedor de Carne é ativado. Imensos dentes mecânicos invadem a rua e mastigam o ladrilho até transformar tudo em pó. Isso deveria impossibilitar qualquer tentativa dos bestantes de nos seguir, mas não tenho tanta certeza. Os bestantes lobos e os bestantes macacos que conheci podiam saltar uma distância incrivelmente grande.

O coro sibilante queima meus ouvidos, e o fedor das rosas faz as paredes girarem diante de meus olhos.

Agarro o braço de Pollux.

– Esqueça a missão. Qual é o caminho mais rápido até a superfície?

Não há tempo para verificar o Holo. Seguimos Pollux por mais ou menos dez metros ao longo da Transferência e atravessamos uma passagem. Percebo que o ladrilho transforma-se em concreto e que estou rastejando por um sistema de escoamento apertado e malcheiroso em direção a uma saliência com mais ou menos trinta centímetros de largura. Estamos no esgoto principal. Um metro abaixo, um caldo venenoso de dejetos humanos, lixo e detritos químicos borbulha. Partes da superfície do líquido estão pegando fogo, outras emitem nuvens de vapor de aspecto aterrorizante. Uma rápida olhada e você já sabe que, se cair lá dentro, jamais voltará. Movendo-se na saliência escorregadia com o máximo de rapidez que nossa ousadia permite, atingimos uma ponte estreita e a atravessamos. Num buraco na extremidade, Pollux dá um tapa numa escada e aponta o poço. É isso. Nossa saída.

Um olhar de relance para nossa turma me diz que há algo estranho.

– Espere aí! Onde estão Jackson e Leeg 1?

– Ficaram no Moedor para conter os bestantes – diz Homes.

– O quê? – Eu estou avançando para a ponte, sem querer deixar ninguém nas mãos daqueles monstros, quando ele me puxa de volta.

– Não joga no lixo as vidas delas, Katniss. Não dá mais para elas. Olha só! – Homes indica o encanamento, por cuja saliência os bestantes agora se arrastam rapidamente.

– Fique atrás de mim! – grita Gale. Com suas flechas de pontas explosivas, ele despedaça as fundações da lateral mais extrema da ponte. O resto desaba numa pilha de destroços no exato momento em que os bestantes a alcançam.

Pela primeira vez, dou uma boa olhada neles. Uma mistura de seres humanos e lagartos e sabe-se lá mais o quê. Pele branca e firme de répteis salpicadas de sangue, mãos e pés com garras, seus rostos um misto de características conflitantes. Sibilando, berrando meu nome agora, enquanto seus corpos se contorcem com fúria. Debatendo-se com rabos e garras, arrancando enormes pedaços uns dos outros ou de si mesmos com bocas grandes e espumosas, enlouquecidos pela necessidade de me destruir. Meu cheiro deve ser tão evocativo para eles quanto o deles é para mim. Mais ainda, porque apesar de sua toxicidade, os bestantes começam a se jogar no esgoto malcheiroso.

Do nosso lado da margem, todos abrem fogo. Escolho minhas flechas sem critério, mandando as normais, com fogo ou explosivas em direção aos corpos dos bestantes. Eles são mortais, mas não parecem. Nenhum ser natural poderia continuar avançando com duas dúzias de balas em seu corpo. Sim, podemos matá-los em determinado momento, só que eles são muitos, uma fonte inesgotável que vaza do sistema de escoamento, nem sequer hesitando em se jogar no esgoto.

Mas não é a quantidade deles que faz com que minhas mãos fiquem tão trêmulas.

Nenhum bestante é do bem. Todos têm a intenção de causar algum dano a você. Alguns tiram sua vida, como os macacos. Outros sua sanidade mental, como as teleguiadas. Entretanto, as verdadeiras atrocidades, as mais assustadoras, incorporam uma perversão psicológica elaborada para aterrorizar a vítima. A visão do bestante lobo com os olhos dos tributos mortos. O som dos gaios tagarelas replicando os torturados gritos de Prim. O cheiro das rosas de Snow misturado com o sangue das vítimas. Perceptíveis no esgoto. Suplantando inclusive esse mau cheiro. Fazendo meu coração disparar, minha pele virar gelo, tornando meus pulmões incapazes de sugar o ar. É como se Snow estivesse respirando bem na minha cara, me dizendo que é hora de morrer.

Os outros estão gritando para mim, mas não pareço ter capacidade de resposta. Braços fortes me levantam enquanto explodo a cabeça de um bestante cujas garras acabaram de ferir o meu tornozelo. Alguém bate o meu corpo com força na escada. Minhas mãos são jogadas contra os degraus. Com ordens para que eu suba. Meus membros, rígidos como os de uma marionete, obedecem. O movimento faz com que meus sentidos voltem lentamente. Detecto uma pessoa acima de mim. Pollux. Peeta e Cressida abaixo. Alcançamos uma plataforma. Mudamos para uma segunda escada. Degraus pegajosos de suor e bolor. Na plataforma seguinte, minha mente clareou e a realidade do que está acontecendo me acerta em cheio. Começo a empurrar freneticamente as pessoas escada acima. Peeta. Cressida. Isso é tudo.

O que foi que eu fiz? Abandonei os outros para enfrentarem o quê? Desço às pressas a escada quando uma das minhas botas dá um chute em alguém.

– Suba! – rosna Gale para mim. Volto novamente para cima, içando-o, focando a penumbra em busca de mais. – Não. – Gale vira o meu rosto para o dele e balança a cabeça. Uniforme rasgado. Ferimento aberto no lado do pescoço.

Ouve-se um grito humano da parte inferior.

– Tem alguém ainda vivo – imploro.

– Não, Katniss, eles não estão vindo – diz Gale. – Só os bestantes.

Incapaz de aceitar, direciono o foco de luz da arma de Cressida para o poço. Bem abaixo, só consigo distinguir Finnick, lutando para se manter de pé enquanto três bestantes o atacam. Quando um deles puxa sua cabeça com força para trás com o intuito de dar a mordida da morte, ocorre uma coisa bizarra. É como se eu fosse Finnick, assistindo a imagens da minha vida passando em minha mente. O mastro de um barco, um paraquedas prateado, Mags rindo, um céu cor-de-rosa, o tridente de Beetee, Annie em seu vestido de casamento, ondas batendo nas rochas. Em seguida, tudo se acaba.

Puxo o Holo de meu cinto e consigo cuspir as palavras:

– Cadeado, cadeado, cadeado. – Eu o solto. Agacho-me contra a parede com os outros no exato momento em que a explosão destrói a plataforma, e pedaços de bestante e carne humana são lançados do sistema de escoamento e caem em cima de nós como se fossem chuva.

Ouve-se um clangor de metal quando Pollux joga uma tampa em cima da passagem e a lacra. Pollux, Gale, Cressida, Peeta e eu. Somos tudo o que resta. Mais tarde, os sentimentos humanos chegarão. Agora estou consciente apenas da necessidade animal de manter os remanescentes de nosso grupo com vida.

— A gente não pode parar aqui.

Alguém aparece com um curativo. Nós o amarramos em volta do pescoço de Gale. Colocamos ele de pé. Apenas uma figura permanece encolhida na parede.

— Peeta — digo. Não há resposta. Será que ele apagou? Eu me agacho na frente dele, puxando as mãos algemadas de seu rosto. — Peeta? — Seus olhos são como poças pretas, as pupilas dilatadas de tal modo que as íris azuis desapareceram por completo. Os músculos em seus pulsos estão duros como metal.

— Me deixa — sussurra ele. — Não aguento seguir em frente.

— Aguenta. Aguenta, sim! — digo a ele.

Peeta sacode a cabeça.

— Estou perdendo a noção. Vou ficar maluco. Como eles.

Como os bestantes. Como uma fera raivosa inclinada a cortar a minha garganta. E aqui, finalmente aqui, neste local, nestas circunstâncias, terei realmente que matá-lo. E Snow vencerá. Um ódio quente e amargo percorre meu corpo. Snow já venceu demais por hoje.

É uma possibilidade remota, talvez seja suicídio, mas faço a única coisa que me vem à cabeça. Eu me aproximo e dou um beijo na boca de Peeta. O corpo inteiro dele começa a tremer, mas mantenho meus lábios pressionados até ser obrigada a respirar. Minhas mãos deslizam por seus pulsos para pegá-los.

— Não deixe que ele o tire de mim.

Peeta está arquejando intensamente enquanto luta contra os pesadelos que atormentam sua cabeça.

— Não. Eu não quero...

Seguro as mãos deles com tanta força que chega a doer.

— Fique comigo.

As pupilas dele se contraem até virarem pontinhos pretos, dilatam-se novamente com rapidez e então retornam a algo que parece um estado de normalidade.

— Sempre — murmura ele.

Ajudo Peeta a se levantar e me dirijo a Pollux.

— Qual é a distância até a rua? — Ele indica que ela está exatamente acima de nós. Subo a última escada e abro a tampa que dá na área de serviço de alguém. Estou me levantando quando uma mulher abre a porta. Ela veste um robe de seda azul-turquesa com peixes exóticos bordados. Seus cabelos cor de magenta estão eriçados como uma nuvem e decorados com borboletas douradas. Gordura da salsicha parcialmente comida que ela está segurando mancha seu batom. A expressão em seu rosto diz que ela me reconhece. Ela abre a boca para gritar por ajuda.

Sem hesitar, dou um tiro em seu coração.

23

Para quem a mulher pensou em gritar permanece um mistério, porque depois de dar uma busca no apartamento, descobrimos que ela estava sozinha. Talvez o grito tenha sido para algum vizinho, ou simplesmente uma expressão de medo. De um modo ou de outro, não havia mais ninguém para ouvi-la.

Esse apartamento seria um local perfeito para ficarmos entocados por algum tempo, mas isso é um luxo que está acima das nossas possibilidades reais.

— Quanto tempo você acha que a gente tem até que descubram que alguns de nós poderiam ter sobrevivido? — pergunto.

— Acho que podem chegar a qualquer momento — responde Gale. — Eles sabiam que a gente estava se encaminhando para as ruas. Provavelmente a explosão vai fazê-los perder alguns minutos. Depois vão começar a procurar o ponto por onde a gente saiu.

Vou até uma janela que dá para a rua e, quando espio pela persiana, não vejo nenhum Pacificador, mas sim um amontoado de pessoas entretidas em seus afazeres. Durante nossa jornada subterrânea, deixamos as zonas evacuadas bem para trás e voltamos à superfície num lugar bastante movimentado da Capital. Essa multidão representa a nossa única chance de fuga. Não tenho um Holo, mas tenho Cressida. Ela se junta a mim na janela, confirma que conhece nossa localização e me dá a boa notícia de que não estamos a muitos quarteirões da mansão do presidente.

Uma olhadinha em meus companheiros me diz que não é hora de um ataque sorrateiro a Snow. Gale está perdendo sangue do ferimento no pescoço, que ainda nem limpamos. Peeta está sentado num sofá de veludo com os dentes enterrados em uma almofada, ou lutando contra um ataque de loucura ou contendo um grito. Pollux choraminga encostado na viga de uma lareira ornamentada. Cressida permanece em pé ao meu lado, resoluta, mas tão pálida que seus lábios parecem sem sangue. Eu ainda estou cheia de ódio. Quando a energia que o motiva diminuir, ficarei impraticável.

— Vamos dar uma verificada nos closets dela — digo.

Em um quarto, encontramos centenas de itens de vestuário da mulher: vestidos, casacos, pares de sapatos, um arco-íris de perucas, maquiagem suficiente para pintar uma casa inteira. Num quarto do outro lado do corredor, há uma seleção similar de itens masculinos. Talvez pertencentes ao marido dela. Talvez a algum amante que teve a sorte de não estar presente hoje de manhã.

Grito para os outros se vestirem. Diante da visão dos pulsos ensanguentados de Peeta, enfio a mão no bolso para pegar a chave das algemas, mas ele se solta de mim.

— Não — diz ele. — Não faça isso. Elas me ajudam a manter o controle.

— Pode ser que você precise de suas mãos — diz Gale.

— Quando sinto que estou começando a delirar, enfio os pulsos com toda a força nas algemas, e a dor me ajuda a retomar o foco — diz Peeta. Eu as deixo onde estão.

Por sorte, está frio, de modo que podemos esconder grande parte de nossos uniformes e armas debaixo de longos casacos e capuzes. Penduramos nossas botas pelos cadarços ao redor dos pescoços e as escondemos. Para substituí-las, calçamos sapatos ridículos. O verdadeiro desafio, evidentemente, são nossos rostos. Cressida e Pollux correm o risco de serem identificados por conhecidos, Gale poderia ser familiar por conta dos pontoprops e dos noticiários, e Peeta e eu somos famosos para todos os cidadãos de Panem. Rapidamente, começamos a ajudar uns aos outros a aplicar densas camadas de maquiagem, a vestir perucas e óculos escuros. Cressida enrola cachecóis ao redor do meu rosto e do de Peeta.

Sinto o relógio batendo e o tempo se esgotando, mas paro apenas por alguns instantes para encher os bolsos de comida e de suprimentos de primeiros socorros.

— Fiquem juntos — digo, na porta da frente. Então seguimos diretamente para a rua. Começou a nevar. Pessoas agitadas passam ao nosso lado, falando de rebeldes e de fome, e de mim em seus afetados sotaques da Capital. Atravessamos a rua, passamos por mais alguns prédios de apartamentos. Assim que viramos a esquina, três dúzias de Pacificadores passam correndo por nós. Abrimos caminho para eles, como cidadãos costumam fazer, esperamos até que a multidão retorne a seu fluxo normal e continuamos a andar. — Cressida — sussurro. — Está conseguindo pensar em algum lugar?

— Estou tentando — diz ela.

Cobrimos mais um quarteirão e as sirenes começam a soar. Através da janela de um apartamento, vejo uma reportagem de emergência e fotos de nossos rostos piscando na tela. Eles ainda não identificaram quem morreu em nosso grupo, porque vejo que as fotos de Castor e Finnick aparecem na tela.

Logo, logo, qualquer transeunte será tão perigoso quanto um Pacificador.

– Cressida?

– Lembrei de um lugar. Não é o ideal, mas a gente pode tentar – diz ela. Nós a seguimos por mais alguns quarteirões e passamos por um portão para entrar no que parece uma residência particular. É uma espécie de atalho, porque depois de caminharmos por um jardim muito bem cuidado, passamos por outro portão e saímos numa pequena rua de fundos que se conecta a duas avenidas principais. Há algumas lojas apertadinhas, uma que compra bens usados, outra que vende joias falsas. Apenas algumas pessoas estão por perto, e não prestam nenhuma atenção em nós. Cressida começa a tagarelar numa voz aguda sobre roupas de baixo feitas com pelo de animais e sobre como esse tipo de coisa é essencial durante os meses frios: – Espera só até você ver os preços! Pode acreditar em mim, é metade do que você paga nas avenidas!

Paramos diante de uma loja cuja fachada está encardida e o interior repleto de manequins vestindo roupas de baixo feitas de pelo. O lugar nem parece estar aberto, mas Cressida passa pela porta, acionando um sininho dissonante. Dentro da loja estreita, parcamente iluminada e com prateleiras e mais prateleiras de mercadorias, o cheiro de pelo de animal penetra meu nariz. Os negócios devem estar devagar, já que somos os únicos clientes. Cressida segue diretamente para uma figura curvada sentada nos fundos da loja. Eu vou atrás dela, passando os dedos pelos macios itens de vestuário que encontro pelo caminho.

Atrás do balcão está sentada a pessoa mais estranha que já vi na vida. É um exemplo extremo de cirurgia plástica que deu errado, porque certamente nem mesmo na Capital um rosto como esse poderia ser considerado atraente. A pele foi muito puxada para trás e recebeu uma tatuagem de listras pretas e douradas. O nariz foi achatado até praticamente deixar de existir. Eu já vira bigodes de gato em pessoas na Capital antes, mas nada assim tão comprido. O resultado é uma máscara grotesca e semifelina que agora nos encara com olhos estreitos e desconfiados.

Cressida tira a peruca, revelando suas madeixas.
– Tigris – diz ela. – Estamos precisando de ajuda.

Tigris. No fundo do meu cérebro, o nome toca um sininho. Ela era uma presença frequente – uma versão mais jovem e menos perturbadora de si mesma – na primeira versão dos Jogos Vorazes que lembro ter visto. Uma estilista, acho. Não me lembro para qual distrito. Não o 12. Então ela deve ter feito diversas operações e ultrapassado o limite que separa a normalidade da repulsa.

Quer dizer então que esse é o destino dos estilistas quando deixam de ser úteis? Lojas de roupas de baixo com temas tristes onde esperam a morte. Longe do olhar público.

Olho para o rosto dela, imaginando se seus pais realmente lhe deram o nome de Tigris, inspirando sua mutilação, ou se ela escolheu o estilo e mudou o nome para combinar com as listras.

– Plutarch disse que você era confiável – acrescenta Cressida.

Maravilha, ela faz parte do grupo de Plutarch. Então, se a primeira coisa que fizer não for nos entregar à Capital, será avisar Plutarch e, por extensão, Coin, de nosso paradeiro. Não, a loja de Tigris não é o ideal, mas é tudo que temos no momento. Isso se ela nos ajudar. Ela divide sua atenção entre um velho aparelho de TV no balcão e nós, como se estivesse tentando nos reconhecer. Para ajudá-la, puxo o cachecol, retiro a peruca e me aproximo para que a luz da tela ilumine o meu rosto.

    Tigris rosna baixinho, um rosnado não muito diferente do que o que Buttercup talvez utilizasse para me cumprimentar. Ela escorrega de seu banquinho e desaparece atrás de uma prateleira de perneiras revestidas com pelo. Há o som de alguma coisa deslizando, e então a mão dela emerge e acena para nós. Cressida olha para mim, como se a perguntar: "Tem certeza?", mas que outra escolha nós temos? Voltar para as ruas sob essas condições será a garantia de nossa captura ou mesmo de nossa morte. Contorno as peles e descubro que Tigris empurrou para trás um painel na base da parede. Atrás dele, parece que existe a parte de cima de uma íngreme escadaria de pedra. Ela faz um gesto para que eu entre.

    Tudo nesta situação cheira a armadilha. Tenho um momento de pânico e acabo me voltando para Tigris, estudando seus olhos alaranjados. Por que será que ela está fazendo isso? Ela não é nenhum Cinna, alguém disposto a se sacrificar por outras pessoas. Essa mulher era a personificação da superficialidade da Capital. Ela era uma das estrelas dos Jogos Vorazes até que... até que deixou de ser. Então é isso? Amargura? Ódio? Vingança? Na realidade, essa ideia me deixa reconfortada. Uma necessidade de vingança pode perdurar por muito tempo. Principalmente se for reforçada por cada olhada no espelho.

    – Snow baniu você dos Jogos? – pergunto. Ela apenas olha para mim. Em alguma parte, seu rabo de tigre se mexe em total desprazer. – Porque eu vou matá-lo, sabia? – Sua boca se abre no que interpreto como um sorriso. Tranquila por não identificar a situação como uma loucura total, penetro no espaço.

Mais ou menos na metade dos degraus que levam ao subsolo, meu rosto encosta numa corrente pendurada e eu a puxo, iluminando o refúgio com uma tremeluzente lâmpada fluorescente. É um pequeno porão sem porta ou janelas. Amplo e pouco profundo. Provavelmente apenas um espaço entre dois porões de verdade. Um lugar cuja existência poderia passar despercebida a menos que você tivesse um olho bastante aguçado para dimensões. É frio e úmido, com pilhas de peles que acho que não veem a luz do sol há anos. A menos que fôssemos dedurados por Tigris, não acredito que alguém conseguiria nos encontrar num lugar como este. Quando alcanço o piso de concreto, meus companheiros já estão nos degraus. O painel desliza de volta para a posição de origem. Ouço a prateleira com as roupas de baixo sendo deslocada sobre rodinhas que rangem. Tigris patinhando de volta ao banquinho. Fomos engolidos por sua loja.

O que acontece na hora certa, porque Gale parece estar prestes a ter um colapso. Fazemos uma cama de peles, tiramos suas camadas de armas e o ajudamos a se deitar de costas. Nos fundos do porão, existe uma pia a mais ou menos trinta centímetros do chão com um ralo embaixo. Eu giro a torneira e, depois de muita ferrugem, água limpa começa a fluir. Limpamos o ferimento no pescoço de Gale e percebo que os curativos não serão suficientes. Ele vai precisar de alguns pontos. Tem uma agulha e uma linha esterilizada no kit de primeiros socorros, mas o que nos falta é um médico. Passa pela minha cabeça a possibilidade de colocar Tigris na função. Como estilista, ela deve saber como usar uma agulha. Mas isso deixaria a loja abandonada, e ela já está fazendo o suficiente. Aceito que sou provavelmente a pessoa mais qualificada para desempenhar a tarefa, cerro os dentes e faço uma fileira de suturas toscas. Não fica bonitinho, mas funciona. Despejo remédio em cima e cubro com uma bandagem. Dou a ele alguns analgésicos.

— Pode descansar agora — digo. Ele apaga como uma lâmpada.

Enquanto Cressida e Pollux fazem ninhos de peles para cada um de nós, cuido dos pulsos de Peeta. Tiro delicadamente o sangue com água, ponho antisséptico e faço curativos abaixo dos punhos.

— Você precisa deixá-los limpos, senão a infecção pode se espalhar e...

— Sei o que é septicemia, Katniss — diz Peeta. — Mesmo minha mãe não sendo curandeira.

Sou catapultada de volta no tempo para outro ferimento, outro conjunto de curativos.

— Você disse essa mesma coisa para mim nos primeiros Jogos Vorazes. Verdadeiro ou falso?

— Verdadeiro — diz ele. — E você arriscou sua vida para pegar o remédio que me salvou?

— Verdadeiro — digo, dando de ombros. — Você era o motivo de eu estar viva para fazer isso.

— Era mesmo? — O comentário o lança num estado de confusão mental. Alguma lembrança brilhante deve estar lutando para obter a atenção dele, porque seu corpo fica tenso e seus pulsos recentemente envoltos em bandagens retesam-se contra as algemas de metal. Então toda a energia se esvai de seu corpo. — Katniss, estou tão cansado.

— Vá dormir — digo. Ele só acata a minha proposta depois que recoloco suas algemas e as prendo em um dos suportes da escada. Não pode ser confortável ficar ali deitado com os braços acima da cabeça. Mas, depois de alguns minutos, ele também desmaia.

Cressida e Pollux fizeram camas para nós, organizaram nossa comida e nossos suprimentos médicos, e agora perguntam o que quero fazer em relação ao estabelecimento de um esquema de vigilância. Olho para a palidez de Gale, para as algemas de Peeta. Pollux não dorme há dias, e Cressida e eu apenas tiramos uma soneca por poucas horas. Se uma tropa de Pacificadores passasse por aquela porta, estaríamos presos numa armadilha como ratos. Estamos completamente à mercê de uma tigresa decrépita de quem só posso esperar uma paixão abrasadora pela morte de Snow.

— Honestamente, acho que não faz nenhum sentido a gente montar guarda. Vamos simplesmente tentar dormir um pouco — digo. Eles balançam a cabeça entorpecidamente, e nos enfurnamos em nossas peles. O fogo dentro de mim se apagou, e com ele a minha força. Me rendo à pele suave e bolorenta e ao esquecimento.

Tenho apenas um único sonho de que me lembro. Uma coisa longa e exaustiva na qual estou tentando chegar ao Distrito 12. O lar que busco está intacto, as pessoas vivas. Effie Trinket, chamativa em uma vívida peruca cor-de-rosa e um vestido feito sob medida, viaja comigo. Fico tentando me livrar dela em vários lugares, mas ela reaparece inexplicavelmente ao meu lado, insistindo que, na condição de minha acompanhante, é responsável por fazer com que eu siga a programação. Só que a programação está constantemente mudando, obstruída pela falta do carimbo de algum funcionário, ou atrasada, quando Effie quebra um de seus saltos altos. Acampamos por dias num banquinho de uma estação acinzentada no Distrito 7, esperando um trem que nunca chega. Quando acordo, tenho a sensação de que, de alguma maneira, fiquei ainda mais esgotada por esse pesadelo que pelas minhas costumeiras incursões por sangue e terror.

Cressida, a única pessoa acordada, diz que estamos no fim da tarde. Como uma lata de cozido de carne e empurro tudo para dentro com a ajuda de muita água. Em seguida, encosto na parede do porão e começo a relembrar os eventos do último dia. De morte a morte. Contando-as nos dedos. Uma, duas – Mitchell e Boggs, no quarteirão. Três – Messalla pulverizado pelo casulo. Quatro, cinco – Leeg 1 e Jackson sacrificando-se no Moedor de Carne. Seis, sete, oito – Castor, Homes e Finnick sendo decapitados pelos bestantes lagartos com cheiro de rosas. Oito mortos em vinte e quatro horas. Eu sei que isso aconteceu e, no entanto, não parece real. Certamente, Castor está adormecido debaixo daquela pilha de peles, Finnick vai descer correndo os degraus daqui a um minuto, Boggs vai me contar seu plano para nossa fuga.

Acreditar que estão mortos é aceitar que os matei. Tudo bem, talvez não Mitchell e Boggs – eles morreram numa missão verdadeira. Mas os outros perderam suas vidas me defendendo numa missão que eu idealizei. Meu plano para assassinar Snow parece bastante idiota agora. Bastante idiota comigo aqui sentada tremendo nesse porão, contando nossas perdas, passando os dedos pelos enfeites nas botas de prata de cano alto que roubei da casa daquela mulher. Ah, sim – esqueci daquilo. Eu também a matei. Agora também estou tirando vidas de cidadãos desarmados.

Acho que já está na hora de me entregar.

Quando todos finalmente acordam, eu confesso. Como menti sobre a missão, como coloquei todos em risco em busca de vingança. Há um longo silêncio depois que termino. Então Gale diz:

– Katniss, todos nós sabíamos que você estava mentindo quando disse que Coin tinha mandado você assassinar Snow.

– Vocês sabiam, pode ser. Os soldados do 13, não – respondo.

– Você realmente acha que Jackson acreditava que você tinha ordens de Coin? – pergunta Cressida. – É claro que não acreditava. Mas ela confiava em Boggs, e ele claramente queria que você seguisse adiante com isso.

– Nunca contei para Boggs o que eu planejava fazer – digo.

– Você contou para todo mundo no Comando! – diz Gale. – Isso foi uma das suas condições para ser o Tordo: "Eu mato Snow."

Essas coisas parecem desconectadas. Negociar com Coin pelo privilégio de executar Snow depois da guerra e essa fuga desautorizada pela Capital.

– Mas não assim – digo. – Foi um desastre completo.

– Acho que isso teria sido considerado uma missão altamente bem-sucedida – diz Gale. – Nós nos infiltramos no acampamento inimigo, mostrando que as defesas da Capital podem ser invadidas. Conseguimos tomadas de nós mesmos em todos os noticiários da Capital. Instauramos o caos em toda a cidade com eles tentando nos encontrar.

– Pode acreditar em mim, Plutarch está entusiasmadíssimo – acrescenta Cressida.

– Isso porque ele não está nem aí para as pessoas que morrem – digo. – Contanto que os Jogos dele sejam um sucesso.

Cressida e Gale seguem tentando me convencer. Pollux balança a cabeça em concordância para as palavras deles para transmitir seu apoio. Apenas Peeta não dá opinião.

– O que você acha, Peeta? – finalmente pergunto a ele.

— Eu acho... que você ainda não faz a menor ideia do efeito que causa. — Ele desliza as algemas para cima do suporte e se senta. — Nenhuma das pessoas que perdemos eram idiotas. Elas sabiam o que estavam fazendo. Elas seguiram você porque acreditavam que você realmente era capaz de matar Snow.

Não sei por que a voz dele me alcança quando nenhuma outra consegue. Mas se ele estiver certo, e acho que está, tenho com os outros uma dívida que só poderá ser paga de uma única maneira. Tiro do bolso do uniforme o meu mapa de papel e o espalho no chão com uma nova determinação.

— Onde estamos, Cressida?

A loja de Tigris situa-se a mais ou menos cinco quarteirões do Círculo da Cidade e da mansão de Snow. Estamos a uma distância tranquila, numa zona em que os casulos ficam desativados para a segurança dos residentes. Temos disfarces que, quem sabe com algumas melhorias adquiridas junto ao estoque peludo de Tigris, talvez possam nos levar até lá em segurança. Mas depois o quê? Certamente a mansão contará com guardas muito bem armados, câmeras de segurança vinte e quatro horas por dia e estará recheada de casulos que podem ser ativados por um simples interruptor.

— O que a gente precisa é fazê-lo sair da casa — diz Gale para mim. — Aí um de nós pode dar um tiro nele.

— Será que ele ainda aparece em público? — pergunta Peeta.

— Acho que não — diz Cressida. — Pelo menos, em todos os discursos recentes que vi, ele estava dentro da mansão. Mesmo antes de os rebeldes chegarem aqui. Imagino que ele tenha ficado mais vigilante depois que Finnick colocou no ar os seus crimes.

É isso mesmo. Não são apenas as Tigris da Capital que odeiam Snow, mas uma rede de pessoas que sabem o que ele fez com seus amigos e com seus familiares. Só alguma coisa beirando um milagre poderia convencê-lo a sair. Alguma coisa como...

– Aposto que ele sairia por minha causa – digo. – Se eu fosse capturada. Ele ia querer que isso fosse o mais público possível. Ele ia querer minha execução nos degraus da frente da casa dele. – Deixo minhas palavras serem absorvidas. – Então Gale podia dar um tiro nele da plateia.

– Não. – Peeta balança a cabeça em discordância. – Há muitas alternativas a esse plano. Pode ser que Snow decida manter você presa para obter informações com uso de tortura. Ou mandar executá-la em praça pública sem que ele esteja presente. Ou matá-la dentro da mansão e depois exibir seu corpo na frente da casa.

– Gale? – digo.

– Essa parece uma solução extrema demais para assumirmos de imediato – diz ele. – Talvez, se tudo o mais falhar. Vamos continuar pensando.

No silêncio que se segue, ouvimos os suaves passos de Tigris em cima. Deve ser o fim do expediente. Ela está trancando a loja, fechando as persianas, quem sabe. Alguns minutos depois, o painel no topo da escada desliza e se abre.

– Subam – diz ela, com uma voz grave. – Tem comida aqui para vocês. – É a primeira vez que ela fala desde a nossa chegada. Se é uma coisa natural ou adquirida depois de anos de prática, eu não sei, mas há algo em seu jeito de falar que sugere o ronronar de um gato.

Enquanto subimos a escada, Cressida pergunta:

– Você entrou em contato com Plutarch?

– Não havia como – diz Tigris, dando de ombros. – Ele vai entender que você está numa casa segura. Não se preocupe.

Eu, me preocupar? Estou me sentindo imensamente aliviada por saber que não receberei – nem terei que ignorar – ordens diretas do 13. Nem terei que inventar alguma defesa viável para as decisões que tomei ao longo dos últimos dias.

Na loja, o balcão contém algumas fatias de pão embolorado, um pedaço de queijo mofado e metade de uma garrafa de mostarda. Isso me lembra que nem todo mundo na Capital possui os estômagos cheios ultimamente. Me sinto na obrigação de contar a Tigris sobre nosso suprimento de comida, mas ela dispensa minhas objeções balançando a mão.

– Eu não como praticamente nada – diz ela. – E mesmo assim, só carne crua. – Isso parece uma encenação um pouco exagerada, mas não questiono. Apenas raspo o mofo do queijo e divido a comida entre todos nós.

Enquanto comemos, assistimos ao noticiário mais recente da Capital. O governo diminuiu o número de rebeldes sobreviventes para cinco de nós. Polpudas recompensas são oferecidas por informações que levem à nossa captura. Eles enfatizam o quanto somos perigosos. Mostram nossas trocas de tiros com os Pacificadores, embora excluam os bestantes arrancando as cabeças deles. Fazem um trágico tributo à mulher deitada onde a deixamos, com minha flecha ainda em seu coração. Alguém refez sua maquiagem para as câmeras.

Os rebeldes deixam a transmissão da Capital seguir sem interrupções.

– Os rebeldes fizeram algum pronunciamento hoje? – pergunto a Tigris. Ela balança a cabeça. – Duvido que Coin saiba o que fazer comigo agora que continuo viva.

Tigris dá uma gargalhada gutural.

– Ninguém sabe o que fazer com você, guria. – Então ela me empurra um par de perneiras de pelo, apesar de eu não ter como pagar por elas. É o tipo de presente que você é obrigada a aceitar. E, de qualquer maneira, está frio no porão.

Lá embaixo, após a ceia, continuamos a vasculhar nossas mentes em busca de um plano. Nada de bom aparece, mas concordamos que não podemos mais sair em um grupo de cinco e que deveríamos tentar nos infiltrar na mansão do presidente antes de eu me transformar em isca. Aceito esse segundo ponto para evitar mais discussões. Se decidir efetivamente me entregar, isso não requererá a permissão e a participação de mais ninguém.

Trocamos os curativos, algemamos Peeta de volta a seu suporte e nos deitamos para dormir. Algumas horas depois, desperto novamente e fico ciente de uma conversa silenciosa. Peeta e Gale. Não consigo deixar de ouvir às escondidas.

– Obrigado pela água – diz Peeta.

– Sem problema – responde Gale. – De qualquer forma, acordo dez vezes por noite.

– Para ter certeza de que Katniss ainda está aqui? – pergunta Peeta.

– Algo assim – admite Gale.

Há uma longa pausa antes de Peeta falar novamente:

– Aquilo que a Tigris disse foi engraçado. Sobre não saber o que fazer com ela.

– Bom, nós nunca soubemos – diz Gale.

Ambos riem. É tão estranho ouvi-los conversando dessa maneira. Quase como amigos. O que eles não são. Jamais foram. Embora não sejam exatamente inimigos.

– Sabia que ela ama você? – diz Peeta. – Ela me disse com todas as letras depois que você foi chicoteado.

— Não acredite nisso — responde Gale. — O jeito como ela beijou você no Massacre Quaternário... Bom, ela nunca me beijou daquela maneira.

— Aquilo era apenas uma encenação — diz Peeta, embora haja uma pontinha de dúvida em sua voz.

— Não, você a conquistou. Desistiu de tudo por ela. De repente, essa é a única maneira de ela ficar convencida do seu amor. — Há uma longa pausa. — Eu devia ter me apresentado como voluntário para tomar o seu lugar na primeira vez que ela foi aos Jogos. Para protegê-la.

— Você não poderia ter feito uma coisa dessas — diz Peeta. — Ela nunca ia te perdoar por isso. Você tinha que tomar conta da família dela. Para Katniss, elas são mais importantes do que a própria vida.

— Bom, isso logo, logo vai deixar de ser uma questão. Acho pouquíssimo provável nós três estarmos vivos no fim dessa guerra. E se estivermos, acho que vai ser um problema de Katniss. Quem ela vai escolher. — Gale boceja. — A gente devia dormir um pouco.

— É isso aí. — Ouço as algemas de Peeta deslizarem pelo suporte à medida que ele assenta o corpo. — Fico pensando como será que ela vai decidir.

— Ah, isso eu sei. — Consigo apenas captar as últimas palavras de Gale através da camada de pelo. — Katniss vai escolher aquele sem o qual ela acha impossível conseguir sobreviver.

24

Um arrepio percorre meu corpo de alto a baixo. Será que sou assim tão fria e calculista? Gale não disse, "Katniss vai escolher aquele cuja ausência a deixaria com o coração destroçado", ou mesmo "aquele sem o qual ela acha que não pode viver". Essas possibilidades teriam sugerido que eu estava motivada por uma espécie de paixão. Mas meu melhor amigo prevê que escolherei a pessoa sem a qual acho "impossível conseguir sobreviver". Não há a menor indicação de que amor, desejo, ou mesmo compatibilidade exercerá alguma influência sobre mim. Vou apenas conduzir uma fria avaliação do que os meus parceiros potenciais podem me oferecer. Como se, no fim, a questão fosse, entre um padeiro e um caçador, quem teria mais condições de estender ao máximo possível minha longevidade. É uma coisa horrível o que Gale acabou de dizer, e também o fato de Peeta não o refutar. Principalmente quando todas as minhas emoções foram tomadas e exploradas pela Capital e pelos rebeldes. No momento, a escolha seria simples. Posso sobreviver muito bem sem nenhum dos dois.

De manhã, não tenho tempo ou energia para lidar com mágoas. Durante um café da manhã na madrugada, composto de patê de fígado e biscoitos de figo, nos reunimos ao redor da TV de Tigris para uma das invasões de Beetee. Houve um novo desenrolar na guerra. Aparentemente inspirado pela onda preta, algum comandante rebelde munido de uma mente empreendedora apareceu com a ideia de confiscar os automóveis abandonados das pessoas e enviá-los sem ninguém para as ruas. Os carros não acionam todos os casulos, mas certamente atingem a maioria. Por volta das quatro da manhã, os rebeldes começaram a abrir três trilhas separadas – identificadas simplesmente como linhas A, B e C – em direção ao coração da Capital. Como consequência, tomaram posse de vários quarteirões com pouquíssimas vítimas.

– Isso não vai durar muito – diz Gale. – Na realidade, estou surpreso por eles terem conseguido manter isso por tanto tempo. A Capital vai reagir desativando casulos específicos e depois acionando-os manualmente quando os alvos aparecerem. – Poucos minutos depois de sua previsão, vemos exatamente o que ele descreveu acontecer na tela da TV. Um esquadrão manda um carro para um quarteirão, ativando quatro casulos. Tudo parece estar bem. Três batedores aparecem em seguida e vão em segurança até o fim da rua. Mas quando um grupo de vinte soldados rebeldes os seguem, são despedaçados por uma fileira de roseiras em frente a uma floricultura.

– Aposto que Plutarch está se roendo de raiva por não estar na sala de controle num momento como esse – diz Peeta.

Beetee devolve a transmissão à Capital, onde uma repórter com a aparência sombria anuncia os quarteirões que os civis têm de evacuar. Entre a notícia que ela apresenta e a história anterior, consigo fazer uma marcação no meu mapa de papel para ter as posições relativas dos exércitos em guerra.

Escuto uma correria na rua, me dirijo à janela e espio pela fresta das persianas. À luz da manhã, vejo um espetáculo bizarro. Refugiados dos quarteirões agora ocupados estão correndo em disparada na direção do centro da Capital. Os mais desesperados vestem apenas pijama e chinelo, ao passo que os mais preparados estão envoltos em camadas de roupas. Eles carregam tudo: de cachorrinhos de colo a caixas de joias e vasos de plantas. Um homem num robe acolchoado segura uma banana madura. Confusas, crianças adormecidas seguem aos tropeços atrás de seus pais, espantadas demais ou perplexas demais para chorar. Partes delas aparecem rapidamente em minha linha de visão. Um par de olhos castanhos arregalados. Um braço agarrando uma boneca favorita. Um par de pés descalços, azulados devido ao frio, pisando nas pedras de calçamento desniveladas da ruela. Vê-las me faz lembrar das crianças do 12 que morreram fugindo dos bombardeios. Saio da janela.

Tigris se oferece para ser nossa espiã durante aquele dia, já que é a única que não está com a cabeça a prêmio. Depois de nos colocar em segurança no subsolo, ela vai até a Capital recolher quaisquer informações que possam vir a ser úteis.

No porão, ando de um lado para o outro, levando os outros à loucura. Alguma coisa me diz que não tirar vantagem da torrente de refugiados é um erro. Que melhor camuflagem para uma fuga poderíamos conseguir? Por outro lado, cada pessoa dispersa vagando nas ruas significa mais um par de olhos à procura de cinco rebeldes à solta. Mas também tem o seguinte: o que ganhamos permanecendo aqui? Tudo o que estamos realmente fazendo é devastar nosso pequeno estoque de comida e esperar... o quê? Que os rebeldes tomem a Capital? Isso ainda pode levar semanas para acontecer, e não tenho tanta certeza do que faria se eles conseguissem. Não sairia às ruas para cumprimentá-los. Coin mandaria me arrastar de volta para o 13 antes que eu pudesse dizer "cadeado,

cadeado, cadeado". Não percorri todo esse caminho, nem perdi tantas pessoas, para me entregar àquela mulher. Eu mato Snow. Além do mais, haveria uma infinita quantidade de coisas em relação aos últimos dias que eu não teria como explicar com facilidade. Várias das quais, se viessem à luz, provavelmente liquidariam o meu acordo para a imunidade dos vitoriosos. E, esquecendo de mim, tenho uma sensação de que alguns dos outros vão precisar muito disso. Como Peeta. Que, independentemente de como se interprete a coisa, pode ser visto no filme jogando Mitchell naquele casulo da rede. Posso imaginar muito bem o que o tribunal de guerra de Coin vai fazer com essa imagem.

No final da tarde, já estamos começando a ficar inquietos em relação à longa ausência de Tigris. As conversas passam a girar em torno das possibilidades de ela ter sido detida e presa, de nos ter entregado voluntariamente, ou simplesmente ter sido ferida durante a onda de refugiados. Mas por volta das seis horas, nós a ouvimos chegar. Há um som de passos no andar de cima e em seguida ela abre o painel. O maravilhoso aroma de carne frita impregna o ar. Tigris nos preparou um prato de presunto fatiado com batatas. É a primeira comida quente que ingerimos em dias e, enquanto espero que ela encha o meu prato, corro sérios riscos de começar a babar.

Mastigando, tento prestar atenção a Tigris nos contando como adquiriu os alimentos, mas a principal coisa que absorvo é que roupa de baixo de pelo é um item de comércio altamente valioso no momento. Principalmente para pessoas que saíram de suas casas sem roupa. Muitas delas ainda estão na rua tentando encontrar abrigo para passar a noite. Aquelas que vivem nos melhores apartamentos da parte interna da cidade não abriram suas portas para receber os desalojados.

Pelo contrário, a maioria passou a tranca na porta, baixou as persianas e fingiu estar ausente. Agora o Círculo da Cidade está repleto de refugiados, e os Pacificadores vão de porta em porta, invadindo locais, se preciso for, para distribuir pessoas pelas casas.

Na TV, assistimos a um ríspido Chefe dos Pacificadores detalhar regras específicas acerca de quantas pessoas por centímetro quadrado espera-se que cada residente acomode. Ele lembra aos cidadãos da Capital que a temperatura vai cair bem abaixo de zero essa noite e alerta-os de que o presidente espera que eles sejam anfitriões não somente dispostos como também entusiasmados nesses tempos de crise. Em seguida, são mostradas algumas tomadas bastante encenadas de cidadãos preocupados, dando as boas-vindas em suas casas a refugiados agradecidos. O Chefe dos Pacificadores diz que o presidente em pessoa ordenou que parte de sua mansão fosse preparada para receber cidadãos amanhã. Ele acrescenta que os lojistas também devem estar preparados para emprestar seus espaços se assim for solicitado.

– Tigris, podia ser você – diz Peeta. Percebo que ele tem razão. Que mesmo essa lojinha estreita que mais parece um corredor poderia ser apropriada à medida que o número de pessoas aumenta. Então ficaremos realmente presos no porão, em constante perigo de sermos descobertos. De quantos dias dispomos? Um? Talvez dois?

O Chefe dos Pacificadores prossegue com mais instruções para a população. Ao que parece, ocorreu essa noite um incidente lamentável no qual uma multidão agrediu até a morte um jovem parecido com Peeta. A partir desse momento, quem avistar um rebelde deverá avisar imediatamente as autoridades, que cuidarão da identificação e posterior prisão do suspeito. Eles mostram uma foto da vítima. Fora alguns cachos obviamente tingidos, ele parece tanto com Peeta quanto eu.

— As pessoas enlouqueceram de vez — murmura Cressida.

Assistimos a uma breve atualização sobre a posição dos rebeldes, na qual ficamos sabendo que diversos outros quarteirões foram tomados no dia de hoje. Anoto as interseções no mapa e as analiso.

— A Linha C fica a apenas quatro quarteirões daqui — anuncio. De alguma maneira, isso me deixa ainda mais ansiosa do que imaginar Pacificadores em busca de casas. Fico bastante prestativa. — Deixe-me lavar a louça.

— Eu ajudo. — Gale recolhe os pratos.

Sinto os olhos de Peeta nos seguindo para fora da sala. Na cozinha apertada nos fundos da loja de Tigris, encho a pia de água quente e sabão.

— Você acha que é verdade? — pergunto. — Que Snow vai deixar os refugiados entrarem na mansão?

— Acho que agora ele precisa fazer isso, pelo menos para as câmeras — diz Gale.

— Sairei daqui de manhã — digo.

— Vou com você — diz Gale. — O que a gente vai fazer com os outros?

— Pollux e Cressida podem ser úteis. Eles são bons guias — digo. Pollux e Cressida não são exatamente o problema. — Mas Peeta é muito...

— Imprevisível — finaliza Gale. — Você acha que ele ainda aceitaria ser deixado para trás?

— Podemos usar o argumento de que ele vai pôr a gente em perigo — digo. — De repente ele até fica aqui, se a gente for convincente.

Peeta encara nossa sugestão de modo bastante racional. Ele concorda prontamente quando sugerimos que sua presença poderia colocar os outros quatro em risco. Começo a achar que isso tudo pode funcionar, que ele pode simplesmente ficar sentado ali no porão de Tigris enquanto a guerra prossegue lá fora, quando ele anuncia que vai sair por conta própria.

— Para fazer o quê? — pergunta Cressida.

— Não sei exatamente o quê. A única coisa que talvez ainda tenha condições de fazer é causar uma distração. Vocês viram o que aconteceu com aquele homem que se parecia comigo — diz ele.

— E se você... perder o controle? — digo.

— Você está querendo dizer, se eu me transformar num bestante? Bom, se eu sentir que isso está para acontecer, tento voltar para cá — diz ele, tranquilizando-me.

— E se Snow pegar você de novo? — pergunta Gale. — Você não tem nem arma.

— Serei obrigado a correr esse risco — diz Peeta. — Assim como todos vocês. — Os dois trocam um longo olhar, e então Gale enfia a mão no bolso da frente. Coloca sua pílula-cadeado na palma da mão de Peeta, que a mantém pousada ali, nem rejeitando nem aceitando. — E você?

— Não se preocupe. Beetee me mostrou como detonar minhas flechas explosivas com a mão. Se isso falhar, tenho minha faca. E vou ter também a Katniss — diz Gale com um sorriso. — Ela não vai dar a eles a satisfação de me levarem com vida.

Imaginar Gale sendo arrastado pelos Pacificadores reinicia a canção em minha cabeça...

*Você vem, você vem
Para a árvore*

— Pegue isso aí, Peeta — digo com a voz tensa. Eu me aproximo e fecho os dedos dele sobre a pílula. — Não vai ter ninguém lá para ajudar você.

Passamos uma noite intranquila, despertados pelos pesadelos uns dos outros, mentes zunindo com os planos do dia seguinte. Fico aliviada quando chega cinco horas e podemos dar início a seja lá o que esse dia tenha reservado para nós. Comemos uma mistura dos alimentos que sobraram — pêssegos em lata, biscoitos e escargot —, deixando uma lata de salmão para Tigris como um mísero agradecimento por tudo o que ela fez por nós. O gesto parece emocioná-la, de alguma maneira. Seu rosto se contorce numa expressão estranha e ela se põe a agir. Passa a hora seguinte transformando-nos, os cinco. Ela nos veste de modo que as roupas comuns escondam nossos uniformes antes de vestirmos nossos casacos e capas. Cobre nossa botas militares com uma espécie de mocassim de pelo. Prende nossas perucas com alfinetes, limpa os restos berrantes da maquiagem que aplicamos tão apressadamente em nossos rostos e nos pinta novamente. Ajusta nossa roupa de baixo de modo a ocultar nossas armas. Então nos dá bolsas de mão e trouxas cheias de badulaques para carregarmos. No fim, estamos com a exata aparência de refugiados escapando dos rebeldes.

— Jamais subestimem o poder de uma estilista brilhante — diz Peeta. É difícil confirmar, mas acho que há uma boa chance de Tigris ter enrubescido debaixo daquelas listras.

Não há nenhuma notícia nova de alguma utilidade na TV, mas o beco parece estar tão cheio de refugiados quanto na manhã anterior. Nosso plano é entrar sorrateiramente no meio da multidão em três grupos. Primeiro Cressida e Pollux, que servirão de guias enquanto mantêm uma distância segura de nós. Depois Gale e eu, que temos a intenção de nos posicionar entre os refugiados designados para a mansão no dia de hoje. Depois Peeta, que seguirá atrás de nós, preparado para criar algum tumulto se necessário for.

Tigris observa através da persiana para definir o momento certo, destranca a porta e faz um gesto com a cabeça para Cressida e Pollux.

– Cuidem-se – diz Cressida, e os dois desaparecem.

Nós os seguiremos em um minuto. Tiro a chave, retiro as algemas de Peeta e as guardo no bolso. Ele esfrega os pulsos. Flexiona-os. Sinto uma espécie de desespero tomando conta de mim. É como se estivesse de volta ao Massacre Quaternário, com Beetee dando a Johanna e a mim aquele carretel.

– Escute – digo. – Veja se não faz nenhuma bobagem.

– Não vou. Só se for como um último recurso. Totalmente – diz ele.

Eu o abraço, sinto seus braços hesitarem antes de me envolverem. Não tão firmes quanto foram um dia, mas ainda aconchegantes e fortes. Mil momentos invadem minha mente. Todas as vezes que esses braços foram o meu único refúgio contra o mundo. Talvez não totalmente apreciados naquela época, mas muito ternos em minha memória, e agora perdidos para sempre.

– Tudo bem, então. – Eu o solto.

— Está na hora — diz Tigris. Beijo o rosto dela, aperto minha capa vermelha com capuz, puxo o cachecol para cima do nariz e sigo Gale em direção ao ar frígido da rua.

Flocos de neve pontudos e gelados agridem a parte da minha pele que ficou exposta. O sol nascente está tentando furar a penumbra sem muito sucesso. Há luz suficiente para ver as formas amontoadas próximas, e pouco mais do que isso. Condições perfeitas, realmente, exceto pelo fato de não conseguir localizar Cressida e Pollux. Gale e eu baixamos nossas cabeças e andamos junto com os refugiados. Posso ouvir o que perdi espiando pelas persianas ontem. Choro, gemido, respiração pesada. E, não muito distante dali, tiroteio.

— Para onde a gente está indo, tio? — pergunta um garotinho trêmulo a um homem curvado, segurando um pequeno cofre.

— Para a mansão do presidente. Eles vão arranjar um lugar novo para a gente morar — diz o homem, arfando.

Saímos do beco e caímos em uma das avenidas principais.

— Fiquem à direita! — ordena uma voz, e vejo os Pacificadores dispersos no meio da multidão, conduzindo o fluxo humano. Rostos assustados espiam pelas janelas de vidro laminado das lojas, que já estão ficando repletas de refugiados. Nesse ritmo, Tigris poderá ter novos convidados já na hora do almoço. Foi bom para todo mundo termos saído de lá no momento em que saímos.

Agora está mais claro, mesmo com a neve ficando mais intensa. Avisto Cressida e Pollux mais ou menos trinta metros à nossa frente, andando lentamente junto com a multidão. Estico a cabeça e olho para trás para ver se consigo localizar Peeta. Não consigo, mas avistei uma menininha com um olhar bastante inquisitivo, usando um casaco amarelo-limão.

Cutuco Gale e diminuo o passo ligeiramente para permitir que um paredão de pessoas se colocasse entre nós dois.

– Talvez seja melhor a gente se separar – digo, entre os dentes. – Tem uma garota ali que...

Um tiroteio é ouvido em meio à multidão e diversas pessoas próximas a mim desabam no chão. Gritos penetram o ar quando uma segunda saraivada de balas derruba um grupo atrás de nós. Gale e eu nos jogamos na rua, rastejamos dez metros até as lojas e nos abrigamos atrás de uma vitrine de botas de salto alto do lado de fora de uma sapataria.

Uma fileira de sapatos bloqueia a visão de Gale.

– Quem é? Você consegue ver? – pergunta ele. O que consigo ver, entre pares alternados de botas de couro em tonalidades lavanda e menta é uma rua cheia de corpos. A menininha que estava me observando está ajoelhada ao lado de uma mulher inerte, berrando e tentado reanimá-la. Uma outra rajada de balas penetra em seu casaco amarelo na altura do peito, manchando-o de vermelho, fazendo a menina tombar de costas. Por um instante, olhando para aquela diminuta forma esmagada, perco a habilidade de formar palavras. Gale me dá uma cotovelada de leve. – Katniss?

– Estão atirando do telhado aqui de cima da gente – digo a Gale. Observo mais algumas rodadas de disparos, vejo os uniformes brancos caindo nas ruas cheias de neve. – Estão tentando acertar os Pacificadores, mas não são exatamente os melhores atiradores do mundo. Devem ser rebeldes. – Não sinto um jorro de alegria, embora, teoricamente, meus aliados tenham conseguido efetuar a invasão. Continuo olhando petrificada para aquele casaco amarelo-limão.

– Se a gente começar a atirar, já era – diz Gale. – O mundo inteiro vai saber que somos nós.

É verdade. Nossas únicas armas são nossos fabulosos arcos. Dar uma flechada seria como anunciar a ambos os lados que estamos aqui.

— Não — digo, com vigor. — Temos de chegar no Snow.

— Então é melhor a gente começar a se mexer antes que o quarteirão inteiro voe pelos ares — diz Gale. Abraçando o muro, continuamos ao longo da rua. Só que o muro é formado principalmente por vitrines. Uma fileira de mãos suadas e rostos boquiabertos está grudada no vidro. Puxo meu cachecol mais para cima do rosto enquanto disparamos por entre cartazes publicitários. Atrás de uma prateleira com fotos emolduradas de Snow, encontramos um Pacificador ferido encostado num muro de tijolos. Ele nos pede ajuda. Gale dá uma joelhada na lateral da cabeça do homem e pega sua arma. Na interseção, ele atira em um segundo Pacificador e nós dois ficamos de posse de armas de fogo.

— E aí, quem a gente deve ser agora? — pergunto.

— Cidadãos desesperados da Capital — diz Gale. — Os Pacificadores vão achar que estamos do lado deles e, se gente tiver sorte, os rebeldes vão achar alvos mais interessantes.

Fico remoendo a sabedoria embutida nesse nosso último papel enquanto passamos a jato pela interseção, mas quando alcançamos o quarteirão seguinte, já não importa mais quem somos. Ou o que qualquer outra pessoa é. Porque ninguém está olhando para nós. Os rebeldes estão aqui, é fato. Transbordando a avenida, abrigando-se em umbrais, atrás de veículos, disparando tiros, vozes roucas berrando ordens enquanto se preparam para enfrentar um exército de Pacificadores que marcha na nossa direção. Pegos no fogo cruzado estão os refugiados, desarmados, desorientados, muitos deles feridos.

Um casulo foi ativado à nossa frente, liberando uma golfada de vapor que escalda todo mundo no caminho, deixando as vítimas rosadas e completamente sem vida. Depois disso, o pouco sentido de ordem que ainda havia se desfaz. À medida que os arabescos de vapor remanescentes se misturam com a neve, a visibilidade se estende apenas à parte traseira do cano da minha arma. Pacificador, rebelde, cidadão, quem vai saber? Tudo que se move é um alvo. As pessoas atiram por puro reflexo, e eu não sou nenhuma exceção. O coração retumbando, a adrenalina me queimando por inteiro, todos são meus inimigos. Exceto Gale. Meu parceiro de caçadas, a única pessoa para quem dou as costas. Não há nada a fazer além de avançar, matando quem quer que se coloque em nosso caminho. Pessoas gritando, pessoas sangrando, pessoas mortas por todos os lados. Quando alcançamos a próxima esquina, o quarteirão inteiro à nossa frente se ilumina num intenso brilho púrpura. Recuamos, nos agachamos embaixo de uma escada e estreitamos os olhos para a luz. Alguma coisa está acontecendo com aqueles que estão sendo iluminados por ela. Estão sendo assaltados por... pelo quê? Um som? Uma onda? Um laser? Armas caem de suas mãos, dedos grudam-se em seus rostos, enquanto sangue jorra de todos os orifícios visíveis – olhos, narizes, bocas, ouvidos. Em menos de um minuto, todos estão mortos e o brilho desaparece. Cerro os dentes e corro, saltando sobre corpos, os pés escorregando no sangue e nas vísceras. O vento faz com que a neve se transforme em rajadas cegantes, mas não bloqueia o som de uma outra onda de botas vindo na nossa direção.

– Abaixe-se! – grito para Gale, e o som da voz sai estridente. Caímos ali mesmo. Meu rosto aterrissa numa poça ainda quente do sangue de alguém, mas me finjo de morta, permaneço imóvel enquanto as botas marcham sobre nós. Algumas evitam os corpos. Outras esmagam minha mão, pisam nas minhas costas, chutam a minha cabeça ao passar. Quando as botas dão um refresco, abro os olhos e balanço a cabeça para Gale.

No quarteirão seguinte, encontramos mais refugiados aterrorizados, porém menos soldados. Justamente quando parece que seremos brindados com uma pausa, ouvimos o som de algo se quebrando, como um ovo atingindo a lateral de uma tigela, só que amplificado mil vezes. Paramos, olhamos ao redor em busca do casulo. Não há nada. Então sinto as pontas das minhas botas começando a se curvar ligeiramente.

– Corra! – grito para Gale. Não há tempo para explicações mas, em alguns segundos, a natureza do casulo torna-se clara para todos. Uma fenda se abriu no centro do quarteirão. Os dois lados da rua ladrilhada ficam dobrados como se fossem duas abas, tragando lentamente as pessoas para o interior do que quer que exista abaixo da terra.

Fico dividida entre sair correndo diretamente para a próxima interseção ou tentar chegar nas portas ao longo da rua para invadir um prédio. Em consequência, acabo me movendo ligeiramente na diagonal. À medida que a aba continua se abrindo, descubro que meus pés estão lutando cada vez com mais dificuldade para me manter equilibrada nos ladrilhos escorregadios. É como correr ao longo da encosta de uma montanha cheia de neve que fica mais íngreme a cada passo. Ambos os meus destinos – a interseção e os prédios – estão a alguns metros de distância quando sinto a aba cedendo. Não há nada a fazer além de usar meus últimos segundos de contato com os ladrilhos para disparar em direção à interseção. Enquanto minhas mãos agarram-se à lateral, percebo que as abas estão totalmente voltadas para baixo. Meus pés balançam no ar, não há onde pisar. De uns quinze metros abaixo, um repulsivo fedor atinge minhas narinas, como o de cadáveres apodrecidos no calor do verão. Formas pretas rastejam nas sombras, silenciando quem quer que tenha sobrevivido à queda.

Um grito estrangulado irrompe em minha garganta. Ninguém vem me ajudar. Estou perdendo a pegada na saliência gelada quando vejo que estou a apenas dois metros mais ou menos do canto do casulo. Movo minhas mãos lentamente ao longo da saliência, tentando bloquear os sons aterrorizantes de baixo. Quando minhas mãos se engancham no canto, giro minha bota direita por cima da lateral. Ela se gruda em alguma coisa e me arrasto cuidadosamente até o nível da rua. Arquejando, tremendo, rastejo para fora e agarro um poste de luz para usar como âncora, embora o piso esteja perfeitamente plano.

– Gale? – grito para o abismo, sem me importar em ser reconhecida. – Gale?

– Aqui! – Olho para a esquerda, perplexa. A aba inclinou tudo, até a própria base dos prédios. Uma dúzia ou mais de pessoas conseguiram chegar lá e agora estão penduradas no que quer que foram capazes de se segurar. Maçanetas, aldravas, caixas de correio. A três portas de distância de mim, Gale está grudado ao ferro decorativo que envolve a porta de um apartamento. Ele podia facilmente entrar se a porta estivesse aberta. Mas, apesar de seus repetidos chutes nela, ninguém aparece para ajudá-lo.

– Proteja-se! – Levanto minha arma. Ele se vira para o outro lado e dou vários tiros na fechadura até que a porta voa para dentro do imóvel, aterrissando numa pilha no chão. Por um momento, experimento o entusiasmo de resgatá-lo. Então mãos com luvas brancas descem com força sobre ele.

Gale encontra os meus olhos, balbucia alguma coisa que não consigo entender. Não sei o que fazer. Não posso deixá-lo, mas também não posso alcançá-lo. Seus lábios se mexem novamente. Balanço a cabeça para indicar que estou confusa. A qualquer minuto, eles vão perceber quem capturaram. Os Pacificadores estão agora içando Gale.

– Saia daí! – ouço-o berrar.

Eu me viro e me afasto correndo do casulo. Totalmente só, agora. Gale prisioneiro. Cressida e Pollux poderiam estar dez vezes mortos. E Peeta? Não ponho os olhos nele desde que saímos da loja de Tigris. Me fio à ideia de que ele pode ter voltado. Sentido um ataque e retornado ao porão enquanto ainda estava sob controle. Talvez tenha percebido que não havia necessidade para uma distração quando a Capital já havia fornecido tantas. Não havia necessidade de ser isca e ser obrigado a ingerir a pílula-cadeado – a pílula! Gale está sem nenhuma! E apesar de toda aquela conversa sobre detonar suas flechas com a mão, ele jamais terá essa chance. A primeira coisa que os Pacificadores farão será tirar todas as suas armas.

Caio num umbral, lágrimas fazendo meus olhos arderem. *Atire em mim.* Era isso que ele estava balbuciando. Eu devia ter atirado nele! Esse era o meu trabalho. Essa era nossa promessa tácita, de todos nós, uns aos outros. E não fiz isso e agora a Capital vai matá-lo ou torturá-lo ou telessequestrá-lo ou – as rachaduras começam a se abrir dentro de mim, ameaçando me partir em pedaços. Tenho uma única esperança. Que a Capital caia, deposite suas armas e entregue os prisioneiros antes que possam fazer algum mal a Gale. Mas não consigo ver isso acontecendo com Snow ainda vivo.

Uma dupla de Pacificadores passa por mim correndo, mal olhando para a garota da Capital choramingando junto ao umbral. Contenho as lágrimas, enxugo as existentes antes que congelem e readquiro o controle. Tudo bem, ainda sou uma refugiada anônima. Ou será que os Pacificadores que pegaram Gale me vislumbraram enquanto eu fugia? Retiro a capa e a viro pelo avesso, deixando o revestimento preto à mostra em vez do exterior vermelho. Disponho o capuz de tal modo que esconda meu rosto. Mantendo a arma grudada em meu peito, dou uma geral no quarteirão. Há apenas um punhado de andarilhos com aspecto entorpecido. Sigo logo atrás de um par de homens velhos que não reparam na minha presença. Ninguém vai esperar me ver na companhia de velhos. Quando alcançamos o fim da interseção seguinte, eles param e quase dou uma topada neles. É o Círculo da Cidade. Em frente ao amplo espaço circundado por vistosos edifícios situa-se a mansão do presidente.

O Círculo está cheio de pessoas zanzando de um lado para o outro, gemendo, ou simplesmente se sentando e deixando a neve acumular em torno delas. Eu me encaixo de imediato. Começo a tecer meu caminho em direção à mansão, tropeçando em tesouros abandonados e em membros congelados pela neve. Mais ou menos na metade do caminho, me dou conta da barricada de concreto. Tem mais ou menos um metro de altura e se estende num grande retângulo em frente à mansão. Qualquer pessoa imaginaria que o local estaria vazio, mas está repleto de refugiados. Talvez seja esse o grupo que foi escolhido para ser abrigado na mansão. Mas, à medida que me aproximo, reparo em outra coisa. Todos do lado de dentro da barricada são crianças. De bebês engatinhando a adolescentes. Assustadas e enregeladas. Amontoadas em grupos ou agitando-se entorpecidamente no chão. Elas não estão sendo conduzidas à mansão. Estão sendo colocadas em currais, vigiadas por todos os lados por Pacificadores. Vejo de imediato que isso não é para a proteção delas. Se a Capital estivesse disposta salvaguardá-las, elas estariam no interior de algum bunker. Isso aqui é para a proteção de Snow. As crianças formam seu escudo humano.

Há uma comoção e a multidão avança para a esquerda. Sou alcançada por corpos maiores, jogada para os lados, empurrada para fora do caminho. Escuto gritos de "Os rebeldes! Os rebeldes!", e sei que eles devem ter conseguido efetuar a invasão. O impulso faz com que eu bata com força contra o mastro de uma bandeira, e o agarro com firmeza. Usando a corda que está pendurada no alto, puxo a mim mesma e escapo do aperto dos corpos. Sim, consigo ver o exército dos rebeldes tomando conta do Círculo, empurrando os refugiados de volta às avenidas. Vasculho a área em busca de casulos que certamente serão detonados. Mas isso não acontece. O que acontece é o seguinte:

Um aerodeslizador com a insígnia da Capital materializa-se sobre a barricada das crianças. Dezenas de paraquedas prateados chovem sobre elas. Mesmo nesse caos, as crianças sabem o que existe dentro dos paraquedas prateados. Comida. Remédios. Dádivas. Eles os abrem ansiosamente, os dedos congelados lutando com as cordas. O aerodeslizador desaparece, cinco segundos se passam e então mais ou menos vinte paraquedas explodem simultaneamente.

Um ganido pode ser ouvido em meio à multidão. A neve está vermelha e repleta de diminutos corpos despedaçados. Muitas das crianças morrem imediatamente, mas outras ficam deitadas no chão na mais completa agonia. Algumas cambaleiam em silêncio, observando os paraquedas que sobraram em suas mãos, como se eles ainda contivessem algo precioso. Posso afirmar que os Pacificadores não sabiam que isso iria acontecer pela maneira como estão arrancando as barricadas, abrindo caminho até as crianças. Um outro grupo de uniformes brancos passa pela abertura. Mas esses não são Pacificadores. São médicos. Médicos rebeldes. Eu reconheceria aqueles uniformes em qualquer lugar. Eles se metem em meio às crianças como um enxame de abelhas, brandindo kits médicos.

Primeiro vislumbro a trança loira nas costas dela. Em seguida, assim que ela arranca o casaco para cobrir uma criança que não para de chorar, reparo na fralda da camisa para fora da calça. Tenho a mesma reação que tive no dia em que Effie Trinket chamou o nome dela na colheita. Por fim, acho que entro em choque, porque permaneço na base do mastro da bandeira, incapaz de compreender o que aconteceu nos últimos segundos. Então continuo avançando em meio à multidão, exatamente como fiz antes. Tentando gritar o nome dela com uma intensidade que consiga superar o barulho reinante. Estou quase lá, quase na barricada, quando acho que ela me escuta. Porque, por um segundo, ela me avista, seus lábios formando o meu nome.

E é então que os paraquedas restantes explodem.

25

Verdadeiro ou falso? Estou pegando fogo. As bolas de chama que irromperam dos paraquedas passaram zunindo sobre as barricadas, cortaram o ar gelado e aterrissaram na multidão. Eu estava começando a girar o corpo quando uma delas me atingiu, percorreu com sua língua a parte de trás do meu corpo e me transformou em algo novo. Uma criatura tão inextinguível quanto o sol.

Um bestante do fogo conhece apenas uma única sensação: agonia. Nenhuma visão, nenhum som, nenhuma sensação além da implacável queimadura na carne. Talvez haja períodos de inconsciência, mas qual é a importância disso se não consigo encontrar refúgio neles? Sou o pássaro de Cinna, inflamado, voando freneticamente para escapar de algo inescapável. As penas flamejantes que crescem de meu corpo. O bater das asas apenas faz com que as chamas se movam. Estou me consumindo, porém indefinidamente.

Por fim, minhas asas começam a falhar, perco altura, e a gravidade me impulsiona em direção a um mar da cor dos olhos de Finnick e cheio de espuma. Flutuo sobre minhas costas, que continuam queimando debaixo d'água, mas a agonia dá lugar à dor. Quando fico à deriva e incapaz de navegar é que eles aparecem. Os mortos.

Os que eu amava voam como pássaros no céu aberto acima de mim. Adejando, girando no ar, me chamando para que me junte a eles. Quero muito segui-los, mas a água salgada satura minhas asas, tornando impossível levantá-las. Os que eu odiava foram para a água, horrendos seres cheios de escamas que estraçalham minha carne salgada com dentes pontudos. Mordendo sem dar descanso. Arrastando-me para o fundo.

O pequeno pássaro branco tingido de rosa mergulha, enterra suas garras em meu peito e tenta me manter na superfície.

– Não, Katniss! Não! Você não pode ir!

Mas os que eu odiava estão vencendo, e se ela ficar grudada em mim também não terá mais chance.

– Prim, me solta!

E por fim ela o faz.

Bem no fundo do mar, sou abandonada por todos. Existe apenas o som da minha respiração, o enorme esforço que é necessário para inalar água e depois tirá-la dos meus pulmões. Quero parar, tento prender a respiração, mas o mar força a entrada e se coloca contra minha vontade.

– Deixe-me morrer. Deixe que eu me junte aos outros – imploro ao que quer que esteja me prendendo lá. Não há resposta.

Presa há dias, anos, séculos quem sabe. Morta, mas sem permissão para morrer. Viva, mas totalmente morta. Tão só que qualquer pessoa, qualquer coisa, independentemente do quanto essa pessoa ou essa coisa fossem horríveis, seria bem-vinda. Mas quando finalmente recebo uma visita, é uma experiência agradável. Morfináceo. Viajando pelas minhas veias, aliviando a dor, iluminando meu corpo de modo que ele se recoloque na direção do ar e fique novamente na espuma.

Espuma. Estou realmente flutuando na espuma. Posso senti-la abaixo das pontas dos meus dedos, acomodando parte do meu corpo nu. Há muita dor, mas também há algo que se parece com a realidade. A lixa na minha garganta. O cheiro do remédio para queimaduras da primeira arena, e tento voltar ao fundo para tentar compreendê-los. Mas não há como voltar. Gradativamente, sou forçada a aceitar quem sou. Uma menina gravemente queimada e sem asas. Sem fogo. E sem irmã.

Na brancura cegante do hospital da Capital, os médicos fazem milagres em mim. Costurando novas camadas de pele em meu corpo em carne viva. Convencendo as células a pensar que pertencem a mim. Manipulando as partes do meu corpo, envergando e esticando os membros para assegurar um encaixe perfeito. Não paro de ouvir que tenho muita sorte. Meus olhos foram poupados. A maior parte do meu rosto foi poupada. Meus pulmões estão reagindo bem ao tratamento. Vou ficar novinha em folha.

Quando minha pele suave fica rígida o suficiente para suportar a pressão dos lençóis, mais visitantes aparecem. O morfináceo abre a porta para os mortos e para os vivos sem discriminações. Haymitch, amarelado e sério. Cinna, costurando um novo vestido de noiva. Delly, com sua conversa fiada sobre como as pessoas são legais. Meu pai canta todas as quatro estrofes de "A árvore-forca" e me lembra que minha mãe – que dorme numa cadeira entre um turno e outro – não pode saber disso.

Um dia eu acordo, seguindo todas as expectativas, e sei que não terei permissão de viver em meu mundo de sonhos. Terei de me alimentar pela boca. Mover eu própria os meus músculos. Ir ao banheiro. Uma breve aparição da presidenta Coin confirma isso.

– Não se preocupe – diz ela. – Eu o guardei para você.

A perplexidade dos médicos só aumenta em relação aos motivos pelos quais eu não consigo falar. Muitos testes são feitos e, apesar de haver danos às minhas cordas vocais, o problema não parece decorrer disso. Finalmente, dr. Aurelius, o médico-chefe, aparece com a teoria de que me tornei uma Avox mental em vez de física. Que o meu silêncio ocorre em função de um trauma emocional. Embora tenha sido apresentado a uma centena de remédios possíveis, ele pede que me deixem em paz. Então, não pergunto sobre ninguém ou sobre coisa alguma, mas as pessoas trazem para mim um fluxo estável de informações. Sobre a guerra: a Capital foi tomada no dia em que os paraquedas caíram, a presidenta Coin agora está no comando de Panem e tropas foram enviadas para sufocar os pequenos bolsões de resistência da Capital. Sobre o presidente Snow: ele está detido, esperando o julgamento e a quase certa execução. Sobre a equipe que me auxiliaria no assassinato: Cressida e Pollux foram enviados aos distritos para fazer a cobertura dos destroços da guerra. Gale, que levou três tiros numa tentativa de fuga, está eliminando Pacificadores no 2. Peeta ainda está na unidade de queimaduras. Ele conseguiu, por fim, chegar ao Círculo da Cidade. Sobre a minha família: minha mãe sufoca o pesar com trabalho.

Desprovida de trabalho, o pesar me sufoca. A única coisa que faz com que eu continue seguindo em frente é a promessa de Coin. De que eu posso matar Snow. E quando isso for feito, nada mais restará.

Por fim, recebo alta do hospital e um quarto na mansão da presidenta para compartilhar com a minha mãe. Ela quase nunca fica lá, faz as refeições e dorme no trabalho. Haymitch acaba sendo incumbido de cuidar de mim, de garantir que eu coma e tome os medicamentos. Não é uma tarefa das mais simples. Retorno ao meu antigo hábito do Distrito 13. Vagar pela mansão sem autorização. Entrar em quartos e escritórios, salões de baile e banheiros. Procurar pequenos espaços para me esconder. Um closet cheio de peles. Um gabinete na biblioteca. Uma banheira há muito tempo esquecida numa sala ocupada por móveis descartados. Meus lugares são parcamente iluminados e quietos, e impossíveis de serem descobertos. Eu me enrosco, fico menor, tento desaparecer completamente. Envolta em silêncio, giro várias vezes em torno do pulso minha pulseira onde está escrito MENTALMENTE DESORIENTADA.

Meu nome é Katniss Everdeen. Tenho dezessete anos. Meu lar é o Distrito 12. Não existe mais Distrito 12. Eu sou o Tordo. Eu derrubei a Capital. O presidente Snow me odeia. Ele matou a minha irmã. Agora eu vou matá-lo. E então os Jogos Vorazes acabarão...

Periodicamente, descubro que estou de volta ao meu quarto, sem ter certeza se fui levada pela necessidade de morfináceo ou se Haymitch me encontrou. Como a comida, tomo o remédio e sou aconselhada a tomar banho. Não é a água o que me preocupa, mas o espelho que reflete meu corpo nu de bestante do fogo. Os enxertos de pele ainda retêm uma coloração rosada de bebê recém-nascido. A pele tida como destruída, porém salva, parece vermelha, quente e derretida em alguns pontos. Pedaços do meu antigo eu brilham numa palidez branca. Sou algo como uma bizarra colcha de retalhos de pele. Partes de meus cabelos foram totalmente queimados; o resto foi completamente cortado num comprimento esquisito. Katniss Everdeen, a garota em chamas. Eu não ligaria muito para isso, exceto pelo fato de que a visão de meu corpo me traz lembranças de dor. E os motivos pelos quais eu senti dor. E o que aconteceu pouco antes de a dor começar. E como assisti à minha irmãzinha tornar-se uma tocha humana.

Fechar os olhos não ajuda. O fogo queima mais intensamente na escuridão.

Dr. Aurelius aparece de vez em quando. Gosto dele porque não fica falando coisas idiotas do tipo: que estou totalmente a salvo, ou que ele sabe que não consigo ver isso agora, mas algum dia serei feliz novamente, ou mesmo que as coisas agora vão ficar melhores em Panem. Ele apenas pergunta se estou com vontade de conversar e, como não respondo, ele cai no sono, na cadeira. Na realidade, acho que as visitas dele são motivadas em larga medida pela necessidade que ele tem de tirar um cochilo. O arranjo funciona para nós dois.

O momento se aproxima, embora não soubesse dizer as horas e os minutos com exatidão. O presidente Snow foi julgado e condenado à morte. Haymitch me conta, ouço conversas a esse respeito quando passo pelos guardas nos corredores. Meu traje de Tordo chega em meu quarto. Também meu arco, não parecendo gasto, mas sem aljava ou flechas. Ou porque ficaram inutilizadas ou, mais provável, porque não tenho permissão para portar armas. Imagino vagamente se deveria estar, de uma forma ou de outra, me preparando para o evento, mas nada me ocorre.

Num determinado fim de tarde, depois de um longo período numa poltrona acolchoada perto da janela, situada atrás de uma tela pintada, eu me levanto e dobro à esquerda em vez de à direita. Me encontro em uma parte estranha da mansão, e imediatamente fico desorientada. Ao contrário da área onde estão meus aposentos, não parece haver ninguém por perto a quem pedir informação. Mas eu gosto disso. Gostaria muito de ter achado este lugar antes. É tão silencioso, com carpetes grossos e pesadas tapeçarias que abafam o som. Suavemente iluminado. Cores neutras. Tranquilo. Até eu sentir o cheiro de rosas. Mergulho atrás de uma cortina, trêmula demais para correr, enquanto espero os bestantes. Finalmente, percebo que não há nenhum bestante a caminho. Então que cheiro é esse que estou sentindo? Rosas de verdade? Será possível que poderia estar perto do jardim onde crescem as tais coisas nefastas?

Enquanto percorro sorrateiramente o corredor, o odor fica ainda mais acentuado. Talvez não tão forte quanto o dos bestantes de verdade, porém mais puro, porque não está competindo com esgoto nem com explosivos. Dobro uma esquina e flagro a mim mesma olhando para dois guardas surpresos. Não são Pacificadores, é claro. Não existem mais Pacificadores. Mas também não são os soldados disciplinados de uniforme cinza do 13. Esses dois, um homem e uma mulher, usam as roupas rasgadas e puídas dos rebeldes de verdade. Ainda com curativos e com a aparência desolada, eles estão agora vigiando a porta que dá acesso às rosas. Quando tento entrar, as armas deles formam um X na minha frente.

– Você não pode entrar, mocinha – diz o homem.

– Soldado – corrige a mulher. – Você não pode entrar, soldado Everdeen. Ordens da presidenta.

Fico lá parada pacientemente, esperando que eles baixem suas armas, que compreendam, sem que precise lhes dizer nada, que atrás daquela porta encontra-se algo de que necessito. Apenas uma rosa. Uma única flor. Para ser colocada na lapela de Snow antes de eu atirar nele. Minha presença parece preocupar os guardas. Eles estão discutindo a possibilidade de ligar para Haymitch, quando uma mulher fala atrás de mim:

– Deixem-na entrar.

Eu conheço a voz, mas não consigo identificá-la de imediato. Não é da Costura, não é do 13, definitivamente não é da Capital. Giro a cabeça e me encontro cara a cara com Paylor, a comandante do 8. Ela parece ainda mais arrebentada do que estava no hospital, mas quem não aparenta estar assim?

– Eu assumo a responsabilidade – diz Paylor. – Ela tem direito a qualquer coisa que esteja atrás dessa porta. – Esses guardas são soldados dela, não de Coin. Eles abaixam as armas sem questionamentos e me deixam passar.

No fim de um corredor curto, abro as portas de vidro e piso no interior do cômodo. Agora o cheiro já está tão forte que começa a se estabilizar, como se meu nariz não conseguisse absorver mais do que aquilo. O ar úmido e suave proporciona uma sensação boa na minha pele quente. E as rosas são gloriosas. Fileiras e mais fileiras de suntuosas florações: um tom de rosa luxuriante, um laranja da cor do pôr do sol e até mesmo um azul pálido. Vago pelas fileiras de plantas cuidadosamente podadas, olhando, mas não tocando, porque aprendi da pior forma possível o quanto essas belezinhas podem ser mortíferas. Sei no exato instante em que a vejo, coroando o topo de um arbusto esguio. Um magnífico botão branco apenas começando a se abrir. Puxo a manga esquerda da camisa por cima da mão para que minha pele não seja obrigada a tocá-la, pego uma tesoura de poda e estou acabando de posicioná-las no talo quando ele fala:

– Essa é bonita.

Minha mão se contorce, a tesoura se fecha, ferindo o talo.

– As cores são adoráveis, é claro, mas nada fala a língua da perfeição como o branco.

Ainda não consigo vê-lo, mas sua voz parece se elevar de um leito adjacente de rosas. Pegando delicadamente o talo do botão através do tecido da manga, giro o corpo lentamente e o encontro sentado num banquinho encostado à parede. Ele está arrumado e muito bem-vestido como sempre, mas suportando o peso dos grilhões nos pulsos e nos tornozelos, além dos dispositivos de rastreamento. Na luz clara, sua pele está pálida, com uma tonalidade doentiamente esverdeada. Ele segura um lenço branco com pontinhos de sangue recente. Mesmo nesse estado deteriorado, seus olhos de serpente brilham com intensidade e frieza.

— Tinha esperança de que você achasse o caminho até meus aposentos.

Os aposentos dele. Invadi a casa dele, da mesma maneira que ele invadiu a minha no ano passado, sibilando ameaças com seu hálito sangrento de rosas. Esta estufa é um dos quartos dele, talvez seu favorito; talvez em tempos melhores ele cuidasse das plantas pessoalmente. Mas agora o local faz parte de sua prisão. Foi por isso que os guardas barraram minha passagem. E foi por isso que Paylor me deixou entrar.

Eu tinha imaginado que ele estaria preso no mais profundo calabouço que a Capital tivesse a oferecer, não confortavelmente instalado no colo de tanto luxo. No entanto, Coin o deixou aqui. Para estabelecer um precedente, acredito eu. Para que, se no futuro ela viesse a cair em desgraça, estaria subentendido que presidentes — inclusive os mais desprezíveis — receberiam tratamento especial. Afinal de contas, quem é que pode saber quando o poder dela própria se esvairá?

— Há muitas coisas que devíamos discutir, mas tenho a sensação de que sua visita será breve. Então, vamos logo às coisas mais importantes. — Ele começa a tossir, e quando retira o lenço da boca, fica ainda mais vermelho. — Queria que você soubesse o quanto lamento a morte de sua irmã.

Mesmo em meu estado drogado e amortecido, essas palavras me proporcionam uma dor pungente que percorre todo o meu corpo. Me lembrando que não há limites para a crueldade dele. E que ele irá para sua sepultura tentando me destruir.

— Uma tamanha perda, absolutamente desnecessária. Qualquer um poderia ver que o jogo já estava acabado naquele estágio. Na verdade, eu estava prestes a emitir uma rendição oficial quando eles soltaram aqueles paraquedas. — Os olhos dele estão grudados nos meus, de modo a não perder um segundo sequer de minha reação. Mas o que ele disse não faz sentido. Quando *eles* soltaram os paraquedas? — Bom, não passou realmente pela sua cabeça que eu dei aquela ordem, passou? Esqueça o fato óbvio de que se eu tivesse um aerodeslizador funcionando à minha disposição, eu o estaria usando em uma tentativa de fuga. Mas, fora isso, a que propósito isso serviria? Ambos sabemos que não vejo problema em matar crianças, mas não tolero desperdícios fúteis. Tiro vidas por motivos bem específicos. E não havia nenhum motivo para que eu destruísse um cercado cheio de crianças da Capital. Nenhum.

Imagino se o ataque de tosse seguinte terá sido encenado para que eu possa ter tempo de absorver suas palavras. Ele está mentindo. É claro que está mentindo. Mas também tem algo lutando para se libertar da mentira.

— Entretanto, devo admitir que Coin executou um movimento de mestre. A ideia de que eu estava bombardeando nossas próprias crianças indefesas pôs por terra instantaneamente qualquer fidelidade que meu povo ainda pudesse ter em relação a mim. Não houve mais nenhuma resistência efetiva após isso. Você sabia que isso foi transmitido ao vivo? Dá para enxergar o dedo de Plutarch nisso. E nos paraquedas. Bom, é esse tipo de pensamento que você procura num Chefe dos Idealizadores dos Jogos, não é? – Snow limpa os cantos da boca. – Tenho certeza de que ele não estava focando a sua irmã, mas esse tipo de coisa acontece.

Não estou com Snow agora. Estou de volta ao 13, ao Arsenal Especial, com Gale e Beetee. Olhando para os desenhos baseados nas armadilhas de Gale. Que brincava com a solidariedade humana. A primeira bomba matou as vítimas. A segunda, a equipe de resgate. Lembrando as palavras de Gale: *"Beetee e eu estamos seguindo o mesmo código de regras que o presidente Snow usou quando telessequestrou Peeta."*

– A minha falha – diz Snow – foi ter sido lento demais em entender o plano de Coin. Deixar que a Capital e os distritos destruíssem uns aos outros e depois avançar para tomar o poder com o 13 praticamente sem nenhum arranhão. Não se engane, desde o início ela tinha a intenção de tomar meu lugar. Isso não devia ter me surpreendido. Afinal de contas, foi o 13 que iniciou a rebelião que levou aos Dias Escuros e depois abandonou o resto dos distritos quando a maré virou. Mas eu não estava acompanhando os movimentos de Coin. Estava acompanhando os seus, Tordo. Temo que nós dois tenhamos sido feitos de bobos.

Me recuso a aceitar que isso seja verdade. Há coisas às quais é impossível sobreviver. Pronuncio minhas primeiras palavras desde a morte de minha irmã:

– Eu não acredito em você.

Snow balança a cabeça numa fingida decepção.

– Ah, minha querida srta. Everdeen. Pensei que nós tivéssemos concordado em não mentir um para o outro.

26

No corredor, encontro Paylor em pé exatamente no mesmo ponto.

– Achou o que estava procurando? – pergunta ela.

Ergo a rosa branca em resposta e em seguida passo por ela aos tropeções. Devo ter conseguido voltar para o meu quarto, porque a próxima coisa que sei é que estou enchendo um copo com água da torneira do banheiro e enfiando a rosa nele. Caio de joelhos no ladrilho frio, e estreito os olhos para a flor, já que é difícil de focalizar a brancura na forte luz fluorescente. Meu dedo pega a parte interna da pulseira, girando-a como se fosse um torniquete, machucando o meu pulso. Espero que a dor me ajude a permanecer no mundo real da mesma maneira que ajudou Peeta. Eu preciso aguentar. Preciso saber a verdade sobre o que aconteceu.

Há duas possibilidades, embora os detalhes associados a elas possam variar. A primeira, como eu acreditava, era que a Capital enviara aquele aerodeslizador, soltara os paraquedas e sacrificara as vidas de suas crianças, ciente de que os rebeldes recém-chegados iriam socorrê-las. Há evidências que sustentam isso. A insígnia da Capital no aerodeslizador, a falta de qualquer tentativa de explodir o inimigo em pleno ar e o longo histórico que a Capital possui na utilização de crianças como bucha de canhão em sua batalha contra os distritos. E há também o relato de Snow. Afirmando que um aerodeslizador da Capital pilotado por rebeldes bombardeou as crianças para que a guerra tivesse um fim rápido. Mas se foi esse o caso, por que a Capital não atirou no inimigo? Será que o elemento surpresa os deixou sem ação? Será que não tinham mais nenhuma defesa? Crianças são preciosas para o 13, pelo menos foi o que sempre pareceu. Bom, talvez não eu. Uma vez que eu tivesse deixado de ser útil, seria considerada dispensável. Embora ache que faz muito tempo que não sou mais considerada criança nessa guerra. E por que fariam isso, sabendo que seus próprios médicos provavelmente responderiam ao chamado e seriam atingidos pelo segundo ataque? Eles não fariam isso. Não poderiam fazer isso. Snow está mentindo. Está me manipulando como sempre fez. Esperando me colocar contra os rebeldes e possivelmente destruí-los. Sim. É claro.

Então o que será que está me perturbando? Primeiro, as tais bombas que explodiram duas vezes. Não que a Capital não pudesse ter a mesma arma, é que eu tenho certeza de que os rebeldes tinham. O invento de Gale e Beetee. Também tem o fato de que Snow não fez nenhuma tentativa de fuga, e sei que ele é um sobrevivente consumado. Parece difícil acreditar que ele não tivesse um esconderijo em algum lugar, algum bunker com estoque de provisões onde pudesse viver o resto de sua vidinha de serpente. E, finalmente, tem a avaliação que ele faz de Coin. O que é irrefutável é o fato de ela ter feito exatamente o que ele disse. Deixou a Capital e os distritos enfrentarem-se uns aos outros no campo de batalha e depois apressou-se para tomar o poder. Mesmo que esse tenha sido o plano dela, isso não significa que ela tenha soltado aqueles paraquedas. A vitória já estava nas mãos dela. Tudo estava nas mãos dela.

Exceto eu.

Relembro a reação de Boggs quando admiti que não havia pensado muito a respeito de quem seria o sucessor de Snow. *"Se sua resposta imediata não é Coin, então você representa uma ameaça. Você é a cara da rebelião. Você talvez tenha mais influência que qualquer outra pessoa. E fica claro que você, no máximo, tolera a presidenta."*

De repente, estou pensando em Prim, que ainda não tinha nem catorze anos, não tinha nem idade suficiente para receber o título de soldado, mas que, de algum modo, acabou indo parar nas linhas de frente. Como uma coisa como essa foi acontecer? Que minha irmã de fato desejou estar naquele lugar, disso não tenho a menor dúvida. Que ela seria mais capaz que muitos outros mais velhos do que ela é fato. Mas apesar de tudo isso, alguém num posto muito elevado teria que aprovar o envio de uma menina de treze anos ao campo de batalha. Será que Coin fez isso na esperança de que a perda de Prim pudesse me tirar completamente a razão? Ou, pelo menos, me colocar firmemente do lado dela? Eu nem teria precisado testemunhar a coisa em pessoa. Inúmeras câmeras fariam a cobertura direto do Círculo da Cidade, captando o momento para a eternidade.

Não, agora estou ficando louca, estou resvalando para um certo estado de paranoia. Muitas pessoas saberiam da missão. Notícias se espalhariam. Ou não? Quem teria de saber além de Coin, Plutarch e um grupo pequeno, leal ou facilmente descartável?

Preciso muito de ajuda para elucidar essa questão, só que todos em quem eu confio estão mortos. Cinna. Boggs. Finnick. Prim. Tem o Peeta, mas ele não poderia fazer muito mais do que especular, e quem pode saber em que estado se encontra a cabeça dele, além disso? Resta apenas Gale. Ele está muito longe, mas mesmo que estivesse ao meu lado, será que poderia me abrir para ele? O que poderia dizer, como poderia dizer isso sem dar a entender que foi a bomba dele que matou Prim? A impossibilidade dessa ideia, mais que qualquer outra, é o que me faz pensar que Snow deve estar mentindo.

Por fim, só há uma pessoa a quem recorrer que talvez possa saber a verdade sobre o que aconteceu e talvez ainda esteja do meu lado. A simples menção do assunto será arriscada. Mas apesar de pensar que Haymitch pode muito bem ter me feito de joguete na arena, não acho que ele me deduraria para Coin. Independentemente de todos os problemas que temos um com o outro, preferimos resolver nossas diferenças cara a cara.

Passo pela porta cambaleando, atravesso o corredor e entro em seu quarto. Ao perceber que ninguém atende às minhas batidas, empurro a porta e entro. Ugh. É impressionante a rapidez com a qual ele consegue arrasar um espaço. Pratos de comida pela metade, cacos de vidro de garrafas de bebida e pedaços de móveis quebrados, oriundos de algum rompante de embriaguez estão espalhados por seus aposentos. Ele está deitado na cama, desgrenhado e sujo, envolto num emaranhado de lençóis, desmaiado.

– Haymitch – digo, sacudindo a perna dele. É claro que isso é insuficiente. Mas faço mais algumas tentativas antes de despejar a água da jarra em seu rosto. Ele volta a si com um arquejo, debatendo-se cegamente com a faca em punho. Aparentemente, o término do reinado de Snow não significou o término do terror dele.

– Ah. Você – diz ele. Percebo, por sua voz, que ainda está embriagado.

– Haymitch – começo.

– Escuta só isso. O Tordo reencontrou sua voz. – Ele ri. – Bom, Plutarch vai ficar feliz. – Ele toma um gole de uma garrafa. – Por que estou todo encharcado? – Solto a jarra d'água em cima de uma pilha de roupa suja atrás de mim de modo pouco convincente.

– Preciso da sua ajuda – digo.

Haymitch arrota, enchendo o ar com vapores de aguardente branca.

– O que é, queridinha? Mais algum problema com garotos? – Não sei por quê, mas isso me magoa de um jeito que Haymitch raramente consegue. E deve ter ficado estampado em meu rosto, porque mesmo em seu estado de embriaguez, ele tenta reconsiderar. – Tudo bem, não foi engraçado. – Já estou na porta pronta para ir embora. – Eu disse que não foi engraçado! Volte aqui! – Pelo barulho que o corpo dele emitiu ao atingir o chão, imagino que tenha tentado me seguir, mas não há sentido em voltar.

Perambulo pela mansão e desapareço dentro de um guarda-roupa cheio de coisas de seda. Arranco tudo dos cabides até obter uma pilha e então me enfurno dentro dela. Em meu bolso, encontro um tablete de morfináceo e o engulo a seco para segurar o acesso de histeria que se aproxima. Mas não é o suficiente para colocar as coisas nos eixos. Ouço Haymitch me chamando ao longe, mas ele não vai me achar no estado em que se encontra. Principalmente aqui nesse novo local que descobri. Envolta em seda, me sinto uma lagarta num casulo à espera da metamorfose. Sempre supus que essa fosse uma condição tranquila. No início, é. Mas à medida que a noite avança, sinto-me mais e mais presa numa armadilha, sufocada pelos tecidos escorregadios, incapaz de emergir e me transformar em algo belo. Eu me contorço, tentando me livrar de meu corpo arruinado e desvendar o segredo do surgimento de asas perfeitas. Apesar do enorme esforço, permaneço uma criatura hedionda, minha forma atual moldada pelo fogo através da explosão das bombas.

O encontro com Snow abre a porta para meu antigo repertório de pesadelos. É como ser novamente picada por teleguiadas. Uma onda de imagens horrendas com uma breve pausa que confundo com o despertar – só para descobrir uma nova onda me atormentando. Quando os guardas finalmente me localizam, estou sentada no chão do guarda-roupa, num emaranhado de seda, berrando sem parar. No primeiro momento, luto com eles, até que me convencem de que estão tentando me ajudar, retiram camada por camada das roupas que estavam me sufocando e me acompanham de volta a meu quarto. No caminho, passamos por uma janela e vejo a manhã cinzenta e cheia de neve se espalhando pela Capital.

Um Haymitch morrendo de ressaca espera com um punhado de pílulas e uma bandeja de comida que nenhum de nós dois tem estômago para encarar. Ele faz uma tímida tentativa de fazer com que eu fale novamente, mas, vendo que é inútil, me manda para uma banheira que alguém encheu. A banheira é funda e tem três degraus. Eu me abaixo na água morna e me sento, com espuma até o pescoço, na esperança de que os remédios façam logo efeito. Meus olhos fixam-se na rosa que desabrochou durante a noite, preenchendo o ar esfumaçado com seu perfume forte. Eu me levanto e pego a toalha para abafar o cheiro quando ouço uma batida hesitante e a porta do banheiro se abre revelando três rostos familiares. Eles tentam sorrir para mim, mas nem mesmo Venia consegue esconder o choque diante da visão de meu destroçado corpo de bestante.

– Surpresa! – grita Octavia, e em seguida tem um ataque de choro. Começo a me esforçar para entender o motivo do reaparecimento deles quando percebo que só pode ser isso: hoje é o dia da execução. Vieram me preparar para as câmeras. Vieram me transformar novamente em Base Zero de Beleza. As lágrimas de Octavia não são à toa. É uma tarefa impossível.

Eles mal conseguem tocar a colcha de retalhos que é a minha pele por temerem me machucar, então eu mesma me lavo e me seco. Digo a eles que a dor agora é praticamente imperceptível, mas Flavius ainda estremece enquanto cobre meu corpo com um robe. No quarto, encontro mais uma surpresa. Sentada numa cadeira com o corpo ereto. Brilhante devido à peruca em tom dourado metálico e aos sapatos de salto alto em couro legítimo, segurando uma prancheta. Não mudou nada, a não ser pelo olhar vago.

– Effie – digo.

– Oi, Katniss. – Ela se levanta e beija o meu rosto como se nada houvesse acontecido desde o nosso último encontro, na noite anterior ao Massacre Quaternário. – Bom, parece que teremos mais um grande, grande, grande dia pela frente. Então por que você não começa a sua preparação enquanto eu verifico em que pé está a organização do evento?

– Tudo bem – digo, com ela já de costas para mim.

– Dizem que Plutarch e Haymitch passaram um sufoco danado para conseguir que ela não fosse morta – comenta Venia entre os dentes. – Ela foi presa depois que você fugiu, então isso acabou ajudando.

É meio forçação de barra, uma Effie Trinket rebelde. Mas não quero que Coin a mate, de modo que faço uma anotação mental para apresentá-la assim se alguém perguntar alguma coisa.

– Eu acho que, afinal de contas, foi bom vocês três terem sido sequestrados por Plutarch.

– Nós somos a única equipe de preparação ainda viva. E todos os estilistas do Massacre Quaternário estão mortos – diz Venia. Ela não diz quem os matou especificamente. Fico imaginando se isso tem alguma importância. Ela pega cautelosamente uma das minhas mãos cheias de cicatrizes e a segura para realizar uma inspeção. – Agora, o que você pensou para as unhas? Vermelho ou quem sabe bem preto?

Flavius efetua um milagre estético em meus cabelos, conseguindo distribuí-los igualmente na frente e fazendo com que os cachos mais longos escondam os pontos calvos na parte de trás. Meu rosto, poupado das chamas, não apresenta nenhum desafio novo, além dos já tradicionais. Assim que visto o traje do Tordo, de Cinna, as únicas cicatrizes visíveis estão no pescoço, nos antebraços e nas mãos. Octavia prende meu broche em cima do coração e damos um passo para trás para olhar no espelho. Não consigo acreditar o quanto eles conseguiram fazer com que eu parecesse normal pelo lado de fora, quando pelo lado de dentro estou tão devastada.

Ouço alguém batendo na porta e Gale entra.

– Posso falar com você um minutinho? – pergunta ele. No espelho, observo minha equipe de preparação. Sem saber ao certo para onde ir, eles dão alguns encontrões uns nos outros e então se fecham no banheiro. Gale se aproxima atrás de mim e examinamos um o reflexo do outro. Estou atrás de algo em que me apoiar, algum sinal da garota e do garoto que se conheceram por acaso na floresta cinco anos atrás e se tornaram inseparáveis. Fico imaginando o que teria acontecido a eles se os Jogos Vorazes não tivessem colhido a garota. Se ela teria se apaixonado pelo garoto, ou mesmo se casado com ele. E em algum momento do futuro, quando os irmãos e irmãs estivessem crescidos, fugido com ele para a floresta e abandonado o 12 para sempre. Será que eles teriam sido felizes naquele ambiente selvagem, ou será que a tristeza sombria e distorcida entre os dois teria crescido, mesmo sem a ajuda da Capital?

— Trouxe isso aqui para você. — Gale estende uma aljava. Quando a pego, reparo que contém uma única flecha comum. — É para ser uma coisa simbólica. Você dando o último tiro da guerra.

— E se eu errar? — digo. — Será que Coin vai retirar a flecha e trazê-la de volta para mim? Ou vai simplesmente dar um tiro ela própria na cabeça de Snow?

— Você não vai errar. — Gale ajusta a aljava em meu ombro.

Ficamos lá parados, cara a cara, sem trocar olhares.

— Você não foi me visitar no hospital. — Ele não responde, então por fim eu digo apenas: — Aquela bomba era das suas?

— Não sei. E Beetee também não sabe – diz ele. — Faz alguma diferença? Você nunca vai deixar de pensar nisso.

Ele espera que eu negue; quero negar, mas é verdade. Até agora consigo ver o lampejo que a detonou; sentir o calor das chamas. E jamais serei capaz de separar aquele momento de Gale. Meu silêncio é minha resposta.

— A minha única responsabilidade era cuidar da sua família – diz ele. — Vê se atira direito, certo? — Ele toca minha bochecha e sai. Quero chamá-lo de volta e dizer que estava enganada. Que vou achar uma maneira de fazer as pazes com isso. Lembrar as circunstâncias sob as quais ele criou a bomba.

Levar em consideração meus próprios crimes indesculpáveis. Desenterrar a verdade sobre quem soltou os paraquedas. Provar que não foram os rebeldes. Perdoá-lo. Mas como não consigo, serei obrigada a conviver com a dor.

Effie aparece para me conduzir às pressas a alguma espécie de reunião. Pego meu arco e no último minuto me lembro da rosa, brilhando em seu copo com água. Quando abro a porta do banheiro, encontro minha equipe de preparação sentada em fila na borda da banheira, curvada e derrotada. Lembro que não sou a única pessoa cujo mundo lhe foi retirado abruptamente.

– Vamos nessa – digo a eles. – Temos uma audiência esperando por nós.

Espero uma reunião de produção na qual Plutarch me instruirá sobre onde terei que me posicionar e me dará a deixa para atirar em Snow. Em vez disso, sou enviada a uma sala na qual seis pessoas estão sentadas ao redor de uma mesa. Peeta, Johanna, Beetee, Haymitch, Annie e Enobaria. Todos estão usando os uniformes cinzentos dos rebeldes do 13. Ninguém está com uma aparência exatamente boa.

– O que é isto? – digo.

– Não temos certeza – responde Haymitch. – Parece ser uma reunião dos vitoriosos que sobraram.

– Nós somos tudo que sobrou? – pergunto

– O preço da celebridade – diz Beetee. – Fomos alvejados dos dois lados. A Capital matou os vitoriosos que eles desconfiavam serem rebeldes. Os rebeldes mataram os que eles pensavam serem aliados da Capital.

Johanna franze o cenho para Enobaria.

– E o que é que ela está fazendo aqui afinal de contas?

— *Ela* está sob a proteção do que nós chamamos de Acordo do Tordo – diz Coin ao entrar, atrás de mim. – No qual Katniss Everdeen concordou em apoiar os rebeldes em troca de imunidade para os vitoriosos capturados. Katniss sustentou sua parte no acordo. E devemos fazer o mesmo.

Enobaria sorri para Johanna.

— Não fica aí toda cheia de si, não – diz Johanna. – A gente vai acabar com você de um jeito ou de outro.

— Sente-se, por favor, Katniss – diz Coin, fechando a porta. Sento-me entre Annie e Beetee, colocando a rosa de Snow em cima da mesa com todo o cuidado. Como de costume, Coin vai direto ao ponto: – Chamei vocês aqui para estabelecer um debate. Hoje executaremos Snow. Nas semanas anteriores, centenas de seus cúmplices na opressão a Panem foram julgados e agora estão à espera de suas próprias execuções. Todavia, o sofrimento nos distritos foi tão extremo que essas medidas parecem insuficientes às vítimas. Na realidade, muitas delas estão clamando por uma completa aniquilação de todos os portadores de cidadania da Capital. Entretanto, no interesse de manter uma população sustentável, não podemos nos dar a esse luxo.

Através da água no copo, vejo uma imagem distorcida de uma das mãos de Peeta. As marcas de queimadura. Nós dois somos agora bestantes do fogo. Meus olhos viajam até o local onde as chamas lamberam sua testa, crestando suas sobrancelhas, mas poupando seus olhos. Aqueles mesmos olhos azuis que costumavam encontrar os meus para em seguida desviarem-se para outra direção na época da escola. Exatamente como estão fazendo agora.

— Então, uma alternativa foi colocada na mesa. Como meus colegas e eu não estamos conseguindo chegar a um consenso, foi acordado que deixaremos os vitoriosos decidirem. Uma maioria de quatro aprovará o plano. Ninguém poderá se abster de votar – diz Coin. – O que foi proposto é que em vez de eliminar toda a população da Capital, nós tenhamos uma edição final e simbólica dos Jogos Vorazes, usando as crianças relacionadas diretamente àqueles que tinham mais poder.

Todas as sete pessoas se voltam para ela.

– O quê? – diz Johanna.

– Nós realizaremos uma outra edição dos Jogos Vorazes, usando crianças da Capital – diz Coin.

– Isso só pode ser uma piada – diz Peeta.

– Não. Eu também deveria dizer a vocês que, se realizarmos os Jogos, será de conhecimento público que ele terá sido feito com a aprovação de vocês, embora o conteúdo individual de seus votos seja mantido em segredo para a sua própria segurança – diz Coin.

– Isso por acaso foi ideia de Plutarch? – pergunta Haymitch.

– A ideia foi minha – diz Coin. – Ela me pareceu equilibrar a necessidade de vingança com o mínimo desperdício de vidas. Podem votar.

– Não! – explode Peeta. – Eu voto não, é claro! A gente não pode ter mais uma edição dos Jogos Vorazes!

– Por que não? – retruca Johanna. – Parece bastante justo para mim. O Snow tem até uma neta. Eu voto sim.

– Eu também – diz Enobaria, quase indiferente. – Deixe-os sentir o sabor do próprio remédio.

– Foi por causa disso que a gente se rebelou! Vocês se esqueceram? – Peeta olha para todos nós. – Annie?

– Estou com Peeta. Não – diz ela. – E Finnick também votaria assim se estivesse aqui.

– Mas não está, porque os bestantes do Snow acabaram com ele – lembra Johanna.

— Não — diz Beetee. — Isso estabeleceria um precedente ruim. Precisamos parar de enxergar uns aos outros como inimigos. No atual estágio, união é essencial para a nossa sobrevivência. Não.

— Restam Katniss e Haymitch — diz Coin.

Quer dizer então que foi assim? Mais ou menos setenta e cinco anos atrás? Será que um grupo de pessoas se sentou ao redor de uma mesa e votou por dar início aos Jogos Vorazes? Será que houve dissensão? Será que alguém defendeu o perdão e foi derrotado pelos que clamavam pela morte das crianças dos distritos? O cheiro da rosa de Snow se enrosca em meu nariz e desce pela minha garganta, comprimindo-a em desespero. Todas aquelas pessoas que eu amava, mortas. E nós aqui discutindo os próximos Jogos Vorazes numa tentativa de evitar novas perdas de vida. Nada mudou. Nada jamais mudará agora.

Eu sopeso minhas opções com muito cuidado, avalio todas as possibilidades. Sem tirar os olhos da rosa, digo:

— Eu voto sim... pela Prim.

— Haymitch, só falta você — diz Coin.

Um Peeta furioso martela Haymitch com a atrocidade à qual ele próprio poderia se tornar afiliado, mas sinto que Haymitch está olhando para mim. Então, esse é o momento. Em que descobrimos o quão parecidos somos, e o quanto ele verdadeiramente me compreende.

— Estou com o Tordo — diz ele.

— Excelente. Isso encerra a votação — diz Coin. — Agora podemos de fato tomar nossos lugares para a execução.

Quando ela passa por mim, levanto o copo com a rosa.

— Você pode cuidar para que Snow esteja usando isso aqui bem em cima do coração?

Coin sorri.

– É claro. E com certeza ele ficará sabendo dos Jogos.

– Obrigada – digo.

Algumas pessoas entram na sala, cercam-me. O último retoque de pó de arroz, as instruções de Plutarch enquanto sou conduzida às portas da frente da mansão. O Círculo da Cidade está apinhado, transbordando de gente até as ruas adjacentes. Os outros tomam seus lugares do lado de fora. Guardas. Funcionários. Líderes rebeldes. Vitoriosos. Ouço os gritos entusiasmados que indicam que Coin apareceu na sacada. Então Effie Trinket me dá um tapinha no ombro, e avanço em direção ao gelado sol de inverno. Caminho até minha posição, acompanhada do ensurdecedor rugido da multidão. Como fui orientada, me viro para que possam ver meu perfil, e espero. Quando Snow é levado para fora, a audiência enlouquece. Suas mãos são presas atrás de um pilar, o que é desnecessário. Ele não vai a lugar nenhum. Não há para onde ir. Aquilo ali não é o palco espaçoso diante do Centro de Treinamento, mas a varanda estreita em frente à mansão da presidenta. Não é surpresa nenhuma ninguém ter se preocupado em mandar me treinar. Ele está a dez metros de distância.

Sinto o arco vibrando em minha mão. Levo a outra mão às costas e agarro uma flecha. Posiciono-a, miro na rosa, mas observo o rosto dele. Ele tosse, e um fio de sangue escorre por seu queixo. Sua língua pende por entre os lábios inchados. Examino seus olhos em busca do menor sinal do que quer que seja: medo, remorso, raiva. Mas encontro apenas a mesma expressão divertida que encerrou nossa última conversa. É como se ele estivesse falando as palavras novamente:

"*Ah, minha querida srta. Everdeen. Pensei que nós tivéssemos concordado em não mentir um para o outro.*"

Ele está certo. Nós fizemos esse acordo.

A ponta da minha flecha move-se para cima. Solto a corda. E a presidenta Coin desaba na lateral da varanda, mergulhando até o chão. Morta.

27

Na reação estupefata que se segue, reconheço um som. A risada de Snow. Uma horrível gargalhada gutural acompanhada de sangue espumoso que irrompe quando a tosse começa. Vejo-o curvar-se para a frente, cuspindo a própria vida, até que os guardas o tiram de meu campo de visão.

À medida que os uniformes cinzentos começam a convergir sobre mim, imagino que tipo de coisas o meu breve futuro como assassina da nova presidenta de Panem terá me reservado. O interrogatório, a provável tortura, a certeira execução pública. Ter que, mais uma vez, dar minhas despedidas ao punhado de pessoas que ainda ocupam algum espaço em meu coração. A perspectiva de encarar minha mãe, que agora ficará totalmente só no mundo, decide o desfecho da história.

– Boa noite – sussurro para o arco em minha mão, sentindo-o ficar imóvel. Ergo meu braço esquerdo e giro o pescoço para baixo com o intuito de arrancar a pílula que está na manga do meu uniforme. Em vez disso, meus dentes mordem carne. Puxo a cabeça de volta em total confusão e descubro-me olhando fixamente para os olhos de Peeta, só que dessa vez eles não procuram outro lugar para mirar. Sangue escorre das marcas de dentes na mão que ele colocou em cima da minha pílula-cadeado. – Me solta! – rosno, tentando puxar o meu braço do aperto dele.

– Não posso – diz ele. Enquanto me afastam de Peeta, sinto o bolso ser arrancado da minha manga, vejo a pílula roxa cair no chão, observo o último presente de Cinna ser esmagado sob a bota de um guarda. Me transformo num animal selvagem, chutando, arranhando, mordendo, fazendo seja lá o que for para me soltar da rede de mãos que me prendem, à medida que a multidão se aglomera ao meu redor. Os guardas me levantam acima do tumulto, onde continuo a me debater enquanto sou transportada por sobre a massa de gente. Começo a gritar por Gale. Não consigo encontrá-lo em meio à turba, mas ele saberá o que quero. Um tiro certeiro para acabar logo com tudo. Só que não há flecha, não há bala. Será possível que ele não consiga me ver? Não. Acima de nós, nas telas gigantescas dispostas ao redor do Círculo da Cidade, todos podem assistir nos mínimos detalhes ao que está se passando. Ele vê, ele sabe, mas não dá prosseguimento ao ato. Da mesma maneira que eu também não dei quando ele foi capturado. Belos caçadores e amigos que nós somos.

Estou por conta própria.

Na mansão, me algemam e colocam uma venda em meus olhos. Sou meio arrastada, meio carregada através de longas passagens, para cima e para baixo em elevadores, e depositada num piso acarpetado. As algemas são retiradas e uma porta bate atrás de mim. Quando removo a venda, descubro que estou em meu antigo cômodo no Centro de Treinamento. Onde morei durante aqueles últimos e preciosos dias antes dos meus primeiros Jogos Vorazes e do Massacre Quaternário. A cama contém apenas o colchão, o closet está escancarado, revelando o vazio em seu interior, mas eu reconheceria esse quarto em qualquer lugar.

É uma luta para conseguir me levantar e tirar o meu traje de Tordo. Estou bastante machucada e talvez esteja com um ou dois dedos quebrados, mas foi minha pele que mais sofreu no conflito com os guardas. O novo material rosado ficou arrebentado como se fosse papel-toalha e sangue escorre através das células produzidas em laboratório. Mas nenhum médico dá as caras, e como não poderia me importar menos, rastejo para o colchão na expectativa de sangrar até morrer.

Mas não tenho essa sorte. De noite, o sangue coagula, deixando-me rígida, dolorida e pegajosa, porém ainda viva. Eu me dirijo ao chuveiro, mancando, e programo o ciclo mais suave de que consigo me lembrar, sem sabonete ou produtos capilares, e me agacho sob o jato de água morna, cotovelos sobre os joelhos, mãos na cabeça.

Meu nome é Katniss Everdeen. Por que não estou morta? Eu devia estar morta. Seria melhor para todo mundo se eu estivesse morta...

Quando saio do boxe e piso no capacho, o ar quente assa minha pele arruinada. Não há nenhuma roupa limpa para vestir. Nem mesmo uma toalha para enrolar no corpo. De volta ao quarto, descubro que o traje do Tordo sumiu. Em seu lugar, encontra-se um roupão de papel. Uma refeição foi enviada da cozinha misteriosa junto com uma caixa com os remédios que devo tomar de sobremesa. Como a comida, tomo as pílulas, esfrego a pomada na pele. Preciso me concentrar agora em como farei para me suicidar.

Me enrosco no colchão manchado de sangue, não com frio, mas me sentindo nua demais apenas com o papel para cobrir meu corpo sensível. Pular pela janela não é uma opção

— o vidro deve ter uns trinta centímetros de espessura. Sei fazer uma excelente forca, mas não há onde me pendurar. Existe a possibilidade de eu ingerir todas as pílulas de uma vez e morrer de overdose, só que não tenho certeza se estou ou não sendo vigiada vinte e quatro horas por dia. Até onde sei, posso estar sendo transmitida ao vivo nesse exato momento, enquanto comentaristas tentam analisar o que teria me motivado a matar Coin. A vigilância torna praticamente impossível quaisquer tentativas de suicídio. Tirar a minha vida é privilégio da Capital. Mais uma vez.

O que posso fazer é desistir. Decido ficar deitada na cama sem comer, beber ou tomar os remédios. Eu também poderia fazer isso. Simplesmente morrer. Se não fosse pela crise de abstinência dos morfináceos. Não aos pouquinhos como no hospital no 13, mas cheia de sintomas. Devo estar recebendo uma dose bem grande porque quando a ânsia pela droga se instala, acompanhada por tremores, dores lancinantes e um frio insuportável, minha firmeza é esmagada como uma casca de ovo. Fico de joelhos, passando os dedos no carpete para achar aquelas preciosas pílulas que joguei para o alto num momento de maior coragem. Faço uma revisão nos meus planos suicidas no sentido de obter uma morte lenta através da ingestão de morfináceos. Vou me tornar um esqueleto de pele amarelada e olhos enormes. Estou seguindo o plano há alguns dias, fazendo grandes progressos, quando uma coisa inesperada acontece.

Começo a cantar. Na janela, no chuveiro, enquanto durmo. Hora após hora de cantigas, canções de amor, árias de montanha. Todas as canções que meu pai me ensinou antes de morrer, pois certamente houve pouquíssima música em minha vida desde então. O incrível é a clareza com que me lembro delas. As canções, as letras. Minha voz, a princípio áspera e se perdendo nas notas mais altas, depois de um aquecimento transforma-se em algo esplêndido. Uma voz que deixaria os tordos em silêncio e em seguida interessados em juntar-se a mim. Os dias passam, as semanas passam. Observo a neve caindo na saliência do lado de fora da janela. E durante todo esse tempo, minha própria voz é a única que ouço.

Afinal de contas, o que estão fazendo? Por que essa demora toda lá fora? Qual o motivo de tanta dificuldade para organizar a execução de uma garota assassina? Continuo com minha própria aniquilação. Meu corpo mais magro do que jamais esteve e minha batalha contra a fome tão ferrenha que às vezes minha parte animal cede à tentação do pão com manteiga ou do rosbife. Mas ainda assim, estou vencendo. Por alguns dias, sinto-me bastante mal e penso que posso estar finalmente caminhando em direção ao fim da vida, quando percebo que meus tabletes de morfináceos estão se esgotando. Estão tentando fazer com que eu me acostume aos poucos à falta da substância. Mas por quê? Certamente um Tordo drogado será colocado diante da multidão com muito mais facilidade. E então um terrível pensamento me acomete. E se não tiverem a intenção de me matar? E se tiverem outros planos para mim? Uma nova maneira de me transformar, de me treinar e de me usar?

Não participarei disso. Se não conseguir me matar neste quarto, aproveitarei a primeira oportunidade que tiver para terminar o trabalho. Eles podem me engordar. Eles podem refazer todo o meu corpo, me dar roupas elegantes e me deixar novamente bonita. Eles podem produzir armas fantásticas que ganharão vida em minhas mãos, mas jamais farão novamente a lavagem cerebral para me convencer da necessidade de utilizá-las. Não tenho mais nenhum compromisso com aqueles monstros chamados seres humanos. Eu mesma me desprezo por fazer parte deles. Acho que Peeta tinha certa razão quando disse que poderíamos destruir uns aos outros e deixar que outras espécies decentes assumissem o planeta. Porque há algo significativamente errado com uma criatura que sacrifica as vidas de seus filhos para resolver suas diferenças. Para onde quer que você se vire, você enxergará esse tipo de visão de mundo. Snow pensava que os Jogos Vorazes eram uma forma de controle eficiente. Coin pensava que os paraquedas apressariam o fim da guerra. Mas no fim, a quem tudo isso beneficia? A ninguém. A verdade é que viver num mundo onde esse tipo de coisa acontece não traz benefícios a ninguém.

Após dois dias deitada em cima do colchão sem esboçar nenhuma tentativa de comer, beber ou mesmo ingerir um tablete de morfináceo, a porta do meu quarto se abre. Alguém contorna a cama e entra no meu campo de visão. Haymitch.

– Seu julgamento acabou – diz ele. – Vamos embora. Vamos para casa.

Casa? Do que ele está falando? Minha casa já era. E mesmo que fosse possível ir para esse lugar imaginário, estou fraca demais para me mover. Estranhos aparecem. Reidratam-me e me dão comida. Banham-me e me vestem. Um me levanta como se eu fosse uma boneca esfarrapada e me carrega até o terraço, me põe dentro de um aerodeslizador e aperta meu cinto de segurança. Haymitch e Plutarch sentam-se à minha frente. Em alguns instantes, estamos voando.

Jamais vi Plutarch em tão bom humor. Ele está resplandecente.

– Você deve estar querendo fazer milhões de perguntas! – Como eu não reajo, ele as responde assim mesmo.

Depois que eu atirei a flecha em Coin, houve um pandemônio. Quando o distúrbio arrefeceu, descobriram o corpo de Snow, ainda atado ao pilar. Há opiniões divergentes em relação à causa de sua morte: se ele morreu sufocado de tanto rir ou se foi linchado pela multidão. Na verdade, ninguém se importa muito. Uma eleição de emergência foi organizada e Paylor foi eleita presidenta. Plutarch foi apontado secretário de comunicações, o que significa que ele é o responsável por decidir a programação que vai ao ar. O primeiro grande evento televisionado foi o meu julgamento, no qual ele também foi uma testemunha com status de estrela. Testemunhando a meu favor, evidentemente. Embora grande parte do crédito pela minha absolvição deva ser dado ao dr. Aurelius, que aparentemente fez valer seus cochilos, apresentando-me como uma irremediável lunática abalada por traumas de guerra. Uma condição para minha soltura é que eu continue sob seus cuidados, embora seja necessário que as consultas se deem pelo telefone porque ele jamais moraria num lugar abandonado como o 12, onde ficarei confinada até que outras decisões sejam tomadas. A verdade é que ninguém sabe exatamente o que fazer comigo agora que a guerra acabou, apesar de que, se porventura uma outra se tornar iminente, Plutarch tenha certeza de que encontrariam um lugar para mim. Em seguida Plutarch dá uma boa gargalhada. Ao que parece, ele nunca se irrita ao perceber que ninguém ri de suas piadas.

— Você está se preparando para mais uma guerra, Plutarch? — pergunto.

— Ah, não agora. Agora estamos naquele período tranquilo onde todo mundo concorda que os nossos horrores recentes jamais deveriam se repetir — diz ele. — Mas o pensamento em prol do coletivo normalmente possui vida curta. Somos seres volúveis e idiotas com uma péssima capacidade para lembrar das coisas e com uma enorme volúpia pela autodestruição. Mas quem sabe? De repente vai ser isso mesmo, Katniss.

— O quê? — pergunto.

— O nosso tempo atual. Pode ser que a gente esteja testemunhando a evolução da raça humana. Pense nisso. — E então pergunta se eu gostaria de cantar num novo programa que ele está lançando daqui a algumas semanas. Alguma coisa que levantasse o astral seria ótimo. Ele vai mandar a equipe me fazer uma visita.

Pousamos brevemente no Distrito 3 para deixar Plutarch. Ele vai se encontrar com Beetee para fazer as atualizações tecnológicas do sistema de transmissão. Suas palavras de despedida a mim são:

— Não suma.

Quando voltamos para a companhia das nuvens, olho para Haymitch e digo:

— E aí, por que é que você está voltando ao 12?

— Parece que nem na Capital existe um lugar para mim — diz ele.

A princípio, não questiono suas palavras. Mas dúvidas começam a surgir em minha cabeça. Haymitch não assassinou ninguém. Ele poderia ir para qualquer lugar. Se está voltando para o 12 é porque recebeu ordens para isso.

– Você precisa tomar conta de mim, não é? Como meu mentor. – Ele dá de ombros. Então eu percebo o que isso significa. – Minha mãe não vai voltar.

– Não, não vai – diz ele. Ele puxa um envelope do bolso do paletó e o entrega a mim. Examino a escrita delicada e delineada com perfeição. – Ela está ajudando a montar um hospital no Distrito 4. Ela quer que você ligue para ela assim que a gente chegar. – Meu dedo percorre o gracioso rodopio das letras. – Você sabe por que ela não pode voltar. – Sim, eu sei por quê. Porque com meu pai e Prim e as cinzas, o lugar é insuportavelmente doloroso. Mas, aparentemente, não para mim. – Você quer saber que outras pessoas também não estarão lá?

– Não – digo. – Quero ter uma surpresa.

Como um bom mentor, Haymitch me faz comer um sanduíche e em seguida finge acreditar que durmo durante o resto da viagem. Ele se ocupa entrando e saindo de todos os compartimentos do aerodeslizador, encontrando garrafas de bebida e estocando-as em sua bolsa. Já é noite quando aterrissamos no verde da Aldeia dos Vitoriosos. Metade das casas estão com luzes nas janelas, incluindo a de Haymitch e a minha. A de Peeta não. Alguém acendeu um fogo na minha cozinha. Eu me sento na cadeira de balanço em frente às chamas, com a carta de minha mãe firmemente presa em minha mão.

– Bom, amanhã a gente se vê – diz Haymitch.

Assim que o ruído das garrafas na bolsa dele desaparece, sussurro:

– Duvido muito.

Não consigo sair da cadeira. As outras dependências da casa se agigantam à minha frente, frias, vazias e escuras.

Enrolo-me em um velho xale e observo as chamas. Acho que adormeço, porque a próxima coisa de que me lembro é que já está de manhã e Greasy Sae está fazendo barulho no fogão. Ela prepara ovos e torradas para mim, e fica lá sentada até eu terminar de comer. Não conversamos muito. Sua netinha, a que vive em seu próprio mundo, pega um novelo azul da cesta de tricô de minha mãe. Greasy Sae fala para ela colocá-lo de volta no lugar, mas deixo-a ficar com o novelo. Ninguém que sobrou nesta casa sabe tricotar. Depois do café da manhã, Greasy Sae lava os pratos e vai embora, mas retorna na hora do jantar para me fazer comer novamente. Não sei se está apenas sendo uma boa vizinha ou se está sendo paga pelo governo para fazer isso, só sei que aparece duas vezes por dia. Ela cozinha e eu como. Tento decidir qual será meu próximo passo. Agora não há mais nenhum empecilho para que eu tire a minha vida. Mas parece que ainda estou esperando alguma coisa.

Às vezes, o telefone toca e toca e toca, mas não atendo. Haymitch nunca me visita. Talvez ele tenha mudado de ideia e ido embora, apesar de eu desconfiar de que está mesmo é bêbado. Ninguém aparece além de Greasy Sae e sua neta. Após meses de confinamento solitário, elas parecem uma multidão.

– Hoje está um clima de primavera. Você precisa dar uma volta por aí – diz ela. – Vá caçar.

Eu não saí de casa. Não saí nem da cozinha a não ser para ir ao pequeno banheiro a alguns passos dela. Estou com as mesmas roupas que estava usando quando saí da Capital. O que faço é ficar sentada perto do fogo. Olhar as cartas não abertas que se empilham em cima do consolo da lareira.

– Não tenho arco.

– Dá uma olhada no corredor – diz ela.

Depois que ela vai embora, penso em fazer uma incursão ao corredor. Descarto a ideia. Mas depois de várias horas, acabo indo, andando em silêncio, com meias nos pés, de modo a não acordar os fantasmas. No estúdio, onde tomei meu chá com o presidente Snow, encontro uma caixa com a jaqueta de caçadas de meu pai, nosso livro de plantas, a foto de casamento de meus pais, a cavilha que Haymitch me enviou na arena e o medalhão que Peeta me deu na arena-relógio. Os dois arcos e uma aljava de flechas que Gale resgatou na noite do bombardeio repousam em cima da escrivaninha. Visto a jaqueta de caça e deixo o restante das coisas onde estão. Adormeço no sofá da sala de estar. Um terrível pesadelo se segue e me vejo deitada numa cova bem funda e todas as pessoas mortas que conheço de nome aparecem e jogam uma pá de cinzas em cima de mim. É um sonho bem longo, por causa da extensão da lista de pessoas, e quanto mais fundo me enterram, mais difícil se torna respirar. Tento gritar, implorando para que parem, mas as cinzas enchem minha boca e meu nariz, e não consigo emitir nenhum som. E a pá continua cavando, cavando, cavando...

Acordo sobressaltada. Uma tênue luz matinal surge nas bordas das persianas. A escavação da pá continua. Ainda meio dentro do pesadelo, disparo corredor afora, saio pela porta da frente e contorno a lateral da casa, porque agora tenho certeza absoluta de que conseguirei gritar com os mortos. Quando o vejo, paro de imediato. Seu rosto está vermelho pelo esforço de escavar a terra sob as janelas. Num carrinho de mão, há cinco arbustos descuidados.

— Você voltou – digo.

— Dr. Aurelius só me deixou sair da Capital ontem – diz Peeta. – A propósito, ele disse para eu falar para você que ele não vai poder ficar fingindo para sempre que está te tratando. Você vai ter que atender o telefone alguma hora.

Ele parece bem. Magro e coberto de cicatrizes de queimadura, como eu, mas seus olhos perderam aquela aparência nublada, torturada. Está franzindo ligeiramente as sobrancelhas enquanto me observa. Faço um esforço mais ou menos contido para tirar o cabelo da frente dos olhos e percebo que ele está emaranhado. Sinto-me na defensiva.

– O que você está fazendo?

– Fui até a floresta agora de manhã e colhi isso aqui. Para ela – diz ele. – Pensei que a gente podia talvez plantá-las ao longo da lateral da casa.

Olho para as plantas, os bolos de terra pendurados das raízes, e respiro fundo à medida que a palavra rosa é registrada em minha mente. Estou prestes a berrar as coisas mais horríveis para Peeta quando o nome verdadeiro me vem à mente. Não se trata de rosa comum, mas da Prímula Noturna. A flor em homenagem a qual minha irmã foi batizada. Balanço a cabeça para Peeta e corro de volta para casa, trancando a porta atrás de mim. Mas a coisa nefasta está no interior, não no exterior. Tremendo de fraqueza e ansiedade, subo a escada correndo. Meu pé se prende no último degrau e dou de cara com o chão. Forço-me a me levantar e entro no quarto. O cheiro está bastante tênue, mas ainda impregna o ar. Ela está lá. A rosa branca em meio às flores secas no vaso. Murcha e frágil, mas mantendo ainda aquela perfeição artificial cultivada na estufa de Snow. Agarro o vaso, desço até a cozinha e despejo o conteúdo em cima das brasas. À medida que as flores vão sendo consumidas pelo fogo, uma chama azul irrompe ao redor da rosa e a devora. O fogo vence novamente as rosas. Arrebento o vaso no chão para completar o serviço.

De volta ao segundo andar, abro as janelas do quarto para que o resto do fedor de Snow abandone definitivamente o ambiente. Mas ele perdura, em minhas roupas e em meus poros. Eu me dispo, e lascas de pele do tamanho de cartas de baralho grudam-se ao traje. Evitando o espelho, vou para debaixo do chuveiro e me esfrego para tirar o odor das rosas dos cabelos, do corpo e da boca. Com a pele rosada e pinicando, encontro alguma coisa limpa para vestir. Levo meia hora para pentear os cabelos. Greasy Sae abre a porta da frente. Enquanto ela prepara o café da manhã, alimento o fogo com as roupas que arranquei do corpo. Seguindo a sugestão dela, corto as unhas com uma faca.

Enquanto como os ovos, pergunto a ela:

– Para onde foi o Gale?

– Distrito 2. Arrumou um emprego bacaninha por lá. Eu o vejo de vez em quando na TV – diz ela.

Vasculho meu interior, tentando identificar raiva, ódio, anseio, mas encontro apenas alívio.

– Hoje vou sair para caçar – digo.

– Bom, até que uma caça recém-abatida cairia bem – responde ela.

Apanho o arco e vou em frente, na intenção de sair do 12 através da Campina. Perto da praça, encontram-se grupos de pessoas mascaradas e enluvadas com carroças puxadas por cavalos. Remexendo o que há abaixo da camada de neve neste inverno. Recolhendo restos. Uma carroça está estacionada em frente à casa do prefeito. Reconheço Thom, o antigo colega de trabalho de Gale, fazendo uma pausa para enxugar o suor do rosto com um trapo. Lembro de tê-lo visto no 13, mas ele deve ter voltado. Sua saudação me dá a coragem de perguntar:

– Acharam alguém lá dentro?

— Uma família inteira. E as duas pessoas que trabalhavam para eles — diz Thom.

Madge. Quieta, gentil e corajosa. A garota que me deu o broche, que me deu um nome. Engulo em seco. Imagino se ela se juntará ao meu elenco de pesadelos hoje à noite. Jogando cinzas na minha boca com uma pá.

— Pensei que, de repente, já que ele era o prefeito...

— Não acho que ser o prefeito do 12 melhorou muito as coisas para ele — diz Thom.

Balanço a cabeça concordando e sigo em frente, tomando cuidado para não olhar para a caçamba da carroça. Por toda a cidade, a Costura é a mesma coisa. A colheita dos mortos. À medida que me aproximo das ruínas de minha antiga casa, a estrada fica repleta de carroças. A campina não existe mais, ou pelo menos foi dramaticamente alterada. Um fosso profundo foi cavado, e estão enchendo o buraco de ossos, uma imensa sepultura coletiva para o meu povo. Contorno o buraco e entro na floresta em meu ponto costumeiro. Mas pouco importa. A cerca não está mais eletrificada e agora tem longos galhos escorados para espantar os predadores. Mas vícios antigos são difíceis de abandonar. Penso em ir até o lago, mas estou tão fraca que mal consigo chegar ao meu ponto de encontro com Gale. Sento-me na rocha onde Cressida nos filmou, mas ela é larga demais sem o corpo dele ao meu lado. Diversas vezes fecho os olhos e conto até dez, pensando que assim que os reabrir, ele terá se materializado sem fazer barulho, como ocorria com frequência. Preciso lembrar que Gale está no 2 com um emprego legal, provavelmente beijando outra boca.

É o tipo de dia favorito da antiga Katniss. Começo de primavera. A floresta despertando após o longo inverno. Mas o jorro de energia que começou com as prímulas evanesceu. Quando volto à cerca, já estou enjoada e tonta, e Thom precisa me dar uma carona até minha casa, na carroça de pessoas mortas. E me ajudar a chegar ao sofá na sala, onde observo o pó rodopiar nos finos raios de luz vespertina.

Viro a cabeça para o lado ao ouvir o silvo, mas levo um tempo para acreditar que seja real. Como ele poderia ter chegado ali? Examino atentamente as marcas das garras deixadas por algum animal selvagem, a pata traseira que ele mantém ligeiramente acima do chão, os ossos protuberantes em seu rosto. Ele veio a pé, então, do 13 até aqui. Talvez eles o tenham expulsado ou talvez ele simplesmente não tenha suportado ficar lá sem Prim e então voltou para procurá-la.

– Você só perdeu tempo. Ela não está aqui – digo a ele. Buttercup mia. – Ela não está aqui. Pode miar o quanto quiser. Você não vai achar a Prim. – Ao ouvir o nome dela, ele levanta a cabeça. Ergue as orelhas achatadas. Começa a miar cheio de esperança. – Vá embora! – Ele se desvia da almofada que jogo nele. – Vá embora! Não tem nada aqui para você! – Começo a tremer, furiosa com ele. – Ela não vai voltar! Ela nunca mais vai voltar para cá! – Pego outra almofada e me levanto para aprimorar a mira. Do nada, as lágrimas começam a escorrer pelo meu rosto. – Ela está morta. – Envolvo os braços em meu próprio corpo para aliviar a dor. Caio sobre os tornozelos, balançando a almofada, gritando: – Ela está morta, seu gato idiota. Morta! – Um novo som, parte choro, parte canto, escapa de meu corpo, dando voz ao meu desespero. Buttercup começa a choramingar também. Não importa o que eu faça, ele não arreda o pé de lá. Ele anda ao meu redor, fora de alcance, enquanto onda após onda de soluços sacodem o meu corpo, até que por fim caio inconsciente. Mas ele deve ter entendido. Ele deve saber que o impensável aconteceu e que para sobreviver precisará fazer coisas previamente impensáveis. Porque horas depois, quando volto a mim na cama, ele está lá ao luar. Agachado ao meu lado, olhos amarelos alertas, me protegendo da noite.

De manhã, permanece sentado estoicamente enquanto limpo seus cortes, mas desenterrar o espinho de sua pata proporciona uma rodada daqueles miados de gatinho. Nós dois acabamos chorando novamente, só que dessa vez consolamos um ao outro. Fortificada por isso, abro a carta de minha mãe que Haymitch me entregou, telefono para ela e também acabo chorando com ela. Peeta, segurando um pedaço de pão recém-saído do forno, aparece com Greasy Sae. Ela nos prepara o café da manhã e eu dou todo o meu bacon para Buttercup.

Lentamente, depois de muitos dias perdidos, volto à vida. Tento seguir o conselho do dr. Aurelius, simplesmente viver um dia depois do outro, e me surpreendo quando algo finalmente volta a fazer algum sentido. Converso com ele sobre a minha ideia do livro, e uma enorme caixa com folhas de papel-manteiga chega no trem seguinte, vindo da Capital.

Tive a ideia a partir do livro de plantas de nossa família. O lugar onde registramos aquelas coisas que não se pode confiar à memória. A página começa com o rosto da pessoa. Uma foto, se for possível encontrar uma. Se não for, um desenho ou uma pintura de Peeta. Então, com a minha caligrafia mais cuidadosa, surgem todos os detalhes que seria um crime esquecer. Lady lambendo a bochecha de Prim. O riso de meu pai. O pai de Peeta com os biscoitos. A cor dos olhos de

Finnick. O que Cinna era capaz de fazer com um pedaço de seda. Boggs reprogramando o Holo. Rue na pontinha dos pés, os braços ligeiramente abertos, como se fosse um pássaro prestes a alçar voo. E assim por diante. Lacramos as páginas com sal marinho e promessas de viver bem para que as mortes tenham valido a pena. Haymitch finalmente se junta a nós, contribuindo com vinte anos de tributos que ele foi forçado a orientar. Adições tornam-se menores. Uma antiga lembrança que volta à tona. Uma antiga prímula preservada entre as páginas. Estranhos fragmentos de felicidade, como a foto do filho recém-nascido de Finnick e Annie.

Aprendemos a nos manter novamente ocupados. Peeta faz pão. Haymitch bebe até a bebida acabar, e então cria gansos até que o próximo trem chegue. Felizmente, os gansos podem cuidar muito bem de si mesmos. Não estamos sozinhos. Algumas centenas de outros retornam porque, independentemente do que tenha acontecido, este é o nosso lar. Com o fechamento das minas, eles aram as cinzas da terra e plantam comida. Máquinas vindas da Capital preparam o terreno para uma nova fábrica onde produziremos medicamentos. Embora ninguém cultive, a Campina fica verde novamente.

Peeta e eu voltamos a conviver. Ainda há momentos em que ele agarra as costas de uma cadeira e se segura até que os flashbacks tenham passado. Acordo de pesadelos com bestantes e crianças perdidas. Mas seus braços estão lá para me consolar. E por fim, sua boca. Na noite em que tenho aquela sensação novamente, o desejo que tomou conta de mim na praia, sei que era apenas uma questão de tempo. Que aquilo de que necessito para sobreviver não é o fogo de Gale, aceso com raiva e ódio. Eu mesma tenho fogo suficiente. Necessito é do dente-de-leão na primavera. Do amarelo vívido que significa renascimento em vez de destruição. Da promessa de que a vida pode prosseguir, independentemente do quão insuportáveis foram as nossas perdas. Que ela pode voltar a ser boa. E somente Peeta pode me oferecer isso.

Então, depois, quando ele sussurra:

– Você me ama. Verdadeiro ou falso?

Eu digo a ele:

– Verdadeiro.

EPÍLOGO

Eles estão brincando na Campina. A menina com cabelo escuro e olhos azuis dança. O menino com cachos louros e olhos cinzentos se esforça para manter o ritmo dela com suas perninhas gorduchas de bebê. Foram necessários cinco, dez, quinze anos para que eu concordasse. Mas Peeta queria muito tê-los. Quando a senti pela primeira vez se agitando dentro de mim, fui consumida por um terror que parecia tão velho quanto a própria vida. Apenas a alegria de segurá-la nos braços pôde fazer com que o superasse. Carregá-lo foi um pouquinho mais fácil, mas não muito.

As perguntas estão apenas começando. As arenas foram completamente destruídas, os memoriais erguidos, não há mais Jogos Vorazes. Mas os professores dão aulas sobre eles nas escolas, e a menina sabe que desempenhamos um papel nesses eventos. O menino saberá daqui a alguns anos. Como posso falar para eles sobre aquele mundo sem aterrorizá-los? Meus filhos, que encaram com indiferença a letra da canção:

Bem no fundo da campina, embaixo do salgueiro
Um leito de grama, um macio e verde travesseiro
Deite a cabeça e feche esses olhos cansados
E quando eles se abrirem, o sol já estará alto nos prados.

Aqui é seguro, aqui é um abrigo
Aqui as margaridas lhe protegem de todo perigo
Aqui seus sonhos são doces e amanhã serão lei
Aqui é o local onde eu sempre lhe amarei.

Meus filhos, que não sabem que brincam sobre um cemitério.

Peeta diz que vai ficar tudo bem. Temos um ao outro. E o livro. Podemos fazê-los compreender de uma maneira que os torne ainda mais corajosos. Mas um dia eu terei que dar uma explicação sobre os meus pesadelos. Por que eles acontecem. Por que eles realmente jamais acabarão.

Direi a eles como sobrevivo aos pesadelos. Direi a eles que nas manhãs desagradáveis é impossível sentir prazer em qualquer coisa que seja, porque temo que essa coisa me possa ser tirada. É quando faço uma lista em minha cabeça com todos os atos de bondade que vi alguém realizando. É como um jogo. Repetitivo. Até um pouco entediante após mais de vinte anos.

Mas há jogos muito piores do que esse.

FIM

AGRADECIMENTOS

Gostaria de prestar meu tributo às seguintes pessoas que deram seu tempo, seu talento e seu apoio para a série Jogos Vorazes.

Em primeiro lugar, agradeço ao meu extraordinário triunvirato de editores. Kate Egan, cujos insights, humor e inteligência me guiaram por oito livros; Jen Rees, cuja clareza de visão capta coisas que nos são imperceptíveis; e David Leviathan, que se move com tanta desenvoltura por seus múltiplos papéis de Anotador, Mestre em Títulos e Diretor Editorial.

Em meio a rascunhos toscos, comida estragada, todos os altos e baixos, você está lá comigo, Rosemary Stimola, conselheira criativa de mão cheia e guardiã profissional na mesma medida, minha agente literária e minha amiga. E Jason Davis, meu agente de entretenimento há muitos anos, eu tenho muita sorte de ter você tomando conta de mim agora que rumamos para as telas.

Muito obrigada à designer Elizabeth B. Parisi e ao artista Tim O'Brien pelas capas dos livros que captaram com tanto sucesso não só os tordos como também a atenção do público.

Minhas saudações à incrível equipe da Scholastic por levar ao mundo os Jogos Vorazes: Sheila Marie Everett, Tracy van Straaten, Rachel Coun, Leslie Garych, Adrienne Vrettos,

Nick Martin, Jacky Harper, Lizette Serrano, Kathleen Donohoe, John Mason, Stephanie Nooney, Karyn Browne, Joy Simpkins, Jess White, Dick Robinson, Ellie Berger, Suzanne Murphy, Andrea Davis Pinkney, toda a equipe de vendas da Scholastic e muitas outras pessoas que dedicaram tanta energia, inteligência e experiência a essa série.

Aos cinco amigos-escritores em quem confio mais intensamente, Richard Register, Mary Beth Bass, Christopher Santos, Peter Bakalian e James Proimos, muita gratidão por seus conselhos, perspectivas e riscos.

Um carinho especial a meu falecido pai, Michael Collins, que plantou a semente para essa série com seu profundo compromisso em instruir seus filhos a respeito da guerra e da paz, e a minha mãe, Jane Collins, que me apresentou aos gregos, à ficção científica e à moda (embora essa última não tenha criado raízes); minhas irmãs, Kathy e Joanie; meu irmão, Drew, meus cunhados, Dixie e Charles Pryor; e os muitos membros de minha extensa família, cujo entusiasmo me fez seguir em frente.

E finalmente meu marido, Cap Pryor, que leu *Jogos Vorazes* em seu primeiro rascunho, insistiu em receber respostas a perguntas que nem mesmo eu havia imaginado, e permaneceu sendo meu ouvinte paciente ao longo de toda a série. Meu muito obrigado a ele e aos meus filhos maravilhosos, Charlie e Isabel, por me amarem dia após dia, por sua paciência e pela alegria que me proporcionam.

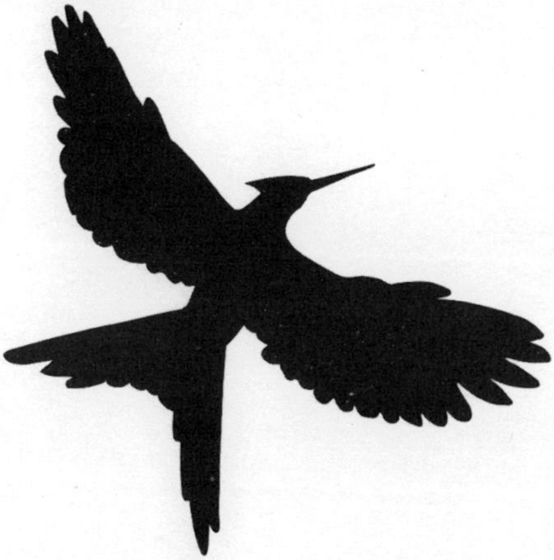

Impressão e Acabamento:
BMF GRÁFICA E EDITORA